Y GRAITH

Y GRAITH

Elena Puw Morgan

Argraffiad cyntaf—1942
Diweddariad gan Catrin Puw Davies: 1999
Trydydd argraffiad—2000

ISBN 1 85902 745 8

Dymuna'r cyhoeddwyr gydnabod cymorth
Adrannau Cyngor Llyfrau Cymru.

Argraffwyd yng Nghymru gan
Wasg Gomer, Llandysul, Ceredigion

1

Gwasgodd Dori y glicied i lawr yn ddistaw. Efallai fod Cati Jones yn hel afalau neu godi tatws yn yr ardd y tu cefn i'r tŷ – a dyna'r ieir ganddi hefyd; roedd gofyn am fwydo a chasglu wyau'r rheini rywbryd yn siŵr. Neu oni fyddai'r galwadau hynny, efallai y byddai yn y siambr yn gwneud ei gwely. Dim ond iddi fynd yn ddistaw, ddistaw, a gallai'n hawdd gipio'i thun bwyd a'i photelaid o laeth enwyn oddi ar garreg y ffenest, a rhedeg allan cyn i Cati sylweddoli ei bod yno o gwbl. Digon hawdd fyddai egluro yfory:

'Doeddech chi ddim yn y tŷ, Cati Jones; felly mi gymerais fy mhethau heb alw arnoch chi, rhag eich trafferthu, a minnau ar frys am fynd adre hefyd.'

Cael peidio â mynd trwy'r stori yna heddiw oedd yn bwysig.

'Hylô, 'ngeneth i! Beth ddaw â thi yma ganol y bore fel hyn?'

Mi allasai wybod o ran hynny! Dyma hi wedi bwyta'i thamaid canol dydd yn y Tyrpeg bob dydd ers iddi fod yn yr ysgol, ac nid oedd yn cofio cerdded i'r tŷ gymaint ag unwaith heb fod Cati Jones yn eistedd ar y sgrin yr ochr bellaf i'r tân. Oni bai fod y ddwy stafell fach yn ddiarhebol o lanwaith, a'r ardd y tu ôl iddynt bob amser â'i ffrwyth yn ei bryd, a Chati ei hunan fel pìn mewn papur, byddai Dori'n barod i daeru na symudodd yr hen wraig erioed o'i chornel, o fewn ei chof hi.

Doedd dim i'w wneud bellach ond ceisio dianc cyn gynted ag y gallai.

'Mi ddwedodd y Sgŵl y cawn i fynd adre, am 'mod i'n teimlo'n sâl.'

Gollyngodd Cati Jones ei hosan o'i llaw. 'Tyrd yma, i mi gael golwg arnat ti. Ai crio wyt ti, dywed?'

Aeth Dori ymlaen yn anfodlon. Nid oedd arni eisiau siarad â neb, dim ond rhedeg o'r pentref cyn gynted fyth ag y gallai, er mwyn cael gorffen crio.

'Beth sydd? Ble sy'n sâl iti? Dywed rywbeth! Nid yn dy dafod ti y mae'r gwayw, does bosib!'

'Nage, fan hyn,' meddai Dori, gan ddodi'i llaw ar fan y cofiai iddo frifo unwaith ar ôl peswch mawr.

'Rhyw dro bach ar y stumog, mae'n debyg,' meddai'r hen wraig. 'Fuost ti'n bwyta rhyw anialwch ar dy ffordd i'r ysgol?'

Ysgydwodd Dori ei phen. 'Roeddwn i'n hwyr i'r ysgol heddiw, ac mi fu raid imi redeg bob cam o'r ffordd.'

'Tipyn o lefrith cynnes a sinsir ddaw â thi atat dy hun. Estyn dy gwpan o'r cwpwrdd yna, a rho fymryn o lefrith yn y sosban fach . . . Na, aros funud,' ailystyriodd yr hen wraig. 'Mae fy llefrith i'n ddigon prin, ac anodd dod o hyd iddo, a'r ffermwyr heddiw mor grintach rhagor yr hen bobol. Mi fydd tipyn o ddŵr poeth lawn cystal, serch dim taro sydd arnat ti. Mae'r tecell yn ferw. Tywallt di dri chwarter llond y gwpan o ddŵr, ac estyn y bocs bach coch o ben draw'r astell ganol imi – mae gen i glap o sinsir caled yn hwnnw – a'r gratar oddi ar yr hoel yn fan'cw.'

Wedi cael y pethau i'w dwylo, gratiodd yr hen wraig ddigon o sinsir i edrych fel petai'r cwpanaid dŵr wedi sefyll ar yr aelwyd tra clirid y lludw o'r grât. 'Tyrd â'r botel fach acw â'r papur gwyrdd arni. Mi rof i hedyn neu ddau o gaeán ynddo fo. Does dim byd tebyg i hwnnw at gynhesu tu mewn i ddyn . . . Dyna! Yf di hwnna ar dy ben. Mi wnaiff les iti, gei di weld!'

Ymdrechodd Dori i ufuddhau, ond teimlai fel petai'n ceisio llyncu golosg eirias. Tagodd a phesychodd nes tynnu'r dagrau i'w llygaid drachefn, ond nid yr un dagrau â'r rhai a'i blinai ynghynt. Rhoddodd y rhain derfyn ar ei hwylo, ac fe'u croesawai oherwydd hynny, er gwaethaf yr anghysur a'u hachosai.

'Dal di ati,' anogai'r hen Gati. 'Gorau po boethaf y bo.'

Trwy fawr fyd gorffennodd Dori ei chwpanaid. Os mai ffrwyth dychymyg oedd y boen yn ei chylla, roedd y llosgi ysol yn ei cheg a'i llwnc yn ddigon gwir.

'Sut wyt ti'n teimlo erbyn hyn?' gofynnodd Cati gan wenu.

'Yn well o lawer, diolch. Gaf i nôl llymaid o ddŵr oer yn y gwpan yma?'

'Cymer di ofal. Mae hi'n beryg bywyd yfed dim byd oer, a'th geg di'n boeth fel'na. Mae'n well iti eistedd i oeri mymryn yn lle mentro allan yn syth.'

Felly bu raid i Dori eistedd yno, gan edrych yn hiraethus ar ei photelaid fach o laeth enwyn ar y ffenest.

'Sut na bai'r Sgŵl wedi anfon Lydia i'th hebrwng di adre, gan dy fod yn rhy ddrwg i aros efo dy wersi?'

Tywyllodd wyneb Dori. 'Mi ddwedais i wrtho y gwnawn i'n iawn hebddi. Pa les fyddai honno imi?' ebe hi'n gwta.

'Rwyt ti'r un toriad â'th fam a'th nain, mi gym'ra fy llw,' meddai Cati Jones.

Ni ddeffrôdd y geiriau ddim ar chwilfrydedd Dori. Dro arall, byddai wedi troi a throsi yn ei meddwl i geisio dehongli'r frawddeg 'yr un toriad â'th fam a'th nain'. Yn awr, roedd y sôn am Lydia wedi'i thaflu'n ôl i ddechrau ei helyntion y bore hwnnw. Lydia oedd yn gyfrifol am y cyfan! Ei bai hi oedd y cecru wrth wisgo amdanynt y bore, a'i hanwiredd hi oedd rhoi'r bai ar Dori am y rhwyg mawr yn ei brat. Lydia ei hun a fynnodd gripio o dan y wifren bigog honno. Nid oedd Dori'n agos ati ar y pryd. Oni bai am y celwydd hwnnw, ni fyddai'i mam wedi cadw'r chwaer hynaf i olchi'r fuddai gorddi y bore yma.

'Mi'th dysga i di i wthio dy chwaer fach fel'na, y sopen fawr gen ti. Mi gei olchi pob llestr budr yn y lle yma am dy waith.'

Cafodd Lydia, nad oedd ond dwy flynedd a hanner yn iau na hi, ac a oedd yn gyfrifol am yr helynt i gyd, fynd i'r ysgol mewn digon o bryd, heb orfod gwneud dim ond ei gwaith arferol. A hithau'n gorfod rhedeg a rasio tros y ddwy filltir drom i'r ysgol! Fe gyrhaeddodd mewn pryd, mae'n wir, ond heb funud yn sbâr, ac roedd y brysio mawr wedi'i ffwndro a'i mwydro.

'Rwyt ti'n edrych yn go lew rŵan,' ebe Cati. 'Synnwn i ddim na fedri di fynd i'r ysgol ar ôl cinio. Mae twymo traed a chymryd llymaid cynnes yn gwneud gwyrthiau i ryw fymryn o golic.'

Neidiodd Dori ar ei thraed. Fyddai dim rhagor o ysgol yn ei hanes hi y diwrnod hwnnw.

'Diolch yn fawr ichi, Cati Jones. Rydw i'n teimlo'n well o lawer, ac mae 'ngheg i bron iawn wedi gorffen oeri. Rydw i'n disgwyl y medra i gerdded adre rŵan, ond dydw i ddim agos ddigon da i fynd i'r ysgol.'

Chwarddodd Cati rhyngddi a hi ei hun. 'Ie, roeddwn i'n meddwl y byddai sôn am yr ysgol y pnawn yma yn rhoi hwb ynddi hi. Mi gymra i fy llw nad oedd dim ond nidiau arni. Tipyn o stremp ei mam a'r hen Ddorti Morus yn torri allan, mwn. Er mae'n llawn cystal gen i yr hogen yma, â'i gwep sur, na'r chwaer fach wên deg yna sydd ganddi.'

Rhedodd Dori trwy'r pentref, rhag ofn i rywun arall siarad â hi. Ni theimlai'n ddiogel rhag hynny nes ei chael ei hun ar lwybr y mynydd.

Anaml y dewisai neb o deuluoedd y 'topiau' y llwybr hwnnw i'w cartrefi. Yr oedd gryn filltir yn hwy na phe cedwid at y ffordd drol a chroesi ar draws y caeau o groesffordd y Garreg Goch, ac yn hwy hefyd na hyd yn oed ganlyn y ffordd i fyny at yr Hendre, ac i lawr yn ôl i fuarth y Llechwedd. Heblaw hynny, yr oedd yn arwach ei wyneb, a rhannau ohono'n ddigon gwlyb, ond teimlai Dori heddiw fod ganddi'r diwrnod o'i blaen i bigo'i llwybr – a mwy na dim, nad oedd fawr beryg iddi gyfarfod â neb ar hyd-ddo.

Wedi iddi arafu, a chael cyfle i feddwl am rywbeth heblaw'r angen am frys, ailgydiodd yn ei gofid yn yr union fan lle gollyngodd ef wrth godi oddi ar setl y Tyrpeg. Ie, y rhedeg gwyllt hwnnw i'r ysgol a'i ffwndrodd hi a pheri i bopeth droi o chwith y bore hwnnw. Dyna hi wedi bod yn uchaf yn y dosbarth darllen ar hyd y flwyddyn yma, er cymaint a bwysai Mabel y Ffriddoedd ar ei gwynt – ac i golli ei lle heddiw, serch rhyw bitw o air fel yna! Ni ddisgwyliai yr un wers ddarllen y bore yma, ond yr oedd Lisa, merch y Sgŵl, wedi teimlo ar ei chalon ddod i helpu ei thad heddiw, ac felly achubodd yntau ei gyfle i roi gwers mewn darllen i'w dosbarth hwy. Rhwng popeth, ni chafodd hi gyfle i fwrw golwg tros y *Reader*, fel yr arferai, er mwyn pendroni uwch y geiriau mwyaf dieithr. Ac wrth gwrs, a hithau ar ben y rhes, ei thro hi i ddarllen a ddeuai gyntaf.

Yn y fan hon, ailffrydiodd y dagrau a sychasid gan gaeán Cati Jones, a throes Dori o'r llwybr. Gwelodd bantle bychan ychydig o'r naill du. Nid oedd ond prin ddwylath ar ei draws, ac edrychai i Dori yn union fel gwaelod soser de. Yr hyn a'i tynnai fwyaf ato oedd y gwrthgyferbyniad rhwng ei laswellt cwta, llyfn, ac anwastadrwydd y llwyni grug ac eithin a llus ym mhob man arall o'i chwmpas; hynny a'i esmwythder rhagor gerwinder y llwybr a gerddai hi, oedd â'i greigiau wedi'u llafnu'n gyllyll miniog i gyd.

Gorweddodd yn y pantle bach, gan ymhyfrydu yn ei rhyddid. Hyd yn oed pe digwyddai i rywun gerdded heibio ar hyd y llwybr garw, ni welent mohoni hi, oni bai iddynt ddringo i ben y geulan rugog – ac i beth y gwnâi neb hynny? Golygodd gryn ymdrech iddi gael pen llinyn ar ei gorthrymderau, ond toc fe lwyddodd.

'*Cease!*' Fe wyddai'n iawn ystyr y gair, ond ni fu galw arni i'w ddweud yn uchel erioed o'r blaen, a bu mewn penbleth frysiog rhwng '*cîs*' a '*sîs*'. Wrth eu hadrodd yn ddistaw, dywedai hwy weithiau bob sut. Petai rhywun heblaw Mabel y Ffriddoedd wrth ei hochr, fe roddai bwniad ysgafn iddi â'i phenelin, a siawns, os digwyddai honno fod yn gwybod y gair, na sibrydai ef yn ei chlust. Ond ofer disgwyl hynny oddi wrth Mabel. Ac wrth gwrs, fe wyddai Mabel! A pha ddiolch iddi, a'i mam wedi bod yn gwasanaethu yn Lerpwl ac yn medru siarad Saesneg yn rhugl? Ni fuasai fawr o les iddi hi holi gartref. Yr unig Saesneg yn y Llechwedd oedd hynny a wyddai Lydia a hithau.

Felly, nid oedd ganddi ond mwmian yn wyllt rhyngddi a hi ei hun: 'cîs', 'sîs'. Wfft i'r hen eiriau rhyfedd yma, â'u llythrennau weithiau bob sut, yn lle bod yn solet fel y Gymraeg a phob llythyren yn cadw'n ddiysgog at ei sain ei hun. Wrth gwrs, roedd yn rhaid iddi ddewis yn anghywir, a Mabel – yr hen beth wenwynllyd ganddi – wrth ei hochr yn dweud yr un gair. Fe wyddai, y munud yr ynganodd 'cîs', nad oedd yn iawn. Wel, fe arbedodd hynny hi rhag siom pan ruodd y Sgŵl, 'Next!', ond cysur bach iawn oedd hynny. Roedd yn ddigon hawdd i Mabel daro'n iawn wedyn. 'Sîs', 'sîs'. Rhaid iddi gofio hwnna o hyn allan.

Dyna Mabel wedi'i symud i ben y dosbarth yn awr, ac yno y byddai am byth bythoedd bellach. Anaml iawn y methai Mabel air Saesneg, ond pa ddiolch eto! A dyna hithau, wedi unwaith ddechrau ffwndro, ac o achos Lydia i gyd hefyd, yn methu geiriau eraill pan ddaeth yn dro iddi wedyn, nes bod erbyn diwedd y wers i lawr yn bedwerydd. A'r rheini'n eiriau a wyddai'n iawn, petai hi wedi cymryd pwyll. Eto ni phoenai gymaint a chymaint amdanynt hwy. Peth bychan fyddai ennill ei lle'n ôl oddi ar Jac y Wern a Now Pen Lôn. Y Mabel yna oedd y drwg.

Ar hynny gwelodd lusen braf ar gainc fach o fewn hyd braich iddi. Estynnodd ati, ac wrth wneud hynny gwelodd un arall, ac un arall. Bwytaodd hwy, gan eu chwarae rhwng ei dannedd a'i thafod er mwyn cael cymaint o'u blas ag a allai. Ni fyddai yna byth lus ar y coed yn y clawdd o bobtu'r ffordd drol. Efallai eu bod yn rhoi rhyw addewid ddechrau'r haf, ond gyda bod yr addewid honno ar fin ei chyflawni, fe ddiflannai cyn i Dori gael siawns i'w phrofi.

Atgoffodd y llus hi ei bod yn sicr o fod yn ymyl amser cinio, ac agorodd ei thun bwyd i dynnu allan ei bara a chaws. Nid oedd hanner mor sych i'w fwyta yma ag yn nhŷ Cati Jones, gan orfod edrych ar yr un pryd ar Lowri Tŷ Newydd yn gwledda ar frechdan fêl neu jam, a menyn arni heblaw hynny. Roedd y llaeth enwyn hefyd yn llawer mwy croyw wrth ei yfed o gaead y tun bwyd fel hyn, nag o'r gwpan a gadwai Cati Jones at ei hiws hi. Roedd honno'n fân graciau trosti, a Dori wedi cymryd yn ei phen fod un o'r darnau'n siŵr o ddod yn rhydd ryw ddiwrnod. Lawer gwaith y dychmygodd ei bod yn ei lyncu, ac y teimlodd y darn ongl-finiog yn ei gwddw.

Ynghanol ei mwynhad, fe droes ei chof yn ôl a'i orfodi ei hun i ymdroi gyda gweddill ei gofidiau.

Dyna'r Sgŵl wedi galw ar Mabel heddiw i gasglu'r llyfrau ar derfyn y wers. Dywedai ef bob amser ei bod yn haws i blant fedrai ddarllen yn dda hepgor amser oddi wrth eu gwersi. Felly Mabel fyddai *monitor* y dosbarth bellach, yn lle Dori, oedd wedi dal y swydd am fisoedd lawer. A gwaeth fyth, pan ddaeth Lisa at ei thad i ddweud ei bod yn bryd iddi hi fynd i'r tŷ at ginio, Mabel a anfonwyd at ddosbarth y plant bach, i'w dysgu ac i chwarae efo nhw. Wedyn galwodd y Sgŵl ar Ifan Huw, o'r dosbarth hynaf, i gopïo syms ar y bwrdd du i'w dosbarth hwy, ac aeth yntau draw i roi gwers ddarllen i ddosbarth Lydia.

Tra oedd Ifan Huw wrthi'n brysur yn ysgrifennu'r sym gyntaf ar y bwrdd du, fe glywai Dori y Sgŵl yn galw ar Mabel tros bennau plant *Standard I*.

'Ewch tros y Pader ddwywaith neu dair, a'r wyddor Saesneg wedyn.'

Yna, uwch dwndwr y plant eraill, fe glywai ambell dinc o lais Mabel. '*Our father chart in hevn*,' a'r plant yn baglu ar ei hôl. Petai'r Sgŵl a'r Person yn gadael iddynt ddweud y Pader yn Gymraeg, fyddai yna ddim gwaith ei ddysgu iddyn nhw – fe ofalai'r Ysgol Sul am hynny. Ni feddyliodd erioed o'r blaen, chwaith, tybed a olygai'r Pader yr un peth yn Saesneg ag yn Gymraeg? Ni wyddai hi ar y ddaear beth oedd ystyr '*chart in hevn*'! Fe fyddai'n well ganddi hi gael dysgu rhywbeth arall na'r Pader iddyn nhw. Ddoe, roedd hi bron wedi dysgu'r pennill cyntaf o '*Twinkle, twinkle, little star*' i Edith Mary a Miranda, ac wedi meddwl y câi dri o'r lleill i'w ddysgu heddiw. Roedd yn siŵr fod yn well gan y plant hi na'r Mabel wirion yna. Byddai Edith Mary a Miranda wedi anghofio'r cyfan am y '*little star*' erbyn y câi hi gyfle i'w dysgu eto.

Wrth iddi droi i geisio gwrando ar Mabel, daliodd lygad Lydia, a chrychodd honno'i thrwyn yn fuddugoliaethus arni. Dychmygai

Dori'r blas a gâi ei chwaer wrth adrodd amser te, 'Mae Mabel y Ffriddoedd wedi curo Dori ar ddarllen, Mam, a Mabel ydi'r *monitor* rŵan, ac nid y hi.'

Ac er nad arddangosid unrhyw lawenydd yn y Llechwedd pan geisiai Dori ddweud ei bod yn gyntaf yn ei dosbarth, gwyddai y caffai hensiad iawn gan ei mam am golli'r safle honno. Pan welodd olwg Lydia, dychwelodd y teimlad o anghyfiawnder a deimlasai'r bore hwnnw yn ei rym, a miniogi'i gofid am golli'i lle. Yn ddiarwybod iddi'i hun, fe ffrydiodd y dagrau i lawr ei gruddiau.

Troes Ifan Huw oddi wrth y bwrdd du, a'r sialc yn ei law, gan fwmian, 'Pawb i weithio'r sym yna, ac mi sgrifenna i'r ateb iddi wedyn.'

Plygodd Dori tros ei llechen a cheisio rhoi'i meddwl ar y sym. Bu'n hir cyn dyfod allan ganddi, gan fod y dagrau'n dallu'i llygaid ac roedd yn gorfod cymryd amser i blygu'n ddigon isel i allu eu sychu â chornel ei brat. O'r diwedd, fodd bynnag, fe'i gorffennodd, a heb yr un ddimai tros ben chwaith.

'Hei, Dori!' sibrydodd Elis y Gof o'r tu ôl iddi, 'ai saith ceiniog sydd gen ti'n sbâr?'

'Na, fe ddaeth hi allan yn glir gen i.'

'O, edrychwch!' llefodd un o'r plant o'r fainc bellaf un. 'Dori'r Llechwedd yn crio am fod Mabel wedi mynd â'i lle hi am ddarllen!'

'Gad weld,' ymbiliodd Elis.

Estynnodd Dori'r llechen iddo, wysg ei chefn. Ildiodd mab yr Efail i demtasiwn sydyn. Poerodd ar ei lawes a'i thynnu ar draws ffigurau'r llechen, gan eu gwneud yn un gymysgfa annealladwy. Gwyddai fod ateb Dori yn fwy tebyg o fod yn gywir nag un neb arall yn y dosbarth, ond direidi yn hytrach na malais a'i ysgogai. Unrhyw ddiwrnod arall, fe fyddai Dori wedi bygwth clusten iddo â'i llech, ac wedi ymroi ati i ailysgrifennu'r sym. Ond heddiw, pwysodd ei phen ar ei breichiau ar y ddesg ac ymollwng i grio. Syfrdanwyd Elis gan y fath ganlyniad i'w ysmaldod; nid oedd wedi sylwi ei bod hi'n crio'n barod. Gwelai Ifan Huw yn nesu'n ymofyngar tuag atynt, gan estyn ei ben ymlaen i weld achos y cynnwrf. Cysurai Elis ei hun fod hwnnw'n ormod o hen wlanen i allu olrhain dechreuad yr helynt, os na alwai ar y Sgŵl yno atynt.

'Crio y mae hi am i Mabel y Ffriddoedd ei churo am ddarllen,' tystiodd côr o leisiau.

11

Ni ddaeth i feddwl Elis ei bod hi'n ddyletswydd arno ef i gywiro hyn. Ofnai Dori yn ei chalon i Ifan Huw blygu i lawr ati a tharo'i law ar ei hysgwydd wrth ofyn beth oedd yn bod arni, ac i'r plant gael hwyl am ben hynny wedyn. Ond gwyddai ar yr un pryd ei fod o'n llawer rhy swil i wneud dim o'r fath. Gobeithiai yr âi ymlaen gyda'r sym nesaf, a'i gadael hi'n llonydd i ddod ati'i hun, ond yn lle hynny fe'i clywai ef yn cerdded draw oddi wrth eu dosbarth hwy. Cododd un ochr i'w phen i giledrych ar ei ôl. I gyfeiriad y meistr yr oedd o'n mynd. Y gwirion ganddo fo!

Plygodd Elis trosodd o'r fainc tu ôl. 'Os peidi di â phrepian arna i, mi ddof i â thamaid mawr mawr iti y tro nesa y bydd Mam yn gwneud cyfleth.'

Cyfleth neu beidio, waeth ganddi heb â thynnu Elis a'i ffrindiau yn ei phen. Roedd hi a'r bechgyn fel rheol yn cytuno'n iawn. Ond roedd hithau wedi clywed yr eglurhad arall ar ei hwylo a'r gair 'babi' yn cael ei daflu o'r naill i'r llall y tu ôl iddi. Fynnai hi mo hynny, beth bynnag; braidd na fyddai'n well ganddi ffrae efo'r hogiau na dioddef dirmyg yr un gair yna.

Clywai sŵn y meistr yn cerdded tuag ati, a hithau heb syniad pa eglurhad i'w roi iddo.

'Wel, Dori, beth yw'r helynt yma?' Efallai'i fod yntau o'r un feddwl â'r plant. 'Beth sydd arnoch chi?'

'D-d-dolur,' meddai Dori ar ysbrydoliaeth y funud, gan obeithio na holai ragor arni.

'Dolur ymhle?' gofynnodd wedyn, gan roi'i law ar ei phen y tro hwn.

Ni wyddai Dori ar y ddaear ymhle'r oedd y dolur ganddi, ond cofiodd am effeithiau'r pesychu hwnnw erstalwm, ac am weld ei thad yn rhoi'i law ar ei stumog un noson a dweud wrth ei mam, 'Mi ges i boen dychrynllyd trwy'r dydd heddiw.'

Gosododd hithau'i llaw ar yr un fan yn union.

'Hm,' meddai'r Sgŵl yn amheus. Nid oedd ganddo ef, fwy na'r plant, lawer o ffydd yn afiechyd Dori. 'Mi ddowch atoch eich hun yn y munud, mi wn.' Ac aeth yn ei ôl at ei ddosbarth darllen.

'Paid â chrio am dy sym,' sisialodd Elis o'r tu ôl. 'Fyddi di yr un funud yn copïo f'un i; ac os nad ydi hi mor agos i'w lle â'th un di, fydd hynny ots yn y byd efo Ifan Huw.'

12

'Nid crio am ei sym y mae hi, y ffŵl,' ebe'r bachgen yn ei ymyl, 'ond am fod Mabel wedi'i churo hi am ddarllen.'

'Nage,' gwrthddywedai un arall, a rhannwyd y dosbarth yn ddwy garfan. Roedd dadl fel hyn yn llawer mwy diddorol na syms Ifan Huw. Am Dori, ni allai hi feddwl am ddim gwell i'w wneud na chynnwys ei hwylo gymaint ag y medrai; ond wedi penderfynu ar hynny, ni ddeuai'r dagrau yn agos mor rhwydd â phan na ddymunai hwy.

Gwyddai'r Sgŵl wrth y twrw fod y dosbarth wedi mynd yn drech nag Ifan Huw. Ni fyddai wedi llwyddo i ddod i ben â'i waith cystal oni bai iddo ddysgu erstalwm i gymryd y ffordd hawsaf o drin popeth.

Felly aeth yn ei ôl at Dori. Mae'n wir fod gwres yn ei phen, ac nid oedd beichio crio fel hyn yn nodweddiadol ohoni hi, fel yr oedd o rai o'r genethod eraill. Hefyd, fe gofiai bob amser iddo ddod i helynt yn ei ieuenctid trwy gadw geneth yn yr ysgol trwy'r dydd, er ei bod yn crio, gan feddwl mai cymryd arni yr oedd hi, a hithau'n clafychu gan glefyd yr ymennydd. P'un bynnag, fyddai yna fawr o drefn ar y dosbarth, nac yn wir ar yr ysgol, a'r eneth yma'n swnian crio trwy'r amser. Felly, er ei fod yn siŵr braidd mai stremp oedd y cyfan – 'Mae'i mam ag ysbryd ofnadwy ynddi ar adegau, medden nhw' – penderfynodd mai'r ffordd orau oedd ei gyrru adref, a siawns fawr na ddeuai pethau atynt eu hunain erbyn y bore. Dyna'i gredo ef, ac ni thybiai iddo ef na'r ysgol golli fawr wrth ganiatáu i ambell i un gael ei ryddid am dro neu ddau, os oedd o'n casáu'r ysgol ddigon i fod eisiau mynd allan ohoni ar ei chanol. Fe âi'r chwa heibio, ac roedd hi'n well gan y mwyafrif o'r plant eu gwersi na'r gweithio di-baid a fyddai eu rhan petaent yn aros gartref. Rhwng ei mam a hi felly. Fe fyddai'r stori'n siŵr o gyrraedd clustiau honno, a chanddi blentyn arall yn yr ysgol.

'Ewch adre, 'te, ac mi fyddwch wedi gwella'n iawn erbyn fory.'

Nid oedd Dori erioed wedi dychmygu am y fath ryddhad. Ysgydwodd ei phen yn egnïol pan gynigiodd y Sgŵl, tros ysgwydd megis, y gallai gael ei chwaer yn gwmni am ran o'r ffordd adref. Fe ddifethai hynny bethau'n lân. Fe groesodd yr ysgol fel petai hynny'n faich arni: ei phen i lawr, a'i dagrau a'i hocheneidiau'n eu claddu eu hunain yn ei brat. Heibio i ddosbarth Lydia, a'r Sgŵl yn sefyll o'i flaen â'i gefn ati hi; heibio i *Standard I*, a Rhys y Fedw yn eu dysgu i

13

sillafu; heibio i Mabel a'i *'chart in hevn'*; yna allan trwy'r drws ac i'r cyntedd. Gwisgo'i chlog a'i chap – a dyna hi yn yr awyr agored – yn rhydd! Na, nid yn gwbl rydd chwaith. Byddai rhagor o helynt yn ei haros onid âi â'i bwyd o dŷ Cati Jones: 'Gadael bwyd drud i sychu, a llaeth da, wedi i mi slafio i'w gorddi o, yn y botel fwll yna.'

Ni allai benderfynu a fyddai ei mam yn ystyried ei orffen ar y mynydd fel hyn yn llai gwastraffus. Beth bynnag am hynny, roedd o'n dda iawn; ac wedi bwrw'i phenyd trwy droedio tir ei gwae am yr eildro fel hyn, siriolodd Dori.

Wedi'r cwbl, roedd Mabel *wedi* methu yn ei darllen lawer gwaith, a digon tebyg y gwnâi hynny eto, er bod ei mam yn medru Saesneg. Ac fe fyddai ar Elis y Gof ddarn o gyfleth iddi am beidio â phrepian arno, a doedd neb tebyg i fam Elis am gyfleth. Weithiau fe fyddai'n rhoi cnau mawr, gwynion, celyd ynddo – peth na freuddwydiai neb arall am ei wneud – neu efallai y caech ryw flas poeth digri, ond da iawn, arno fo.

A doedd dim dichon i Lydia, na'i mam, na neb, brofi nad oedd hi'n sâl y bore yma. Sut oedd hi'n bosib i neb ond chi eich hun wybod pan fyddai poen y tu mewn ichi? Mi fu raid i'w mam gymryd ei thad ar ei air y noson o'r blaen a gadael iddo fynd i'w wely ar ganol trin y tatws, a hithau wedi codi'i chloch ar y dechrau fod yn *rhaid* iddo'u gorffen nhw cyn nos. Doedd ganddo yntau ddim i brofi'r boen honno, ond ei ddisgrifiad ef ei hun ohoni, a'r wyneb hyll a dynnai o'i phlegid. A dyna hen wraig yr Hendre adeg cneifio y llynedd. Rhyw boen sydyn ddaeth arni hi ar ganol y cinio cneifio. Mi fu'r hen wraig farw trannoeth, ond doedd dim rhaid i hynny ddigwydd efo pob poen.

Roedd y tun bwyd a'r botel fach ill dau yn wag erbyn hyn. Gorweddodd Dori ar ei chefn ar y soser werdd, ei breichiau ar led oddi wrthi, ei llygaid ynghau, a'i phen yn troi o'r naill ochr i'r llall er mwyn dal tywyniadau'r haul ar bob rhan o'i hwyneb yn ei dro. Teimlai ryw ollyngdod hapus, a'i dig at Lydia ac at Mabel ar drai am y tro. Ond roedd y digofaint wedi gadael lludded a gwendid ar ei ôl, nes ei bod yn teimlo am gryn amser na fyddai arni byth eisiau gwneud dim mwy na gorwedd yn ddiymadferth yno o dan wres yr haul. Parhaodd hwnnw'n dwym ar ei hwyneb am hir, ond yn y diwedd fe lithrodd rhyw fân gwmwl trosto, a phryd hynny fe welodd awel latai'r hydref ei chyfle hithau i'w difyrru'i hun trwy chwarae tros y gwddw a'r breichiau noeth. Fe'i teimlodd Dori ei hunan yn oeri. Roedd wedi poethi wrth grio, ac wedi dringo milltir serth yn anterth y dydd wedyn.

Cododd ar ei heistedd. Dechreuodd feddwl beth oedd orau iddi ei wneud yn awr. Mynd adref, a dweud wrth ei mam iddi fod yn sâl yn yr ysgol a gwella ar y ffordd adref, a chael ei rhoi i sgwrio'r bwtri neu'r llofft, ac efallai ei hel am fod yn hen fabi crio pan gyrhaeddai Lydia ac adrodd yr hanes? Ynteu aros ychydig yn hwy ar y mynydd a chyrraedd y tŷ bron ar unwaith â Lydia? Digon prin y câi hi lawer mwy o'i thrin felly na phetai hi wedi mynd adref ar ei hunion. Tra oedd hi'n dal i gloffi rhwng y ddau feddwl, gwelodd glwstwr arall o goed llus ffrwythlon, ychydig ymhellach na'r rhai cyntaf. Ymgripiodd tuag atynt, heb symud oddi ar ei hyd. Wrth eu bwyta, gwyddai na fyddai hi'n mynd adref y prynhawn hwnnw nes ei bod yn rhaid iddi.

'Mi wn i! Mi heliaf i lond y tun yma o lus,' meddai wrthi'i hun. 'Roedd Mam yn gofidio un diwrnod nad oedd yna amser inni'n dwy fynd i'r mynydd i morol llus cyn iddyn nhw ddarfod. Falle na ddywed hi ddim cymaint o'r drefn wedyn.'

Casglodd yn ddyfal nes bod y tun bach yn llawn hyd at yr ymylon. Ond roedd bron yn edifar ganddi am ei diwydrwydd pan ddaeth at fin pantle corsiog a gweld yno lawnder o lygaid eirin. Cofiai fynd gyda'i mam i'r mynydd un tro, a dod ar draws darn tebyg o dir, lle tyfai'r aeron bach smotiog, caled. 'Rhaid imi gael y rheina, beth bynnag,' meddai'i mam. 'Dydyn nhw ddim yn tyfu'r ffordd acw. Mi gafodd fy mam naw ceiniog am fasgedaid ohonyn nhw unwaith yn y Gorslwyn. Gan 'mod innau'n mynd yno'r Sadwrn yma, waeth imi fynd â rhai i'm canlyn. Siawns na fydd rhywun yn barod i roi ceiniog amdanyn nhw ac mi ddaw at dalu am y draul ar f'esgidie i.'

Ond ni chawsai Gwen Llwyd lawer o hwyl ar werthu'r llygaid eirin y tro hwnnw. Fe ddaeth adref mewn tymer ddigon afrwydd o'u plegid. 'Mi fu raid imi gerdded cryn ddwsin o lefydd cyn cael neb roddai chwechyn amdanyn nhw. Wastraffaf i mo f'amser i fynd ar ôl y tacle surion eto, peth siŵr ydi o.'

Nid oedd Dori wedi gweld llygaid eirin byth ers y tro hwnnw. Er ei bod yn cofio am y siomiant ynglŷn â'r gwerthu, fe aeth yn ormod o gosb arni eu gadael yno yn eu llawnder. Tynnodd ei brat. 'Fydd o ddim gwaeth,' fe'i sicrhaodd ei hun. 'Mae'r rhain yn rhy galed i'w hysigo fel llus, felly does dim peryg iddyn nhw staenio'r defnydd. Rydw i'n ddigon o faint rŵan fel y gallwn i eu cymryd nhw i'r Gorslwyn fy hun y Sadwrn. Mi cynigiwn i nhw ym mhob siop nes eu gwerthu nhw i gyd.'

Cafodd arddeliad ar yr hel. Roedd gymaint yn haws na chwalu'r mân goed i chwilota am lus. Gorweddai'r llygaid yn amlwg ar eu gwelyau o fwswgl coch a melyn, rhwng clystyrau o flodau Creulon y Gors. A doedd hi ddim mor wlyb â hynny chwaith i Dori yn ei hesgidiau hoelion cryfion.

Daliodd i lenwi caead y tun drachefn a thrachefn, nes bod ganddi, cyn iddi ei sylweddoli, gymaint yn ei brat ag y gellid eu clymu'n ddiogel. Tipyn o gamp oedd hynny yn wir, gan fod tyllau'r breichiau yn gweithio i'r amlwg o hyd, a gormod o ddefnydd yn weddill o'r tu ôl i ganiatáu ei lapio'n daclus. O'r diwedd, fe lwyddodd i wneud pecyn tebyg i un dyn yn gweithio ar y ffordd, ac wedyn dechreuodd ystyried ble'r oedd hi oddi wrth ei chartref. Roedd wedi gofalu drwy'r amser am gadw'i golwg ar y Nyrs Gron, ychydig yn uwch i'r mynydd na'r Llechwedd. Tra bo honno yn y golwg nid oedd yn pryderu am golli'i ffordd.

Nid ymddangosai'r Nyrs yn bell, ond, fel y cerddai, nid oedd yn dyfod ddim nes chwaith. Roedd ei sanau o wlân du'r ddafad wedi'u gwau'n rhy glòs, a'i hesgidiau'n rhy gryfion, i grafiadau a phigiadau'r llwyni llus, grug ac eithin fennu dim arni, ond dyna'r rhinweddau a'i gwnâi hi'n anos hefyd iddi gerdded – yr esgidiau'n anystwyth ac anhyblyg, a'r sanau'n boeth a chwyslyd.

Ceisiai gadw'i llygaid yn effro am unrhyw drumwedd o'r llwybr. Fe fyddai'n haws dilyn hwnnw. Ond roedd hi wedi troi a throsi gormod wrth lusa i fod ag amcan ble i edrych amdano. Felly nid oedd ganddi ond aradru ymlaen dros y tir anwastad. Yr oedd wedi blino erbyn hyn, ond fod ei brys yn ormod iddi sylwi ar hynny.

Wedi cerdded am amser a ymddangosai iddi hi fel oriau, ac ymladd â'r demtasiwn i ollwng y llygaid eirin yn swp ar lawr – gan na theimlai mor sicr erbyn hyn y byddai gan ei mam ddiolch amdanyn nhw – er ei llawenydd, sylwodd fod y Nyrs Gron yn edrych gryn lawer yn nes nag a wnaethai funud yn ôl. Yna gwelodd rimyn main, glas – to'r Llechwedd yn dechrau dod i'r golwg!

Bu'r siwrnai'n fwy difyr o hynny ymlaen. Gallai wylio'r to yn tyfu, ac yna'r muriau gwyngalchog, fodfedd wrth fodfedd. Fe'i cafodd ei hun ar gyfer Cae'r Ffynnon. Roedd modd dringo'r gwrych yn weddol ddiffwdan mewn un man yr ochr honno, ac yna trwy'r llidiart yn union i'r buarth cefn. Hanner y ffordd i lawr i'r tŷ, cyfarfu â'i mam, â bwced bob ochr iddi, wedi bod yn rhoi gwlyb i'r lloi.

'Beth a'th gorddodd di i ddod ffordd hyn?' oedd cyfarchiad Gwen Llwyd, 'a ble mae Lydia? Mi ddylsech fod wedi cyrraedd ers meitin.'

Llonnodd Dori trwyddi. Dyna hi wedi cael y blaen ar ei chwaer felly.

'Mi fûm i'n sâl yn yr ysgol y bore, efo poen yn y fan hyn,' gan ddangos y lle mor agos ag y cofiai, 'ac mi yrrodd y Sgŵl fi adre.'

'Ble buost ti'n ymdroi tan rŵan, 'te?' holodd ei mam yn amheus.

'Cerdded adre ar hyd y mynydd wnes i, ar ôl dod dipyn yn well.'

'Ble mae dy ginio di?'

'Mi bwyteais o ar y ffordd,' eglurodd Dori, gan gofio'n sydyn na ddylai pobl sâl fwyta.

'Doedd yna ddim llawer o daro arnat ti, felly,' meddai ei mam yn sychlyd. 'Mi allaswn i feddwl, a barnu wrth dy geg di, dy fod wedi rhoi twr go lew o lus o'r golwg hefyd. Mi fuasai'n llawer rheitiach iti feddwl am ddod adre i dreio gwneud swydd imi na chymowta ar hyd y mynydd trwy'r pnawn, yr hoeten ddiog gen ti hefyd!'

Cododd Dori gaead y tun yn frysiog.

'Mi'ch clywais chi'n sôn y byddech chi'n falch o dipyn o lus.'

'Falle'n wir imi ddigwydd deud hynny, ond roedd yma ddigon o waith pwysicach yn galw amdanat ti heddiw.' Yna'n fwy chwyrn fyth, 'Roddaist ti ddim llus yn dy frat, i'w ddifetha, wnest ti?'

'O naddo,' ebe Dori'n ddiolchgar, er na welai'r un rhinwedd arall ynglŷn â'i gynnwys erbyn hyn. 'Dod ar draws llygaid eirin wnes i, a meddwl falle y gallwn i eu gwerthu nhw yn y Gorslwyn.'

'Y ti'n eu gwerthu, yn wir!' ebe ei mam yn ddirmygus. 'Fedret ti ddim gwerthu basgedaid o aur pe ceisiet.'

Er hynny, syllai gyda chryn ddiddordeb ar y bwndel blêr. 'Mi glywais ddeud fod Miss Smith y Person yn holi am y rhain yn y siop yr wythnos o'r blaen, ac yn addo tair ceiniog y pwys i bwy bynnag ddeuai â rhai iddi. Mi fûm flys mynd i edrych am rai fy hun, ond 'mod i'n gweld y gwnawn i fwy o golled na'u gwerth wrth adael y lle yma mor hir, a doeddwn i ddim yn meddwl y deuech chi eich dwy byth o hyd iddyn nhw. Mae'n rhaid dy fod wedi cerdded i Gors Feignant.'

Wedi cyrraedd y tŷ, cymerodd y pecyn oddi ar Dori, gan ei bwyso yn ei llaw. 'Synnwn i damaid nad oes yma yn tynnu ar chwe phwys,' ebe hi.

Cyrhaeddodd Lydia ar y gair.

'O mam! Mi fu Dori'n crio'n ofnadwy yn yr ysgol y bore, ac roedd y plant yn deud mai . . .'

Am unwaith, ni chafodd groeso i'w stori.

'Sut dy fod ti mor hwyr yn cyrraedd o'r ysgol? A dyma ti wedi baeddu llawes dy ffrog yn ofer! Os nad wyt ti'n ddigon o faint bellach i allu cyrraedd o'r ysgol erbyn dy de, ac i'th gadw dy hun yn lân, serch iti fod heb Dori, mae'n rhyfedd iawn gen i. Brysia fwyta, iti gael ymorol tanwydd at y bore. A thithau, Dori, wedi iti nôl siwrnai neu ddwy o ddŵr, mi gei eistedd i wau, i ddadflino. Mae yna ddeubar o sanau i hwsmon yr Hendre yn aros am eu troedio.'

Teimlai Dori'n hapus iawn wrth wau ger y tân y noson honno. Yr oedd, oherwydd ei gwrhydri gyda'r llygaid eirin, wedi ennill yn ôl ei hunan-barch, a glwyfwyd mor erch y bore hwnnw; ac roedd ei mam, am unwaith, wedi gwrthod â gwrando ar Lydia yn prepian arni, ac wedi bod cyn nesed â dim i'w chanmol. Yr oedd hynny'n llawn cymaint o ryfeddod ag i'w mam wrthod cymryd plaid Lydia yn ei herbyn hi.

2

Cafodd Dori ddeunaw gan Miss Smith am y llygaid eirin. Dychwelodd pethau i'w rhigol arferol rhwng Lydia a hithau ac ni theimlodd am amser wedyn, oddieithr ar dro siawns, fod ei mam yn dangos ffafraeth at ei chwaer rhagor ati hi.

Gwawriodd dydd pen blwydd Elis y Gof, a daeth i'r ysgol â llond ei boced o gyfleth, a chafodd Dori haldaid anhygoel ohono o'i gymharu â'r pripsyn a rannai i'r plant eraill a ddigwyddai fod yn ei ffafr y dwthwn hwnnw.

Cadwodd Mabel ei lle ar ben y dosbarth am ddau dro. Yna, ar ddechrau'r drydedd wers, baglodd rhwng 'striped' a 'stripped', ac enillodd Dori ei hanrhydedd yn ôl, yn fwy am iddi ddweud yn groes i Mabel nag oherwydd ei gwybodaeth hi ei hun. Cafodd orffen dysgu

'*Twinkle, twinkle, little star*' i'r rhai bach. Er i Mabel adennill ei safle ar dro, a'i golli drachefn, ni phlymiodd Dori am fisoedd lawer wedyn i ddyfnderau trueni'r diwrnod pan ymlidiodd ei phoen hi i'r mynydd.

Bywyd tawel, diamrywiaeth oedd bywyd y Llechwedd, ond nid un undonog. Yr oedd yn llawer rhy brysur i hynny. Cyfrifid gwraig y Llechwedd yn un â mynd garw ynddi, ac yn anfodlon oni byddai pawb o'i chwmpas yn mynd hefyd. Fe lwyddai gyda hyn cyn belled ag yr oedd ei phlant yn y cwestiwn, a thystiai'r ardal fod 'Gwen Llwyd yn gyrru'n drwm ar y ddwy eneth yna'. Dysgasant hel priciau i'r fasged danwydd yr un adeg â dysgu cerdded. Fe'u gwelwyd ar eu gliniau ar y fainc yn golchi llestri cyn bod eu pennau, a hwythau â'u traed ar y llawr, yn cyrraedd yn uwch na'r bwrdd.

Erbyn hyn, a Dori'n un ar ddeg, a Lydia'n tynnu ar ei naw mlwydd oed, gwnaent y rhan fwyaf o waith y tŷ rhyngddynt nos a bore, gan adael eu mam yn rhydd at weithio'r bwyd, trin y llaeth, golchi, gwau, gwnïo, a gwaith allan. Ac nid golchi a gwnïo i'w theulu'n unig a wnâi. Roedd gweision yr ychydig ffermydd a fras-frithai'r cwm moel oedd yn ymestyn ymlaen o'r Llechwedd, yn rhy bell o'u cartrefi i allu cerdded yno unwaith bob pythefnos am ddillad newid, ac yn falch o rywun i olchi eu gwlanenni trymion am chwe cheiniog y tro. Hwsmyn a gwagenwyr oedd y cwsmeriaid arferol. Byddai cartrefi'r gweision bach o fewn cyrraedd fel rheol, a ph'un bynnag, ni allent hwy fforddio'r chwe cheiniog.

Fe wnïai hefyd grysau a thronsiau gwlanen lwyd, a syrcynnau o wlanen gartref wen, i'r pen-gweision hyn. Roedd yn gwau hosanau mawr hir o edafedd glas iddynt, ac ambell bâr o ddu'r ddafad at orau. Disgwyliai i'r genethod gymryd eu rhan gyda hyn fel gyda phopeth arall, a threuliai'r ddwy yr amser cwta rhwng swper a gwely bob nos naill ai'n bodio'r edafedd anwastad, neu'n gwneud pwyth croes bras gydag edau lin ar y wlanen arw. Ond er y mawr ddiwydrwydd, ni ffynnai dim yn y Llechwedd. Byddai Gwen Llwyd yn erwin am wythnosau bwygilydd cyn adeg talu'r rhent. Lawer gwaith mewn blwyddyn y grwgnachai, 'Arhosa i yma yr un diwrnod yn hwy na'r pen tymor nesa yma. I beth yr af i chwysu mêr fy esgyrn mewn lle fel hyn, i ddim ond i gael tamaid a tho i'm cadw i chwysu wedyn, a neb yn y fan yma'n ymlâdd dim ond y fi. Does dim dichon i un pâr o ysgwyddau gario'r baich i gyd.'

19

Eithr er cymaint y canai'n ei chorn, aros yn y Llechwedd a wnâi o hyd, fel y gwnaethai ei mam a'i nain o'i blaen; a daroganai pawb yn y gymdogaeth mai yno y mynnai farw hefyd, oni ddigwyddai rhyw newid mawr yn ei hanes.

Barn pobl ddŵad, oedd wedi byw yn yr ardal am lai na rhyw ddeng mlynedd, oedd: 'Mi fuasai yna fyd go dda arnyn nhw yn y Llechwedd petai'r wraig wedi taro ar ŵr cystal â hi ei hun.' Ac fe fyddai'n amlwg ar eu hysgydwad pen nad oedd ei wraig wedi llwyddo i drwytho Edwart Llwyd â'i 'mynd' hi.

Tueddai hen drigolion gochelgar y fro at farn wahanol, er na ddywedent lawer, oni fyddent yn siŵr o'u pobl. 'Edwart Llwyd? Ie, bachgen clên fyddai o erstalwm, a gweithiwr di-fai hefyd, hyd yn oed os nad oedd o'n slafiwr mawr. Piti iddo fo ryw ffwndro yn y blynyddoedd diwetha yma.'

Wedi iddi dyfu, synnai Dori lawer na bai'n cofio mwy am ei thad, a hithau cyn hyned pan fu ef farw. Mae'n wir na welodd mohono o gwbl yn ystod tair blynedd olaf ei oes, a'i fod oddi cartref yn amlach na pheidio yn y blynyddoedd cynt; ond rywfodd nid ymddangosai hynny'n ddigon o eglurhad tros iddo fod mor annelwig yn ei chof.

Gweithiwr oedd Edwart Llwyd, yn rhoi'i wasanaeth o fferm i fferm yn ôl fel y byddai galw. Dim ond y dyddiau pan na chyflogid ef a dreuliai gartref, oni fyddai'n rhy wael i godi o'i wely. Ac os digwyddai fod heb le, fe fyddai yna ddigonedd o waith yn ei aros yn y Llechwedd ei hun, fel na fyddai, mewn gwirionedd, fawr o gyfle i'w weld o gwmpas y tŷ.

Cwynai'i wraig byth a beunydd ynghylch ei gyflog, yn enwedig wrth y bostwraig, os digwyddai honno alw heibio i'r Llechwedd â llythyr agored o ryw siop neu'i gilydd yn y Gorslwyn. 'A deud y gwir yn onest iti, dydi Edwart yn gwneud fawr mwy na'i gadw'i hun, ac felly mae hel tamaid i'r plant yma, a thalu'r rhent, i gyd ar fy nghefn i. Ond waeth imi heb â chwyno yr un blewyn. Dyna fel y mae hi, ac mae o'n lwcus i gael lle o gwbl. Mi wn i gystal â neb mor ara mae o'n rhoi gwaith trwy'i ddwylo. Mae hi wedi mynd erbyn hyn nad oes ganddo fo unlle braidd ond yr Hendre i droi iddo, ac mae'r rheini'n dandwn gormod o lawer arno fo ac yn ei wneud o'n anos i'w drin gartre. Mi fyddai'n well gen i lai o ddandwn a mwy o gyflog.'

'Wel, Gwen,' ebe Jân Roberts yn araf deg, 'mi oedd yna amser pan gyfrifid Edwart yn gystal gweithiwr â'r un.'

'Roedd o'n reiol am y tair neu bedair blynedd gynta wedi inni briodi, pan oedd Mam druan byw. Mae'n debyg ei fod o'n gwybod nad oedd wiw iddo fentro bod fel arall yn yr un tŷ â hi. Bryd hynny, mi wnaeth dipyn o daclusrwydd o gylch y lle yma. Ond rŵan, ers blynyddoedd, wnaiff o yr un iòd o'i ewyllys ei hun ar ôl noswylio. Mi fydda i ar f'eitha i'w ystwytho fo i wneud mymryn ar y Sul, neu ryw ddiwrnod arall pan fydd o'n rhydd.'

'Mae pawb yn deud fod ei iechyd o'n bur symol, Gwen. Roedd gwraig yr Hendre'n cwyno iddo fo un diwrnod, ac yn deud fod ei chalon hi'n brifo wrth ei weld o'n trio gweithio, fod ei blwc o'n fyr iawn a'i fod o'n gorfod cymryd hoe hir wedyn.'

'Ie, dyna fo,' triniai Gwen Llwyd, 'ac wedyn mae'r taclau'n cymryd esgus, wrth ei weld o mor ddiynni, i dalu'r nesa peth i ddim iddo fo. Mi fydda' i'n deud ac yn deud wrtho fo, petai o'n bwrw iddi o ddifri efo'i waith, fel y fi, na châi o ddim amser i bendroni ynghylch ei boenau byth a hefyd.'

'Mi fyddai yna gryn dipyn o elfen barddoni ynddo fo unwaith,' ebe Jân yn atgofus, 'ond welais i ddim o'i waith yn yr *Allwedd* ers tro byd bellach. Wyt ti'n cofio'r farwnad honno wnaeth o ar ôl hen wraig y Glyn?'

'Nac ydw i, yn cofio dim o'r ffasiwn beth,' atebodd Gwen Llwyd yn gwta.

'Mi argraffodd yr hen Foses honno, â llun Mari Owen uwchben y penillion. Maen nhw gen i mewn ffrâm ar wal y llofft byth. Ac mi fyddai'n darllen talcen slip yn y Cyfarfod Diwylliannol bob dechrau tymor. Welais i mohono fo yn y rheini ers blynyddoedd.'

Wfftiodd Gwen. 'Feia i ddim arno fo am ildio i ryw gybôl felly; ond mae hi'n gywilydd mawr iddo fo beidio â mynd i'r capel. Does dichon ei gychwyn o ar y Sul, a dyna lle mae o'n gorweddian ar hyd y fan yma trwy'r dydd.'

'Mae'n debyg ei fod o'n blino gymaint ar hyd yr wythnos.'

'Blino'n wir! Os galla i, sy'n gweithio ddengwaith caletach na fo, fynd deirgwaith y Sul, mi allai o fynd unwaith. Diogi noeth sy'n cyfri, a dim arall! ... Wyt ti ddim yn digwydd gwybod, Jân, faint ydi menyn yn y dre? Mae o'n dechrau prinhau, a phe gwyddwn i fod yna

21

geiniog y pwys o wahaniaeth rhwng pris y Gorslwyn a phris y Llan yma, fel y gwelais i weithiau, mi gyrrwn i o i'r dre yn lle'i werthu dan draed i'r hen Fodlen y Siop. Mae Dori yma'n ddigon hen rŵan, petai trefn arni, i allu cerdded ag o yno ar ddydd Sadwrn. Prin bum milltir fyddai o iddi, a chroesi'r ffordd uchaf yma. Mi fyddwn i'n ei gerdded o'n ôl a blaen flynyddoedd cyn bod yn ei hoed hi.'

'Wel, mi glywais gan wraig Llwyn Onn fod Elin Jones y Tŵr yn deud fod gwraig y Pant wedi mynd â deg pwys i Siop Huws ddoe . . .' A throdd y sgwrs am y gweddill o hoe Jân at brofiad y gwahanol wragedd gyda'u menyn a'u hwyau.

Ni chlywai'r genethod, yn enwedig Dori, ond ambell air anaml o sgwrs fel hon. Ni feddai Gwen Llwyd gynnig i 'hen blant yn stelcian ac yn gwrando' pan ddigwyddai hi fod yn sgwrsio â rhywun. 'Ffwrdd â chi, yn lle hongian o gwmpas â'ch cegau'n agored fel trap gwybed. Mae yma ddigon i'w wneud. Wyt ti wedi carthu'r côr yna eto, Dori?'

Eithr er na chaent lawer o gyfle i wrando ar gwynion eu mam wrth bobl ddieithr, fe glywent ddigon ohonynt eu hunain i ddysgu cyfranogi, yn ddiarwybod bron, o'i dirmyg hi o'u tad. Er lleied a welent arno, prin yr ynganent air pan ddigwyddent daro ar ei gilydd.

Treuliodd Dori lawer awr, ymhen blynyddoedd wedyn, yn ceisio atgyfodi'i lun i'w meddwl, ac yn chwilota yno am ambell atgof ohono, ond prin iawn fyddai'i helfa. Wrth gau ei llygaid, fe welai ddyn bychan, eiddil, yn edrych yn llai nag oedd raid iddo oherwydd ei arfer o gerdded yn ei gwman. Ac nid digon ganddo grymu o'i wasg a'i ysgwyddau, eithr fe blygai'i arrau hefyd. Roedd ei wyneb yn annaturiol o grychiog. Gorweddai eu crychiadau'n esmwyth ar wynebau Cati Jones a hen ŵr Pen Lan a Siân Tomos yr Efail, ond fe ymddangosent allan o'u lle ar wyneb ei thad, a theimlai Dori'n berffaith sicr nad oedd ef yn agos cyn hyned â'r lleill. Yn un peth, nid oedd ei wallt yn frith, ond yn gringoch heb yr un blewyn gwyn ynddo. Roedd ei fwstas tenau, dilewyrch o goch gwannach, a'i wyneb yr un lliw ag ymylon tudalennau rhydd y Beibl mawr carpiog ar y dresel. Cofiai syllu weithiau ar ei glustiau, pan ddigwyddai iddo ymdroi ennyd i bendwmpian wrth y tân fin nos. Nid oedd eu hymylon yn plygu trosodd fel rhai pawb arall, ac fe ddysgodd wedyn mai effaith llosg eira yn ei blentyndod oedd hynny. Nid oedd eu lliw yr un fath â rhai dynion eraill chwaith – dim un arlliw o goch ynddynt, ond rhyw wyn cwyrog, difywyd. Wedyn y cofiai am y pethau hyn, nid sylwi'n ymwybodol arnynt ar y pryd. Er y gallai hyd ddiwedd ei hoes dynnu darlun o'r pethau hyn – ac o'i drowsus cord, balog fawr, wedi'i glymu o dan ei ben-glin â chortyn coch, ac o'i wasgod lewys – eto prin iawn oedd ei chof o ddim arall yn ei gylch.

Pan fyddai'i thad yn gweithio, câi ei brydau bwyd allan ar hyd y ffermydd. Pan ddigwyddai fod gartref, byddent hwy yn yr ysgol gan amlaf. Oni fyddent yn yr ysgol, byddai eu mam yn eu cadw ar ryw dasgau trwy'r dydd. Un o'i harferion – prawf o'i phrysurdeb, haerai hi – oedd dweud, 'Hwdiwch, gwnewch dipyn o frywes i chi'ch hunain, gael inni orffen efo'ch cinio chi, beth bynnag, ac wedyn mi ellwch droi ati i lanhau'r llofft a'r siambar. Mi gaiff eich tad damaid pan fydd o wedi darfod efo'r gwrych yna.'

Fel hyn, ychydig iawn o brydau a fwytâi teulu'r Llechwedd gyda'i gilydd. Eto, rhaid fod hynny'n digwydd yn amlach nag y tybiai Dori wrth edrych yn ôl, oherwydd dyna un o'i hychydig atgofion clir am ei thad – ei weld yn eistedd wrth y bwrdd, un llaw o dan ei ben a'r llaw arall yn malu'r bara ar ei blât, a'i mam yn dwrdio, 'Da chi, Edwart, peidiwch â sbrialu'ch bwyd fel'na. Mae o'n ddigon prin ac anodd ei gael heb ei ddifetha. Brysiwch, enethod, gael ichi orffen troedio sanau Now Pen-y-Cribyn; mae o'n siŵr o alw amdanyn nhw heno. Edwart, cofiwch chithau fod rhaid gorffen y ffos yna cyn nos. Gymrwch chi frechdan arall, neu gawsoch chi ddigon rŵan?' Neu efallai y byddai'n dweud, 'Dyma'ch bara llaeth chi, Edwart. Mi fyddai'n well o'r hanner ichi wrando arna i a chymryd bowlaid iawn o frywes. Fyddech chi fawr o edrych mor biglwyd wedyn . . . Pe caem ni ryw drillwyth arall efo'r siandri fach, fyddai yna ddim ond y cribinion wedyn i'r genethod a minnau at fory.'

Ychydig iawn a siaradai'i thad, a byth braidd oni fyddai'n rhaid iddo. Er hynny, gallai Dori gofio'i lais yn well na llawer peth o'i gwmpas, oherwydd yr argraff a roddai iddi ei fod yn dyfod o le gwag. Dro arall swniai'n gryg ac isel. Ychydig o'i frawddegau oedd yn werth eu cofio.

'Allech chi ddim gwneud torth fach wen ar dro, Gwen? Mae'r bara amyd yma'n codi diffyg traul arna i, ac mae Mari Lewis wedi cymryd i roi tafell o fara gwyn imi bob pryd rŵan.'

'Yn wir, mi wyt ti'n braf dy fyd,' ysgyrnygai'i wraig. 'Dim rhyfedd

23

fod dy gyflog di mor fach, a thithau'n cael y fath foethau ar dy brydau yn yr Hendre. Mae bara amyd yn ddigon da i ni yma, ac yn ddigon anodd ei gael yn aml.'

Dro arall: 'Oes gennych chi fymryn o fara ceirch â thipyn o doddion ynddo fo, Gwen? Mae hwn fel cerrig bras yn fy stumog i.'

'Toddion yn wir! Does yma byth gig i'w fwyta, felly sut mae disgwyl fod toddion? Fedraf i yn fy myw gael yr un golwyth o gig moch er cymaint fy llafur gyda'r anifeiliaid yma trwy gydol y flwyddyn.'

Cofiai Dori yn glir am un sgwrs a gafodd gyda'i thad. Yr oedd wrthi, un prynhawn Sadwrn, yn cario dŵr ar draws Cae'r Ffynnon, ac yntau yn ei ddau ddwbl yn gwasgaru berfaid fach o dail ar hyd-ddo.

'Edrychwch, 'Nhad,' ebe hi wrth fynd heibio, 'ar y lliw tlws sydd ar yr awyr.' Prin y disgwyliai ateb. Byddai'n ofynnol dweud yr un peth ddwywaith a thair wrtho weithiau cyn iddo gymryd dim sylw. Hynny a siaradai, gyda'i mam y gwnâi, gan ei hanwybyddu hi a Lydia. Ond y tro hwn, ymsythodd yn araf, a chan bwyso'r naill law ar ei fforch a'r llall ar ei glun, edrychodd tua'r gorllewin.

'Ie,' meddai'n hanner distaw, 'lliw'r machlud. Mi fyddwn innau'n hoff o'r machlud erstalwm.'

Plygodd yn ôl at ei orchwyl, a chododd Dori ei bwcedi a mynd yn ei blaen. Synnodd ei glywed yn galw ar ei hôl.

'Hei!' Nid oedd ond ei ben wedi codi'r tro hwn; parhâi'i gorff yn grwm yn y weithred o chwalu fforchaid o dail. 'Hei, paid ti â gadael iddi *hi*,' gan amneidio â'i lygaid tua'r tŷ, 'a hyn,' gan droi ei lygaid, a rhywfodd gwybu Dori mai'r buarth a'r pum cae a olygai'n awr, 'guddio lliwiau pethau iti.'

Taflodd ei fforchaid oddi wrtho, ac heb wybod beth arall i'w ddweud na'i wneud, aeth Dori a'i bwcedi ymlaen tua'r tŷ.

Arhosodd ei syndod at yr ateb hwnnw gyda hi am hir. Yr oedd ei thad wedi siarad mor wahanol i'w ddull cwynfanllyd arferol, mor wahanol hefyd i ddull chwyrn ei mam, yn wir yn wahanol i bawb a adnabyddai hi. Wrth ymdroi uwch ei ben, dechreuodd feddwl efallai fod ganddi drumwedd o gof, yn bell, bell yn ôl – tebyg i'r atgof a feddai am ei nain – o dad y rhedai i'w gyfarfod pan glywai sŵn ei droed, gan gael ei chario'n fuddugoliaethus tuag adref ar ei ysgwydd. Ar y pryd, fe dybiai ei bod yn cymysgu bywyd a breuddwyd, fel oedd yn digwydd iddi weithiau; ond wrth siarad ymhen blynyddoedd â Jân y bostwraig, penderfynodd fod ochr arall i'w thad, na chafodd hi gip arni heblaw yn yr atgof lledrith hwnnw ac yn ei frawddeg am y machlud. Dyna'r adeg hefyd y dechreuodd, yn ddiarwybod iddi'i hun, ei ddelfrydu, a rhoi'i bryd ar gasglu'i anerchiadau priodasol a'i ganeuon coffa oddi ar aelwydydd yr ardal.

Eithr ar hyn o bryd, ni welai ynddo ond gŵr lluddedig ei wedd, oedd yn llusgo i'r tŷ fin nos, yn tynnu'i esgidiau cleiog, trymion yn nrws y briws, ac yn eistedd ennyd wrth y tân mawn, gan ymestyn ei draed yn eu sanau llwyd â'r blaenau gwynion, a drwsiwyd mor aml nes bod y gwau wedi ymgolli yn y brodiadau croesymgroes. Ac eithrio'r dyddiau pan weithiai gartref, byddai wedi cael ei swper.

'Rydw i'n credu mai mynd i gadw sydd orau i mi, Gwen.'

'O'r gorau,' fyddai'r ateb sychlyd, 'ond mae gofyn i *mi* fod ar 'nhraed gryn blwc eto. Mae syrcynnau Huw Tŷ-Ucha'r-Nant i'w gorffen heno'n bendant, ac mae'n rhaid i rywun ei hymlâdd hi, a hithau mor agos i ddiwrnod rhent.'

Llusgai ef ymaith yn nhraed ei sanau ac i fyny'r hen ysgol simsan oedd yn arwain o'r gegin i'r agoriad sgwâr yn ei nenfwd. Gwegiai a chrynai'r ysgol wrth iddo fustachu camu oddi arni i lawr y llofft. Ymroai Gwen Llwyd ati i drin ei nodwydd yn fwy ffyrnig nag erioed. Closiai Dori ymhellach i mewn o dan y simnai. Ymddangosai rywfodd fod yno lawer ychwaneg o le wedi i'w thad fynd o'r ffordd. Ni wyddai a deimlai Lydia yr un fath. Os gwnâi, ni châi hi lonydd i fwynhau'r teimlad, oherwydd ni fyddai'i mam yn hir cyn gorchymyn, 'Gwell i tithau fynd i gadw, Lyd. Mae gofyn i'th oed di gael digon o gwsg.'

Gwyddai Dori mai ffafraeth â Lydia oedd ym meddwl ei mam wrth ei gyrru i'r gwely'n gyntaf; ac fe siglai rhwng digofaint o achos hynny, a bodlonrwydd o gael aros i lawr ei hun, ac ni fyddai byth yn siŵr p'un o'r ddau deimlad a enillai ganddi. Plygai ymlaen er mwyn i lewyrch y tân roi hwb i oleui'r gannwyll frwyn wrth ei phenelin; ond o eistedd yn ei chwman felly, ni fyddai lle iddi dynnu'r nodwyddaid edau i'w llawn hyd heb ei chymryd ar ddwywaith neu dair, a golygai hynny golli amser. Ymsythai drachefn, a gwyro i'r dde, i fod yn nes at y gannwyll.

'Yn enw'r Mawredd, eneth, beth ydi'r gwingo yma sydd arnat ti?'

dwrdiai ei mam. 'Fydd byth lun ar wnïo fel'na, y beth ddi-sut gen ti. Ydi'r llawes yna'n barod bellach, gael imi ei chydio hi wrth y corff?'

Weithiau, cyn iddynt orffen, fe glywid cnoc ar y drws, a'r glicied yn codi, a llais yn galw, 'Oes yma bobol i mewn?'

'Dyma fo ar y gair,' ffwdanai Gwen Llwyd, 'a minnau heb ddechrau rhoi'r llawes yna i mewn. Tyrd yn dy flaen, was. Fyddwn ni fawr iawn o dro iti. Mi ges haldiad o olchi heb ei ddisgwyl ddoe, ac mi taflodd hynny fi'n ôl.'

'Ble mae'r giaffar yma?' fyddai'r cwestiwn arferol fel y gosodai'r cwsmer ei hun yn gysurus ar y sgrin dderw, a'i benelin ar y pentan.

'Wedi mynd i'r gwely,' fyddai'r ateb cwta. 'Roedd o'n cwynfan ei fod o wedi blino, ond mi gymraf i fy llw na roddodd o mo chwarter fy ngwaith i trwy'i ddwylo heddiw.' A phwythai Gwen yn ffyrnicach fyth, gyda Dori'n edrych yn fyfyriol arni gan ddisgwyl bob munud i'r edau dorri, neu fynd yn llyng-glwm, gan fel y plyciai hi.

'Hwde di,' arthiai'i mam. 'I beth wyt ti'n dal dy ddwylo fel'na? Pilia ychydig o'r pabwyr yna, neu dos i'r gwely – un o'r ddau.' Roedd y bocs pabwyr bob amser wrth law yn y Llechwedd, rhag ofn y byddai egwyl rhwng dau orchwyl.

Roedd Dori'n eithaf diogel rhag y bygythiad i'w gyrru i'r gwely, er na ddeallai hi mo hynny'n iawn, hyd yn oed ar ôl clywed ei mam yn bwrw trwyddi wrth Mari Lewis yr Hendre ar y ffordd o'r capel un prynhawn Sul.

'Wn i ddim i ble mae'r byd yn mynd y dyddiau yma, efo'r holl bechu sydd o'n cwmpas ni. Diolch i'r Mawredd na all neb bwyntio bys ata i, beth bynnag. Er nad ydw i fawr gwell na gwraig weddw, ac Edwart naill ai oddi cartre neu'n cwynfan yn ei wely o hyd, a chynifer i mewn ac allan acw, mi ddyffeia i neb i ddeud un gair am fy nghymeriad i. Fyddaf i byth yn derbyn yr un o'r hogiau i'r tŷ, heb ofalu fod un o'r plant acw o gwmpas.'

Dichon mai'r mawr ofal yma ar ran gwraig y tŷ oedd yn cyfrif fod y gweision a alwai yn y Llechwedd mor ddywedwst yn ei chwmni. Yr un rhediad fyddai i sgwrs pob un ohonynt, wrth droi a throsi eu capiau'n ôl a blaen yn eu dwylo. Holent am y giaffar. Rhoent dro ar y tywydd. Os byddai rhaid iddynt aros rhagor na deng munud, rhoddent holl fanylion eu gwaith y diwrnod hwnnw, a chrybwyll ei bod yn nesu at amser teilo, neu hau, neu gynhaeaf, yn ôl y tymor. Yna, a'u pecyn yn barod, talent am y gwaith, mwmialent eu 'Nos Da', ac i ffwrdd â hwy am eu bywyd.

'Ie, Gwen Llwyd,' meddai gwraig yr Hendre, 'peth clên ydi cadw dyn o gyrraedd temtasiwn.'

Hyd yn oed os na wyddai am y sgwrs ddieneiniad yn y tŷ, fe wyddai'n dda fel y chwarddai'r llanciau ar eu ffordd oddi yno, a beth a ddywedent wedyn: 'Myn brensiach i! Safwn i ddim yn esgidiau'r hen Edwart druan am holl aur y Clon Deic. Petaet ti'n gweld fel y fflamiai llygaid yr hen wraig wrth ddeud ei fod o yn ei wely! Roedd hi bron â thynnu gwreichion o'i nodwydd.'

Ni fyddai sylwadau Gwen Llwyd arnynt hwythau ronyn mwy ffafriol. 'Mae hwnna'n llabwst pur ddiog, mi wn i ar ei doriad o, ac yn ddigon o hen findo hefyd, mi wranta i. Roedd o'n edrych fel petai o'n gweld grôt yr un yn ormod am y syrcynnau yna, a minnau'n rhoi gwysed dan y ceseiliau a phopeth . . . Dyma fi wedi enhuddo'r tân. I ffwrdd â thi i'r gwely, yn lle stelcian fan hyn. Mi fydd yn ddigon anodd dy godi di fory, mi gymraf fy llw.'

Fel rheol, byddai Lydia'n cysgu'n braf pan gripiai ei chwaer at ei hochr. Cymysg fyddai teimladau Dori am hyn eto: diolchgarwch am fod ei chwaer yno o'i blaen i gynhesu rhywfaint ar y gwely, a digofaint at anghyfiawnder ei mam yn gorchymyn iddi hi aros i lawr, gan droi a'i chyhuddo o stelcian yno bron ar yr un gwynt.

3

Fel arfer, fe gysgai Dori gydag i'w phen gyffwrdd â'r gobennydd, ac ni ddeffroai nes clywed ei mam yn rybedio'r heyrn tân a chaead y tegell o gwmpas fore trannoeth. Ni chofiai gael llonydd yn ei gwely ar ôl y sŵn hwnnw, ac eithriad mawr fyddai deffro o'i flaen – y ddannodd ar dro, efallai, neu Lydia'n cicio'r dillad oddi arnynt ar dywydd rhewllyd, a hithau'n deffro fel clap o rew.

Ond fe'i deffrowyd hi unwaith heb oerni na'r ddannodd. Neidiodd o'i chwsg mor effro â phetai'n ganol dydd. Methai â deall beth oedd wedi ei chynhyrfu. Cysgai Lydia'n dawel ddigon. Clustfeiniodd Dori ei gorau, ond ni chlywai drwst na thegell na phrocar na bwced. Yr

27

oedd ar orwedd yn ôl, pan glybu sŵn fel petai rhywun yn bwtffala â bollt pren y drws allan. Curodd ei chalon yn gyflymach. Ni allai sŵn felly, ganol nos, olygu dim ond trempyn. Daliai rhai o'r hen bobl i grynu rhag bwgan a thoili a thylwyth teg, ond crwydriaid oedd bwganod y plant. Er mai anaml iawn y treiddiai un o'r hil cyn belled â'r Llan, heb sôn am ffermydd diarffordd y mynydd-dir, os goddiweddid Dori gan y gwyll, am drempyn y meddyliai bob amser. Os digwyddai weld un ar stryd y pentref, rhedai'n llechwraidd heibio i gefnau'r tai rhag gorfod ei gyfarfod.

Yn awr, wele'r hyn a ofnasai lawer gwaith, pan fyddai'n gorfod gwarchod y tŷ ei hun wedi nos, ar ddyfod i ben, a chrwydryn yn bwtffala gyda bolltau'r drws. Ni feddyliodd am weiddi, na deffro Lydia; ni wnâi honno ond crio, p'un bynnag. Clywodd y glec wrth i'r bollt lithro a tharo yn erbyn y pren a'i derbyniai.

Yn sydyn, llaciodd y swyn a'i daliai. Llithrodd yn ddistaw o'i gwely, ac at y ffenest fach. Nid oedd ganddi unrhyw reswm tros wneud hynny. Yn sicr, ni ddisgwyliai weld unrhyw un y gallai alw arno y tu allan i'r Llechwedd ganol nos fel hyn. Felly synnodd weled, yng ngolau'r lleuad, hen ŵr yn sefyll â'i bwysau ar y wal fach sych a wahanai'r tŷ o'r buarth mawr, lle arferai ei mam daro'r gunnog laeth i sychu ar ôl ei golchi. Petai modd agor y ffenest, a phetai'r dyn yn sefyll ar ei chyfer hi yn lle o flaen y drws, byddai Dori wedi gallu cyffwrdd ag ef gan mor agos ydoedd.

Rhythodd arno'n hir cyn sylweddoli mai ei thad ydoedd. Ni ddisgwyliai ei weld ef ar ei draed berfedd nos fel hyn, heb yr un fuwch na dim angen codi atynt. Adnabu ef pan gerddodd heibio i'r ffenest at y penwar bach, a chrymodd rhag ofn iddo sylwi arni. Ni fuasai rhaid iddi, oblegid pasiodd ef heibio fel dyn dall, gan hanner syrthio ar draws y penwar. Gan nad oedd y glicied yn gweithio'n iawn, agorodd y glwyd fach dan ei bwysau, a cheibiodd yntau trwyddi i'r buarth agored. Methai Dori â'i weld yn iawn yn y fan honno, gan fod y wal fach rhyngddi hi ac ef. Er hynny, gallai weld digon yn yr hanner golau i wybod ei fod yn ei ddau-ddwbl a'i ddwylo'n gwasgu'n dynn o gylch ei ganol, yn siglo'n ôl a blaen gan ryw hanner griddfan rhyngddo ac ef ei hun. Tybiodd unwaith ei fod yn ei daflu'i hun ar lawr ac yn ymdreiglo yno o ochr i ochr. Clywodd ef yn llefain, yn glir y tro hwn, 'O mam, mam, beth wna i?'

Anghofiodd yr eneth ei drychfeddwl ynghylch crwydryn, ond teimlai fwy o arswyd na chynt. Methai â deall beth oedd yn peri i'w thad ymddwyn fel hyn. Tybed iddo gael ei frathu gan gi cynddeiriog? Cofiai ddarllen yn y *Reader* yn yr ysgol am ganlyniadau echrydus hynny. Cloffai rhwng dau feddwl: p'un ai mynd allan ei hun at ei thad, ynteu galw ar ei mam. Ni châi groeso gan ei thad ar y gorau, ac efallai nad oedd o eisiau i unrhyw un ei weld fel hyn. Ymgroesai wedyn rhag galw ar ei mam, yn ddiachos hwyrach, a chael hensiad iawn ganddi a gorchymyn i beidio â dangos ei hun mor ffôl a phlentynnaidd. Penderfynodd fynd allan at ei thad, fel y lleiaf o'r ddau ddrwg, ond cododd ef oddi ar lawr a cherdded tua'r adwy rhwng y buarth a Chae-dan-tŷ. Symudai'n gyflymach na'i arfer, ond ei fod fel petai'n baglu weithiau yn y cerrig garw oedd yn ymgodi o lawr y buarth. Wedi iddo ddiflannu o'r golwg, sleifiodd Dori'n ôl at ochr Lydia, gan grynu fel y ddeilen.

Pendronai uwch yr hyn a welsai. Yr oedd yn rhy oer ac effro i feddwl am ailgysgu. Toc, clywodd draed anwastad yr ysgol yn swnian ar lawr cerrig y gegin – arwydd fod rhywun yn dringo neu'n disgyn ar hyd ei ffyn. Penderfynodd fod ei thad wedi dyfod yn ôl i'r tŷ heb yn wybod iddi, ac yn mynd yn ôl i'w wely. Ond ymhen eiliad arall clywai racio'r grât, a thincial y caead wrth gael ei dynnu oddi ar y tecell. Neidiodd o'r gwely er mwyn arbed y dwrdio a gâi petai ei mam yn gorfod galw arni. Mor wirion fu hi, heb sylweddoli mai ar ei ffordd i'w waith yr oedd ei thad! Eto, ni fyddai'n arfer cychwyn heb ei frecwast, ac yn sicr nid oedd yn ymddwyn fel yna bob bore.

Cododd ei mam ei phen wrth ei chlywed yn cau drws y siambr ar ei hôl.

'Beth ddaeth drosot ti i godi mor fore tybed? Mae yna ryw gyfnewidiad mawr yn y tŷ yma, ddyliwn i. Dyma dy dad wedi codi cyn i mi ddeffro heddiw, a'i chychwyn hi heb ei frecwast. Foreau eraill, mae hi'r nesa peth i amhosib i'w gael o o'i wâl oriau wedi'r amser y cododd o heddiw. Roeddwn innau'n gweld nad ailgysgwn i ddim eto, felly mi godais. Mi allaswn i fod ar fy nhraed trwy'r nos o ran y gwaith sy'n aros wrthyf i yn y fan yma. Ffwrdd â thi i nôl siwrnai neu ddwy o ddŵr. Mae yma domen o ddillad angen eu mwydo'n barod erbyn y Llun. Yn wir, bron na olchwn i rai ohonyn nhw heddiw, er mwyn torri mymryn ar ei chrib hi at yr wythnos nesa.'

Erbyn i Dori orffen efo'r dŵr, roedd Lydia hefyd wedi codi. Fe gadwyd y ddwy ar fynd am y teirawr nesaf, fel na chafodd hi gyfle i ddisgrifio'r hyn a welsai, hyd yn oed pe dymunai wneud hynny.

Yr oedd ar ganol golchi'r tŷ pan gyrhaeddodd y bostwraig efo bil am hadyd o siop Huws y Gorslwyn.

'Brensiach annwyl!' rhyfeddai honno. 'Dyma beth ydi pobol fore. Dillad allan ar y gwrych, ac wedi gorffen hyd at olchi'r tŷ yn barod.'

'Mi gymerodd Edwart yma yn ei ben i godi'n foreach nag arfer, fel y bu ryfedda, ac mi oeddwn innau'n ei gweld hi'n gywilydd imi beidio â gwneud tipyn mwy o'm hôl yn y bore glân, a'r genethod yma gartre a phopeth.'

'Gan gofio,' ebe'r bostwraig, 'roedd gwraig yr Hendre'n deud wrthyf i gynnau ei bod hi'n ofni fod Edwart Llwyd yn sâl, wrth na ddaeth o yno heddiw, ac yntau wedi addo'n siŵr neithiwr y byddai o'n dod at ryw fân orchwylion.'

'O'r Mawredd!' ebe Gwen Llwyd yn ddiamynedd, 'welais i erioed ddyn â chymaint o helynt efo fo. Mi cadwodd fi'n effro am oriau neithiwr efo'i droi a'i drosi. Y bara ceirch yma'n rhy arw i'w stumog o, os gwelwch chi'n dda! Mi fwytawn i fy het os nad ydi'r bara yma'n well na'r hyn y maged o arno. Wedyn, pan gysgais i, dyna fo'n codi'n foreach nag arfer ac yn gwneud rhyw smoneth fel hyn.'

Ceisiodd Jân Roberts ei dofi. 'Falle fod ganddo fo neges yn rhywle cyn mynd i'r Hendre. A synnwn i ddim nad ydi bara ceirch yn rhy fras i'w stumog o, ac yntau mor wanllyd.'

'Ie, mi dyffeia i di am gwyno iddo fo bob amser,' gwawdiodd Gwen. 'Gwyn fyd na chefaist ti o'n ŵr, ddweda' i. Falle y newidiet ti dy dôn wedyn.'

Gwelodd Dori, ar gip wrth wasgu'r carp llawr, wyneb Jân yn cochi fel crib ceiliog.

'Os mai hen ferch y'm galwyd i fod, rydw i'n ddigon bodlon ar fy ffawd. Falle y byddai'n well iddyn nhw a phawb o'u cwmpas petai rhai eraill hefyd wedi bodloni ar hynny, a pheidio ag ymyrryd â bwriadau Rhagluniaeth ar eu rhan.' Ac i ffwrdd â hi, yn swta ryfeddol.

'Hym,' wfftiodd Gwen Llwyd, hanner wrthi'i hun a hanner wrth Dori. 'Roeddwn i'n meddwl y setlai hynna ei busnesu hi. Mi wyddai pawb ei bod hi bron â thorri ar ei thraws am Edwart erstalwm, ond na fynnai o mohoni hi.' Dilynodd ymlaen gyda'i gwaith mewn distawrwydd wedyn, nes bod Dori a'i bwced a'i cherpyn wedi cyrraedd at garreg y drws. O'r fan honno gallai glywed ei mam yn mwmial yn sgornllyd, 'Neges yn rhywle, yn wir! Y dyn na cherddith o gam o'i ffordd i mofyn y pripsyn lleia.'

Rhoddai hwb cyffelyb o ddwrdio yn awr ac yn y man trwy'r dydd, ond pan groesodd hogyn-gyrru-gwedd yr Hendre ar draws Cae-dan-tŷ ar ei ffordd â'r gaseg i'r Efail, fe synnodd Dori ei gweld yn rhedeg at y bwlch blêr rhwng y cae a'r buarth ac yn galw arno, 'Hei! Hei, Jac! Ydi'r giaffar yma yn yr Hendre acw heddiw?'

Arhosodd Jac a'r gaseg wrth sŵn ei llais. Tynnodd yr hogyn ei gap, gan gydio yn ei big â'r un llaw ag y crafai gefn ei ben. Arafodd Dori hithau, ar ei ffordd â ffedogaid o briciau a thopyn i'r tŷ.

'Ydi, mae o acw, Gwen Llwyd, yn pigo tatws yn yr hofel. Roedd hi'n berfeddion o'r dydd arno fo'n cyrraedd: wedi bod yn sâl ar y ffordd, ddyliwn i.' Plyciodd Jac yn ffrwyn y gaseg, gan weiddi, '*Gee up!*' Ailfeddyliodd ac arafu drachefn, a gweiddi tros ei ysgwydd, 'Mae'r tu blaen i'w grys a'i wasgod yn waed i gyd.' Aeth yn ei flaen gam neu ddau arall, a bloeddio wedyn, 'Mi wnaeth meistres dipyn o rual peilliad iddo fo i'w ginio, ac roedd hi am iddo fo eistedd wrth y tân yn lle mynd allan i weithio heddiw.'

Daeth Dori wyneb yn wyneb â'i mam wrth i honno droi draw o'i sgwrs â Jac. 'Does byth drin ar dy dad pan fydd o'n troi o gwmpas yr Hendre yna,' ebe Gwen Llwyd yn chwerw. 'Braf iawn i'r hen ffolog gan wraig yr Hendre ddifetha'i phobol â moethau, a disgwyl iddyn nhw fyw'n eu cartrefi, sydd ar eu heitha, wedyn.'

Sylwai Dori fod hwyliau gwaeth nag arfer ar ei mam am weddill y diwrnod hwnnw. Ni wnâi hyd yn oed Lydia ddim byd yn iawn. Pan gyrhaeddodd ei thad adref gyda'r nos, gwnaeth Dori esgus i'w basio ddwywaith neu dair, er mwyn gweld y gwaed ar ei frest. Gallai weld iddo'i faeddu'i hun rywsut, ond ni ddaethai gwaed i'w meddwl oni bai am eiriau Jac.

'Mi ddaethoch, 'te?' oedd cyfarchiad ei mam iddo.

Nid atebodd ef ddim, ond disgyn yn lluddedig ar y sgrin.

'Beth ddaeth atoch chi, i godi mor afresymol o fore? Mi wyddoch 'mod i'n codi'n ddigon buan i hwylio brecwast taclus ichi bob dydd.'

'Allwn i ddim diodde yn y gwely funud yn hwy,' ochneidiodd yntau. 'Poen oedd arna i. Poen!'

'Mi fyddai'n rheitiach o lawer ichi aros yn eich gwely eich hun, 'te, na stelcian o gwmpas tai pobol eraill, a chynnwys yr hen Pharisead gan wraig yr Hendre yna i gwyno ichi.'

Ceisiodd Edwart ei amddiffyn ei hun. 'Roeddwn i'n well erbyn cyrraedd yno. Mi ddaeth rhyw hen gasgl brwnt i fyny imi, ac rydw i'n esmwythach nag y bûm i ers wythnosau, byth wedyn.'

'Mae'n dda gen i glywed. Falle y cawn ni beth llai o gwynfan ac o ochneidio ar hyd y fan yma, felly.'

Eithr pan fwmiodd ef rywbeth ynghylch cychwyn i'w wely, y gallai gysgu heno, cafodd Dori syndod mawr o glywed ei mam yn dweud, 'Arhoswch i'r fowlaid fara llefrith yma fod yn barod gynta. Mae gen i dorth fach wen, wedi'i chrasu ddoe, i'w malu iddo.'

Bara llaeth enwyn fyddai eu swper hwy bob nos. Lawer gwaith y clywsai Dori'i thad yn cwyno fod llaeth enwyn poeth yn wrthwyneblyd iddo, ond hyd yma dim ond hensiad fyddai ffrwyth ei gŵyn.

'Rydw i wedi estyn crys a gwasgod lân ichi at y bore,' ychwanegodd ei mam. 'Dydi'r rheina ddim ffit i'w gweld gan fochyn.'

Nid ynganodd ei thad air. Bwytaodd ei fara llefrith heb adael dim ar ôl y tro hwn. Yna dringodd i fyny i'w wely.

Bwytasant hwythau eu bara llefrith cynnes. Galwodd dau neu dri o weision am eu golchiad, a daeth eraill â dillad i'w golchi. Daeth gwas mawr yr Hendre â chenglau o edafedd du'r ddafad i wau pâr o sanau gorau iddo ohonynt.

'Sut mae Edwart druan erbyn hyn?' holodd yn dosturiol.

'Mae o'n eitha glas,' oedd yr ateb sarrug. 'Mi fwytaodd swper cystal â'r un dyn sy'n ennill ei damaid, ac mae o i'w glywed yn chwyrnu'n braf ers meitin.'

'Aethoch chi ddim â fi i'r ffair ddydd Mawrth wedi'r cyfan,' cyhuddodd Lydia, ar draws y sgwrs.

'Anfonaist ti mo'r ddwy gyrlen hynny imi,' atebodd yntau, 'neu mi fuaset wedi cael dod. Mi dorraf i ddwy rŵan, yn barod at y ffair nesa,' a gwnaeth Huw esgus o geisio cael gafael ar ei gwallt, a Lydia'n rhedeg rhagddo y tu ôl i'r bwrdd gan chwerthin ei hochr hi.

Syllai Dori yn ddifrifol arnynt. Gwyddai pe ceisiai hi gega a chwarae fel hyn gyda rhywun oedd wedi galw yno, y câi fonclust ar unwaith a gorchymyn i beidio â bod mor swniog, yr hen beth fawr ganddi!

Yr oedd y cwsmer nesaf yn un newydd a dieithr iawn. Ni fu Dori erioed yn siarad â hi, ond fe'i gwelsai ar gip ar noson Cyfarfod Diolchgarwch ac yn siop Modlen unwaith neu ddwy. Dywedasai rhywun wrthi mai Margied Ffowc oedd hi, gwraig y Cwm Uchaf, fferm fwyaf anghysbell y plwyf, a mam yr Ifan Huw diniwed hwnnw oedd yn dod i'r ysgol am fis neu ddau yn awr ac yn y man.

Achosodd yr ymwelydd dieithr gymaint o syndod i'w mam ag i Dori. Safai yno, a'i llaw'n dal i gydio yn y glicied, heb osio ei gofyn i mewn na chyfarch gwell iddi. Eithr nid oedd hynny'n mennu nac yn cythryblu dim ar wraig y Cwm Uchaf.

'Na, ddof i ddim i mewn heno, diolch i chi yr un fath, Gwen Llwyd. Picio trosodd ar ôl swper wneuthum i, gan feddwl na fyddech chi'n mynd i'r gwely'n gynnar iawn ar nos Sadwrn fel hyn. Mae'r gwau acw wedi mynd yn feistr corn arna i y misoedd diwethaf yma. Rhyfedd ydi pedwar o fechgyn mawr fel y rhai acw, wyddoch chi. Mae taclu tipyn ar eu pethau nhw wedi mynd yn gymaint ag y medra i ei wneud yn awr. Faint ydych chi'n ei ofyn am droedio?'

'Chwe cheiniog y pâr.'

'Mae gen i chwe phâr fan hyn. Tybed na wnewch chi gynifer â hynny yn rhatach?'

Parhaodd y drafodaeth yn hir cyn i Gwen ddisgyn o bump a dimai ac i wraig y Cwm godi o rôt a dimai. Yn y diwedd, cytunwyd ar bum ceiniog.

Cyn troi ymaith, gofynnodd Margied Ffowc, tros ysgwydd megis, 'Mae pawb yn iach yma, debyg gen i?'

'Rydym ni'n reiol iawn, diolch,' ebe Gwen, gan wneud osgo i gau'r drws.

'Mi glywodd Owain acw gwyno i Edwart Llwyd yn y ffair ddydd Mawrth, nad ydi o'n rhyw gryf iawn ei iechyd. Pam na yrrwch chi o i fyny'r hen Gwm acw am dro weithiau? Fu o ddim heibio ers oes, ers pan mae o yn y Llechwedd yma. Mi wnâi rhyw newid bach felly beth wmbredd o les iddo fo.'

'Mae Edwart yn ddigon bodlon lle mae o, ac yn ddi-fai ei iechyd hefyd, petai pobol yn tewi ac yn edrych ar ôl eu busnes eu hunain. Mae gan y rhan fwya ohonyn nhw ddigon ohono fo gartre, heb fynd i wthio'u bysedd i beth pobol eraill . . . Mi ddanfonaf i'r sanau i lawr i'r siop pan fyddan nhw'n barod. Mi arbedith hynny siwrnai tros y gefnen ichi, ac mi ellwch adael y tâl efo Modlen Roberts.'

'Dyna fo i'r blewyn. Mi cawn ni nhw i fyny yr un ffordd â'r negesau, felly. Nos da ichi'n awr.'

'Nos da,' ebe Gwen yn gwta, a rhoi clep ar y drws.

'Yr hen sturmant fusneslyd, gybyddlyd,' triniai yn ei chorn, wrth enhuddo'r tân. 'Trio swcro Edwart i fyny i'w hen Gwm anghysbell hi, yn wir! Os nad ydi o'n diogi digon fel y mae hi! Ond dyna sut y mae pethau. Dim ond ichi dynnu wyneb digon hir, a gofalu am wneud digon ychydig, mi gewch bawb yn cwyno ichi ac yn gwneud helynt o'ch cwmpas. Ond os byddwch chi wrthi â'ch holl egni yn rhedeg a thuthian i bawb, fydd gan neb yr un mymryn o ddiolch ichi. Ac os nad ydi chwechyn yn ddigon rhesymol am droedio pâr o sanau pren deuddeg, mae'n rhyfedd iawn gen i . . . Ond mae hi'n gwsmer newydd, a theulu pur fawr ohonyn nhw, ac mi fedrwch chi eich dwy droedio'r rhain yn hawdd, petai trefn arnoch chi. Mae'r tywydd yn ddigon claear erbyn hyn ichi allu gwau wrth fynd a dod i'r ysgol. Hanner coron ydi hanner coron, yn y byd sydd ohoni'n awr . . . Ffwrdd â thi i'th wely y munud yma. Mi ddylset fod wedi'i hel hi o'r ffordd ers meitin. Does gen i gynnig i rai'n cysgu'n hwyr ar y Sul. Mae un o'r bobl hynny'n ddigon mewn tŷ fel hwn.'

Deallai Dori'n iawn mai ei thad oedd yn ei chael hi; ond cymerai cyn lleied o ddiddordeb ynddo bryd hynny fel na theimlai awydd i'w amddiffyn, er paroted oedd hi bob amser i wrthryfela, o ran ei meddwl, yn erbyn yr hyn a ddywedai'i mam.

Fe dybiai am gryn amser ar ôl y diwrnod hwnnw fod ei thad wedi gwella'n llwyr. Parhâi yr un mor dawedog, ac yr oedd yr un olwg luddedig arno, ond ni thrawai ei law ar ei ochr a thynnu'i wynt ato fel y gwnaethai cynt, ac anaml iawn y gadawai bryd bwyd heb fwyta rhywfaint ohono. Dichon fod a wnelo hynny beth â'r ffaith fod ei wraig, byth er y tro hwnnw, wedi gofalu am gynnwys un dorth fach wen yn ei chrasiad wythnosol, a bod llawn cymaint o lefrith ag o laeth enwyn yn cael ei dwymo ar ei gyfer ef yn awr.

4

Ei deunaw mis olaf yn yr ysgol fu'r amser hapusaf a dreuliodd Dori yno. Daethai person newydd i'r Llan, a chan mai eiddo'r eglwys oedd yr ysgol, ar ei wraig ef y disgynnai'r cyfrifoldeb o ddysgu'r genethod i wnïo. Deuai, felly, i'r ysgol ddau brynhawn yr wythnos, a'i geneth fach gyda hi.

Ychydig o wynfyd nac o wae a achoswyd erioed i Dori gan ei chariad at neb, na'i hedmygedd o unrhyw un o'i chydnabod. Nid oedd ei mam yn ddim mwy iddi na meistres galed oedd yn ei cheryddu a'i churo os nad oedd yn gweithio wrth ei bodd. Cael ei hanwybyddu oedd y ganmoliaeth uchaf y gallai ei disgwyl ganddi. Ni ddaliodd hi erioed ar funud dyner. Ni olygai ei thad, chwaith, fawr mwy iddi na'r gweision oedd yn galw yno am eu golchiad a'u sanau, ac ni chymerai yntau fwy o sylw ohoni hi nag a wnâi'r rheini. Rhyngddi hi a Lydia, nid oedd dim mwy o gyfathrach nag a orfodid arnynt wrth gysgu, bwyta a gweithio ynghyd. Nid oedd yr ychydig wahaniaeth yn eu hoedran yn ddigon i gyfrif am hyn. Yr oedd a wnelo'r gwahaniaeth yn agwedd eu mam tuag at y ddwy chwaer fwy ag ef, er na sylweddolai hyd yn oed Dori faint y gwahaniaeth hwnnw, heblaw ar adegau pan fyddai'i mam yn fwy dreng nag arfer.

Profiad newydd iddi felly oedd y diddordeb mawr a deimlodd pan welodd Mrs Bowen yn yr ysgol am y tro cyntaf. Fe welsai'r person newydd droeon o'r blaen. Galwai ef heibio i'r ysgol bob bore i roi gwers ysgrythurol iddynt, ac nid oedd Dori wedi cymryd ato o gwbl. Cymro wedi'i fagu'n Sais ydoedd, a'r ddwy iaith yn glogyrnog iawn ganddo. Gwisgai urddas ei swydd fel mantell i'w guddio o'i gorun i'w sawdl. Wrth iddi arfer ag ef, daeth Dori i ddeall fod adegau pan laciai'r fantell a gellid cael cip byr ar Mr Bowen ei hun. Eithr er llacio ohoni, ni lithrodd erioed tros ei ysgwyddau.

Cyn hyn, rhai diflas fyddai'r prynhawniau gwnïo gan Dori, er mor brofiadol oedd hi o waith gwnïo gartref. Hen ferch sych oedd Miss Smith, chwaer y person cynt, a'i dull hi o ddysgu'r pwnc oedd gorfodi'r genethod i ymarfer y grefft ar glytiau bach diddiwedd o gotwm neu wlanen. Cadwai hwy i hemio am fis, efallai, a'r hem yn culhau o dro i dro; pwyth dros ben am wythnos neu ddwy; yna cwtyn a chwtyn nes bod y dernyn wedi crebachu i chwarter ei faint; crychu am fis neu well; pwyth croes ar wlanen wedyn; ac yna'r wers gasaf o'r cwbl – tyllau botymau di-rif. Ar y dechrau, credai Dori ei bod hi'n hen hyddysg yn hyn i gyd, ond ceryddai Miss Smith hi'n barhaus am fod ei phwythau'n rhy fras ac anwastad. Ymroes hithau wedyn i geisio gwella hynny, gyda'r canlyniad iddi gael ei dwrdio'n ddidrugaredd gan ei mam am fod mor hir yn rhoi gwaith trwy'i dwylo.

'Nid rhyw hen bwythau mân fel dannedd chwain sydd ar bobol ffordd hyn eu heisiau, a thâl o ddim i mi gymryd gwnïo i mewn os wyt ti'n mynd i fod yr hydoedd yma'n ei wneud o. Fe dalai'n well i mi gael ychydig o swyddi o gylch y lle yma gen ti. Wn i ddim pam fod y ffyliaid yn cyboli esgus dysgu gwnïo yn yr ysgol. Mi all pawb ddysgu hynny gartre.'

Yn raddol, dysgodd Dori gadw ei gwnïo cartref a'i gwnïo ysgol ar wahân, ac âi pethau ymlaen yn esmwythach iddi wedyn, er ei bod wedi hen alaru ar y clytiau dibwrpas. Felly, pur dyrsiog oedd hi pan gyhoeddodd y Sgŵl un bore y byddai Mrs Bowen yn yr ysgol y prynhawn hwnnw i gymryd lle Miss Smith gyda'r gwnïo, ac iddi fod yn rhy brysur yn trefnu'i thŷ y pythefnos cynt i allu hepgor amser.

Cafodd syndod mawr o weld gwraig y person mor ifanc ac mor dlos. Ar ôl ei phrofiad o Miss Smith, a dwy neu dair arall a fu ar ymweliad â'r ysgol o dro i dro, blynyddoedd canol oed, yn eu rhychau a'u chwerwder, a gysylltai hi â'r Ficerdy.

Gofynnodd Mrs Bowen beth fu eu gwaith gyda Miss Smith. Atebwyd hi gan Mabel oedd â'i mam yn medru Saesneg, yn llawn busnes fel arfer. Cerddodd hithau o gwmpas i edrych ar y clytiau oedd ganddynt. Arhosodd uwchben rhai Dori am funud, a dweud eu bod yn *beautifully neat*. Ni chawsai'r eneth erioed o'r blaen air o ganmoliaeth i'w gwnïo, a phrin y gallai gredu ei chlustiau yn awr. Ceisiodd Mrs Bowen dynnu sgwrs â rhai o'r lleill, ond ychydig iawn o lwyddiant fu iddi.

Wedi cyrraedd yn ôl i'w lle, dywedodd, 'Falle y teimlech chi'n fwy cartrefol petawn i'n siarad Cymraeg â chi. Waeth pa iaith i ddysgu gwnïo ynddi.'

Daliodd y dosbarth ei wynt am eiliad. Os medrai Miss Smith Gymraeg, fe lwyddodd i gelu hynny yn ystod ei harhosiad yn y Llan. Gwelodd Dori y Sgŵl yn codi'i ben yr ochr arall i'r ystafell, lle'r oedd yn rhoi gwers mewn rhifyddeg i'r bechgyn. Roedd yr un syndod wedi'i argraffu ar ei wyneb yntau. Eithr ni wyddai Mrs Bowen ddim am hynny, neu o leiaf ni ddewisodd sylwi arno. Am y plant, rhyfeddent hwy fod neb oedd yn siarad Saesneg mor rhugl yn medru Cymraeg yr un mor rhwydd hefyd.

Diddymwyd y clytiau ar unwaith. Dywedodd yr athrawes newydd y byddai caniatâd i bawb ddod â'i ddefnydd ei hun yno i'w wnïo, ac y torrai hi unrhyw ddilledyn a fynnent. Os nad oeddynt yn dewis gwneud hynny, agorodd becyn bach oedd ganddi efo hi, ac ysgwyd o'i phlygiadau ffedog liain wen fawr yn llawn crychiadau yn ei gwasg, ac yn ddigon llydan i gyrraedd at ei gilydd y tu ôl ar wraig o faintioli cyffredin, a dywedodd y caent wnïo rhai o'r rheini iddi.

Galwodd ar dair o'r genethod allan ati, a Dori yn eu plith. Cynigiodd eu dysgu i wau neu grosio lesau, am fod eu gwnïo yn ddigon difai. Rhoddodd bellen fach o gotwm, ychydig praffach nag edau wnïo, i bob un, gan eu sicrhau na chostiai pellen gyfan ohono ddim ond ceiniog.

Llwyddodd pob un ohonynt i grosio hyd bys o les fach modfedd o led y prynhawn hwnnw. Eglurodd Mrs Bowen mai at addurno dillad isaf y bwriedid hyn, a rhyfeddai Dori at y fath wychder. Rhyfeddai fwy fod modd gweithio peth mor gain efo dim ond un wäell fach a thipyn o edau. Brysiodd adref yn llawn o'r wyrth yma, er y teimlai'n llai sicr ohoni'i hun pan gofiai fod rhaid cael ceiniog at brynu'r edau. Er hynny, ni ddisgwyliai mo gynddaredd gwyllt ei mam.

'Dy yrru di i'r ysgol i ddysgu rhyw ffal-di-ral fel'na, yn wir! Mi wnaiff dillad isa pobol sy'n gorfod ennill eu tamaid y tro heb hen anialwch fel'na o'u cwmpas.' Cydiodd yn y darn gwerthfawr, a gweddill y bellen, a'u taflu i'r tân. 'Paid ti â gadael imi dy ddal yn gwastraffu amser efo dim byd tebyg i hwnna eto.'

Am y tro cyntaf erioed, teimlodd Dori gasineb tuag at ei mam. Teimlasai wrthryfel lawer gwaith o'r blaen, ond roedd hwn yn ddyfnach na hynny, ac yn brathu i lawr i'w henaid. Erbyn trannoeth, roedd y teimlad ar drai am y tro, er iddi fod yn effro am ran fawr o'r nos yn wylo o ofid a chynddaredd. Ni siaradodd ei mam a hithau un gair yn fwy nag oedd raid am ddyddiau wedyn, a synnai Dori cyn lleied o wahaniaeth a wnâi hyn i'w bywyd.

Ni wyddai sut i wynebu gwraig y person y prynhawn gwnïo nesaf

37

– heb y geiniog, ac o dan orfodaeth i ddweud wrthi nad oedd i ddysgu gwneud les; a, gwaeth na'r cyfan, heb ei phellen. Teimlai'n eiddigeddus o weld gwaith y ddwy arall yn gryn hanner llath o hyd, a'r ddwy wedi dechrau ar bellen newydd. Holent hi ynghylch maint ei darn hithau, ond ychydig a gaent ohoni. Nid oedd yn rhy anodd osgoi eu cwestiynau hwy; rhai Mrs Bowen a ofnai.

Eisteddodd yn ei lle, a'i phen i lawr, yn esgus gweithio ar un o'r hen glytiau. Daeth Mrs Bowen o gwmpas i holi pa waith a fynnai pawb. Yr oedd un eisiau gwnïo pais, un arall frat, un arall grys nos, a'r nesaf ffrog i'r baban newydd.

'Mi gewch chi sydd â defnyddiau gennych yn barod, ddod ymlaen o un i un er mwyn imi eich mesur a thorri ichi. Rŵan, pawb sydd heb waith i godi ei llaw, ac mi gewch chi un o'r ffedogau yma i'w gwnïo.'

Cododd Dori ei llaw gyda'r lleill. Edrychodd Mrs Bowen arni gyda pheth siom. 'Roeddwn i'n meddwl eich bod chi am ddysgu crosio, Dori.'

Ysgydwodd Dori ei phen. Ni wyddai sut i ddechrau egluro ynghylch y bellen. Fe gadwai ei hurddas yn yr ysgol yn well pe dywedai i'r edau syrthio i'r afon ganddi, yn hytrach na chyfaddef i'w mam ei thaflu i'r tân. Ond cyn iddi gael siawns i ddechrau arni, aeth llaw Mabel i fyny o'r fainc o'i blaen.

'Mi gafodd Dori ddrwg ofnadwy am ddysgu crosio, Mrs Bowen, ac mi losgodd ei mam y les, a'ch pellen chi, a phopeth.' Dangosai tôn Mabel, na chawsai gynnig ar bellen, ei bod hi, beth bynnag, yn gresynu at y fath anfadwaith.

Llifodd ton ar ôl ton o wrid tros Dori. Roedd pawb yn yr ysgol yn gwybod y stori, felly! Lydia eto! Nid oedd ond y dim rhyngddi ac ymollwng i grio, fel y gwnaethai y diwrnod hwnnw erstalwm pan adawyd iddi fynd adref o'r ysgol ganol y bore, ac y casglodd y pwysi hynny o lygaid eirin.

Edrychodd Mrs Bowen yn syn am funud. Yna, wedi edrych ar wyneb Dori, dywedodd yn dawel, 'Dydi o ddim bwys o gwbl os bydd yn well gan famau rhai ohonoch chi ichi ddal at y gwnïo yn lle dysgu crosio. Mi ddwedais ar y dechrau y caech chi eich dewis. Na hidiwch os ydych chi wedi colli'r bellen, Dori. Ychydig iawn o edau oedd yn eich un chi.'

Fe arbedwyd yr eneth rhag i'r argae dorri, ac iddi hithau golli rheolaeth arni'i hun. Gallodd estyn y wäell yn ôl i Mrs Bowen â'i llygaid yn sych; ac os oedd y dwylo a gydiodd yn y ffedog ychydig yn grynedig, ni sylwodd yr un o'r plant ar hynny.

Roedd y pwythau hyd odre'r ffedog honno gyda'r manaf a weithiodd erioed. Teimlai y byddai'n fodlon gwthio'r nodwydd â'i bys noeth trwy filltiroedd o liain pe bai raid, er mwyn bodloni Mrs Bowen, ac mewn diolchgarwch am gael ei harbed rhag ailadroddiad o'r bore ofnadwy hwnnw, oedd fel hunllef iddi byth.

Am rai prynhawniau, fe wnïodd yn ddedwydd iawn ar y ffedog liain. Yr oedd wedi rhoi'i bryd ar orffen o flaen yr un o'r genethod eraill. Ffedogau gleision a roddwyd i ddosbarth Lydia, ac ymfalchïai beth yn eiddigedd ei chwaer o'r un wen. Ond yr eiddigedd hwnnw fu ei phrofedigaeth yn y pen draw.

Fe ddigwyddodd fod Lydia yn bur biwis un diwrnod, ac yn lle'r distawrwydd arferol rhwng y chwiorydd ar bryd bwyd, dechreuodd y ddwy gecru.

'Dydi o ddim yn deg,' taerai Lydia. 'Mi fedra innau wnïo cystal â thithau.'

'Ond chafodd neb o'th ddosbarth di un wen,' ymresymai Dori gyda hi, 'dim ond y genethod hynaf.'

'Dydi hynny ddim yn deg chwaith,' tursiodd Lydia. 'Y rhai hynaf ddylai gymryd y defnydd glas, am ei bod yn fwy anodd cuddio'r pwythau arno fo.'

Deffrôdd eu mam i'r sgwrs, a gofyn yn ei dull chwyrn ei hun, 'Pa ddefnydd glas sydd gennych chi i gyboli'n ei gylch o?'

Eglurodd Lydia'n huawdl, gan bwysleisio fod ei gwnïo hi gystal bob mymryn ag un ei chwaer. Daliai Dori i anghytuno, ond roedd wedi dysgu er ei babandod mai distawrwydd oedd yr amddiffynfa orau iddi gyda'i mam. Nid oedd wedi meddwl am hyn ynghynt, ond teimlai'n berffaith sicr yn awr na chymeradwyai eu mam mo wnïo ffedogau i wraig y person. Roedd yn llygad ei lle.

Safodd Gwen Llwyd ar ganol y llawr, y badell bobi yn ei hafflau a'i llygaid yn melltennu.

'Trafferthu eich gyrru chi i'r ysgol i wnïo i ryw ffifflen falch fel'na, ai e? Mi'ch tynna i chi oddi yno fory nesa cyn y cewch chi wneud y fath beth. Mae hi'n hen bryd ichi ddod, o ran hynny. Roeddwn i'n gweithio'n galed ymhell cyn bod yn oed Dori yma.'

'Rhoi'r ffedogau i blant sydd heb waith iddyn nhw eu hunain y mae hi,' mwmiodd Dori.

'Wel, wnewch chi ddim rhagor arnyn nhw, a dyna ben arni,' stormiodd ei mam. 'Neu mi af i lawr fy hun yn unswydd i siarad â'r Sgŵl.'

'Rhaid inni gael rhywbeth arall i'w wnïo 'te,' meddai Lydia. Meiddiai hi ddweud pethau na fyddai wiw i Dori eu hyngan.

'Does gen i amser i dorri dim ichi'r wythnos yma.'

'Mi wnaiff Mrs Bowen eu torri nhw,' ebe Dori'n ddifeddwl. Edifarhaodd gyda bod y geiriau allan o'i genau.

Trodd ei mam arni fel llewes.

'Wyt ti'n meddwl y caiff rhyw greadures fel'na dorri mhethau i? 'Choelia i fawr, a minnau'n torri ac yn gwnïo cyn ei geni hi. Beth ŵyr ei siort hi am ddillad gwlad?'

'Ond Mam,' protestiodd Lydia, 'fydd gennym ni ddim i'w wneud fory, felly.'

'Arhoswch gartre 'te. Mi gewch ddigon i'w wneud felly. Ond na, gan feddwl, mae yma waith y cewch ei gymryd efo chi. Mi olchais i fwndel mawr o sachau yr wythnos ddiwethaf yma. Mi gewch ddatod y rheini heno a mynd â nhw i'r ysgol fory i wneud ffedog fras neu ddwy yr un inni.'

Syllodd Dori ar ei mam. Tybiodd i ddechrau ei bod yn gwneud y peth dieithr hwnnw yn y Llechwedd, sef ysmalio. Eithr nid oedd wên na thrugaredd yn y llygaid duon a fudlosgai arni. Gwyddai na wnâi ymbilio â hi ond ei gyrru'n waeth.

Ond ni luddid Lydia gan yr ystyriaeth honno. 'O Mam,' meddai hi, 'gadewch imi gael y darn bach gwyn yna sydd yn y drôr wrth ochr eich gwely, i wneud cadach poced ohono fo. Dyna mae Nel y Grwn ac Annie a Maggie o'r pentre yn ei wneud.'

'Wel, mi elli di wneud â chadach poced gorau,' llareiddiodd ei mam, 'ac rwyt ti'n iau na Dori, hyd yn oed petait ti'n gwastraffu tipyn o amser.'

Dyna Lydia wedi cario'r dydd arni unwaith eto, a chael osgoi'r gwarth o fynd â sachau – o bopeth – i Mrs Bowen. Datododd Dori gryn chwech neu saith ohonynt y noson honno, â'i chalon yn llawn gwrthryfel. Fe'i gwelai'i hun yn taflu'r bwndel tros y canllaw pren i'r afon. Dychmygai ei hun yn gofyn i Cati Jones a oedd arni hi angen sachau, ac yn gadael y bwndel yno yn anrheg iddi. Ond dyna Lydia! Fyddai hi fawr o dro cyn cyhoeddi gartref fod y sachau heb gyrraedd yr ysgol, ac fe wyddai Dori'n rhy dda am allu ei mam gyda'r strapen ledr. Fyddai waeth iddi wrthod eu cychwyn o'r buarth bore fory na hynny.

Gwaeth hyd yn oed na wynebu'r plant a Mrs Bowen gyda'r sachau, oedd y siom na châi orffen y ffedog wen, a hithau wedi breuddwydio am synnu ei hathrawes gyda'r gwaith glân fyddai arni, a chael ei chlywed yn canmol mai hon oedd yr orau ohonynt i gyd. Tybed a allai hi osgoi llygad barcud Lydia, a gorffen y ffedog bob yn hwb slei?

Erbyn y bore, roedd wedi penderfynu anghofio'r bwndel sachau, doed a ddelo. Ond gofalodd Lydia a'i mam na châi wneud hynny.

'Beth ydi'r baich yna sydd gen ti, dywed?' holodd yr hen Gati yn llawn chwilfrydedd, pan gipiodd Dori i mewn yno trannoeth i adael y tun llaeth a'r pecyn bwyd.

'Defnydd ffedogau breision i'w gwnïo yn yr ysgol,' cyfaddefodd Dori, gwaethaf yn ei dannedd.

Cododd Cati ei dwylo mewn syndod. 'Yr achlod fawr! Chymerwn i lawer â mynd â ffedogau bras i'w gwnïo o flaen ledi fel gwraig y Person.' Eglwyswraig fawr oedd Cati Jones. Er mai anaml iawn y mynychai'r eglwys, roedd diystyru'r Person neu rywun cysylltiedig ag ef yn bechod anfaddeuol yn ei golwg.

Suddodd calon Dori yn is fyth wrth weld effaith y sachau ar hyd yn oed Cati Jones. Gadawodd y bwndel amharchus yn y Tyrpeg hyd ganol dydd. Wedyn ar ôl cinio, gofynnodd am ganiatâd i'w adael yno o hyd, a chymryd un sach allan ar y tro, yn ôl fel y byddai'r galw. 'Maen nhw'n edrych yn llawer iawn fel hyn,' meddai fel esgus.

'Mae gen i gadach poced i'w wnïo,' broliodd Lydia.

Edrychodd yr hen wraig yn graff ar Dori, ac ar ôl yr edrychiad hwnnw fe liniarodd ei gwg gryn dipyn. Atebodd yn fwy addfwyn na'i harfer, 'Cei â chroeso, 'ngeneth i. Mae'n debyg na elli di ddim wrthyn nhw.'

Llusgodd Dori i'r ysgol yn sarrug ei gwedd, a'i thu mewn yn gryndod gofidus i gyd. Aeth i'r cwpwrdd ac estyn ei ffedog allan. Cymerodd hi'n hanner ofnus i'w lle a'i hagor allan yn dyner, gan ymfalchïo iddi lwyddo i'w chadw mor lân. Teimlai y rhoddai unrhyw beth am gael ei gorffen. Yr oedd wedi meddwl y gallai ddarfod ei chrychu heddiw. Eisteddodd ar y sachlïain, a rhedeg modfedd neu ddwy ar wasg y ffedog wen. Efallai na ddeallai ei mam pe gwnïai hon am heddiw a dangos y sach i Mrs Bowen ar ddiwedd y wers.

Ond ni châi fawr o drefn ar wthio'r nodwydd trwy'r lliain newydd heddiw. Roedd ei meddwl yn rhy gymysglyd. Gwelai Lydia'n cerdded i fyny at fwrdd Mrs Bowen, a'r ffedog las yn ei llaw.

'Wel, Lydia?'

'Os gwelwch yn dda, Ma'am, mae gen i gadach poced i'w wnïo yn lle hon rŵan.'

'Gadewch imi ei weld,' meddai'r athrawes. Cymerodd y dernyn a throi ei ymylon i lawr. 'Gofalwch wneud pwythau mân,' meddai wrth ei estyn yn ôl.

Wrth gerdded i'w lle, edrychodd Lydia'n awgrymiadol i gyfeiriad ei chwaer, a gwyddai Dori nad oedd dihangfa iddi. Cododd yn anewyllysgar a cherdded yn araf at y bwrdd.

'Allaf i wneud dim rhagor ar hon,' meddai, gan wthio'r ffedog ar Mrs Bowen. 'Mae gen i waith arall.'

Yr oedd ei thôn yn wahanol iawn i un Lydia yn sôn am ei chadach poced. Testun llawenydd i honno oedd cael ymadael â'r ffedog las, ond roedd gadael y ffedog wen yn un o'r gofidiau mwyaf a ddaethai i ran Dori erioed.

'O'r gorau,' ebe Mrs Bowen braidd yn oeraidd, wedi'i tharfu gan y dôn a'r osgo. 'Beth sydd gennych yn ei lle?'

Yn guchiog iawn, tynnodd Dori'r sach o'i chuddfan o dan ei brat.

'Ffedog fras.'

Chwarddodd y genethod o'u cwmpas, a gwridodd Mrs Bowen. Amheuai fod hyn yn ymgais at ei bychanu hi. Yr oedd ar fin gwrthod y sach, pan edrychodd yn fwy manwl ar wyneb Dori. Yr oedd y gwrid uchel oedd arno pan gerddodd allan gyntaf wedi cilio, a'i gadael yn welw iawn. Tariai'r olwg herfeiddiol yno o hyd, ond wrth edrych arni'r tro hwn fe welai Mrs Bowen gysgod o gryndod ar ei gwefus. Ciliodd hwnnw wrth iddi edrych arni, a gwasgwyd y gwefusau'n ôl i fod yn ddim ond hollt di-liw. Ond bu'r awgrym hwnnw o gryndod yn ddigon i beri i Ann Bowen newid ei thôn. Efallai ei bod yn ddigon buan eto i benderfynu mai haerllugrwydd yr eneth a gyfrifai am hyn, mwy nag am y digwyddiad arall gyda'r bellen edau. Byddai gofyn am ragor na hyn o bwyll, hefyd, i ymdrin â hi.

Felly dywedodd, 'Ffedog fras, ai e? Wel, mae'r rheini'n bethau defnyddiol iawn ac mae gofyn dysgu eu gwneud nhw'n daclus. Trowch ei gwaelod hi i fyny, a dowch â hi i mi i'w gweld pan orffennwch chi wnïo hynny.'

Cerddodd Dori i'w lle, â'r baich wedi'i dreiglio oddi ar ei chefn. Croeso i'r plant chwerthin faint fynnen nhw. Cael arbed tramgwyddo Mrs Bowen oedd y peth mawr. Petai wedi cael gorffen y ffedog liain iddi, bron na fyddai'n teimlo'n hapus y prynhawn hwnnw. Trueni na châi ganiatâd i'w chadw gyda'r un fras. Siawns fawr na allai roi pum munud arni'n awr ac yn y man, heb i Lydia, oedd ym mhen draw'r stafell gyda'r dosbarth is, ddeall dim.

Ni fyddai'r un o'r plant yn meiddio siarad â'r Sgŵl oni bai fod ganddynt neges iddo neu eu bod yn ateb rhywbeth a ddywedodd ef wrthynt hwy. Lawer llai yr anturient gyfarch gwraig y Person. Heddiw, fodd bynnag, ar ei ffordd allan am y '*Five Minutes*', daeth syniad beiddgar i Dori, ac yn newrder y funud camodd yn ôl o'r drws a mynd at Mrs Bowen a gofyn, 'Gaf i wnïo tipyn ar eich ffedog chi yn lle mynd allan i chwarae, os gwelwch yn dda, Ma'am?'

'O na, diolch. Mi gorffennaf i hi'n iawn fy hun, neu falle y bydd un o'r genethod eraill heb ddim i'w wneud.'

Trodd Dori'n benisel tua'r drws. Ailfeddyliodd yr athrawes a'i galw hi'n ôl.

'Fyddai'n well gennych chi gael gwneud na pheidio, Dori?'

'O, byddai,' atebodd hithau, ac nid oedd modd camgymryd diffuantrwydd ei hatebiad.

Ychydig iawn o wnïo y gellir ei wneud mewn pum munud, yn enwedig wrth fod yn orofalus am i bob pwyth fod yn ei le. Er hynny, teimlai Dori iddi gyflawni gwrhydri, yn enwedig gan iddi ennill caniatâd Mrs Bowen i gael cadw'r ffedog wen gyda'r un fras, nes ei gorffen. Yn rhyfedd iawn, ni ddarganfu Lydia mo hyn, a gofalai Dori droi ei chefn at y rhan honno o'r stafell pan wnïai ychydig bwythau ar y lliain gwyn o dan gochl y lliain bras.

Drannoeth, yr oedd yr hen Gati Jones yn llawn o'i newydd. 'Mae geneth fach Mr Bowen y Person yn dod adre fory, meddai'r forwyn yma neithiwr.'

Rhyddhawyd tafodau'r plant a giniawai yn y Tyrpeg yn fawr gan y newydd hwn. Ni wyddent hwy fod gan y Person eneth fach! Ble'r oedd hi? Beth oedd ei hoed? A beth ei henw? Tybed a ddeuai hi i'r ysgol gyda'i mam?

'Wedi bod efo mam Mrs Bowen y mae hi, i aros iddyn nhw orffen mudo. Pedair oed ydi hi, y gariad fach annwyl,' traethai Cati, yn falch o'r rhagor gwybodaeth a feddai. 'Mae hi'n beth fach dlos drybeilig, meddai'r forwyn – llygaid glas tywyll a gwallt cyrliog du. Mae hi'r un enw â'th fam di, Lowri, ond mai Miss Margaret maen nhw'n ei galw hi, ac nid Margied.'

Ie, ond a fyddai hi'n dod i'r ysgol? Oedd hi'n medru Cymraeg? Llifai'r cwestiynau ar draws ei gilydd, ac yr oedd mwy yn weddill nag arfer o aml i becyn bwyd y diwrnod hwnnw. Mae siarad yn gwneud y tro yn lle bwyta weithiau.

'Na, ddaw hi ddim i'r ysgol. Mae ei mam yn ei dysgu hi gartre. Athrawes oedd hi cyn priodi. Ac fel mae mwya piti, dydi'r beth fach yn medru'r un gair o Gymraeg, neu mi fuaswn i'n leicio tynnu sgwrs â hi fy hun. Dydi Mr Bowen ddim yn credu mewn gadael iddi ddysgu Cymraeg, meddai'r forwyn. Geneth neis ydi hithau hefyd. Fûm i erioed yn siarad efo hi tan neithiwr, ond roedd y drws yma'n digwydd bod ar agor a hithau'n pasio a dyna fi'n galw arni hi i mewn, gan feddwl y byddai'n dda ganddi gael sgwrs efo rhywun, wrth ei bod hi'n ddiarth yn y lle yma, ac mi ges innau dipyn o hanes ganddi hithau yr un ffordd. Mae hi'n Gymraes iawn, ond ei bod hi'n gorfod siarad Saesneg efo'r fechan.'

Yr oedd yno gryn edrych ymlaen at y prynhawn gwnïo nesaf, a hen holi ymhlith ei gilydd tybed a ddeuai Mrs Bowen â Miss Margaret gyda hi. Nid oedd hyn ar feddwl Dori gymaint â'r lleill; gorffen y ffedog wen oedd ei phrif nod hi yn ystod y prynhawn gwnïo. Eithr pan welodd hithau Margaret, fe ddotiodd ati. Nid oedd hi erioed o'r blaen wedi gweld gwallt yn fodrwyau praff fel hyn. Os byddai natur cyrlio yng ngwallt rhai o blant yr ysgol, mewn crychni afreolus y'i dangosai'i hun; ni chymerai'r un o'r mamau y drafferth i'w droi'n fodrwyau o gylch eu bys. Ac am ei ffrog! Pwy erioed welodd wisgo gwyn sidanaidd felly at bob dydd, a heb yr un brat hefyd! Ac mor gwta! Ymhell uwchben ei phen-glin. Roedd plant yr ysgol i gyd, hyd yn oed y rhai lleiaf, yn gwisgo dillad oedd yn cyrraedd hanner y ffordd rhwng y pen-glin a'r ffêr. A'i sanau bach gwynion wedyn, a'i hesgidiau del, isel, o ryw ledr du, gloyw, rhagor y clewtiau anhywaith a wisgai'r plant eraill, wedi'u troedio â hoelion, eu cau â charrai ledr, a'u glanhau ag iraid.

Cerddai'r eneth fach ar flaenau ei thraed rhwng y meinciau, ond nid oedd yn cyffwrdd â dim byd ac roedd y gair lleiaf gan ei mam yn ddigon i'w galw'n ôl at ei hochr. Bu'r plant yn hir cyn meiddio siarad â hi. Yr oedd ei gwychder yn un rhwystr; ond y Saesneg oedd y maen tramgwydd mwyaf. Nid iaith sgwrs mohoni, ond iaith ateb cwestiwn yn yr ysgol. Mabel oedd y fwyaf cartrefol ynddi, a hi anturiodd yn y man i ofyn i'r eneth fach beth oedd ei henw.

'Margaret Evangeline Elizabeth Bowen,' atebodd hithau mewn llais clir.

Cawsant gymaint o syndod ei chlywed yn gallu ateb cwestiwn Saesneg felly, fel y cododd awydd ar bob un ohonynt i ofyn yr un peth yn hanner distaw iddi pan ddcuai'n agos atynt, er mwyn yr hwyl o'i chlywed yn adrodd yr enw hir. A dyna eithaf y sgwrs fu rhwng y mwyafrif ohonynt a hi, trwy gydol yr amser a dreuliodd yn y Llan.

Adeg chwarae, gadawyd Dori wrth y bwrdd gyda Miss Margaret a'i mam. Yr oedd y gwaith o grychu'r ffedog wedi'i orffen erbyn hyn, yn ddestlus a gwastad, a hithau'n barod i roi'r gwasg arni. Closiai Margaret ati, ond ni feiddiai Dori ofyn ei henw yng ngŵydd ei mam fel hyn. Dechreuodd y plentyn chwarae â'r nodwydd yn y ffedog fras, gan ei thynnu i mewn ac allan trwy'r defnydd rhwyllog. Trodd ei mam i edrych beth oedd ganddi.

'O, mae hi'n ponsio eich ffedog chi,' meddai gan wenu, 'ond mi fydd yn ddigon hawdd datod ar ei hôl hi efo'r defnydd yna. Mae hi wrth ei bodd yn esgus gwnïo, ond mi fyddaf i'n gorfod ei rhwystro hi os ydi o'n ddefnydd fydd yn dangos ôl ei phwythau hi.'

Y prynhawn gwnïo nesaf, aeth Dori â defnydd ffedog fras arall i'r ysgol. Ni chafodd gyfle cyn yr egwyl chwarae, ond bryd hynny dangosodd y sachlïain i Mrs Bowen gan ofyn, 'Os gwelwch yn dda, a gaiff Miss Margaret wnïo ar hwn? Fydd arna i mo'i eisiau o am hir.'

Gwenodd yr athrawes ac estyn nodwydd â chrau mawr i'r eneth fach. Yr oedd hapusrwydd Dori yn gyflawn: cael gorffen y ffedog wen, a'r ffedogau bras wedi'u derbyn yn ddidramgwydd a hyd yn oed wedi troi'n fantais iddi. Oni bai amdanynt hwy, ni fyddai Miss Margaret yn ymwthio at ei hochr fel hyn, ac yn gofyn iddi o hyd i roi edau yn ei nodwydd, ac yn dangos ei gwaith iddi i gael ei chanmoliaeth.

Bu raid i Margaret golli'i darn defnydd pan orffennodd Dori chwech o'r ffedogau a gorfod dechrau ar ei seithfed. Ond erbyn hynny roedd y ddwy yn hen ffrindiau, heb fod angen sachlïain na dim arall i'w tynnu at ei gilydd. Fe orffennwyd y ffedog wen ymhell cyn hynny, ac enillodd ganmoliaeth fawr. Erfyniodd Dori am rywbeth arall i'w wneud, a chafodd frat i Margaret ei roi o'i blaen adeg pryd bwyd. Teimlai'n falch o unrhyw esgus rhag gorfod ildio i'r ddau bum munud pan gâi'r unig gwmni a fwynhâi drwy'r wythnos i gyd.

Soniodd Lydia droeon wrth ei mam fod Dori'n ffalsio'n arw i wraig y Person, ac yn aros i mewn gyda hi bob amser chwarae. Crynai Dori bob tro, ond nid aeth anghymeradwyaeth Gwen Llwyd fawr pellach na, 'Mi all'swn i feddwl fod gen ti amgenach gwaith i'w wneud tua'r ysgol yna na chario cwt rhywbeth fel'na trwy'r dydd.'

Mae'n debyg y sylweddolai hithau erbyn hyn ragoriaeth hyd yn oed ffedogau bras ar glytiau di-les Miss Smith. Sut bynnag, pan ddaeth Dori â'r olaf ohonynt adref, dywedodd ei mam, 'Mi elli gymryd un o grysau gwlanen Jos y Fedw at y tro nesa. Mi addawodd y cawn i dair wythnos atyn nhw, a siawns na wnei di rywfaint o'th ôl arno fo yn yr ysgol acw mewn hynny o amser.'

Byddai'r eneth wedi hoffi cael mynd â dilledyn i Mrs Bowen ei dorri, fel y merched eraill, ond roedd ag ofn dweud hynny rhag tynnu rhagor o helynt yn ei phen. Roedd crys gwlanen yn llawer llai gwaradwyddus na ffedogau bras, beth bynnag. O hynny hyd derfyn ei hamser yn yr ysgol; ni fu byth angen crefu rhagor am waith gwnïo iddi hi a Lydia. Ond parhaodd eu mam i dorri pob dilledyn ei hun.

Yn y man, fe ddeilliodd bendith arall eto i Dori o waharddiad ei mam iddi wnïo'r ffedog wen. Yr oedd wedi bod tros y *Reader* un bore yn ceisio paratoi at y wers ddarllen nesaf. Roedd dau neu dri o eiriau newydd yn y bennod yn ei baglu, a theimlai'n ansicr iawn ynghylch y dull cywir o'u cynanu. Daeth i'w meddwl tybed a fyddai Mrs Bowen yn ddig wrthi pe gofynnai iddi. Mentrodd wneud, sut bynnag, a chafodd eglurhad ar ei phroblemau a gwahoddiad i ddod â'r rhai nesaf i'w datrys yn yr un modd.

Am yr ychydig fisoedd y bu yn yr ysgol ar ôl hyn, cafodd Dori hwyl anarferol o dda gyda'i gwersi. Nid ymddangosai dim yn anodd iddi mwyach, a methodd Mabel â'i disodli gymaint ag unwaith o ben y rhes yn y wers ddarllen.

Dechreuodd hyd yn oed y Sgŵl ei chanmol, a'i hanfon yn amlach nag erioed i ofalu am y plant lleiaf. Byddai hynny wrth ei bodd, oni bai iddo ddigwydd ar brynhawn gwnïo neu ar adeg gwers ddarllen. Awgrymodd ef unwaith neu ddwy y byddai arno angen rhywun i'w gynorthwyo gyda gwaith yr ysgol cyn bo hir iawn, ac y byddai tâl o hanner coron yr wythnos i'w gael am y gwaith. 'Maen nhw wedi gofyn imi gadw fy llygaid ar agor am rywun sydd ar fin 'madel, ac yn debyg o fod yn gymwys,' meddai.

Llamodd calon Dori. Tybed oedd gobaith iddi hi am y lle? Yn siŵr ni allai ei mam wrthwynebu, os trosglwyddai hi'r hanner coron yn gyfan iddi bob wythnos – a gweithio'i gorau gartref nos a bore a'r Sadyrnau. Bygythiai'n ddigon aml ei thynnu o'r ysgol i 'wneud rhywbeth'. 'Dyma ti'n eneth fawr tros dy ddeuddeg oed. Wn i ddim sut 'mod i mor wirion â'th gadw di i ddiogi'n yr ysgol yna cyhyd, a thithau wedi pasio'r pedwerydd *Standard* hefyd. Roeddwn i gartre'n gweithio'i hochr hi cyn bod yn naw oed.'

Byddai hi yn dair ar ddeg ymhen pythefnos, ac yna fe fentrai ofyn i'w mam am ganiatâd i'w chynnig ei hun i'r Sgŵl fel athrawes ar y plant lleiaf. Byddai'n fwy tebyg o'i derbyn yn dair ar ddeg nag yn ddeuddeg.

Eithr cyn i hynny ddigwydd, fe gymerwyd y dewis o law Dori – os yn wir iddo fod erioed yn ei meddiant.

5

Daeth yn adeg y Cyfarfod Diolchgarwch. Yn wahanol i'w harfer, nid oedd Gwen Llwyd am fynd iddo y noson gyntaf.

Cwynai ynghylch hyn. 'Mae'n groes iawn i'm meddwl i, i golli dim o'r Cyfarfod Diolch. Does neb ffyddlonach na mi yn y capel, a hynny trwy ddigon o anawsterau'n aml. Mi ddylech chi fynd, Edwart. Mae o'n bechadurus o beth i feddwl nad ydych chi'n tywyllu lle o addoliad trwy gydol y flwyddyn.'

Nid atebodd Edwart Llwyd air, ond codi oddi wrth y bwrdd a chychwyn i'w wely.

'Welais i erioed ffasiwn ddyn. Does yr un gair i'w gael ohono fo pan

47

fydd rhywun yn ceisio ymresymu â fo. Fyddwn i fawr o fynd i'r gwely, â chyfarfod yn y capel. Arhoswn i ddim gartre heno, peth siŵr ydi o, oni bai'i bod hi'n rhaid arna i dorri'r tri chrys yma erbyn bod Wil yn cychwyn i'w le newydd y Sadwrn, a'i bod hi'n gapel trwy'r dydd fory.'

Rhedodd y ddwy eneth bob cam o'r ffordd i lawr. Gwyddent ei bod yn hwyr arnynt yn cychwyn, ac nid edrychid yn siriol ar unrhyw un oedd yn cyrraedd capel y Llan ar ôl gorffen canu'r emyn cyntaf. Heblaw hynny, roedd ganddynt neges yn y siop, i ymorol calico melyn at leinio crysau Wil, a thipyn o flawd gwyn at dorth i'w tad. Rhaid wedyn oedd mynd â'r pecyn i'r Tyrpeg, er mwyn galw amdano ar y ffordd adref; byddai'r siop wedi cau ymhell cyn diwedd y gwasanaeth yn y capel.

Er iddynt hwy a Modlen Roberts y Siop – hithau eisiau mynd i'r cwrdd – frysio eu gorau, roedd hi'n hwyr iawn arnynt yn cyrraedd y Tyrpeg, heb sôn am gerdded i ben draw'r pentref ac i fyny at y capel wedyn. Er eu syndod, cawsant Cati Jones yn hwylio i gychwyn i'r eglwys. Ni allai neb sgwrsio pum munud â'r hen ferch heb ddeall mai eglwyswraig oedd hi, ond un oedd yn fwy selog â'i thafod nag â'i phresenoldeb. Yn wir, yr oedd Dori wedi'i llwyr argyhoeddi erstalwm na fu Cati Jones erioed yn yr eglwys ac nad âi hi byth chwaith. Gwelodd ei chamgymeriad yn awr.

'Ewch chi ddim i'r capel heno,' ebe'r hen wraig. 'Mae hi wedi troi pum munud ar hugain wedi saith yn barod.'

'Rhaid inni fynd,' meddai Dori.

'Gwell o lawer ichi ddod i'r eglwys efo fi,' cymhellodd Cati, heb fwriadu o gwbl iddynt ei chymryd o ddifrif. 'Maen nhw'n deud fod y Person newydd yn pregethu'n dda, na fu erioed ei fath, ac nad ydi sŵn yr hen organ yna'n debyg ers pan mae Mrs Bowen yn ei chwarae hi.'

'O, ie, gad inni fynd,' anogodd Lydia, â'i llygaid yn dawnsio.

'Mi wyddost y bydd Mam o'i cho,' rhybuddiodd Dori.

'Beth ŵyr hi?' temtiodd y llall. 'Mi fydd y capel mor llawn fel na wêl neb ein colli ni, ac mi wyt ti'n gwybod nad oes dim peryg iddi holi ynghylch y cyfarfod. Roedd Lowri'r Gell yn deud y byddai'r eglwys yn werth ei gweld. O, mi fyddai'n dda gen i gael golwg arni.'

'Wel, plesiwch eich hunain,' meddai'r hen wraig, gan gau'r drws a'i gloi. 'Rhaid i mi fynd yn fy mlaen neu mi fyddaf innau'n hwyr.'

Tynnodd Lydia ym mraich ei chwaer. 'Tyrd yn dy flaen.'

'Maen nhw'n dechrau hanner awr ar ein holau ni, felly mi fyddan nhw gymaint â hynny'n hwyrach yn gorffen. Beth ddywedem ni am hynny wrth Mam?'

'Dim peryg y byddan nhw'n hwyrach na ni,' sicrhaodd Lydia'n bendant. 'Heddiw ddiwetha yr oedd Lowri'n canmol gymaint byrrach ydi eu cyfarfodydd nhw na'n rhai ni. Dechrau hanner awr yn hwyrach a gorffen o'n blaen ni wedyn.'

Ildiodd Dori'n sydyn, a brysiodd y ddwy ar ôl yr hen Gati. Wedi'r cwbl, yr *oedd* yn rhy hwyr i fynd i'r capel, a bai eu mam oedd hynny, yn rhoi gormod o waith iddynt cyn cychwyn, a neges yn y siop wedi cyrraedd y Llan ar ben hynny. Hefyd, roedd hi'n demtasiwn fawr i gael gweld eglwys Mrs Bowen, a chael golwg arni hithau yn ei chynefin ynddi.

Ychydig a ganlynodd hi ar y gwasanaeth. Yr oedd yn rhy brysur yn edrych o'i chwmpas, gan geisio cadw un llygad ar Cati Jones hefyd er mwyn gwybod pryd i godi a phryd i benlinio. Gwelai ambell gip ar wyneb Mrs Bowen a eisteddai wrth yr organ. Roedd yr organ honno'n gryn ryfeddod ynddi'i hun. Ni chaniatâi cydwybod John Parri y Glyn a Rhys Tudur y Fron, y ddau flaenor hynaf, i aelodau capel y Llan gael dim i foliannu'r Arglwydd yn eu lle hwy eu hunain.

Siomedig oedd Dori ar y cyfan. Nid oedd yr eglwys yn agos mor olygus â'u capel hwy, nac mor lân chwaith. Rhisglai'r plastr oddi ar y to, ac roedd drabiau mawr o'r calch wedi syrthio yma ac acw. Teimlai'r seti hefyd yn llawer mwy anghysurus. Roeddynt yn gulach o'r hanner na'u seti hwy yng nghapel y Llan, ac fel petai i wneud iawn am hynny yr oedd eu cefnau ddwywaith yn uwch. Gwingai Lydia a hithau yn eu hystum anghysurus, a theimlent yn ddiolchgar am y codi a'r gostwng mynych.

Roedd yr addurno a fu ar y lle yn eu taro hwy yn ddieithr iawn. Rhoes Lydia bwff o chwerthin pan welodd dorth ar astell y pulpud. Gorchuddid y gweddill ohono â dail a blodau, gydag afalau yma ac acw. Po fwyaf yr edrychent o'u cwmpas, mwyaf i gyd o syndod a gaent. Gorchuddid carreg pob ffenest â rhedyn a brigau ffawydd, ac ar y rheini gorffwysai tatws, maip a moron. O flaen yr allor ymgrymai tair ysgub o ŷd. Wfftiai Dori at y syniad o ddwyn y fath bethau i mewn i'r capel oherwydd, ymresymai, beth ond math ar gapel oedd eglwys yn y diwedd?

Eithr yn ôl at Mrs Bowen y mynnai ei llygaid grwydro o hyd, a meddyliai mor dda fyddai ganddi gael mynychu'r eglwys bob dydd Sul, yn unig er mwyn cael syllu ar ei heilun. Gofidiai fod y lle mor llawn fel nad oedd posib iddi hi ei gweld a gwybod ei bod yno.

Ceisiai anwybyddu'r anesmwythder a deimlai wrth gofio am ei mam a dyfalu beth a ddywedai honno pe clywai fod Lydia a hithau wedi mynd i'r eglwys yn lle i'r capel. Cyn iddi ddisgwyl hynny, roedd y gwasanaeth trosodd, a hwythau'n ôl yn y Tyrpeg gyda Cati Jones.

'Mae golau'n y capel byth,' ebe Cati. 'Dydyn nhw ddim allan oddi yno eto. On'd oedd y Person yn dda?'

'Roeddwn i'n mwynhau'r organ,' meddai Dori, oedd yn barod ymlaen llaw i edmygu unrhyw beth a wnâi gwraig y Person, ond yr un mor barod i ddiystyru unrhyw beth a wnâi ei gŵr.

'Mi gei di weld y cawn ni hi,' pryderai, wrth iddynt eu dwy ddringo'r ffordd greigiog tua'r Llechwedd.

'Twt, dim peryg iddi byth wybod,' sicrhaodd ei chwaer.

Yn nes ymlaen, wedi iddynt gyrraedd y gwely'n ddianaf, bron na chytunai Dori â hi. O achos nid oedd eu mam wedi dangos rhithyn o ddiddordeb yn y cyfarfod yr oedd hi'n tybio iddynt fod ynddo.

'Dowch, brysiwch, gael inni fynd i'r gwely gynted allwn ni. Rhaid inni godi'n gynharach fory er mwyn dod trwy'r gwaith a bod yn rhydd i fynd i'r capel deirgwaith. Ac os gallem ni gael rhyw awr yr un at y crysau yma cyn cyfarfod y bore, mi fyddai hynny'n gryn hwb.'

Tywyllwyd eu gobeithion ar y ffordd o'r capel y bore canlynol. I ddechrau, daeth Meri Jones y Ffridd i'w cyfarfod. Roedd ei gŵr newydd gael ei ddyrchafu'n flaenor, a chyfranogai'i wraig yn helaeth o'i bwysigrwydd.

'O, Gwen Llwyd,' ebe hi, gan ysgwyd llaw mawr, 'mae mor dda gen i'ch gweld chi. Roeddwn i'n deud wrth Gruffydd Jones y bore yma fy mod i'n reit anesmwyth yn eich cylch – gweld neb ohonoch chi'n y capel neithiwr.'

'Mi fethais i â dod,' oedd yr ateb sarrug. 'Ond roedd y ddwy eneth yma yno.'

'O'n wir,' ebe Meri Jones, yn llipa o'i siom, ond llwyddodd i ailgrynhoi gwynt o dan ei hadenydd. 'A sut mae Edwart Llwyd acw? Gobeithio y bydd o'n teimlo ar ei galon i ddod i lawr ryw ben heddiw. Mi fyddem ni i gyd mor falch o'i weld o'n ailgydio efo'r Achos.'

'Nid fy mai i ydi hi na wnâi o, Meri Jones. Mi ŵyr pawb 'mod i'n gwneud fy ngorau i'w gadw o ar y llwybr iawn. Ac os ydi Edwart yn feistr arna i – ac mae yna rhyw ddrwg yng nghartre pawb, boed nhw'n flaenoriaid neu beidio – welsoch chi, na neb arall, yr un cyfarfod heb fod y genethod yma neu fi ynddo fo, y tair ohonom ni fel rheol.'

Ar hyn daeth Rhys Tudur, blaenor y Ddeddf, heibio. Ysgydwodd law'n ddifrifol iawn â Gwen Llwyd a Meri Jones. Yna rhoddodd ei ddwylo ar ysgwyddau'r ddwy eneth, gan ochneidio'n ddolefus, 'Roedd o'n ofid mawr gen i glywed, Gwen, dy fod ti'n caniatáu i'r plant yma ymadael â hen grefydd eu tadau, a chwarae â'r caethiwed y costiodd hi mor ddrud i rai ohonom ni ddianc ohono.'

'Beth ydi'ch meddwl chi, Rhys Tudur?' gofynnodd Gwen yn chwyrn. 'Pa ddrwg wnaeth y genethod yma?'

Safai Meri Jones yno, ei cheg a'i chlustiau'n llydan agored, a'i llygaid yn ddisglair gan ddiddordeb.

'Wyddet ti ddim?' gofynnodd yr hen ŵr. 'Os aethon nhw yno heb yn wybod i ti, maen nhw'n blant hyd yn oed gwaeth nag y tybiais i.'

'Mynd i ble?' holodd Gwen yn ddiamynedd. 'Siaradwch yn blaen, ddyn.'

'Ond i'r eglwys neithiwr, debyg iawn, ac esgeuluso eu "cyd-gynulliad eu hunain",' meddai'r hen flaenor mewn llais dwfn, difrifol. 'Ailwisgo iau caethiwed o'u bodd.'

'Roeddwn i'n deud,' pwysleisiodd Meri Jones, 'na welais i mohonyn nhw'n y capel neithiwr.' Taflodd olwg fuddugoliaethus ar Gwen Llwyd.

'Wel, mi fedra' i addo un peth ichi,' meddai honno, a'i llygaid yn tanio, 'wnaiff yr un o'r ddwy ddim o'r fath beth eto, heb fy nghaniatâd i, tra byddan nhw o dan fy nghronglwyd i.' Ac i ffwrdd â hi tuag adref, heb gymryd sylw pellach o neb a gyfarfu.

Cerddai'r ddwy chwaer yn benisel ar ei hôl, heb le yn eu meddwl i ddim byd ond yr hyn oedd yn eu disgwyl wedi iddynt gyrraedd y Llechwedd. Bodolai rhy ychydig o gydymdeimlad rhyngddynt iddynt allu troi at ei gilydd am gysur. Eu pellhau hwy a wnâi trybini bob amser, yn hytrach na'u tynnu'n nes at ei gilydd. Ni siaradodd eu mam air â hwy ar hyd y ffordd, ac aent yn fwy ofnus gyda phob cam. Gwyddent fod ei dig yn fwy eirias os cymerai hi amser i'w gronni. Ceisiai Dori ei chysuro'i hun mai serthedd y ffordd oedd yn cyfrif am

51

ei distawrwydd: anodd dweud y drefn yn effeithiol pan fo angen pob anadliad at ddringo.

Gydag iddynt gyrraedd y buarth, cyflymodd ei chamau fwy eto.

'Ffwrdd â chi yn eich blaen,' meddai, ac wrth y cynddaredd yn ei llais, gwyddai'r ddwy nad oedd ond y gwaethaf i'w ddisgwyl.

Gwthiodd hwy o'i blaen i'r tŷ. Clepiodd y drws o'u hôl, a thaflu'i chlog oddi ar ei hysgwyddau. Cipiodd y strapen ledr oedd yn hongian y tu cefn i'r drws. Daeth yn ei blaen tuag atynt â golwg fygythiol arni.

'A dyna'ch castiau chi pan droaf i nghefn, ai e? Mi'ch dysga i chi i ddeud eich celwydd wrthyf i fel yna.'

Disgynnai'r lledr arnynt fel fflangell: ar eu coesau, lle na wnâi lawer o niwed o achos eu sanau tewion; ar eu dwylo a'u harddyrnau wrth iddynt geisio achub eu hwynebau; ar eu pennau a'u clustiau – unrhyw fan oedd yn agored iddo.

'Mynd efo Dori wnes i,' llefodd Lydia. 'Hi oedd yn mynnu mynd, nid y fi.'

Yr oedd Dori'n rhy lawn o'i phoen a'i hofn i gymryd sylw o hyn, nac o'r cyhuddiad o fod wedi dweud anwiredd. Yr oedd Gwen Llwyd hefyd yn ymddangos wedi colli gormod arni'i hun i wrando ar ddim byd a ddywedid, ac eto, pan newidiodd ei gafael ar y strapen – o fod yn cydio'n y bwcwl ac yn curo gyda'r blaen, i gydio'n y blaen a churo gyda'r bwcwl – ar Dori'n unig y glawiai'r dyrnodau hynny. Er iddi ei hamddiffyn ei hun orau y gallai, daliodd y bwcwl hi aml i dro ar ei phen a'i chlustiau, ac unwaith ar ei gwefus. Pan drawyd hi am yr eildro yn ymyl ei llygad de, a hoelen finiog y bwcwl yn torri i mewn i'w chnawd, rhoddodd i fyny'r ysbryd. Disgynnodd yn swp ar lawr, â'i phen ar ei breichiau, gan lefain,

'Fy llygad i! Fy llygad i!'

Efallai fod gwallgofrwydd Gwen Llwyd yn cilio erbyn hyn, a'i bod yn sylweddoli peryg beth allai ddigwydd, oblegid wedi un fflangelliad arall, a ddisgynnodd y tro hwn ar ben Dori, gadawodd iddi, a hongian y lledr yn ei le ar gefn y drws. Roedd ei gwynt hithau'n fyr, fel petai hi wedi rhedeg yn bell.

'Dyna! Falle y cofiwch chi'r wers yna am dipyn. Oni bai 'mod i ar frys am fod rhaid mynd i'r capel y pnawn yma, mi wnawn ichi dynnu oddi amdanoch a chael cweir iawn.' Yna, yn ailymgynddeiriogi, 'Mi'ch dysga i chi i'm gwneud i yn fach o flaen yr hen Feri'r Ffridd

52

yna, a minnau newydd ddeud wrthi na fyddem ni byth yn colli moddion.'

Ar hyn, daeth cnoc ar y drws.

'Tewch â'ch sŵn,' ysgyrnygodd Gwen, cyn troi i agor y drws. Er na fu triniaeth Lydia chwarter cyn drymed ag un ei chwaer hŷn, eto gwnâi fwy o sŵn na hi, ond bod Dori'n griddfan, 'Fy llygad i!' yn barhaus. Gwnaeth ei gorau i dawelu wrth orchymyn ei mam, ond roedd yn amhosib llwyr reoli'r ochneidiau a'r atal gwynt oedd yn dilyn storm mor fawr.

John Lewis yr Hendre oedd wrth y drws. Gŵr swil, distaw, amhosib ei godi i gymryd rhan mewn na chyngor plwyf na chapel, ond er hynny – neu efallai oherwydd hynny – yn cael y gair o fod yn ddyn da, agos i'w le. Roedd golwg anesmwyth ac ansicr arno'n awr.

Nid oedd Gwen Llwyd wedi adennill ei gwynt yn iawn. Rhwng hynny, a'r syndod o'i weld ef, o bawb, ar garreg ei drws, methai'n deg â hel ei gwynt ati i ofyn ei fusnes. Yr oedd yn tynnu ar chwarter canrif er pan fu John Lewis wrth ddrws y gymdoges hon o'r blaen. Os byddai ganddo unrhyw neges â hi, anfonai un o'i weision. Ni welai neb unrhyw beth yn od yn hynny, gan fod osgoi galw'n y Llechwedd, oni bai ei fod yn fater o raid, yn hollol naturiol yng ngolwg pawb. Felly nid oedd yn beth gwerth sôn amdano gan unrhyw un o'r ardalwyr. Petaent wedi sôn wrth Jân y bostwraig, ni fyddai hi wedi bod yn fyr o adrodd wrthynt fel y gwnaethai Gwen y Llechwedd ei gorau i 'ddal' John yr Hendre erstalwm, ond na fynnai ef ddim byd i'w wneud â hi. Doedd John ddim mor ddiniwed a hawdd ei rwydo ag Edwart druan! Er ei ddistawed, roedd gŵr yr Hendre'n dipyn o bryf, hyd yn oed yr adeg honno.

Petai Dori wedi clywed y sylwadau hyn o eiddo Jân, ni fyddai wedi eu credu. Byddai ei mam bob amser yn llawn dirmyg a digofaint tuag at garwyr ifainc. Ac yn sicr nid oedd ganddi byth air da i'r Hendre. Lawer gwaith y clywsai'r genethod hi'n tystio na chawsai eu tad byth roi ei draed ar dir yr Hendre oni bai nad oedd fawr unman arall yn fodlon ei gyflogi, heblaw ar brinder mawr. Dywedai'r drefn yn barhaus fod 'taclau'r Hendre yna'n rhoi syniadau yn ei ben o ynglŷn â'i fwyd a'i iechyd, wrth gwyno byth a beunydd iddo fo', a bod hynny'n rhatach iddyn nhw na thalu cyflog byw iddo fo.

'Oes rhywbeth o'i le yma, Gwen Llwyd?' gofynnodd John Lewis.

'Mawredd annwyl, nac oes! Beth wnaeth ichi feddwl hynny, ddyn?'

'Clywed mwy o sŵn crio nag a ddylai fod mewn unrhyw gartre wnes i, wrth imi groesi'r cae acw,' ebe yntau, braidd yn ansicr ohono'i hun erbyn hyn.

'Newydd gyrraedd o'r Cyfarfod Diolch yr ydym ni,' eglurodd hithau, 'ac mi drawodd y Dori ddi-lun yma ei phen yng nghornel y silff. Dydi o fawr o ddolur, ond fod clamp o natur cwyno ynddi, fel yn ei thad.'

'Ddymunwn i byth weld yr un plentyn â chymaint o achos cwyno ag Edwart druan. Welais i neb erioed cyn wanned ag o yn ceisio gweithio. Roeddwn i am ddeud wrthych chi, Gwen Llwyd, os oedd yna rywun yn gwneud cam â'r plant yma, y teimlwn i hi'n ddyletswydd i edrych i mewn i hynny.'

Yr oedd llais y siaradwr yn ddigon crynedig, a'i ddwylo'n chwarae'n anesmwyth â'i gilydd, ond yr oedd y llygaid a edrychai i wyneb gwraig y Llechwedd yn gadarn a phenderfynol.

'Mi fedra i edrych ar ôl fy mhlant fy hun heb gymorth neb,' ffromodd hithau, a chau'r drws yn ei wyneb. 'Yr hen lechgi busneslyd!' Ond yr oedd ei ymweliad wedi anesmwytho cryn dipyn arni. 'Ffwrdd â thi, Lydia, i estyn y fowlen lymru. Cwyd tithau'r munud yma, Dori, a dos i molchi. Hen fabi mawr wyt ti, yn gwneud cymaint o sŵn ynghylch tipyn o gweir.'

Ymlusgodd Dori i'r bwtri. Nid yn unig yr oedd ei phen yn ddolurus ac yn gleisiau o'r tu allan, ond roedd cur annioddefol y tu mewn iddo. Teimlai ei llygad de yn ddiffrwyth ac yn rhyfedd, a phenderfynodd ei bod wedi'i golli.

Roedd drych bychan ar fur y bwtri. Bu raid iddi ymladd yn hir â hi ei hun cyn gallu edrych iddo. Ofnai rhag yr hyn a welai ynddo. Pan feiddiodd edrych, rhoddodd ei llaw i guddio'r llygad clwyfedig. Nid oedd felly ddim gwaeth i'w weld na chlais chwyddedig ar draws ei gwefusau ac ychydig smotiau o waed yn treiglo o'i chlust i lawr ei gwddw. Tynnodd ei llaw'n araf oddi ar ei llygad. Roedd cryn waed o'i gwmpas, ond o'r tu allan, ac nid o'r tu mewn, i'w llygad y ffrydiai. Yn ffodus iddi hi, yr oedd hanner modfedd rhwng ôl pigyn y bwcwl a'r llygad ei hun.

Caeodd y llygad iach er mwyn darganfod a oedd hi'n gallu gweld â'r llall. Câi drafferth i agor dim arno o achos y chwydd o'i gwmpas, ac am ei fod yn dyfrio yn y golau. Eithr gwelodd rimyn o oleuni niwlog trwyddo a bodlonodd hyn hi nad oedd wedi 'rhedeg', pryder mawr plant yr ysgol pan gaent ddamwain i'w llygaid. Wedi esmwytho ei meddwl, aeth ati i geisio ymolchi. Gorchwyl poenus iawn oedd hynny, a sychu â'r lliain bras yn fwy poenus fyth.

Aeth at y bwrdd mewn ufudd-dod i alwad ei mam, ond ni allai fwyta dim. Roedd teimlad o gyfog mawr arni, ei llygad yn boenus, a'i gwefusau hefyd pan geisiai eu hagor i wthio llwy rhyngddynt. Stormiai'r cur yn nhop ei phen, a theimlai nad oedd a wnelo'r boen yn ei llygad ddim â hwnnw.

Ni ddywedodd yr un ohonynt air trwy gydol y pryd. Taflai Gwen Llwyd gipolwg yn awr ac yn y man ar ei merch hynaf. Edifarhâi rhyngddi a hi ci hun iddi fod mor fyrbwyll. 'Mi fyddai'n well imi fod wedi cymryd amser i'w chwipio'n iawn na'i marcio fel hyn. Does wybod pa straeon fydd pobol yn eu gwneud os gwelan nhw'r olwg yma arni hi. Ond mae hi'n mynd yn fawr ac yn gref i dynnu oddi amdani, fel nad oes gen i ddim i'w wneud ond cymryd cletsen arni lle medra i. A dyna'r hen John Lewis yna wedi dod i fusnesa hefyd.'

Ar ôl cinio, dywedodd wrth Dori, 'Chei di ddim mynd i'r capel heddiw, am dy waith. Mi gei aros gartre i wnïo un o'r crysau yma imi. Os geilw rhywun yn y drws, paid ti â meiddio gadael dy waith i fynd i hel cleps efo nhw. Bolltia di'r drws nes daw Lydia a minnau'n ôl.'

Ceisiodd Dori ei gorau glas i roi pwyth croes ar hyd ochrau'r crys, ond roedd pob pwyth yn artaith iddi. Roedd dal ei phen i lawr a chraffu â'r llygad arall yn gwneud ei llygad drwg yn gan gwaith gwaeth.

Am ei mam, erbyn hyn roedd ei chydwybod yn ei phigo fod ei chynddaredd wedi'i chario'n rhy bell y tro hwn, ond yn hytrach na'i thyneru, ei ffyrnigo'n waeth a wnâi hynny. Safodd ar y trothwy wrth fynd allan, a gweiddi'n wyllt, 'Dyna ti wedi bod yn yr ysgol yna am y tro olaf. Geneth fawr o'th oed di yn meddwl am ddim ond sefyllian o gwmpas a gwneud drygau ar hyd y pentre. Rwyt ti wedi gwirioni dy ben efo'r hen eglwyswraig benuchel yna. Paid â meddwl nad ydw i'n deall beth a'th dynnodd di i'r eglwys. Ffei ohonot ti!'

Roedd Dori'n rhy sâl a digalon i gymryd llawer o sylw o hyn. Teimlai ryw siom annelwig ynghylch rhywbeth . . . O ie, wedi gobeithio y byddai'r Sgŵl yn llwyddo i berswadio'i mam i adael iddi hi gymryd y gwaith o ddysgu'r plant lleiaf am hanner coron yr wythnos. Doedd ganddi mo'r ynni i ofidio'n awr . . . Gwasgu'i phen am eiliad . . . ei ostwng drachefn . . . un pwyth arall . . . Lydia wedi dod trwy hyn eto yn ysgafnach na hi, a rhoi'r bai i gyd arni hi, ond mewn gwirionedd cymryd ei pherswadio hanner yn erbyn ei hewyllys wnaethai hi. Pa ots? Doedd hi'n disgwyl dim byd arall oddi wrth Lydia . . . Un pwyth eto.

Pan gyrhaeddodd ei mam a'i chwaer o gyfarfod y prynhawn, roedd Gwen Llwyd yn ddrwg iawn ei thafod am nad oedd te'n barod iddynt ac am nad oedd ond un ochr i'r crys wedi'i bwytho. Ni fwytaodd Dori ddim i'w the eto, a bu raid iddi redeg oddi wrth y bwrdd ddwywaith am fod cyfog arni.

'Mae yna ryw helynt garw arnat ti,' meddai ei mam yn wawdlyd. 'Os nad wyt ti am weithio, mae'n well iti fynd i'r gwely, a gadael y drws ar agor i'th dad.'

Ni fynnai Gwen gyfaddef, hyd yn oed wrthi hi ei hun, ei bod yn dechrau anesmwytho ynghylch yr hyn a wnaethai. Nid âi ddim pellach na dweud wrthi'i hun nad oedd waeth i'r eneth fod yn ei gwely nag yn diogi yn y gegin; a waeth heb â gadael i'w thad, neu unrhyw un a ddigwyddai alw, ei gweld â'r wep gwynfanllyd yna ganddi.

Clywodd Dori ei thad yn dod i'r tŷ, toc ar ôl i'w mam a Lydia gychwyn i'r oedfa ddiolchgarwch, ond ni wybu yr un o'r ddau ragor na hynny oddi wrth ei gilydd. Clywodd ei mam a'i chwaer yn dychwelyd drachefn, a phiciodd Lydia i ben drws y siambr am eiliad.

'Oes eisiau swper arnat ti?'

'Nac oes. Dim ond llymaid o ddŵr oer.' Roedd meddwl am fwyd yn fwrn arni.

Ni welodd ddim oddi wrth yr un o'r ddwy wedyn nes i Lydia ddod i mewn i'r gwely ati, awr yn ddiweddarach.

'Dyma iti hanner llond cwpan o ddŵr. Wyt ti'n teimlo'n well erbyn hyn?' Ond bron cyn cael ateb, roedd Lydia wedi cysgu'n drwm.

Troi a throsi fu Dori trwy gydol y nos, ei phen fel ffwrnais, a chyfog gwag yn ei phoeni'n barhaus. Erbyn y bore, roedd wedi blino arni'i hun ac wedi gwlychu'r gobennydd yn domen wrth grio'n ddistaw iddo. Deffrôdd yr aflonyddwch Lydia yn gynt na'i harfer, a chododd ar ei heistedd mewn syndod o weld ei chwaer yn dal yr hen gwpan ddiddolen, graciog, y daeth hi â'r dŵr ynddi y noson gynt, o dan ben post y gwely.

'Mae'r pwmp yma'n gwrthod gweithio,' dolefai Dori, 'a minnau bron â thagu o eisiau llymaid.'

'I beth wyt ti'n gwneud lol fel'na?' holodd Lydia'n syn.

Torrodd Dori allan i grio'n uchel. 'Dos i ofyn i'r Sgŵl drwsio'r pwmp, Wil,' erfyniodd. 'Mae arna i sobor o eisiau diod.'

Cododd Lydia am ei bywyd. Nid lol oedd peth fel hyn, hyd yn oed petai Dori a hithau wedi arfer lolian â'i gilydd. Rhedodd o'r siambr i waelod yr ysgol oedd yn arwain i'r llofft. Er ei gollyngdod, clywai ei mam yn hwylio i ddod i lawr.

'O mam! Mae Dori'n sâl neu rywbeth. Mae golwg mawr ar ei hwyneb hi ac mae hi'n meddwl mai pwmp yr ysgol ydi post y gwely.'

Gwelwodd ei mam. Yn y munud hwnnw, pes gwyddai, cafodd Dori ei dialedd arni am gamdriniaeth y diwrnod cynt. Gwelai'r fam ei hun yn gorfod galw'r meddyg o'r dref, a hwnnw'n dwyn y plismon yn ei sgil. Cofiai erbyn hyn iddi glywed y gallai cnoc ar ben effeithio ar y synhwyrau. Aeth i mewn i'r siambr, ond ni chymerodd Dori sylw ohoni, dim ond dal i barablu am ddŵr.

Trodd Gwen Llwyd at Lydia. 'Tyrd â bwcedaid o ddŵr oer o'r ffynnon, a dau neu dri o garpiau glân imi. A gwna dipyn o de senna yng ngwaelod y gwpan yma. Wedyn mi elli wneud mymryn o botes pig-tegell at frecwast dy dad, gael i hwnnw fynd o'r ffordd.'

Rhedodd Lydia i ufuddhau. Ar ôl cael y tân i fynd, ac i'w thad gychwyn i'w waith, aeth yn ei hôl yn chwilfrydig i'r siambr. Roedd Dori'n gorwedd yn fwy tawel erbyn hyn, a'i mam yn gwasgu cadachau gwlyb ar ei phen.

'I beth wyt ti'n sbïana fan hyn?' oedd y croeso a gafodd. 'Dos i hwylio ati efo'r godro, a gwna frecwast wedyn. Mi fydd Dori wedi dod ati'i hun erbyn hynny, ar ôl imi roi peth i oeri'i phen fel hyn.'

Pan gyrhaeddodd yn ôl i'r tŷ wedi bod yn ymlâdd gyda'r godro, cafodd ei mam wrthi'n gwneud brywes.

'Ydi Dori wedi gwella?'

'Mae hi'n cysgu'n braf, beth bynnag,' oedd yr ateb didaro. 'Rhyw ychydig o beil oedd arni hi, a thipyn o dymer ddrwg hefyd, a hynny wedi codi i'w phen wrth iddi fod yn effro trwy'r nos. Mi ddaw ati'i hun wedi cysgu mymryn.'

Gan mor ysgafn y siaradai, synnodd Lydia ei gweld yn codi ar ganol ei phryd a mynd ar flaenau ei thraed i'r siambr.

'Mae'i phen hi wedi oeri'n arw,' meddai, pan ddaeth yn ei hôl. 'Dim ond iddi gysgu am rai oriau, mi fydd yn reiol iawn wedyn. Mae gen ti ddigon o amser i olchi'r llestri godro cyn cychwyn i'r ysgol, ond iti fod yn ddeheuig o'i chwmpas hi.'

Wedi i Lydia orffen ei gorchwyl – a syrthiai bryd arall i ran ei chwaer – cychwynnodd i'r ysgol. Galwodd ei mam arni o ben drws yr hofel, lle'r oedd hi ar ganol rhoi gwlyb i'r lloi, 'Tyrd yma! Gofala di beidio â sôn gair wrth neb byw beunyddiol fod Dori'n sâl, neu mi'th walltaf i di. Dywed wrth y Sgŵl, a phawb arall sy'n digwydd gofyn iti, 'mod i'n ei thynnu hi o'r ysgol am fod yma ddigon iddi ei wneud gartre. Cofia di rŵan.'

Traethodd Lydia ei neges wrth y Sgŵl. Derbyniodd yntau hi'n ddigon didaro. 'O wel. Roeddwn i wedi meddwl arni ei bod hi ag awydd aros fel athrawes i'r plant bach, ond rhyngddi hi a hynny. Mi fydd yma ddigon yn barod am y swydd.'

Holodd amryw ble'r oedd Dori, ond nid amlygwyd fawr o syndod wrth ateb Lydia. Y farn gyffredin ar hyd y wlad ers misoedd oedd, 'Rhyfedd fod gwraig y Llechwedd, o bawb, yn credu i gadw'r genethod mawr yna yn yr ysgol.'

Yr oedd dau eithriad i'r difaterwch yma, sef Miss Margaret a'i mam. Pan glywodd Mrs Bowen y newydd yn y dosbarth gwnïo, edrychodd yn siomedig iawn. 'Dyna drueni! A minnau'n meddwl i Dori wneud marc gyda'i hysgol.'

Am y plentyn, fe grwydrai hi rhwng meinciau'r stafell o un i un, gan ofyn i hon a'r llall, 'Ble mae Dori? Rydw i eisiau Dori.'

Erbyn i Lydia gyrraedd adref o'r ysgol, roedd y claf newydd ddeffro, a'i mam yn golchi ei llygad â dŵr a llefrith, ac roedd cwpanaid o laeth cynnes yn aros iddi ei yfed hefyd.

Methai Lydia â deall y sylw mawr yma i Dori. 'Rhaid fod yn edifar gan mam ei brifo,' eglurai iddi'i hun. Ond nid oedd yn deall pethau ddim gwell felly chwaith. Roedd yn annifyr iawn fel hyn, beth bynnag. Nid oedd gan ei mam yn awr ond y hi i yrru arni, ac roedd tasgau Dori lawer trymach na'i rhai arferol hi.

Cafodd syndod arall y noson honno. Pan gyrhaeddodd ei thad o'i waith, yn lle eistedd ar unwaith a thaflu'i esgidiau oddi am ei draed fel arfer, safodd wrth gornel y seld, a'i lygaid yn tramwyo'r gegin.

'Ble mae Dori?' gofynnodd.

Safodd Lydia ar ganol agor drws y bwtri. Ni chlywsai mo'i thad yn gofyn cwestiwn ohono'i hun erioed o'r blaen.

'Mae hi wedi mynd i'r gwely. Roedd tipyn o beil arni hi,' atebodd ei mam.

'Y *chi* wedi gadael iddi fynd i'r gwely efo tipyn o beil?' ebe yntau, a'i lygaid, oedd fel arfer mor ddifater, fel golosg.

'Pryd welsoch chi fi'n gwneud cam â chi neu â'r plant, Edwart? Os hynny sydd yn eich meddwl, allan â fo, ac mi setlwn ni o'r munud yma.'

Daliodd ei lygaid yn fyw a thanbaid am funud; yna gwisgodd yr hen ddylni arferol trostynt eto. Eisteddodd i lawr, tynnu ei esgidiau, a mynd i'w wely, gan adael ei swper ar y bwrdd heb ei gyffwrdd.

Trannoeth, sylwodd Lydia ar gyfnewidiad yn agwedd pawb. Eu geiriau cyntaf wrth ei chyfarfod oedd, 'Ble mae Dori? Ydi hi'n sâl?'

Ateb Lydia i bawb oedd fod Dori gartref yn helpu ei mam, ac nad oedd dim o'i le arni. O dan groesholi dygn yr hen Gati Jones fe fu raid iddi addef fod ei chwaer wedi taro'i llygad ar gornel astell yn y bwtri, a bod ei mam yn ei olchi o hyd iddi.

'Hym. Mae dy fam yn fwy gofalus ohoni nag arfer, on'd ydi hi?' oedd sylw'r hen wraig. 'Gawsoch chi ddrwg am ddod i'r eglwys efo fi? Mi glywais fod yr hen Dudur wedi gollwng y gath o'r cwd.'

'Naddo, chawsom ni ddim llawer o ddrwg.'

Yn yr ysgol, roedd gan y Sgŵl lawer mwy o ddiddordeb na'r diwrnod cynt. Holai'n galed a oedd Dori o gwmpas y lle gartref.

'Ydi, yn helpu mam,' tystiai Lydia.

Roedd y plant yn fwy plaen a mwy di-droi'n-ôl eu hymholiadau.

'Ydi o'n wir, Lydia, fod dy fam wedi darn-ladd Dori am fynd i'r eglwys nos Fawrth, a'i bod hi'n sâl iawn?'

'Nac ydi,' taerai hithau. 'Mae Dori'n iawn, ond nad ydi hi byth am ddŵad i'r hen ysgol yma eto.'

'Mae hi'n sâl, waeth beth ddywedi di,' ebe Elis y Gof yn bendant. 'Mi ddywedodd cowmon yr Hendre wrth 'nhad fod acw olau yn y siambr bob dechreunos byth ers y Cyfarfod Diolch.'

'Edrychwch ar ôl eich busnes eich hun,' oedd unig noddfa Lydia ymhell cyn diwedd y dydd.

Pan gyrhaeddodd adref, roedd ei mam mewn gwaeth hwyl nag arfer, ac yn lluchio ac yn taflu o gwmpas. Bu raid i Lydia oddef deng munud o'i thrin am ymdroi ar ei ffordd adref – er eu bod allan o'r ysgol yn gynharach nag arfer y prynhawn hwnnw, a hithau wedi brysio'i gorau rhag rhoi cyfle i neb holi rhagor arni. Erbyn ei bod wedi cyrchu dŵr a thanwydd, a hwylio te, roedd ei mam wedi lliniaru digon tuag ati hi i fynd tros ffaeleddau mwy pobl eraill.

'Mae'r hen eneth yma yr un fath â'i thad yn union. Dyma fi wedi gwneud fy ngorau iddi, ac mi wn ar ei gwep nad ydi hi'r un blewyn diolchach imi. Mi allai godi'n burion heddiw, o ran dim sydd arni, ond dydi hi'n cymryd dim sylw pan ddweda i hynny wrthi hi, dim ond gorwedd yn pensynnu i'r pellteroedd. Ydi! Mae hi'r un ffunud ag Edwart.'

'Roedd pawb yn fy mhen i heddiw eisiau gwybod os oedd hi'n sâl,' meddai Lydia'n gynnil. Byddai wedi hoffi cael adrodd y pethau a ddywedai Elis y Gof a'r plant eraill, ond roedd arni ofn gwneud hynny. Ni fyddai byth sicrwydd ar bwy y disgynnai digofaint ei mam os na fyddai'r gwir bechadur wrth law.

'Beth ddwedaist ti wrthyn nhw?'

'Ei bod hi'n iawn, ond fod ei heisiau i'ch helpu chi gartre.'

'Wn i ddim beth ydi meddwl pobol yn busnesa o hyd. Dyna Jân y bostwraig. Mi fu honno wrthi'n holi ac yn stilio hynny allai hi y bore yma. Mi fu bron imi â dangos y drws iddi, ond 'mod i'n gwybod mai cega mwy wnâi hi wedyn.'

Wrth fynd i'r gwely y noson honno, edrychai Lydia bron yn genfigennus ar ei chwaer. Cyn hyn, hyhi oedd wedi arfer cael hynny o sylw a roddid i enethod o'u hoed hwy yng nghefn gwlad fel hyn. Ond yn awr, wele Dori'n hawlio sylw anfodlon ei thad a'i mam, ac yn destun diddordeb pawb yn yr ardal.

Gorweddai ei chwaer ar ei chefn, a chadach gwlyb tros ei llygad de. Syllai'r llygad arall yn ddisyflyd tua'r to.

'Wyt ti'n well?' Ni allai Lydia'n ei byw feddwl am ddim byd arall i'w ddweud wrthi. Tybiodd i ddechrau na ddeuai ateb i'w chwestiwn. Ond wedi ysbaid o ddau neu dri munud, llusgodd y claf ei golwg o'r nenfwd ac edrych ar ei chwaer.

'Ydw, o lawer,' meddai, mewn llais araf, undonog.

'Roedd pawb yn holi amdanat ti heddiw.'

Tybiodd Lydia na fyddai ateb i hyn. Ond wrth iddi ddringo i'r gwely, dyma Dori'n gofyn, 'Fu Mrs Bowen yn holi?'

'Do, ddoe, a Miss Margaret yn chwilio pobman amdanat ti.'

Cyn diffodd y gannwyll, gwelodd Lydia Dori'n gwenu, a'i llygad yn troi'n ôl tua'r to.

Daliodd i orwedd felly trannoeth a dydd Sul, a'i mam yn mynd yn fwyfwy blin tuag ati. Ond nid oedd ei gwenwyno yn tycio dim ar Dori y dyddiau yma. Prin yr ymddangosai ei bod yn ei chlywed, ac roedd ei mam yn gorfod cilio bob tro wedi'i threchu.

'Mae dy dad yn mynd i'r Hendre heddiw,' ebe Gwen Llwyd wrth Lydia fore Sul, 'i gadw golwg ar y lle wrth fod John a'r wraig yn mynd i edrych am ei chwaer hi, tros y Bwlch. Felly mi awn ninnau i'r capel. Petai'i thad gartre, feiddiwn i ddim gadael Dori – does wybod beth wnâi dau ffŵl efo'i gilydd. Ond mi fydd yn iawn ddim ond hi ei hun, wrth gael cloi'r drws arni.'

Ac i'r capel â hwy, deirgwaith. Sylwai Lydia fod llawer llai o holi ar ei mam ynghylch Dori nag arni hi.

'O, mae hi'n iawn, diolch,' oedd ateb Gwen i'r ychydig ymholiadau. 'Ond allem ni ddim gwneud yn hawdd heb rywun i warchod heddiw, wrth fod Edwart acw yn gorfod bod yn yr Hendre trwy'r dydd, a Lydia braidd yn ifanc i'w gadael ei hun.'

Ni theimlai neb ar ei galon i holi ychwaneg.

6

Fore Llun, gwelai Lydia newid yn Dori. Gorweddai ar ei hochr am y tro cyntaf ers iddi fynd i'w gwely'n sâl. Roedd y chwydd o gylch ei llygad yn llai, er ei fod yn ddu iawn o'i gwmpas, a'r graith ar ei gongl wedi crachennu. Roedd peth bywyd hefyd yn ei llygad chwith heddiw, a'i hwyneb wedi cael adfer ei lwydni arferol.

'Mae hi wedi dod ati'i hun yn iawn,' ebe ei mam. 'Ond mi gaiff aros yn y gwely tan ar ôl cinio. Wedi hynny, rhaid iddi ddechrau meddwl am neud rhywbeth.'

Felly, gyda bod cinio trosodd, dywedodd Gwen Llwyd, 'Hwde, Dori, dyma dy ddillad di. Mi fydd yn well ar dy les iti godi na phensynnu yn fan'na. Mi elli olchi'r llestri a gwau a rhyw fân swyddi felly.'

Ufuddhaodd Dori. Bu'r afiechyd yn gryfach na'i mam am rai dyddiau, ond yn awr, wrth iddo lacio'i afael, dychwelai hithau'n ôl o dan yr hen iau.

Cyfarthodd y ci, a brysiodd Gwen Llwyd i edrych allan trwy baenau gwawrwyrdd y ffenest fach.

'Yr hen wraig y Person yna, y syrffed. Beth sydd gan y gnawes ei eisiau yma?' Ysbonciodd mewn gwylltineb allan o'r stafell.

Teimlai Dori'n simsan iawn uwchben ei thraed, ond prysurodd i daro'i dillad amdani cyn gynted ag y gallai. Rhaid fod Mrs Bowen wedi galw i ofyn yn ei chylch hi. Agorodd drws y siambr eto, a rhoes ei mam ei phen i mewn.

'Gofala na ddeui di gam i'r golwg, ac na chlywaf i ddim o'th sŵn di chwaith – neu gwae di.'

Arafodd ffwdan Dori i wisgo amdani. Fe allai fod wedi gwybod, o ran hynny, na fyddai hi ddim elwach o garedigrwydd Mrs Bowen yn cerdded yr holl ffordd i ofyn amdani. Gobeithio, o leiaf, na fyddai ei mam yn gas wrthi. Ymwthiodd cyn agosed at y drws ag y medrai, a'i chlust yn dynn wrth dwll y glicied. Gan fod drws y siambr ar ongl â'r drws allan, wrth wasgu i fyny felly nid oedd yn anodd clywed unrhyw sgwrs a fyddai ar garreg y drws.

'Ai chi ydi Mrs Llwyd?' Cynhesai calon Dori wrth glywed llais siriol Mrs Bowen.

'Ie. Oedd arnoch chi f'eisiau i?'

Ochneidiodd Dori. A'i mam yn arfer y dôn yna, dim ond gofid oedd i'w ddisgwyl.

'Galw i ofyn am Dori wnes i'n fwya neilltuol. Roedd yn ddrwg iawn gen i a Margaret ddeall ei bod hi'n sâl.'

'Pwy ddwedodd y fath gelwydd wrthych chi? Mi fyddai'n fendith fawr petai pobol yn cadw eu straeon iddyn nhw eu hunain. Does dim ar yr eneth.'

'O wel, gorau i gyd felly,' ebe gwraig y person yn dawel. 'Mae hi'n llawer gwell gen i i'r stori glywais i fod yn anwiredd nag yn wir. Ond mi ddwedodd Lydia ei hun wrthyf eich bod yn bwriadu tynnu Dori o'r ysgol.'

'A pha ddrwg sydd yn hynny?' bloeddiodd Gwen. 'Mae hi wedi pasio'r pedwerydd *Standard*, on'd ydi hi? Mi allwn i gael Lydia adre hefyd heb fod neb â hawl i ddeud dim.'

Ceisiodd Mrs Bowen ei llareiddio. 'Nid hynny oeddwn i'n ei olygu. Edrychwch yma, Mrs Llwyd, gaf i ddod i mewn am funud? Mi fyddai'n haws imi ddeud fy neges nag ar garreg y drws fel hyn.'

'Does yma ddim lle ichi,' ebe'r llall yn gwta. 'Rydw i ar ganol golchi'r tŷ, ac mae'n rhaid imi yrru ymlaen â 'ngwaith.'

'Wel, dyma sydd gen i, 'te. Mae'r ysgolfeistr yn canmol cymaint ar waith Dori nes fod Mr Bowen ac yntau wedi penderfynu cynnig lle iddi yn yr ysgol i ddysgu'r plant lleia. Mi gaiff hanner coron yr wythnos i ddechrau.'

'Hanner coron wir! Disgwyl i mi gadw hoeden fawr fel hon mewn bwyd a dillad am hanner coron!'

'Ie, ond mi gaech chi ei gwaith hi bob min nos ac ar Sadyrnau a gwyliau. Mi fyddwn innau'n fodlon rhoi cinio iddi hi bob diwrnod ysgol, os gwnâi hynny ryw hwylustod.'

'Chaiff hi ddim a dyna ben. Mi gaiff weithio fel y cefais innau, ac nid ei dysgu i actio'r ledi ar hanner coron yr wythnos, fel yr hen ditsiars di-les yma.'

Gwridodd Dori o gywilydd. Gwyddai mai ceisio cyrraedd Mrs Bowen, oedd yn gyn-athrawes ei hun, yr oedd ei mam.

'Mae'n ddrwg gen i eich bod yn teimlo fel'na, Mrs Llwyd. Eich busnes chi ydi o, mi wn, ond mae Dori mor dalentog nes ei bod hi'n drueni na châi hi gyfle i arfer ei doniau. Os ydi dysgu plant yn waith rhy ddi-les gennych, mi fu Mrs Williams, y wniadwraig, yn fy holi i y dydd o'r blaen os gallwn i gymeradwyo un o'r genethod sydd ar fin 'madael â'r ysgol i fod yn brentis iddi hi. Mi fyddwn wedi sôn wrthi am Dori, oni bai 'mod i'n gwybod am fwriad yr ysgolfeistr ynglŷn â hi. Hoffech chi ei phrentisio hi'n wniadwraig, 'te?'

'Na hoffwn i,' bloeddiodd Gwen Llwyd, bron â cholli rheolaeth arni'i hun. 'Mi ddysgaf *i* iddi wnïo os bydd angen – gwnïo taclus at iws gwlad, ac nid rhyw ffal-lals gwirion fel gwneud les, a phwythau fel dannedd chwain.'

'O'r gorau 'te,' ebe Mrs Bowen yn hunanfeddiannol. Petrusodd am ennyd, yna gofynnodd, 'Ond beth, mewn difri, ydi eich bwriad efo'r eneth? Fydd gennych chi ddigon o waith iddi i'w chadw gartre?'

'Mi gaiff hi ddigon i'w wneud. Does dim rhaid i neb bryderu am hynny,' ebe Gwen Llwyd mewn ffordd mor atgas ag y gallai. 'Gweithio'n galed welais i erioed, ac mae'n rhaid iddi hithau ystwytho ati.'

Gwnaeth yr ymwelydd un cynnig arall, ond roedd yn amlwg ar ei thôn y gwyddai ei bod wedi colli'r frwydr.

'Meddwl yr oeddwn i, os mai i le y byddai hi'n mynd, falle y cawn i hi. Mae Margaret yn meddwl y byd ohoni, ac mae hithau'n ifanc i'w gyrru i le caled. Mi gâi fod fel un ohonom ni acw.'

'Na, mi gyrraf i hi at foneddigion iawn, o'i gyrru o gwbl, ac nid at ryw grach-bethau.'

'Ble mae hi? Mae'n anodd gen i fynd oddi yma heb ei gweld hi, ar ôl cerdded i fyny.'

'Chewch chi mo'i gweld hi. Does gen i ddim o'ch eisiau chi'n cnocio o'i chwmpas hi ac yn gwthio syniadau gwamal i'w phen hi. Does dim byw wedi bod efo hi byth er pan ddaethoch chi yma. Am Miss Smith, roedd *hi* yn ledi, ac yn meindio'i busnes ei hun, ond amdanoch chi, dydych *chi* yn ddim ond . . .'

Methodd Dori â dal rhagor. Anghofiodd orchymyn ei mam a'r canlyniadau o anufuddhau iddo, a rhuthrodd allan o'r siambr gan weiddi, 'O tewch, mam! Tewch! Mrs Bowen . . .'

Cydiodd ei mam yn ei braich a'i thynnu'n ôl o'r drws, gan roddi hergwd iddi i'r tu cefn. Cleciodd y drws yn wyneb gwraig y Person, a bolltiodd ef yn swniog. Gwthiodd Dori o'i blaen i'r siambr a chleciodd y drws hwnnw hefyd. Gwelai Dori gefn Mrs Bowen yn diflannu trwy'r bwlch rhwng y buarth a Chae-dan-tŷ.

Teimlai fod ei byd yn deilchion. Roedd wedi mwydro gormod y dyddiau cynt i allu sylweddoli beth a olygai'r ddedfryd ynglŷn â'r ysgol, ond yn awr fe'i gwelai'n eglur. Y swydd o ddysgu'r plant yn ei chyrraedd, a'i mam yn ei rhwystro rhag ei chael. Gwaeth na hynny oedd cofio am y modd y siaradodd ei mam â Mrs Bowen. A hithau mor garedig! Ni fyddai arni hi na Miss Margaret byth eisiau gweld neb o'r Llechwedd eto, heb sôn am siarad â nhw. Dim ond iddi wybod fod gobaith i Mrs Bowen faddau iddi, gallai ddygymod â phopeth arall! Yna aeth i deimlo'n grynedig a gwan ar ôl ei chynnwrf, a daeth arni arswyd rhag beth bynnag a wnâi ei mam iddi.

Safai Gwen Llwyd uwch ei phen yn fygythiol. 'Y faeden fudr gen ti!' ysgyrnygodd. 'A minnau wedi'th rybuddio nad oeddet i'th ddangos dy hun! Roeddet yn gwneud ati iddi weld dy lygad du di, mae'n debyg.'

Ond ni chyffyrddodd â hi. Cawsai fwy o fraw nag a fynnai gyfaddef o weld effeithiau ei gwylltineb ar Dori yr wythnos cynt. Bodlonodd ar ei fflangellu â'i thafod.

'Dy swcro di i ddiogi ar hyd y fan yma, efo'i "dysgu plant" yn wir! A mynd yn forwyn iddi hi, os gwelwch yn dda! Rydw i o deulu rhy dda i 'mhlant i fynd i weini ar ei math hi. Ond mi *gei* di fynd i le, am dy waith yn dy hel dy hun ar draws gynnau, ac i rywle digon pell hefyd.'

Suddodd calon yr eneth. Wedi'r cyfan, y Llechwedd a'r Llan a'r ysgol oedd cylch ei bywyd. Er gwaethaf tymer afrywiog ei mam, ac er na fwynhaodd erioed fawr o ragorfreintiau plentyndod, mewn na chwarae na moethau, eto nid oedd yn anhapus drwy'r amser. Roedd arni ofn ei mam, ond roedd wedi dysgu, megis trwy reddf, i ymgadw rhag y pethau a'i cythruddai, fel mai ar dro eithriad yn unig yr oedd peryg iddi o'r strapen ledr.

Roedd cadw ar ben y rhes yn yr ysgol yn golygu cymaint iddi hi ag a wnaethai wythnos o blesera ar lan y môr i rai mwy cefnog, ac roedd cegaid o gyfleth Elis yn gymaint o wledd â llond bwrdd o ddanteithion i rai mwy cyfoethog. Roedd prinder ei phleserau'n eu gwneud yn fwy gwerthfawr. Fel nad oedd felly gymaint â hynny o wahaniaeth rhyngddi hi a phlant oedd yn mwynhau rhagor o foethau. Cawsai ei geni i ardal a chyfnod lle yr oedd disgwyl i'r plant gydweithio â'u rhieni, a bu hyn yn gymorth iddi ddygymod â'i byd ac yn fodd i liniaru peth ar y gwahaniaeth rhwng ei mam hi a'r mamau eraill, oedd ddim yn gyrru cymaint ar eu plant nac yn eu trin mor ysgeler â Gwen Llwyd.

Felly, roedd meddwl am ymadael â'i chynefin yn hunllef frawychus. Mynd i ganol hen Saeson – Saeson oedd yn trigo ymhobman pell – a byw yno heb adnabod neb, ynghanol hen strydoedd mawr budron, heb nac ysgol na Mrs Bowen i leddfu dim ar y trueni!

'O na, Mam. Gadewch imi aros yma,' ymbiliodd. 'Mi weithiaf i'r cwbwl ichi, gwnaf yn wir.'

Seliodd hynny ei ffawd. Gloywodd wyneb Gwen Llwyd. Roedd

wedi darganfod ffordd o gosbi ei merch heb gyffwrdd blaen ei bys ynddi, na marcio dim ar ei chorff.

'Mi fyddet wedi cael aros petait ti heb fusnesa gynnau, ond rwyt ti wedi mynd yn rhy dalog ers tro. Mi ddaw lle go drwm â thi at dy datws a'th laeth. Tyrd, iti gael gwau tipyn yn y gornel.'

Crynai coesau Dori bron ormod i'w chynnal, ond rhaid oedd ufuddhau, a cheisio gwau, er fod ei phen yn poeni'n saith gwaith gwaeth wrth iddi rythu dros y pwythau. Teimlai'n syfrdanllyd, ddwl, ac mewn byd yn sylweddoli beth oedd Lydia'n ei ddweud pan gyrhaeddodd honno o'r ysgol. Yna cliriai'r niwl yn sydyn, a gwelai bopeth yn boenus o glir am ychydig funudau.

Yr hyn a welai ar bob un o'r ysbeidiau clir yma oedd fod y breuddwyd y bu'n ei goleddu ers misoedd, o gael aros yn yr ysgol i ddysgu'r plant bach, wedi cael ei chwalu'n gandryll. Roedd min y gofid hwnnw yn trywanu'i phen yn waeth eto, ond fel y cynddeiriogai'r boen, pylai ei hamgyffrediad hithau.

Daeth ei thad i mewn gyda'i bod yn dechrau tywyllu. Gwrthododd swper, ond roedd meddwl Dori'n rhy bell i sylwi ar hynny, nac ar y ffaith ei fod unwaith eto'n griddfan fel y gwnaethai fisoedd yn ôl. Cododd ei lygaid i'w chyfeiriad un waith a gofyn, 'Beth wnest ti i'th lygad?'

Camodd ei mam yn frysiog o'r bwtri. 'Ei dilunwch hi ei hun oedd o i gyd, yn ei tharo'i hun yn erbyn congl y silff acw. Waeth heb â deud wrthi am edrych i ble mae hi'n mynd.'

Cododd Edwart Llwyd a mynd i'w wely. Ni chymerodd ei wraig unrhyw sylw ohono'n mynd.

'Rydw i am biciad â'r wyau yma i lawr i'r pentre. Dechreua dithau droedio'r pâr arall yna, Lydia. Siawns na chyrhaeddaf i'r Siop mewn pryd i dynnu sgwrs â Modlen cyn iddyn nhw gau. Mi ddwedodd wrthyf i rywdro, petawn i byth ag awydd lle i un ohonoch chi, fod ganddi hi gyfnither yn Lerpwl fyddai'n gallu cael lle ichi'n hawdd.'

'Wyt ti'n mynd i Lerpwl, Dori?' gofynnodd Lydia o dan ei gwynt, gydag ag y cawsant le eu mam.

'Ydw, coelio,' atebodd hithau, yn dorcalonnus.

'Roedd plant yr ysgol yn siarad heddiw dy fod ti'n cael dod yno i helpu'r Sgŵl. Roedd Eben y Bont Las yn deud iddo fo'i glywed o a Mrs Bowen yn setlo felly.'

Llifodd ei siom yn don tros Dori drachefn. Gollyngodd yr hosan o'i llaw a dechrau crio â'i holl egni.

'Ond mi wyddwn i na chaet ti byth gan Mam,' aeth Lydia ymlaen yn gysurus, 'a phan oeddwn i y tu ôl i ddrws y cwpwrdd mawr yn cadw'r llyfrau, mi glywais Mrs Bowen yn dod i mewn at y Sgŵl ac yn deud fod rhaid iddo fo feddwl am rywun arall i'w helpu, am fod gan mam ddigon o waith iti gartre, diolch iddo fo yr un fath.'

Dychlamodd calon Dori mewn diolchgarwch i Mrs Bowen am drugarhau wrthi unwaith eto, a'i harbed rhag i bawb yn yr ysgol wybod am ymddygiad ei mam.

'Pam wyt ti'n crio? Oes arnat ti ddim eisiau mynd i Lerpwl?'

'Nac oes.'

'Mi fyddwn i'n falch iawn o fynd,' ebe Lydia. 'Mi af i hefyd, gydag y gorffennaf i'n yr ysgol. Fydd dim eisiau rhoi bwyd i hen foch a lloi ac ieir yn y fan honno.'

Tawodd Dori â'i chrio yn y syndod o glywed Lydia'n dweud ei meddwl am unwaith.

'Mi fyddai'n well gen i fwydo'r rheini na gorfod byw ynghanol llwythi o hen dai.'

Ni siaradodd y ddwy ragor, ond gwau mewn distawrwydd, nes i Dori daro'i hosan ar y bwrdd gan ddweud, 'Fedraf i wau dim ychwaneg heno. Rydw i wedi mynd i golli pwythau, am fod fy mhen a'm llygaid i'n brifo, ac mae o'n codi cyfog arna i. Rhaid imi fynd i'r gwely.'

O'r fan honno, clywodd Gwen Llwyd yn cyrraedd i'r tŷ. Ni ddaeth hi'n agos i'r siambr. A phan gyrhaeddodd Lydia i'r gwely, blwc yn ddiweddarach, ni chrybwyllodd yr un o'r ddwy wrth ei gilydd am ffrwyth ymweliad eu mam â'r pentref.

Y Sul wedyn, gorchmynnodd Gwen Llwyd yn sarrug i'r ddwy eneth hwylio i ddod gyda hi i'r capel.

'Mae'n well iti wisgo dy het haf,' meddai wrth Dori, er dirfawr syndod honno. Fe restrid yr hetiau hyn ymhlith trysorau'r teulu. Danodai Gwen Llwyd lawer iddi roi pedwar a chwech yr un amdanynt, mwy nag a dalodd erioed am het iddi'i hun. Fel iawn am hynny, roeddynt eisoes wedi gwisgo pedwar haf, ac yn ôl pob argoel disgwylid pedwar arall eto oddi wrthynt. Rhai du oeddynt, o wellt

Leghorn mân, mân, ac ystwyth. Roedd eu corunau'n chwerthinllyd o fychain, a rhuban llydan gwyn wedi'i ddolennu o'u cylch i ddisgyn tros un ochr i'r cantelau mawr, llydain. Dim ond pan dynnodd ei mam y cantel yma i lawr yn isel tros ei llygad de y sylweddolodd Dori paham y caniateid iddi wisgo'i het haf ar fore o fis Tachwedd.

'Gofala nad arafi di mo'th draed i siarad efo neb,' rhybuddiodd, fel y prysurent i lawr yr allt greigiog. 'Cadwa'n dynn wrth fy sodlau i.'

Pasiodd y tair ohonynt wraig yr Hendre yn siarad â gwraig y Lluest ar y groesffordd. Nid arafodd Gwen mo'i thraed, ond carlamu heibio iddynt gyda 'Bore da' swta.

'O, bore da!' galwodd Mari Lewis yr Hendre ar eu holau. 'Wyt ti wedi gwella, Dori fach?'

Cyn i'r eneth gael cyfle i ateb, galwodd ei mam tros ei hysgwydd. 'Mae Dori'n iawn, diolch. Dim rhaid i neb bryderu amdani.'

Wedi cyrraedd y pentref, a dod ar gyfer y ffordd oedd yn arwain i fyny at yr eglwys a'r Ficerdy, gwelodd Dori gip ar Miss Margaret, a'i mam gyda hi, yn mynd allan trwy lidiart eu gardd. Ni ddechreuai gwasanaeth yr eglwys am un hanner awr wedyn. 'Mrs Bowen yn mynd i ymarfer ar yr organ,' penderfynodd ynddi'i hun.

Taflodd olwg ar ei mam a'i chwaer. Nid oedd yr un o'r ddwy wedi troi eu golygon i gyfeiriad yr eglwys. Syrthiodd hi gam yn ôl a chodi'i llaw yn swil. Byddai'n ormod disgwyl i Mrs Bowen ddigwydd edrych i'w chyfeiriad ar yr union funud hwnnw; a phe gwnâi, fe fyddai'n amhosib iddi ddehongli'r baich o ofid ac o ymddiheuriad oedd y tu ôl i'r cyfarchiad tila. Methai â chredu'i llygaid pan welodd wraig a merch y Person nid yn unig â'u golygon arni, ond yn aros yn eu llwybr gan chwifio eu cadachau poced arni. Dawnsiai Miss Margaret yn wyllt, a'i hosgo'n debyg iawn fel petai arni flys rhedeg i lawr at Dori. Ataliai ei mam hi ag un llaw, a chyda'r llall chwifiai'n gariadus ar ei chyn-ddisgybl.

Yna bu raid i Dori gamu'n gyflym yn ei blaen, a cholli golwg ar y ddwy ar ben y ffordd. Gwyddai heb edrych fod ei mam wedi arafu ac yn troi'n ôl ati. Cydiodd ei mam yn chwyrn yn ei braich a'i hergydio ymlaen mor ffyrnig nes iddi faglu yn erbyn y rhimyn glaswellt oedd rhyngddynt a ffos y clawdd. 'Beth ydi'r stelcian sydd arnat ti? Wyt ti wedi anghofio'n barod beth ddwedais i gynnau?'

Eithr ni faliai Dori ar y pryd. Pris bychan oedd y cerydd i'w dalu am y chwifiad llaw hwnnw, ac am y maddeuant a'r ddealltwriaeth a ddarllenai hi ynddo.

Ni roddwyd cyfle iddi siarad â neb trwy'r dydd, ac ni chaniatawyd iddi fynd i'r Ysgol Sul, ond ni fennai hynny ddim arni. Gwyddai fod yr unig gyfeillgarwch a brisid ganddi yn ddiogel.

Ar chwarter y ffordd adref y noson honno, safodd Gwen Llwyd yn stond ar ganol y ffordd. 'Yn wir,' meddai, 'mae gen i flys troi'n ôl i holi Modlen y Siop, er ei bod hi'n nos Sul. Mi arbedai imi orfod mynd i lawr nos fory. Mi gafodd ddigon o amser erbyn hyn i glywed gan y gyfnither yna. Ewch chi'ch dwy adre rhag blaen.'

Dringai Dori'r allt â chalon drom. Rhaid bod ei mam ar frys mawr i gael gwared â hi, neu ni feiddiai byth bechu trwy wneud neges fel'na ar nos Sul, a hithau fel arfer mor fanwl ynghylch cadw'r Saboth. Teimlai'n wan a diynni i gerdded. Ni chawsai byth ymadael â'r cur yn ei phen ers y Cyfarfod Diolchgarwch, ond roedd yn waeth heno nag y bu ers deuddydd. Teimlai chwerwder mawr tuag at ei mam. Dyma hi'n cadw rhagddi ei hunig siawns am hapusrwydd. Os na fynnai iddi fynd yn athrawes i'r ysgol, paham na adawai iddi fynd yn forwyn i'r Ficerdy? Mi ddylai fod yno ddigon o waith yn y tŷ anferth hwnnw i fodloni hyd yn oed hyhi. Byddai hi'n ddigon bodlon gweithio'n ddiegwyl o fore gwyn hyd nos, dim ond iddi gael bod yn ymyl Mrs Bowen a Miss Margaret.

Daeth rhywun o'r tu ôl iddynt ar ei redeg. Fflachiai'r gwreichion i'r tywyllwch o'r esgidiau hoelion trwm wrth iddo sgrialu ar hyd y ffordd greigiog. Adnabu Dori ei 'Nos da' talog. Harri, gwas bach yr Hendre, ydoedd. Dywedodd hithau 'Nos da' yn swta, heb un awydd cyflymu ei chamau i'w ganlyn, mwy na'u harafu i'w aros.

Nid felly Lydia. Galwodd hi arno'n sionc ryfeddol rhagor ei ffordd arafaidd arferol. 'Hylô, Harri. Paid â cholli dy wynt wrth gipio ar y fath ffrwst.' Arafodd Harri; ac ar ei phen ei hun y cerddodd Dori weddill y ffordd at yr Adwy-o-dan-tŷ. Clywai sŵn y ddau arall yn sgwrsio ac yn chwerthin y tu ôl iddi. Arferai Harri dorri i fyny'r cae i arbed gorfod dirwyn ar hyd y ffordd at yr Hendre. Wrth yr Adwy safodd Dori, gan alw ar ei chwaer. Methai'n lân â chael ateb, ond tybiai ei bod yn clywed ambell i chwerthiniad mygedig o gyfeiriad y clawdd yn rhywle.

Mrs Bowen, a beth i'w wneud ar ôl ymadael o'r ysgol, oedd yr unig ddau beth y meiddiodd Dori erioed ei dychmygu ei hun yn gwrthryfela'n erbyn ei mam yn eu cylch. Cyfrifai'r gost yn ormod gyda phopeth arall; ac yn sicr nid oedd yn werth ganddi dynnu helynt yn ei phen o achos Harri'r Hendre. Ond petai hi'n mynd i'r tŷ gan adael Lydia allan, a bod ei mam yn dod i wybod am hynny, hi a fyddai o dani ac nid ei chwaer iau. Felly daliodd ati i alw, ac yn y man trodd i fygythio.

'Lydia, tyrd! Neu mi ddweda i wrth Mam . . . Lydia! Lydia! Fydd Mam fawr o dro ar ein holau ni, wyddost.'

Nid oedd dim yn tycio, nes iddi glywed y peswch a adnabyddai fel cnec ei mam o ganol y cae. Yr un munud, gafaelodd rhywun yn ei braich, a chlywodd sibrwd gwyllt Lydia, 'Rhed dy orau, gael inni fod yn y tŷ o'i blaen.'

Ond rhy hwyr! Ymrithiodd düwch mwy trwy'r tywyllwch o'u blaenau.

'Yn enw'r Mawredd, ai hyd yma ydych chi eto? A minnau wedi deud digon wrthych chi am beidio â loetran.' Yna, gyda drwgdybiaeth sydyn, 'Mi welais i rywbeth tywyll yn cipio rhyngof i a'r awyr gynnau. Oedd yna rywun efo ti, Dori?'

'Nac oedd,' gwadodd Dori, yn hollol eirwir.

'Welsoch chi Harri'r Hendre? Mi cyfarfûm i o wrth y siop, fel petai o'n ei gwneud hi am adre.'

'Mi pasiodd o ni yng ngwaelod yr allt,' ebe Lydia.

'Ydych chi'n siŵr iddo fo basio? Petawn i'n deall eich bod yn loliach efo'r hogiau yma, mi wnawn i o'r gorau efo nhw a chithau. Ble buoch chi mor hir yn mynd yn eich blaenau?'

'Roeddwn i'n methu â cherdded mor gyflym ag arfer i fyny'r allt,' meddai Dori, gan fanteisio am unwaith ar ei niweidiau.

'Ac mi faglais innau yng ngharrai fy esgid,' ychwanegodd Lydia, 'a fedrwn i'n fy myw ei hailglymu hi yn y tywyllwch yma.'

'Wel, ffwrdd â chi yn eich blaenau rŵan, ond gwae chi os clywaf i ichi fod ynglŷn â dim castiau heno. Rwyt ti'n mynd tros ben llestri ym mhob cyfeiriad, Dori. Mi fydd yn fendith i'r lle yma iti ei chychwyn hi oddi yma i rywle. Mae cyfnither Modlen wedi cael lle arddderchog iti, ac mi wyt i ddechrau yno ddydd Sadwrn nesa.'

Aeth Dori i'w gwely a'i meddwl yn gymysgfa ryfedd. Edrychai dydd Sadwrn yn echrydus o agos. Ni fyddai'r un Sul arall iddi yng nghapel y Llan, neu efallai y byddai Rhys Tudur yn ffarwelio'n gyhoeddus â hi, fel yr arferai â'r gweision fferm fyddai'n newid eu lle. Cynghorai hwy bob amser i gofio i bwy yr oeddynt yn perthyn, ac i ymddwyn fel na chodent gywilydd ar eu Brawd Hynaf.

Tybed a gâi hi fynd i'r pentref cyn hynny? Oni châi, digon prin y gwelai Mrs Bowen na Miss Margaret byth eto. Swniai Lerpwl yn bell iawn – yn rhy bell i feddwl am gael dychwelyd am amser hir. Arswydai wrth feddwl am yr holl ddieithriaid y byddai'n rhaid iddi eu cyfarfod, a dim i'w siarad nac i wrando arno ond Saesneg. Yn gymysg â'r braw yr oedd yr hen ddicter at anghyfiawnder ei mam yn troi ar unwaith i'w beio hi yn ei hamheuon y noson honno, heb aros i holi dim.

Erbyn trannoeth, fe'i hamddifadwyd o'r haen olaf o wendid a ganiatawyd iddi, a chafodd ei galw i godi'n forcach nag arfer, a'i gyrru mor chwyrn ag erioed.

Rhoddwyd gorchymyn i Lydia ddod â dwsin o lathenni o galico melyn a phedair llath o brint glas gyda hi o'r Siop. 'A dywed wrth Modlen Roberts y gwnaf i dipyn o wnïo a gwau iddi i dynnu'r gost i lawr. Dydi o ond teg iddi hithau roi mymryn yn fy ffordd innau, a chael archeb dda fel'na. O ie, dywed wrthi y galwaf i heibio nos fory, i orffen trefnu i'w chyfnither gyfarfod Dori yn y stesion.'

Ni chafodd Dori fawr o hamdden y diwrnod hwnnw i bendroni ynghylch y cyfnewidiad oedd i fod yn ei hanes. Rhaid oedd sgwrio pobman trwyddo, a golchi, a phobi, a chorddi.

'Mi fydd yma ddigon o waith gwnïo i ti a minnau y dyddiau nesa yma, felly waeth inni gael hynny allwn ni o orchwylion y tŷ o'r ffordd,' cynlluniai ei mam.

Erbyn i Lydia gyrraedd o'r ysgol, yr unig beth oedd yn aros heb ei wneud oedd y smwddio.

'Brysia efo dy de, Lydia, iti gael ymorol dŵr a choed. Ac mi fydd rhaid iti orffen y sanau yma. Mi fydd gan Dori a minnau ddigon o waith efo'r gwnïo, ac mae'r rheina wedi'u haddo erbyn nos Fercher. Ymro dithau ati efo'r smwddio yna, Dori, iti fod yn barod i ddechrau gwnïo erbyn y byddaf i wedi torri'r ffrogiau yma. Mae dy hwylio di fel hyn yn golygu aberth mawr i mi.'

Ychydig o ddiddordeb nac o hwyl troi ati oedd gan Dori, hyd yn oed gyda'r rhagolwg o ddillad newydd. Wedi'r cwbl, nid oedd dim yn atyniadol iawn mewn dwy ffrog waith o gotwm glas, a'r rheini wedi'u torri heb fodfedd o gwmpas sbâr ynddynt, a dillad isaf o galico melyn, yn enwedig pan wrthodai'i mam iddi roi un iòd o bwyth plu ar hyd-ddynt, heb sôn am fymryn o les, fel oedd yn addurno dillad bron pob un o'r genethod eraill er pan ddechreuodd Mrs Bowen eu dysgu.

Y dyddiau nesaf, gadawyd i bopeth ond y gwnïo, a chadwyd Lydia adref o'r ysgol i helpu. Boed hwy cyn blaened â phlaen, yr oedd cryn waith pwytho ar ddwy ffrog, dau frat, a dau o bopeth.

'Mi gei di orffen y crysau nos wedi cyrraedd yno. Mi fyddi'n dal digon ar dy ddwylo, mi dyffeia i di. Dydi o ddim ots fod Lydia'n colli'r ysgol – mi arbedith i hen daclau busneslyd ei holi a'i stilio hi.'

Dychwelodd Gwen Llwyd o'r pentref nos Fawrth yn uchel iawn ei hysbryd. 'Roedd gan Fodlen lythyr hir oddi wrth ei chyfnither erbyn heddiw. Mae hi wedi cael lle nobl iti – boneddigion o waed â digon o arian, ac yn cadw wn i ddim faint o forynion. Mae hi wedi cael morwyn iddyn nhw lawer gwaith o'r blaen, ac mae'r cyflog lawer yn well na dim gaet ti'r ffordd hyn.'

Ni ddywedodd Dori ddim i hynny ond, 'Mae 'nhad wedi cyrraedd ac wedi mynd i'w wely heb swper. Roedd yn debyg i mi ei fod o'n sâl.'

'A'i sgubo fo! Rhaid iddo fo wneud helynt bob amser pan ydw i brysuraf.'

Ni chododd Edwart Llwyd o gwbl y ddeuddydd nesaf, a deuai pob cwpanaid o lefrith a gynigid iddo i lawr bron cyn llawned ag yr aeth i fyny. Ond nid oedd gan neb amser i gymryd sylw o hynny. Erbyn pob min nos fe gurai ael a llygad de Dori fel petai morthwyl yn taro ar eingion.

Nos Iau, rhoddodd gwas mawr yr Hendre gnoc ar y drws wrth basio. 'Symol ydi Edwart Llwyd, debyg?'

'Does dim ryw hap garw arno fo, na dim taro mawr chwaith. Mi wyddoch am Edwart. Mae digon ychydig o ysbryd ynddo fo ar y gorau, rhagor y byddaf i'n ei hymladd hi, pa mor sâl bynnag y byddaf i'n teimlo. Oes acw waith yn aros wrtho fo?'

'Nac oes, dim byd i'w rwystro rhag cwtsio am ddiwrnod neu ddau. Galw i ddeud wnes i fod y wal rhwng eich ffridd chi a'r mynydd wedi cwympo, ac mi fydd gofyn ichi edrych ati'n bur fuan, neu mi gewch helynt.'

'Welais i erioed sut beth,' cwynai Gwen. 'Mae rhyw drafferth parhaus yn y fan yma. Mi ymbiliais i ddigon ar Edwart i roi tro o gylch y waliau yma rhag ofn fod eisiau ailosod carreg yma ac acw. Ond waeth imi siarad â phost llidiart ddim.'

'Mae gennym ninnau fylchau y bydd gofyn edrych atyn nhw cyn gyrru'r defaid i'r mynydd, ond roedd Meistr yn deud y bore yma ei fod o am aros am Edwart – mai trwsio wal sych ydi'r swydd orau wnaiff o.'

'Mi fydd rhaid iddo fo edrych at hon fory, ond mi ddaw acw drennydd,' penderfynodd Gwen.

Fore trannoeth, bu raid i Lydia wneud y swyddi i gyd, a'r ddwy arall gyda'r gwnïo. 'Fyddwn ni fawr o dro bellach. Mi adawn ni un o'r peisiau hefyd heb ei gwnïo. Does bosib na fedri di wneud cymaint â hynny dy hun. Cymer bwythau dipyn brasach, da thi. Dydi hen ddannedd chwain yr ysgol yna'n werth mo'r baw i rywrai fel ni.'

Sylwodd Dori fod ei mam yn dringo i'r llofft yn amlach na'i harfer, ac yn cario rhyw lymaid gyda hi bob tro – ychydig o lefrith wedi'i sgimio a'i dwymo, dŵr cynnes a sinsir, a hyd yn oed wy wedi'i guro. Clywai ei thôn yn uchel, ond roedd hynny'n beth mor gyffredin fel na chodai ddim ar ei diddordeb, a chanddi hithau gynifer o broblemau ynglŷn â hi ei hun.

Pan gyrhaeddodd ei mam i lawr am y pedwerydd tro, meddai'n siarp, 'Symuda hi o'r gongl yna. Mi fydd dy dad yn siŵr o rincian eisiau twymo'i draed cyn cychwyn allan, mi wranta i o.'

'Ydi o'n codi?' Caniataodd Dori i'w llais fynegi mwy o syndod nag oedd yn ddoeth iddi, oherwydd trodd ei mam arni'n ffyrnig.

'Codi! Beth ydi dy feddwl di, eneth? Y dyn wedi cael deuddydd cyfan yn ei wely a'r lle yma'n syrthio'n ddarnau o'n cwmpas ni. Prin y mae disgwyl i mi droi ati i godi waliau, er cymaint o waith dyn yr ydw i'n gorfod ei wneud o gwmpas y fan yma.'

Llusgodd Edwart Llwyd i lawr yr ysgol yn araf a lletchwith. Sylwodd Dori ei fod, cyn gollwng ei afael o ffon ganol yr ysgol, wedi taro'i law rydd yn drwm ar gongl y bwrdd mawr gwyn o flaen y ffenest, a bod ei bwysau arni'n gwynnu cefn y llaw honno. Llusgodd gydag ochr y bwrdd nes cyrraedd yn ddigon agos i afael yng nghefn y setl, ac o'r fan honno ymnyddodd yn dringar i'w gornel arferol wrth y pentan.

'Ble mae'ch côt chi, Edwart?'

'Ar lawr y llofft. Roedd hi'n rhy drom imi allu codi 'mraich i'w gwisgo.'

'Rhed i mofyn côt dy dad, Dori.'

Gwisgwyd y gôt amdano'n ddiseremoni.

'Hoffech chi i Dori gau eich esgidiau chi?'

'Yn wir, Gwen, fedra i byth gerdded i ben y ffridd, heb sôn am godi wal yno wedyn.'

'Ffwlbri noeth! Does ond eisiau ichi wneud tipyn o ymdrech. Mae hynna'n waith digon ysgafn i unrhyw un.'

'Petaech chi'n gadael imi am ddiwrnod neu ddau, falle y cawn i wared o'r pwysau yma sydd ar fy mrest, ac wedyn mi esmwythai'r boen yr un fath â'r tro o'r blaen.'

'Mi fydd yn llawer tebycach o ddod i fyny wrth ichi symud tipyn. Mi wnaiff les ichi fod yn yr awyr agored ar ddiwrnod mor braf â heddiw.'

Cododd Edwart Llwyd yn fusgrell, ac ymbalfalu yn ei ddau ddwbl tua'r drws. Ar y trothwy, trodd yn ei ôl, gan wasgu'i freichiau ar draws pwll ei galon.

'Waeth ichi heb, Gwen,' ymbiliodd, ag ing yn ei lais, 'fedra i ddim cerdded ar draws y buarth heddiw, heb sôn am i ben y ffridd.'

'Wel, mi fyddwn ni'n sôn gwlad,' tantrodd hithau, 'os bydd rhaid imi dalu am drwsio hynna o fwlch yn y wal. Rhed, Dori, i ddal yr hen ferlen fach.'

Byw ar fenthyca ceffylau a wnaethai'r Llechwedd erioed, hyd o fewn ychydig fisoedd cyn hyn. Bryd hynny, cafodd Dafydd y Felin gyfle ar geffyl ifanc, cryf am bris pur fanteisiol, a phenderfynodd y talai iddo werthu Bess, oedd wedi ei wasanaethu am lawer blwyddyn, am hynny a gâi amdani. Digwyddai Gwen Llwyd fod ar fusnes yn y Felin y dyddiau hynny, ac fel pawb arall y cyfarfu Dafydd â hwy ar y pryd, cafodd gynnig Bess.

'Serch ei bod hi'n tynnu i oed, mi all hi gario pwn neu ddau go solet eto, ond iddi gael ei hamser ei hun ato fo. Mi fyddai i'r dim i chi yn y topiau acw, lle nad oes yna rhyw lawer o drin ar y tir.'

Y diwedd fu i Bess gael cartref yn y Llechwedd. Ni chostiai fawr i'w chadw. Casglai'r rhan fwyaf o'i bwyd ei hun, a byddai'r hen felinydd yn dueddol o gerdded i fyny ar brynhawn Sul i edrych amdani, â llond ei bocedi o geirch. Bwytâi'r hen ferlen hwnnw bob gronyn. Nid oedd hi mor sicr o ambell ddyrnaid o ruddion neu geirch a drawai ei chyn-feistr yn fendin yng ngheg sachau'r Llechwedd, gan fwmian, 'Tipyn o amheuthun i'r hen ferlen druan.'

Ymddangosai Bess yn hapus ddigon â'i rhyddid yn y caeau, heb fwy'n disgwyl wrthi na thynnu ambell lwyth o wair neu dail yn y slèd, neu siwrneia i'r Felin ac oddi yno, wrth ei phwysau, pwn ar draws ei chefn a phryd da y tu mewn iddi.

Braidd yn ddidoreth ynglŷn â'i dal fyddai hi bob amser. Lwc iddi hi mai anaml iawn yr ymgymerai Gwen Llwyd â'r dasg honno. Trin y lleill am fod yn hir wrthi oedd ei chyfraniad hi. Dori a feddai fwyaf o ddylanwad ar yr hen ferlen, ac felly i'w rhan hi, os byddai gartref, y syrthiai'r cyfrifoldeb o'i dal. Yn awr, cipiodd ddyrnaid o barion maip allan o'r sosbanaid pilion oedd yn barod i'w berwi i'r ieir, a rhedodd at lidiart Cae Hir, gan alw, 'Bess! Bess! Tyrd yma, 'mechan i. Edrycha beth sydd gen i iti. Bess!'

Rhygyngodd yr hen ferlen yn dymhoraidd tuag ati a bwyta'r parion yn awchus. Cydiodd Dori yn ei mwng a'i harwain at ddrws y tŷ. Rhwbiai Bess yn anwesog yn ei gwar a'i gwallt, a daeth pang tros galon yr eneth wrth feddwl mai dyma efallai'r tro olaf y câi anwes gan y ferlen fach. Ni allai ddisgwyl dod adref o le mor bell â Lerpwl nes bod efallai yn hen wraig, a Bess wedi marw.

'Taro gyfrwy arni,' gwaeddodd ei mam. 'Pa synnwyr dod â hi'n ddigyfrwy?' Ni wnâi wahaniaeth iddi hi na soniasai air wrth Dori i ba ddiben y bwriadai'r ferlen.

'Dewch 'te, Edwart. Mae hi'n ddigon anodd i mi hepgor yr amser i fwcsio efo chi, ond dyna sydd raid, debyg gen i. Tyrd dithau i'n danfon i ben Cae-tan-ffridd, Dori, er mwyn iti agor y llidiardau. Rhed i mofyn y fainc oddi tan y bwrdd. Mi ewch ar ei chefn hi'n iawn felly, Edwart, ond ichi fod yn go ddeheuig.'

Eithr, er cymorth gwerthfawr y fainc, cryn orchwyl fu codi Edwart Llwyd i'r cyfrwy, ac ni chafodd Dori droi'n ei hôl nes iddynt gyrraedd pen y ffridd. Nid agor y llidiardau'n unig yr oedd hi, ond hefyd tywys Bess. Ymollyngai ei thad yn ddiymadferth ar gefn y ferlen, gan riddfan yn awr ac yn y man. 'O, gadewch lonydd imi, da chi, Gwen. Gadewch imi orwedd ar y glaswellt.' Felly ofer oedd disgwyl iddo ef ofalu am lwybr Bess, â'r awenau'n hongian yn ddiymadferth o'i law.

Ac roedd gan ei wraig ddigon o waith edrych ar ei ôl ef, heb feddwl dim am gyfarwyddo'r ferlen.

Cyrhaeddwyd i olwg yr adwy o'r diwedd. Diolchai Dori wrth ei gweld yn edrych yn un mor fach, fawr fwy na hanner lled llidiart.

'Dyma ni,' meddai ei mam. 'Mi wna awyr iach y topiau yma fyd o les ichi. Helpa fo i godi'i goes trosodd, Dori, ac mi derbyniaf innau o yr ochr yma.'

Hebryngodd Gwen ef at glogfaen crwn oedd â'i hanner allan o'r glaswellt.

'Mi ellwch eistedd mymryn fan hyn, tra symudaf i'r cerrig yma o'r ffordd er mwyn ichi gael lle clir i ddechrau arni. Dos di i lawr ar dy union, Dori, a gofala fod Lydia a thithau'n gorffen y crys yna erbyn amser te, er mwyn i mi ei olchi a'i smwddio fo heno. Ddyliwn i fod rhaid i mi aros yma i estyn cerrig i'th dad. Danfon frechdan a thunaid o laeth i fyny inni amser cinio. Siawns na fydd yr hen ferlen wirion yma'n iawn ar hyd y ffridd . . . P'un o'r cerrig yma gymerwch chi gynta, Edwart?'

Pwyntiodd yntau yn llipa â'i fys. 'Hon, a nacw yn y gongl bella yna . . . O, fedra i ddim yn wir, Gwen.'

Fel y cerddai Dori i lawr y ffridd, clywai adlais ei mam, 'Twt, twt. Waeth heb ag ildio i bethau fel'na. Dyma fi wrthi ddydd a nos efo cychwyn yr eneth yma . . .'

Dychrynai wrth weld cyn lleied y gallod Lydia a hithau ei wnïo o'r amser y cyrhaeddodd i lawr yn ei hôl hyd nes ei bod yn bryd cychwyn â'r cinio i fyny i'w mam. Teimlai'n siŵr nad oedd angen cario'r un frechdan ar gyfer ei thad.

Pan gyrhaeddodd i fyny, gwelai ef ar ei led-orwedd, a'i gefn yn pwyso ar y wal. Ar ei gôt a'i wasgod yr oedd yr un smotiau tywyll ag a welsai arnynt ddeunaw mis yn ôl, a sylwodd fod y glaswellt o bobtu iddo wedi'i staenio'n goch yma ac acw. Bu raid iddi wasgu'i dannedd a throi'i phen draw i drechu'r cyfog ddaeth arni. Edrychai ei thad yn llesg, ond roedd ei lygaid wedi gwacáu o'r olwg o boen a'u llenwai pan drodd hi oddi wrtho y bore.

Bustachai ei mam i gario cerrig o'r twr, a'u gosod ar y wal. Roedd ei bysedd hithau'n waedlyd, ond gwyddai Dori mai oddi wrth y cerrig yr oedd hynny.

'Mi gafodd dy dad o i fyny. Mi ddowch atoch eich hun yn iawn ar

76

ôl hynna, Edwart. Mi wyddwn y gwnâi symud tipyn o les ichi. Mae'n well i ti, Dori, aros yma rŵan i'm helpu i, ac mi fydd raid inni aros ar ein traed heno i wneud iawn amdano. Dangoswch chi y cerrig iddi, Edwart, tra byddaf i'n cymryd hoe i fwyta. Gymerwch chi frechdan?'

Ysgydwodd ef ei ben. 'Llymaid bach.'

Tywalltodd ei wraig ychydig o'r llaeth i gaead y tun. Crynai ei law wrth estyn amdano, a chollodd beth ohono ar ben y smotiau tywyll ar ei wasgod.

'Yn enw'r Mawredd, ddyn, pam nad edrychwch chi beth ydych yn ei wneud? Rydym ni ar ddigon o glem am laeth enwyn heb i chi ei golli o fel'na.'

Yr oedd y cerrig yn oer ac yn finiog, ac yn dueddol iawn o ddisgyn ar flaen bysedd cyn i'r un oedd yn eu gosod gael cyfle i dynnu'i llaw i ffwrdd oddi tanynt. Buan iawn y cadarnhawyd amheuaeth Dori nad oedd a wnelo'r gwaed ar fysedd ei mam ddim â chyni ei thad. Edrychai arno ef cyn codi pob carreg, ac os amneidiai ef ei gymeradwyaeth, fe'i cariai hi at y wal, a gwrando amdano'n sibrwd, 'Y gongl bella', neu 'Ychydig bach yn nes yma'. Dro arall, ysgydwai ef ei ben pan afaelai hi mewn maen, gan bwyntio at un arall yn ei hymyl.

Ni pharhaodd hoe Gwen Llwyd fawr o dro, ac ailddechreuodd yn ysgeler ar y gwaith.

'Hwdiwch, Edwart, dyma ichi ffon i bwyntio at y cerrig. Does bosib na fedrwch chi wneud cymaint â hynny. Rho dithau dro go ddeheuig rŵan, Dori, neu orffennwn ni byth erbyn te.'

Anghofiodd Dori ei phryder am drannoeth, ac am y crys oedd mor bell o'i orffen. Anghofiodd bopeth ond ei deisyfiad am weled gosod y garreg olaf, a'i loes pan wasgai ambell un drymach na'i gilydd ar ei hewinedd briw.

O'r diwedd nid oedd yn aros o'r domen ond dwy garreg fechan, a dywedodd ei mam, 'Dalia di Bess, gael inni fynd i lawr cyn gynted fyth ag y gallwn ni.'

Roedd awyr y ffridd wedi gwneud Bess mor chwareus ag eboles, a bu raid i Dori gerdded a dandwn llawer cyn medru ei dal. Teimlai'n ddigalon wrth feddwl am yr ymdrech bellach i godi'i thad ar gefn y ferlen. Ymestynnai'r ffordd o ben y ffridd i lawr at y tŷ o'i blaen fel tragwyddoldeb. Cawsai ei blino'n llwyr, a hithau yn ei gwendid, gan brysurdeb a phryder yr wythnos, ac yn awr dyma'i chefn ar dorri ar ôl plygu a llurgunio gyda'r cerrig.

Eithr fe'i siomwyd ar yr ochr orau am y tro. Aeth ei thad i'r cyfrwy yn haws o lawer nag wrth gychwyn i fyny, a phrin y gwelsai hi erioed gystal hwyl ar ei mam ag oedd arni ar y ffordd i lawr o'r ffridd y prynhawn hwnnw.

'Mi ddalia i imi wneud gwaith go dda o'r adwy yna. Does dim byd tebyg i ddal ati. Mi fyddai'r rhan fwya o bobol wedi torri'u calonnau ac ildio i bopeth, efo dim ond hanner yr anawsterau yr es i trwyddyn nhw heddiw. Ond dyma'r wal wedi'i thrwsio, a Dori wedi'i hwylio i ffwrdd yn daclus gen i, a hynny heb yr un mymryn o help gan neb, ac heb esgeuluso'r un o'r swyddi sy'n disgwyl i'w gwneud bob dydd. Daliwch eich hun yn fwy sad, Edwart, yn lle fod eich pwysau chi'n disgyn i gyd arna i.'

Yr oedd Dori'n ddiolchgar o gyrraedd y tŷ, er nad oedd ond gwaith yn ei haros yno drachefn. Cripiodd ei thad ar ei union i'r gwely. Yn y man, cariodd ei mam gwpanaid o lefrith wedi'i gymysgu â dŵr berwedig iddo, ond ni wyddai Dori a yfodd ef beth ohono ai peidio. Cwynai Lydia'n arw i'w blinder o orfod gwnïo trwy'r dydd ar ei phen ei hun, ond am unwaith ni fynnai ei mam wrando arni.

'Rhaid gorffen y crys yna heno, a dyna ben, er mwyn imi roi ias o ferwi arno fo cyn mynd i'r gwely. Mi sychith dipyn o flaen y tân, ac mi dynnaf i haearn poeth trosto cyn cychwyn yn y bore.'

Dyna'r awgrym cyntaf gafodd Dori fod ei mam yn bwriadu hebrwng rywfaint arni drannoeth. Ni wyddai eto a oedd hi'n bwriadu dod gyda hi i Lerpwl, neu ddim ond ei rhoi ar y trên yng ngorsaf y Gorslwyn; ond cafodd wybod hynny hefyd cyn bod y crys wedi'i orffen.

'O ie, Dori, rhag ofn imi anghofio sôn wrthyt ti bore fory: mae Modlen Roberts wedi sgrifennu at ei chyfnither i ddeud y bydd gen ti het wellt ddu â ruban gwyn o gylch ei chorun, a chlog o liw pupur-a-halen.' Suddodd calon Dori'n is na'i hesgidiau, petai hynny'n bosib. Ni feddyliodd y byddai'n rhaid iddi wisgo'r hen glog hyll honno i fynd i ffwrdd. Hen un i'w mam oedd hi, a chasâi Dori hi â'i holl galon. 'Mae ei chyfnither wedi addo sefyll o dan ryw gloc fydd yn dy wynebu di wrth iti ddisgyn o'r trên. Mi fydd ganddi hi het yn llawn o rosynnau cochion, a dwy bluen ffesant yn codi o'r ochr. Allwn i feddwl ei bod hi'n steilus ryfeddol. Wel, mae'r hen Fodlen yn ddigon blêr ei thoriad, beth bynnag.'

Am funud, llonnwyd Dori wrth ei gweld ei hun yn y wlad bell yn ymgodi i odidowgrwydd het yn llawn o flodau ac o blu ffesant. Ond ymrithiai gormod o bryderon ac anawsterau o'i blaen iddi gael llawer o gysur o ddim yn hir.

Gorffennwyd y crys o'r diwedd. Cafodd ei drochi, ac yna ei ferwi, cyn iddynt gychwyn i'w gwelyau rywbryd wedi hanner nos.

'Mi adawaf i dân go dda. Mi sychith hynny lawer arno fo. Dwyt ti fawr o sylweddoli y drafferth a'r gost ydi hi i mi dy gychwyn di'n gysurus fel hyn. Mi aeth yn rhy hwyr iti molchi heno, ond mi'th godaf i di'n ddigon buan iti allu gwneud hynny bore fory.'

Trwy'r wythnos, tybiasai Dori na chysgai hi'r un winc y noson cyn ymadael am Lerpwl, ond roedd wedi blino cymaint ar ôl ei diwrnod hir, a'r dolur wrth ei llygad yn curo'n erwin ers oriau, fel y cysgodd bron cyn cyrraedd y gwely. Y peth nesaf a wybu oedd ei mam yn ei hysgwyd gan weiddi, 'Cwyd! Welais i neb erioed mor gysglyd â thi. Mae hi bron yn bedwar o'r gloch, a thithau eisiau molchi a rhoi dy ddillad glân.'

Roedd y tegell mawr wedi berwi'n grychias erbyn i Dori gyrraedd y gegin. Yn ffodus, roedd yr aelwyd yn gynnes am fod cystal tân wedi'i adael arni trwy'r nos. Ymolchodd Dori trosti mor frysiog ag y gallai. Roedd bob amser yn gas ganddi dynnu oddi amdani yng ngŵydd ei mam, ac amcanai allu gorffen cyn i honno ddod yn ei hôl o'r bwtri. Eithr yn ei byw ni allai frysio gyda'i sychu ei hun. Yr oedd yn y Llechwedd ddeubar o lieiniau sychu, ond cadwai Gwen Llwyd y rheini at 'rhyw alw' a ddisgwyliai yn nhywyllwch y dyfodol. At bob dydd, ni cheid defnyddio ond rhyw ddarnau o hen ffedogau bras neu gotwm neu debyg. Gyda darn o gynfas clytiog, tenau, yr ymladdai Dori'n awr. Methai'n deg â'i sychu'i hun. Llithrai'r defnydd diafael tros ei chroen heb gymryd dim o'r gwlybaniaeth gydag ef. Daeth ei mam yn ei hôl, gyda sosbanaid o fwyd ieir i'w osod ar y tân. Fe'i cysurai Dori'i hun na welai fawr arni hi yng ngolau eiddil y ddwy gannwyll frwyn.

'Yn enw'r Mawredd, wyt ti'n dal heb orffen? Ddaliwn ni byth mo'r trên os na symudi di'n gynt na hyn.'

'Does dim posib sychu efo'r lliain yma,' esgusododd Dori'i hun, yn fwy hyf na'i harfer.

'Mae'r lliain yn iawn, y ti sy'n ddi-lun. Hwde, gad o i mi.'

Ac er ei harswyd, cipiodd ei mam y darn cynfas o'i llaw, ac ymroi ati i rwbio'n egnïol ag ef ar ei chorff a'i haelodau. Rhwbiai mor galed nes cochi'r croen, a'i brifo bron yn annioddefol wrth fynd tros ei bronnau. Ac yn y diwedd, ni theimlai'r eneth fawr sychach na chynt. Safai Gwen Llwyd uwch ei phen, yn edrych arni, wrth iddi ymbalfalu'n swil am ei gwasgod wlanen lwyd newydd.

'Gofala di edrych ar dy ôl dy hun. Paid ti â gadael i ddim hen ddynion gyboli efo ti, neu dŵad i helynt fydd dy ran, cyn sicred â'th fod yn eneth fyw. Fydd yma ddim lle iti yn y Llechwedd wedyn, cofia. Ychydig iawn o ffydd sydd gen i ynot ti, o ran hynny. Mi'th drwghoffais i di wrth yr Adwy yma, nos Sul.'

Erbyn hyn, llwyddasai Dori i gael y syrcyn tros ei phen; ac ym mhoethder y gwrid a gododd trwy ei chorff oherwydd geiriau ei mam, anghofiodd y cryndod a'i blinai wrth i'r dŵr oeri a sychu ar ei chroen. Teimlai calico caerog y dilladau eraill yn anhyblyg, ac yn oer hefyd, serch iddynt fod o flaen y tân trwy'r nos; ond diolchai am ddianc i'w lloches rhag llygaid ei mam. Deallai'n rhy dda beth a olygai ei geiriau. Ni allai'r un eneth fyw ei hoes gyda Gwen Llwyd heb wybod am y pechodau oedd yn barod i amgylchynu ei chymdogion.

'Taro dy ffrog amdanat, iti gael taflu'r dŵr yma a sychu'r badell. Mi ddeffroaf innau Lydia, er mwyn inni orffen â brecwast.'

Pryd distaw a brysiog fu hwnnw. Cyn codi oddi wrth y bwrdd, torrodd Gwen glyffiau o'r dorth amyd. 'Falle y bydd yn dda imi wrth y rhain ar fy ffordd yn ôl. Mi lapiaf i dy becyn di gydag y gorffennaf i efo brecwast dy dad. Fynn o ddim sôn am godi heddiw, ond mi fydd o'n reiol erbyn dydd Llun.'

Syllai Dori yn syn tra oedd ei mam yn pacio'i dillad yn yr unig ddarn o bapur llwyd fu ganddynt yn y tŷ ers blynyddoedd. Nid oedd yn rhaid iddo fod yn ddarn mawr i gynnwys y ddwy ffrog gotwm las, a'r ddau frat, a dwy o'r ffedogau bras bythgofiadwy hynny a wnïasai hi'n yr ysgol fisoedd yn ôl; ynghyd â dillad isaf i'w newid, a'r bais a'r crys nos y disgwylid iddi hi eu gwnïo yn ei horiau hamdden. Daeth ei mam â bwndel o edafedd du o rywle hefyd. 'Dyma iti ddefnydd deubar o sanau, gan na chawsom ni amser i wau iti. Mi elli eu gwneud nhw wrth dy bwysau. Mi fydd yn ddiogelach gwaith iti na chwarae o gwmpas.'

Rhyfeddai Dori na bai ei mam yn rhoi ei dillad i gyd i mewn. Roedd ganddi bethau heblaw'r rhai oedd amdani'r bore yma, a rhai llawer gwell hefyd. Dyna'i chapan blewog du, a droswyd o hen fẁff i wraig yr Hendre. Hwnnw a wisgai ar Suliau'r gaeaf, er mawr eiddigedd Lydia. A dyna'i ffrog wlanen las, â'r gwddw isel, tlws, oedd yn llawer gwell ganddi na'r ffrog o frethyn du a estynnodd ei mam heddiw. A'i chôt felfed wedyn, honno hefyd wedi'i gwneud o hen ddilledyn i Mari Lewis. Heb sôn am ei ffrog haf o gotwm melyn.

Roedd hi ar fin anturio holi amdanynt, pan ddywedodd ei mam, 'Waeth heb â gwneud rhyw faich mawr o hen ddillad. Mi fydd y ffrog ddu yna'n daclus iti yn y prynhawniau, ac ar y Sul, ac mae dy ddillad eraill di i gyd bron yn rhy fach iti. Pethau taclus at waith, dyna sydd eu heisiau fwyaf mewn gwasanaeth.'

Deallai Dori'n burion beth a olygai hyn. Dyna'i dillad gorau hi i gyd, ac eithrio'r het haf, yn cael eu cadw i Lydia, a hithau'n gorfod gwneud ar ddillad gwaith a dillad Suliau gwlybion. Er hynny, ni feiddiai wrthryfela ond yn ei chalon, serch ei bod ar fin ymadael oddi yno.

Cliriodd Lydia y llestri brecwast. Yr oedd yn rhy dywyll i feddwl am odro eto. Gwisgodd Dori'r glog bupur-a-halen a'r het wellt, a adawyd yn barod iddi ar y bwrdd o flaen y ffenest. Yna eisteddodd yn ei chornel gynefin o dan fantell y simnai. Teimlai erbyn hyn fel petai'n edrych arni'i hun a'r cyfan o'i chwmpas o ryw bellter mawr. Holai ei hun tybed oedd hi'n mynd i grio ai peidio. Roedd ei llygaid yn berffaith sych, ond mi oedd yna ryw glap yng ngwaelod ei gwddw yn ei phoeni ac yn amharu ar ei llais pan oedd hi'n ceisio siarad.

Clywai ei mam yn cerdded yn brysur yn y llofft uwchben, a'i sŵn yn agor a chau drysau a droriau. Tybed oedd ei thad yn effro? Tebyg ei fod. Gwelsai'i mam yn mynd â chwpanaid o fara llefrith wedi'i grasu i fyny iddo. Yn sydyn, daeth arni'r teimlad fod yn rhaid iddi weld ei thad cyn cychwyn oddi cartref – dim ond ei weld. Ni wyddai am ddim yr oedd arni eisiau ei ddweud wrtho. Safai o hyd y tu allan iddi hi ei hun, a rhyfeddai at yr awydd yma a ddaeth trosti, a hithau ddyddiau lawer heb brin gofio am ei fodolaeth.

Daeth Gwen Llwyd i lawr i'r gegin. Roedd hithau wedi gwisgo'n barod i gychwyn, yn ei chlog ail-orau o frethyn cnapiog du, yn cyrraedd at ei gwasg; ac am ei phen gyfaddawd rhwng het a chapan, â'r corun wedi'i wasgu mor dynn i'r cantel nes eu bod yn edrych fel dwy grempogen o frethyn du wedi'u gosod y naill ar ben y llall. Cariai ymbarél y teulu yn ei llaw, a gwisgai fenig gwlân du wedi'u gwau ganddi hi ei hun.

'Wyt ti'n barod o'r diwedd?'

Synnodd Dori ei chlywed ei hun yn gofyn, 'Ydi 'nhad yn effro?'

Yn ôl yr olwg ar ei mam, roedd hithau wedi synnu hefyd.

'Ydi, am wn i, er na ddwedodd o'r un gair pan oeddwn i i fyny gynnau. Oes arnat ti eisiau mynd i'w weld o?'

Ateb Dori oedd dringo'r ysgol. Ni wyddai beth ar y ddaear i'w ddweud wedi cyrraedd y llofft. Ni fu yno erioed o'r blaen â'i thad yn y gwely. Rhedai yno weithiau, a'r llofft yn wag, i mofyn rhywbeth yr oedd un o'i rhieni wedi'i anghofio, ac roedd sgwrio'r llawr a thaclu'r dodrefn yn waith cynefin iddi ar Sadyrnau.

Gorweddai Edwart Llwyd â'i lygaid ynghau, a thybiodd hi ei fod yn cysgu. Daliodd y gannwyll frwyn uwch ei ben. Fel pe am y tro cyntaf erioed, sylwodd ar y pantiau mawr yn ei fochau, a'r croen yn edrych mor denau a chlòs at yr esgyrn fel nad oedd le i waed rhyngddynt. Fe glywsai'r bostwraig yn dweud yn gyhuddgar wrth ei mam un tro fod 'Edwart Llwyd cyn felyned â blodyn', ond ni welsai Dori erioed flodyn yn felyn fel hyn – mwy tebyg i liw dŵr ar glai. Yr oedd ar fin troi i ffwrdd pan agorodd ei thad ei lygaid a syllu'n ddiysgog arni. A hithau wedi penderfynu ei fod yn cysgu, gwnaeth hyn hi'n fwy diamcan fyth ynghylch beth i'w ddweud wrtho.

'Ydych chi'n well, 'nhad?' gofynnodd yn swil.

'Ydw am dipyn, nes i'r hen ddrwg gronni eto.'

'Rydw i'n cychwyn.' Ond nid oedd yn siŵr os oedd ef yn gwybod am y bwriad o'i gyrru i Lerpwl.

'Mi fydd yn well iti o lawer, 'ngeneth i, ond ceisia fod yn ofalus. Prin 'mod i wedi dechrau sylweddoli fod bywyd yn werth ei fyw nag y gwnes i smoneth iawn ohono fo. Gwylia di rhag hynny.'

Ni wyddai Dori beth i'w ateb. Nid oedd y rhybudd hwn cyn hawsed ei ddeall ag un ei mam, awr a hanner yn ôl.

'Wel, da bo rŵan,' meddai, ac am y tro cyntaf o fewn cof iddi, cyffyrddodd yn fwriadol â'i thad, gan dynnu'i bysedd yn ysgafn ar hyd cefn y llaw oedd yn gorwedd ar ei frest.

'Da bo'ch di, 'ngeneth i. Mae hi wedi dy greithio dithau, ond dydi hi ddim yn rhy hwyr i ti wella.'

Cofiodd Dori ei bod ers dyddiau wedi bwriadu edrych oedd ôl y bwcl ar gornel ei llygad o hyd. Daliodd y gannwyll wan i fyny, gan godi'i golwg at y drych uwchben y gwely. Gwelai linell goch lidiog yn rhedeg o gongl y llygad am fodfedd ar hyd ei hael, a'r croen o bobtu i'r llinell wedi crebachu fel petai rhywun wedi rhedeg nodwydd ac edau trwyddo i'w grychu.

'Beth ar y ddaear wyt ti'n ei wneud yn ymdroi yn fan'na? Mi gollwn y trên cyn wired â'n bod ni'n bobol fyw. Braf iawn i chi, Edwart, yn cael aros yn eich gwely a pheri anhwylustod fel hyn i rywun arall sy'n gwneud ei gorau.'

Cipiodd Dori un olwg arall ar ei thad, ond roedd ei lygaid yn dynn ynghau eto, a brysiodd hithau am ei bywyd i lawr yr ysgol. Safai ei mam ym mhen y drws, a'r pecyn papur llwyd a dwy fasged fraich ar lawr wrth ei thraed.

'Does gennym ni ddim gormod o amser i gyrraedd y stesion erbyn wyth. Cymer di dy barsel a'r leiaf o'r ddwy fasged. Roeddwn i'n gweld, gan 'mod i'n gorfod mynd i'r Gorslwyn p'un bynnag, nad oedd waeth iddi heb fod yn siwrnai seithug. Mae'r menyn, beth bynnag am yr wyau, yn well eu pris yno, a'r siwgr ffyrling y pwys yn rhatach na chan Modlen . . . Cofia di beth ddwedais i am y gwartheg a'r moch, Lydia, a gofala am roi pedair modfedd o bleth ar y sanau yna.'

Safai Lydia ym mhen drws y gegin. Cododd Dori ei pharsel a'r fasged. Yna safodd yn ansicr.

'Dyma fi'n cychwyn 'te, Lydia.'

'Da bo. Anfon lun o stryd Lerpwl, er mwyn imi gael ei ddangos o'n yr ysgol.'

7

Ar draws y buarth, ac i lawr y cae. Roedd y tywyllwch trymaf fel petai wedi ysgafnu erbyn hyn, a thywynnai'r sêr yn glir uwchben. Arferasai Dori ddigon â bod allan o gwmpas y buarth ar dywyllwch mwy na hyn, ond profiad newydd oedd mynd ar hyd y ffordd ynddo a rhoddai deimlad o fwy o ddieithrwch o lawer iddi na cherdded yn yr un radd o dywyllwch fin nos.

Roedd y gwahaniaeth yn fwy fyth wedi iddynt gyrraedd y pentref –

dim golau yn y capel na'r siop, dim twr stwrllyd ar y bont, na neb i'w weld ar hyd y stryd. Roedd golau yng ngheginau rhai o'r tai, eraill â golau yn eu llofftydd, ac eraill yn dywyllwch i gyd.

'Paid â chlocsio gymaint, da ti,' dwrdiai'i mam. 'Rwyt ti'n cadw digon o dwrw i ddeffro'r meirw. Falle yr hoffet ti i bawb yn y lle yma wybod dy fod yn cychwyn i ffwrdd.'

Yn fuan iawn, roeddynt wedi gadael y pentref o'u hôl, ac yn dringo'r ffordd fynydd a arweiniai ymhen y rhawg i briffordd Caergybi a gorsaf y Gorslwyn.

'Rydw i bob amser yn deud mai taclau diog ydi pobol y Llan yma. Dyma hi'n tynnu ar chwech o'r gloch, a dim sôn gan eu hanner nhw am godi. Mi wnâi les calon iddyn nhw gael blwyddyn ar fferm fel 'nacw. Mi roddai hynny beth symud yn eu sodlau nhw, mi dyffeia i – os nad oedd digwydd eu bod nhw wedi'u creu o'r un stwff â'th dad,' ychwanegodd Gwen, er mwyn cael pethau'n hollol glir.

Ni siaradodd yr un o'r ddwy am dair milltir neu well wedyn. Weithiau fe arafai Dori er mwyn cyfnewid lle y parsel a'r fasged. Er fod y parsel yn ysgafnach baich na'r fasged, roedd y fraich oedd yn blygedig amdano yn cyffio'n barhaus ganddi. Eithr nid arafodd ei mam unwaith, ond dal i frasgamu ymlaen ar yr un cyflymder â phan gychwynnodd. Nid ymddangosai fel pe bai'n brysio'n arw, ond darganfyddai Dori, bob tro y safai, serch na fyddai hynny ond am gyhyd ag a gymerai i newid ochr y fasged a'r pecyn, fod ei mam wedi ennill llathenni lawer arni.

Weithiau byddent at eu fferau mewn dŵr. Roedd y ffordd tros y mynydd yn enwog am ei llaid a'i phyllau dŵr; ond roedd ddwy filltir yn nes na'r ffordd fawr, a gwnâi dyn yn burion arni liw dydd. Bryd hynny, gellid camu tros bwll, a dewis y darnau glanaf o'r ffordd, neu gadw gyda godre'r gwrych a chael glaswellt esmwyth dan draed am ysbeidiau hir. Ond yn y tywyllwch, rhaid oedd cymryd eich siawns a blannai'r cam nesaf chwi mewn pwll ai peidio; ac o gadw'n rhy glòs at fôn y clawdd, odid fawr na chaech eich hunan yn y ffos ddofn.

Yr oedd yn dechrau goleuo erbyn iddynt gyrraedd y ffordd fawr. Byddai'n oleuach arnynt yno p'un bynnag, oherwydd fod y gwrychoedd yn is na rhai'r ffordd uchaf, a hefyd lathenni ymhellach oddi wrth ei gilydd. Yma gellid dilyn canol uchaf y ffordd i osgoi rhowtiau dyfnion, lleidiog y gwagenni.

'Mae hi'n goleuo'n arw,' pryderai Gwen Llwyd. 'Gobeithio'r Mawredd na chollwn ni mo'r trên. Rywbryd o gwmpas yr wyth yma ydi'i amser o, medden nhw. Tyrd, hel dy draed fymryn sioncach. Rwyt ti fel dy dad – ofn rhoi un cam cynt na'i gilydd.'

Ni fu Dori yng ngorsaf y Gorslwyn erioed o'r blaen, er iddi fod rai troeon yn y dref ei hun. Pan fyddai Modlen Roberts, rywsut neu'i gilydd, wedi tramgwyddo yn ei herbyn, arferai Gwen Llwyd gymryd ei hwyau a'i hymenyn i'r dref; ac os byddai'n anghyfleus iddi hi fynd, gyrrai Dori yn ei lle. Eithr siop Huw Huws y Grosar oedd dechrau a diwedd yr ymweliadau hyn i'r eneth. Ni fu erioed yn unman arall yno.

Yr oedd drws mawr y tu allan i'r orsaf, a hwnnw ynghlo. Curodd Gwen Llwyd yn wyllt arno am ysbaid. Yna cydiodd yn y dwrn mawr oedd arno a'i ysgwyd â'i holl egni. Yn y man, daeth dyn â chap pigloyw am ei ben yn hamddenol o gyfeiriad y dref, a gweiddi arni o bell, 'Hei! Beth ydi'r mater arnoch chi?'

'Eisiau mynd efo'r trên, wrth gwrs,' atebodd hithau. 'Mae hi'n gwilydd ichi fod â hen ddrysau fel hyn ar eich stesion, na fedr yr un dewin eu hagor nhw.'

'Mae hi bum munud yn rhy fuan inni agor eto,' ebe'r dyn, 'ond 'mod i'n clywed eich stŵr chi o'r tŷ acw.'

Cymerodd allwedd fawr o'i boced a datgloi'r drws dan rwgnach. 'Dyma chi wedi 'nhynnu i at fy ngwaith bum munud o flaen fy amser; ond mae hi'n beth cysur meddwl na ddaw'r hen drên yr un munud ynghynt erddoch chi.'

'Pryd mae'i amser o?'

'Dau funud i wyth,' atebodd, gan ddiflannu trwy ddrws ar y chwith. 'Dyna fo'r cloc, y tu ôl ichi.'

Ochneidiodd Gwen. 'Mor dda fyddai hi imi fod wedi cael yr hanner awr yma gartre, yn lle gorfod cychwyn a gadael y cwbwl ar gefn Lydia.'

Dywedodd Dori wrthi'i hun yn ddigofus y byddai'i mam yn ddigon bodlon gadael hynny, a mwy, ar ei chefn hi. Cerddodd cyn belled ag y gallai oddi wrthi, a sefyll ym mhen draw'r orsaf, gan syllu ar y ffordd haearn hir, ddidrofa, y disgwyliai weld y trên yn nesáu ar hyd-ddi. Ni feddyliodd am roi ei beichiau i lawr, a blinai ei breichiau fwy wrth eu dal yn eu hunfan nag wrth gerdded â hwy ar hyd y ffordd. Dyma'r llonyddwch mwyaf a gawsai er pan benderfynodd ei mam drefnu iddi fynd i le. Dechreuodd arswyd gorddi'n donnau trosti wrth feddwl am anturio i rywle cwbl ddieithr. Sut oedd dod i ben â'r siwrnai, i ddechrau, a hithau heb fod mewn trên erioed o'r blaen? A sut y gwyddai pan gyrhaeddai Lerpwl?

'I beth wyt ti'n dy hel dy hun i ryw gornel fel'na, a hithau o fewn deng munud i amser y trên? Mae gofyn rhywun i edrych ar d'ôl di bob eiliad.'

Cychwynnodd Dori'n anewyllysgar i gyfeiriad y llais. Er mor ddigalon ei myfyrdodau, roedd yn well ganddi eu cwmni hwy na sefyll yn rhwym ei thafod yn ymyl ei mam, gan deimlo'n euog am nad oedd ganddi ddim i'w ddweud wrthi, a hithau'n ffarwelio am gyfnod mor hir.

Daeth y dyn â'r cap pig atynt.

'Roeddech yn holi sut yr âi'r eneth yma i Lerpwl. Rydw i newydd glywed fod gwraig y drygist yn mynd yno heddiw. Mi ofynnaf i Mrs Jones os caiff yr eneth ei chwmni hi. Fydd dim rhaid iddi bryderu o gwbl felly ynghylch newid trên. Mae Mrs Jones yn hen gyfarwydd â'r ffordd.'

'O'r gorau,' atebodd Gwen Llwyd. Ni ddaeth i'w meddwl fod angen diolch am ryw gymwynas fach felly. Bu geiriau gŵr yr orsaf yn gymorth i dorri'r distawrwydd rhyngddi hi a'i merch.

'Lwc iddo sôn am y drygist, neu mi fyddwn yn siŵr o fod wedi anghofio. Mi ddaeth i'm meddwl ar y ffridd ddoe y galwn i efo Jones i gael potel i'th dad at ei stumog, yn lle 'i fod o'n cwynfan, cwynfan o hyd. Dyma dy docyn trên. Gofala na cholli di mohono fo. Mae ei brynu wedi golygu arian mawr i mi. A dyma swllt yn dy boced, rhag i neb gael deud imi dy yrru di oddi cartre yn brin o bres. Ond gofala nad ei di ddim i wario'n ofer tua'r Lerpwl yna.'

Rhoddodd Dori ei basged i lawr am funud, er mwyn rhoi'r tocyn a'r pisyn gwyn yn ddiogel ym mhoced ei ffrog. Ni wrandawodd lawer ar yr hyn a ddywedai ei mam, gan iddi weld â chornel ei llygad dair boneddiges, mewn gwisgoedd a ymddangosai iddi hi yn rhai gwych iawn, yn dyfod trwy'r drws mawr, a gŵr y cap pig yn croesi atynt. Gallai ddyfalu ei neges gyda hwy oddi wrth y ffordd y troai'r tair eu golygon tuag ati hi a'i mam. Ceisiai feddwl p'un o'r tair oedd i fod yn arweinydd iddi hi. Erbyn hyn, deffroesai ei mam iddynt hefyd.

'Beth sydd ar yr hen ferched acw'n llygadrythu, dywed? Mi allasai dyn feddwl fod cyrn ar ein pennau ni.'

Cyn i Dori benderfynu a geisiai hi egluro ai peidio, ffrwydrodd sŵn fel taranau diysbaid o'r tu ôl iddynt. Teimlai Dori'r llawr pren y safai arno yn crynu o dan ei thraed. Dychrynodd am funud. Cyflymodd a chryfhaodd y sŵn. Teimlodd ruthrwynt yn chwyrlïo o'i chwmpas, a mwg yn llenwi ei llygaid a'i safn. Tawelodd y sŵn. Roedd y caeau agored a welent cynt o'r golwg y tu ôl i rywbeth du, hir, yn dirgrynu gan egni. Fe welsai hi drên o'r blaen, ond nid yn llonydd ac nid yn agos ati. Y troeon cynt, dim ond cipolwg pell a gawsai arno yn ymdroelli ynghanol ei fwg i fyny'r dyffryn.

'Ffwrdd â thi,' sgrechiodd ei mam. 'Dos i mewn iddo fo.'

Prysurodd gŵr y cap pig atynt. 'Ffordd hyn. Dacw gerbyd Mrs Jones.'

Safodd wrth y drws gan ei hannog i mewn. Yna caeodd ef gyda rhyw bendantrwydd ofnadwy.

'Diolch yn fawr, ma'am,' meddai wrth y wraig a eisteddai agosaf i'r drws. 'Mi fydd hi'n berffaith ddiogel fel hyn. Peth cas ydi rhai diamcan ar draws stesions, wyddoch.'

'Dori! Dori!' llefodd Gwen Llwyd yn wyllt. 'Ble mae 'masged i? Beth ydi dy feddwl di, y ffolog, yn mynd â honna efo ti?'

Cododd Dori'n ffwdanus, a'i hwyneb yn goch. Gallai oddef blagardio ei mam yn eithaf o'i rhan ei hun, ac nid oedd hon ond truth ddiniwed iawn o'i chymharu â'r hyn a glywai fel rheol. Gorfod ei goddef yng ngŵydd y merched dieithr yma oedd yn ddrwg. Gwasgai'r fasged yn dynn yn ei llaw o hyd, a thybiodd y gallai ei hestyn allan yn rhwydd trwy'r ffenest. Eithr yr oedd honno'n gulach na'i golwg, a gorfu iddi ogwyddo peth ar y fasged i'w chael trwyddi. Fe dybiai hi mai dim ond ymenyn oedd ynddi. Ni wyddai fod Gwen Llwyd, wrth weld y fasged wyau'n mynd yn rhy lawn, wedi gwthio ychydig o'r rheini hefyd i lenwi corneli'r fasged ymenyn. Achubodd dau o'r rhain eu cyfle'n awr a chwympo tros yr ymyl i'r llawr.

'Edrych beth wyt ti'n ei wneud, yr hanner pen gen ti!' llefodd ei mam, gan gydio yn y fasged ag un llaw ac anelu celpen i Dori â'r llall. Yn ffodus i honno, cychwynnodd y trên yr un funud, ac er i'r ysgytiad ei thaflu oddi ar ei hechel a'i lluchio'n bendramwnwgl ar y sêt, eto fe'i hachubodd rhag y gelpen. Ni chododd i'r ffenest i edrych allan, ac felly yr olwg olaf a gariodd gyda hi o'i mam oedd â'i hwyneb yn goch gan lid a'i braich yn estynedig i'w tharo hi.

Gwenodd y merched dieithr ar ei gilydd. Daliodd hithau ar y difyrrwch yn eu gwedd, a gwridodd o gywilydd trosti ei hunan a thros ei mam. Yn ofer y ceisiodd y merched dynnu sgwrs â hi. Yr oedd yn amhosib cael mwy na gair neu ddau ganddi'n ateb i unrhyw gwestiwn. Byddai Gwen Llwyd yn ddrwgdybus o fwriadau a gweithredoedd pawb, a naturiol oedd i hynny effeithio i raddau ar ei phlant. Credai Dori'n sicr fod y gwragedd hyn â'u bryd ar wneud gwawd ohoni; ac o ganlyniad i hynny, a'i swildod hefyd, atebai hwy'n gwta a di-wên.

Ildiodd y merched iddi cyn hir, ac eisteddodd hithau yn ei chongl gan edrych o dan ei chuwch ar y golygfeydd a gipiai heibio i'r ffenest, ac eto heb weld fawr arnynt oherwydd yr anhunedd yn ei chalon. Ofnai godi'i golygon rhag dal llygaid un o'i chyd-deithwyr, ac ofnai symud rhag rhoi lle iddynt gael hwyl am ei phen.

Arhosai'r trên yn aml iawn a deuai rhywun newydd i mewn atynt o hyd. Yn y dadwrdd siarad ni chafodd Dori ben llinyn ar sgwrs neb, a chwbl anniddorol fu'r cwmni iddi ar hyd y ffordd. Wedi awr a hanner o'r teithio ymarhous hwn, daethant i orsaf fwy na'r un eto. Plygodd un o ferched y Gorslwyn trosodd, a phwnio Dori'n ysgafn ar ei braich.

'Dewch,' meddai. 'Rydym yn disgyn yn y fan yma.'

Synnai Dori weld y tair yn dal i ymdroi yn yr orsaf wedi i'r trên gychwyn ymlaen ar ei daith. Paham nad aent hwythau'n eu blaenau, yn lle sefyllian felly? Os oeddynt yn wir wedi cyrraedd mor fuan, fe ddylai hi droi ati i chwilio am gyfnither Modlen Roberts. Doedd dim amdani ond holi.

'Os gwelwch yn dda, ma'am, ai dyma Lerpwl?'

'Yr annwyl tirion,' chwarddodd y wraig y gofynasai iddi, 'nage. Gwaetha'r modd, dydym ni ddim yn agos hanner y ffordd yno eto. Mae rhaid newid yma bob amser wrth fynd i Lerpwl, ac aros awr am y trên nesaf.'

Yr oedd yn oer iawn i sefyll yn hir felly, a cherddai'r merched yn ôl a blaen gan siarad a chwerthin, a churo'u sodlau yn y llawr er mwyn twymo'u traed. Ymlwybrai Dori'n ddiynni ar eu hôl. Roedd y codi bore, a phrysurdeb mawr yr wythnos, ynghyd â salwch yr wythnos gynt, yn dweud arni erbyn hyn, ac yn ailgynhyrfu'r boen yn ei hael a'i llygad.

Daeth trên eto i'r orsaf. Teimlai Dori'n ddig ac anesmwyth na ruthrai'r merched amdano; ond gadael iddo gychwyn yn ddisylw a wnaethant. Eithr pan gyrhaeddodd y nesaf, roeddynt yn ddigon brwdfrydig.

'Dyma fo'r trên. Dewch yn eich blaen.'

Cawsant hyd i gerbyd oedd bron yn wag. Suddodd Dori i gongl yn ddiolchgar. Roedd yn llawer gwell na cherdded linc-di-lonc ar hyd yr orsaf oer. Yn ddiarwybod iddi'i hun, caeodd cwsg amdani.

'Mewn difri! Edrychwch!' ebe un o'r merched. 'Cysgu'n drwm ben bore fel hyn!'

'A minnau bob amser wedi meddwl nad oedd yn waeth gan bobol y wlad pa mor fore y coden nhw.'

'Mae golwg ddigon blinedig arni, druan,' sylwodd y drydedd.

'Welais i yn fy nydd greadures fach mor wladaidd a sarrug â hi,' meddai'r gyntaf.

'Does ddisgwyl iddi fod yn amgen, a'r fath gnawes o fam ganddi,' chwarddodd y llall.

'Mae golwg ddigon gwael arni, beth bynnag, ac ôl hen friw cas wrth ei llygad.'

'Rhaid fod cangen, neu rywbeth, wedi'i tharo. Mi allasai'n hawdd gostio'i llygad iddi,' doethinebodd un arall.

Yna dirwynodd y sgwrs ymlaen tros bynciau eraill, a Dori'n cysgu'n dawel heb wybod pan arhosai'r trên na phan bwffiai yn ei flaen, pan lanwai'r cerbyd tros orsaf neu ddwy na phan wacái drachefn.

'Dyma ni'n nesu, diolch am hynny. Mae'r trên yma'n hwyr heddiw.'

'Ydi. Dyma hi wedi troi hanner awr wedi un,' grwgnachodd un arall o'r gwragedd. 'Mynd i chwilio am damed fydd y peth cynta i mi, beth bynnag.'

'A minnau hefyd,' cytunodd y ddwy arall gyda'i gilydd.

Rhoddodd un ohonynt ei llaw ar fraich Dori, ac ysgwyd mymryn arni. 'Mae hi'n bryd ichi ddeffro. Rydym ni bron â chyrraedd Birkenhead.'

Edrychodd Dori o'i chwmpas yn gysglyd. Methai â sylweddoli am funud nad breuddwydio'r oedd. Yna gwelodd y parsel a wasgai yn ei breichiau, a daeth popeth yn ôl iddi. Neidiodd ar ei thraed, mewn braw rhag fod y merched yn disgwyl wrthi.

Cydiodd y wraig yn dynnach yn ei braich. 'Na, na, eisteddwch yn dawel, neu mi syrthiwch eto. Mae digon o amser. Dydi'r trên prin wedi dechrau arafu.'

Unwaith y ciliodd y niwl a adawsai o'i ôl, darganfu Dori fod ei theirawr cyntun wedi gwneud dirfawr les iddi. Teimlai'n gryfach ac yn fwy parod i gyfarfod beth bynnag a'i hwynebai, ac roedd y boen bron wedi clirio o'i phen.

'Beth ydi enw'r stryd yr ydych chi'n mynd iddi?'

Ni chlywsai Dori sôn am enw na stryd na thŷ na theulu.

Edrychodd y tair ar ei gilydd. Dyma beth braf oeddynt wedi'i wneud, yn eu beichio'u hunain â chreadures fel hon!

'Ond yn siŵr, mi ysgrifennodd eich mam yr enw ichi yn rhywle, neu ei ddeud wrthych chi. Ceisiwch gofio,' erfyniodd un ohonynt yn bryderus.

'Mae cyfnither Modlen Roberts yn fy nghyfarfod o dan y cloc,' mwmiodd Dori yn wysg ei chefn. Roedd wedi cymryd yn erbyn dweud dim wrth y merched hyn, oedd yn ddigon parod i'w helpu pe gwyddent sut.

'Pa gloc? Ai yma, tybed, ai yn Lerpwl?' holodd un, oedd yn methu â gweld fod ateb Dori'n goleuo llawer ar bethau.

'Y cloc ar gyfer y fan lle byddwn ni'n disgyn o'r trên,' eglurodd Dori'n ddiniwed.

'Ydych chi'n adnabod y Modlen Roberts yma?'

'Ydw,' atebodd hithau, yn synnu atynt yn gofyn y fath gwestiwn ffôl.

Arhosodd y trên. Casglodd y merched eu heiddo ynghyd yn frysiog ac i lawr â hwy, a Dori a'i pharsel papur llwyd i'w canlyn.

'Dacw gloc,' meddai un.

'Welwch chi Modlen Roberts yn rhywle? Brysiwch!' anogodd y llall. Roedd eu hamser yn y ddinas yn ddigon prin, heb orfod ei wastraffu ar greadures ledchwelan fel hon. Eto, ni fynnent fynd a'i gadael yn ddiamddiffyn ynghanol y dieithrwch.

Ni welsai'r eneth o'r wlad erioed gynifer o bobl wedi ymgasglu ynghyd, hyd yn oed ar gyfarfod pregethu capel y Llan, ac roedd eu dadwrdd a'u gwibio gwyllt yn ei mwydro'n lân. O'r diwedd llwyddodd i weld y cloc a ddangosid iddi, ond yn ei byw ni welai ddim rhosynnau cochion o'i gwmpas. Sylweddolodd ei bod yn ddyledus arni egluro ychydig ymhellach.

'Gartre yn siop y Llan y mae Modlen Roberts. Ei chyfnither sydd yma.'

'Wel, rydych yn adnabod ei chyfnither, on'd ydych chi?' ebe'r wraig braidd yn ddiamynedd.

'Nac ydw.'

'Yr annwyl tirion, beth ar y ddaear wnawn ni â chi?' Llyncodd y wraig ei phoer yn gynhyrfus. Ond roedd Dori erbyn hyn wedi dygymod ychydig â'r tryblith o'i chwmpas; a phan laciodd y dorf o gylch y cloc am funud, fe welodd, yn yr agennau rhwng penelinoedd rhai o'r dynion, fflach o liw tanbaid y teimlai'n sicr na allai fod yn ddim ond rhosynnau cochion. Torrodd ar draws y wraig oedd wrthi'n dwrdio, heb gymaint â sylwi, yn ei gollyngdod, fod honno ar ganol siarad.

'Dacw hi, rydw i'n siŵr – yn union ar ein cyfer ni.'

Edrychodd y merched yn amheus arni. Methent â'i deall, yn dweud un funud nad oedd yn adnabod cyfnither y Fodlen yma – pwy bynnag oedd honno – ac ar yr un gwynt yn gweiddi, 'Dacw hi'.

'Dewch inni fynd ati, 'te.'

Roeddynt yn rhy falch o gael gwared â hi i ddadlau dim ynghylch ei chysondeb. A diolch am hynny, roedd yn amlwg ar y bwten fach od, yn yr het ofnadwy yna – rhosynnau cotwm coch â'u lliw wedi rhedeg a dwy bluen ffesant, o bopeth, yn ymestyn am lathenni o'i hôl – ei bod hithau'n disgwyl y greadures ddigrif yma. Wel, mi fyddai'r ddwy yn iawn at ei gilydd! Roeddynt hwy'n rhydd o'u cyfrifoldeb bellach. Oni bai am yr hen wreigan o dan y cloc, ni fyddai dim iddynt i'w wneud ond talu trên yr eneth yn ôl i'r Gorslwyn gyda hwy y noson honno. O ran hynny, efallai fod defnydd morwyn eithaf ynddi hi, ac yr ad-dalai iddynt felly. P'un bynnag, ni fyddai fawr i un o'r ddwy ddiolch iddynt am eu trafferth! Ond ni wnaethant; ac felly y llithrodd yr eneth wladaidd a gwraig y rhosynnau cotwm o gof y tair ym mhrysurdeb pob un ohonynt i ddod o hyd i ddilladau crandiach na'i dwy gyfeilles cyn amser y trên pump.

'Pryd ti gweld Modlen?' oedd cyfarchiad cyntaf y wraig fach.

'Bythefnos yn ôl,' atebodd Dori, gan gyhuddo'i chlustiau o gamglywed iaith mor od â hyn.

'Fi dim gweld hi ers bod ni'n icien oed, ond ni dal i writio *every Christmas*. Daru ti napod fi syth?'

Ceisiai Dori gyfrif yn ei phen faint, tybed, oedd yna o amser er pan oedd Modlen a hon yn ugain oed. Rhaid ei fod ymhell iawn yn ôl. 'Do, gydag imi weld yr het.'

'Hon het da iawn,' meddai'r llall yn foddhaus. 'Pan fi isio cwarfod rhywun, dim ond i fi gwisgo het *roses* a fi byth methu. Yr un het arall yr un fath â hi yn Liverpool i gyd.' A barnu oddi wrth yr hetiau o'u cwmpas, roedd hyn yn debyg o fod yn wir.

Roeddynt yn dynesu'n araf at ryw le mawr a ymddangosai fel pont anferth â tho drosti. 'Yw *ticket* ti'n barod?'

Wedi hir fwtffala, llwyddodd Dori i dynnu'r cerdyn melyn o'i phoced. Cipiodd y wraig fach ef oddi arni, a'i ddangos i ryw ŵr a safai wrth fath o benwar ar geg y bont.

'Dyma ti pont neith symud fel hyn,' a chododd y wraig fach ei llaw i fyny gyfuwch â'i phen, a'i gostwng yn araf a seremonïol wedyn. Rhythodd Dori o'i hamgylch yn ddychrynedig. Ni theimlai fawr awydd croesi'r un bont a ymddygai mor annaturiol â hynny. Aethant trosti, fodd bynnag, yn ddianaf, ac allan i'r awyr agored drachefn. Ond yn awr, wele bont arall i'w chroesi: un gulach, ferrach, a'r dŵr yn llifo'n ddwfn odani, a'r ochr draw iddi long anghredadwy o fawr.

Safodd Dori'n stond am funud. Nid oedd wedi bargeinio am orfod croesi'r môr hefyd. Cododd ei golwg, a chael cip ar ei chyd-deithwyr o'r Gorslwyn yn diflannu ym mhen pellaf y llong. Edrychodd ymhellach wedyn, a gwelodd drumwedd o adeiladau mawr, gwych yr ochr arall i'r dŵr. Yr un funud, cofiodd glywed sôn annelwig gan hwn a'r llall am afon Lerpwl. Ac oni fu pennod yn llyfr darllen yr ysgol, flynyddoedd yn ôl, yn disgrifio dau fachgen yn croesi'r dŵr i Lerpwl mewn *ferry boat*, ac Ann Jane y Pant yn ei ddarllen fel '*very boat*'?

Dyma'r unig ran o'i thaith iddi ei mwynhau. Fe ymgollodd mewn edrych ar drafnidiaeth yr afon, ac ar y brisg o wyn disglair a ymledai y tu ôl i bob llestr ar fwrllwch y dŵr budr. Gadawodd cyfnither Modlen lonydd iddi ryfeddu, nes eu bod wedi croesi pont fach arall yr ochr draw ac â'u traed ar dir sych unwaith eto. Dymunai'r eneth i'r rhan yma o'r daith fod ddwywaith yn hwy nag yr ydoedd, er ei bod wedi brecwesta mor fore a newyn yn dechrau dangos ei ddannedd arni.

'Ni ffordd pell i mynd. Oes ti gen pres i talu am cario ni?'

'Mae gen i swllt.'

Cododd y wraig fach ei dwylo, gan wfftio. 'Hynny mynd bron i gyd i ddwy. Gwell ti cadw fo felly, a ni cerdded.' Arferai Mrs McNeil ddigon â throedio'r ddinas ar ei negesau hi ei hun, ond credai mewn cymryd ei chario os byddai yng nghwmni rhywun oedd yn gallu talu'r gost. Mater arall oedd i'r greadures fach yma roi ei hunig swllt am ei chludo, a gorfod byw ar ei bloneg am fis wedyn.

'Ni cymryd y *short cuts* 'te. Fi gwpod nhw i gyd, ond nhw dim diogel i ti. Ti dallt?'

Amneidiodd Dori ei dealltwriaeth, ac yn wir ni chredai y byddai'r strydoedd hyn byth yn demtasiwn iddi. Arswydai rhag eu culni a'u bryntni: y golchi carpiog, dilewyrch, yn hongian ar gortynnau o ffenest i ffenest; y merched, garw eu llais ac aflêr eu diwyg, ym mhen pob drws; y plant butrach na hwythau, a hanner noeth, oedd yn hongian o'u cwmpas; a'r dynion cnafaidd yr olwg oedd yn ymdyrru'n fân heidiau ar gongl pob stryd.

Weithiau fe groesent y stryd fawr, cyn bwrw drachefn i'r heolydd cul. Roedd y stryd fawr o leiaf bedair gwaith lletach na stryd y Llan, ac yn frith gan gerbydau mawr, tebyg i freciau'r Gorslwyn oedd yn dod i'r Bedol weithiau, gan gludo gwŷr bonheddig i saethu neu bysgota. Dau geffyl oedd yn tynnu'r rheini, ond roedd pedwar wrth y rhain. A'r peth rhyfeddaf oll – symudai rhai cerbydau heb geffylau o gwbl, ar hyd rheiliau tebyg i'r trên, ond eu bod lawer gloywach na'r rheini! Teimlai Dori nad oedd obaith iddi ddianc â'i bywyd ganddi ynghanol y mil cerbydau hyn; ond cydiai hen wraig y rhosynnau coch yn dynn yn ei braich a'i gwau trwy'r tryblith yn ddiogel.

Ymhen amser, peidiasant â thorri trwy'r strydoedd cul, cul, a gadawsant y prysurdeb mawr o'u hôl hefyd. Yr oedd eto gerbydau afrifed, dybiai Dori, ond roedd y rheiliau wedi darfod, a llai o ôl brys ar y ceffylau a'u gyrwyr. Wrth iddynt gerdded ymlaen, lleihau'n gyson a wnâi'r drafnidiaeth, fel nad ymddangosai yn y man yn fawr llawnach na stryd y Gorslwyn fel y gwelsai Dori honno un tro ar ddiwrnod ffair. Gallent yn awr gerdded ochr yn ochr yn rhwydd, a chlywed lleisiau ei gilydd. Dechreuodd Mrs McNeil sgwrsio.

'Ti lwcus iawn i cael lle man hyn. Fi aros yno am icien blwyddyn, tan fi priodi, a fi cael cant o morwynion i nhw ers hynny.'

Ar y pryd, ni ddaeth i feddwl Dori i holi paham fod eisiau cynifer i le mor dda, ond gofynnodd, 'Oes llawer o waith yno?'

'Ti cael gwaith yn pob man, os pobl talu i ti. Mae yno dynes i cwcio. Hi dod yn lle fi, ond hi dim cystal â fi, ond hi trio cripio i fyny llewys nhw. Mae yno morwyn parlwr hefyd, a ti – morwyn pob man.'

Roedd hyn yn welliant ar y 'Wn i ddim faint o forynion' y bu ei mam yn synio amdanynt! Roedd ei chwestiwn nesaf yn un pwysig iawn iddi hi.

'Ydyn nhw'n medru Cymraeg?'

'Nhw dim Cymraeg, ond hynny dim pwys. Ti wedi cael ysgol i dysgu Saesneg. Fi medru dim Saesneg pan fi mynd yno, a fi siarad dim Cymraeg byth wedyn. Gŵr a plant fi siarad Saesneg, ond fi dal i *write Welsh letter* at c'nither fi, a fi medru siarad Cymraeg a Saesneg yn iawn rŵan. Ti gwneud yr un fath.'

'Oes yno blant?' Tybiai Dori y byddai cael edrych ar ôl plant bach yn cysuro tipyn arni am golli mynd i'r ysgol i'w dysgu.

'Nhw jyst priodi pan fi mynd yno tro cynta, a nhw cael un bachgen bach, Master Antony, a nhw meddwl iddo fo priodi da iawn, ond fo priodi morwyn nhw yn reit sydyn un diwrnod a fo byth dod adre wedyn.'

'Dim ond hen ŵr a hen wraig sydd yno felly,' meddai Dori'n siomedig, wedi colli pob diddordeb yn y teulu.

'Na, mae yno dwy hen ferch, dwy chwaer i Missus. A Master Jack hefyd. Fo mab i Master Antony a'r geneth drwg honno. Nhw dau marw pan fo deg oed.'

'Deg oed!' Er fod deg yn hŷn na'i dewis hi, eto tybiai Dori y lleddfai'r oedran hwnnw ychydig ar le yn cynnwys dim ond dwy hen ferch a hen ŵr a hen wraig.

'Fo llawer mwy na hynny erbyn hyn. Fo dyn ifanc yn y coleg. Ond ti dim gweld fawr ar y teulu. Ti cadw i lawr yn y cegin rhan fwya. Ni bron iawn yno rŵan.'

Synnai Dori at y cyfnewidiad oedd wedi digwydd yn y ffordd, heb iddi hi sylwi. Diflanasai'r siopau bach, a'r tai oedd yn ymestyn yn rhes ar ôl rhes, ac yn eu lle fe welai wrychoedd gwyrdd a thai mawr, tebyg i dŷ'r Person, yn llechu rhwng coed a llwyni, lathenni o'r ffordd. Wrth glywed yr adar yn trydar uwch ei phen, teimlai ei bod wedi cyrraedd yn ôl i'r wlad eto, ond gwlad fwy gwych a threfnus o lawer na honno o gwmpas y Llan a'r Llechwedd. Tyfai popeth yma fel petai i fod felly, yn lle edrych fel damwain; ac roedd y ffordd wastad,

94

anhygoel o lydan, yn dra gwahanol i'r ffyrdd a droediasai hi y bore hwnnw.

'Ni wedi cyrraedd,' cyhoeddodd ei harweinydd, gan droi i mewn trwy lidiart haearn wen, fawr, ac ar hyd ffordd nad oedd ryw lawer culach na honno y troesant ohoni, a'i hwyneb yn gerrig mân, rhydd trosti, yr un fath â'r cerrig ar fedd tad a mam gŵr yr Hendre.

'Ti troi i'r cefn,' cyfarwyddai Mrs McNeil. 'Ti byth mynd i drws y byddigions.'

Nid oedd angen y cyngor hwnnw. Rhan o foesgarwch y Llan a'i gyffiniau ydoedd chwilio am gefn pob tŷ. Os gwelid rhywun yn anelu at ddrws y ffrynt yn rhywle, fe wyddai pawb mai dyn dieithr i'r ardal oedd o.

Er syndod iddi, gwelai Mrs McNeil yn troi i fynd i lawr wyth neu naw o risiau cerrig ac yn curo ar ddrws yn eu gwaelod. Agorwyd ef gan wraig fawr, dew, a ddywedodd yn bur ddigroeso,

'O, hylô, Mac.'

'Hylô, Cŵc,' meddai Mac mor ddiseremoni â hithau, a chamodd i'r tŷ, gan wneud arwydd ar i'r eneth ei dilyn.

Barnai Dori fod gwraig fach y rhosynnau yn fwy rhugl o lawer yn ei Saesneg na'i Chymraeg. Bu Cŵc a hithau'n sgwrsio am hydoedd, a'r forwyn newydd yn sefyll yno â'i holl flinder wedi dyfod yn ôl yn un crynswth mawr, a hithau bron â syrthio, rhwng hynny ac eisiau bwyd. Deallodd fod y teulu allan. Gwelodd y wraig dew yn estyn dau ddarn arian gwyn oddi ar y dresel a'u rhoi i Mrs McNeil gan ddweud y dylasai hithau gael ei siâr ohonyn nhw am ffraeo efo'r gnawes arall a rhoi cyfle i Mac ennill ei thâl am gael hyd i forwyn iddynt unwaith eto. Soniwyd rhywbeth am de, a llawenhaodd calon Dori; ond gyda hynny troes y gogyddes ati a dweud wrthi yn Saesneg,

'Mi ddangosaf i eich llofft ichi, er mwyn ichi newid i'ch dillad gwaith. Am hanner awr wedi pedwar y mae eich te chi. Felly mi fydd gennych chi hanner awr i newid amdanoch, ac i orffen golchi'r llestri yn y gegin gefn.'

Dilynodd Dori hi i fyny grisiau oedd yn ymddangos yn ddiddiwedd iddi. Roedd cryn ddwsin o rai cerrig i'w dringo o'r gegin at ddrws wedi'i wisgo â brethyn gwyrdd a hoelion pennau-melynion. Yno, pwyntiodd Cŵc at ddrws arall. 'Ffordd yna mae'r parlyrau, a drws y ffrynt, a grisiau'r teulu.'

Dwy res o risiau wedyn, a'r olaf ohonynt yn gul ac yn serth iawn.

'Dyma'ch llofft chi – ar gyfer pen y grisiau yma. Ai dyna'ch clud chi i gyd? . . . O wel! Mi wastraffwch lai o amser yn ymbincio felly . . . Peidiwch â bod yn hir yn newid; mae'r llestri yn aros i'w golchi.'

Roedd Dori wedi arfer ar hyd ei hoes ag ufuddhau, ac ni chymerodd amser yn awr i gael dim ond cipolwg brysiog o'i chwmpas, wrth iddi dynnu un ffrog a gwisgo'r llall. Ystafell fechan oedd hi, llai na'r siambr yn y Llechwedd, ond fel iawn am hynny fe fyddai'n ei chael i gyd iddi hi ei hun. Fe brofai'r gwely hynny. Pan orweddai hi arno, ni fyddai ond rhyw dair modfedd bob ochr rhyngddi a'r erchwynnau. Cyffyrddodd ynddo â'i llaw, a gwybu'n syth ei fod o ddefnydd gwahanol i'r rhai gartref. Nid plu mohono, fel gwely ei thad a'i mam, nac eto fân us fel un Lydia a hithau. Roedd hwn yn rhywbeth trymach, mwy clapiog na'r un o'r ddau. Gwelodd rywbeth arall dieithr – sef bod cynfasau arno. Gwyddai am fodolaeth y fath bethau, ond rhwng gwrthbannau y cysgent hwy gartref bob amser.

Fe dynnwyd ei sylw wedyn gan gist blwm fawr, yn union o flaen y ffenest fach. Aeth ati i'w harchwilio. Darganfu nad oedd gaead arni, a'i bod yn llawn o ddŵr. Rywfodd, ni ffansïai mo'r syniad o gysgu yn yr un stafell â'r dyfnder hwn o ddŵr, heblaw ei fod yn ei rhwystro rhag gallu mynd at y ffenest fach i edrych allan.

Ni chymerodd amser i feddwl rhagor am hynny, nac am weddill y stafell, ond rhedeg i lawr nerth ei thraed ac i'r gegin gefn a ddangosasai Cŵc iddi cynt. Roedd siom yn ei haros yno. Sôn am lestri ar ganol eu golchi! Roedd hi wedi disgwyl gweld rhyw bentwr bach ar ganol y bwrdd, fel a fyddai ganddynt gartref; ond pan aeth i mewn yno, fe ganfu domen o lestri'n gorchuddio'r cyfan o'r bwrdd mawr rhwng y drws a'r sinc ac yn gorlifo i rai o'r meinciau oedd yn sefyll yn erbyn y wal. Cymerodd ddysgl a lliain wrth ei hamcan a dechrau arni orau y medrai.

Ymhen rhai munudau daeth y Cŵc i mewn yn uchel iawn ei chloch. Oni wyddai hi mai yn y sinc yr oedd golchi'r llestri butraf, a chadw'r ddysgl at y gwydrau a'r pethau arian? Pa synnwyr oedd mewn golchi'r cyfan yn blith draphlith â'i gilydd fel'na? A beth oedd ar ei meddwl yn mynd ati heb roi powdwr sebon yn y dŵr?

Fe wyddai Dori'r ateb i bob un o'r gofyniadau hyn. Ni welsai erioed sinc o'r blaen, felly ni ddychmygodd am olchi'r llestri ynddi. Ni fyddai byth wydrau na llestri arian yn y Llechwedd i fod angen eu cadw ar wahân. A rhusiai wrth feddwl beth a ddywedai ei mam pe daliai hi'n difetha sebon i olchi llestri.

Gorchmynnwyd iddi osod y llestri glân ar fwrdd arall. Digalonnai wrth weld mor araf y lleihai trigolion un bwrdd ac y cynyddai rhai y llall. Ofnai yn ei chalon ollwng rhywbeth. Golygai torri llestr wythnos o helynt iddi gartref, ond byddai'n gan gwaeth iddo ddigwydd ar ei swydd gyntaf mewn lle dieithr fel hyn. Roedd tafod llym a dwrn parod ei mam wedi dysgu iddi fod yn ofalus; ond gan fod cymaint o gryndod yn ei dwylo a'i choesau erbyn hyn, nid oedd ganddi fawr o ffydd na chwaraeai un ohonynt dro sâl â hi – i'r llaw ollwng llestr, neu i'r goes ei gollwng hi. Meddyliai mor dda fyddai ganddi gael hyd yn oed fowlennaid o fara a dŵr – unrhyw beth i'w llenwi. Yn sicr, roedd yr hanner awr, pan addawsai Cŵc de iddi, wedi pasio ers meitin.

Agorwyd y drws, a daeth Mrs McNeil i mewn.

'Fi gorffen rhain i ti cael te. Morwyn arall yn cael pnawn allan heddiw. Ti peidio hidio yn Cŵc, ond ti bod yn gofalus efo hi hefyd. Hi deud yn drwg am pawb ond hi ei hun i fyny yna,' a phwyntiodd y llaw fach rychiog tuag i fyny. Meddyliodd Dori ar y pryd mai'r nefoedd a olygai, ond ar ganol ei the daeth iddi'n sydyn ei fod yn llawer tebycach mai i gyfeiriad y parlyrau yr anelai'r bys.

Mwynhaodd Dori'r te hwnnw yn fwy na'r un pryd a gafodd erioed. Cofiai am ei syndod hi a Lydia, ac fel yr wfftiai ei mam, pan ganmolai Cati Jones y Tyrpeg ryw dro fwrdd mor dda a gadwai'r Person newydd, fod yno fara gwyn a menyn, a jam, a chacen i de bob dydd. Roedd hynny yma hefyd, ynghyd â chaws a bara brith, ond yn siŵr mai am fod cyfnither Modlen Roberts yno i de y digwyddai felly, ac efallai am ei bod hithau'n newydd hefyd. Ni allai neb fforddio te fel hyn bob dydd.

'Yn wir, rydych yn medru bwyta'n iawn, beth bynnag am weithio,' ebe Cŵc yn wawdlyd.

Gwridodd Dori o feddwl ei bod wedi bwyta mwy nag a ddylasai, ond roedd arni gymaint o eisiau bwyd, a'r moethau yma mor amheuthun iddi. Gwthiodd ei chadair oddi wrth y bwrdd, gan adael un dafell o fara brith ar ei chanol.

'Ti bwyta hynny ti isio.' Ni wyddai fod Mrs McNeil wedi gorffen gyda'r llestri ac yn sefyll y tu ôl iddi. 'Ti deud wrthi hi pryd ti cael bwyd o'r blaen heddiw.'

Nid oedd Dori wedi mentro eto ar yr un gair o'i Saesneg gwerthfawr, ac ni theimlai awydd gwneud hynny. Felly yn Gymraeg, ac wrth Mac, y mwmiodd na fwytaodd ers ei brecwast am hanner awr wedi pedwar y bore hwnnw.

Cyfieithodd Mac hyn gyda blas. Cododd Cŵc ei hysgwyddau a dweud, os felly, y maddeuai iddi am fwyta'r dorth i gyd. Daliodd Dori ati wedyn nes diwallu ei newyn, ond roedd ei phleser yn y bwyd wedi diflannu.

Ffarweliodd yr hen wraig fach â hwy. 'Ti cofio beth fi deud efo hi. Fi galw yma weithiau i gweld nhw i fyny yna, a fi cadw llygad arnat ti yr un ffordd. Hi dim leicio gweld fi chwaith.'

Wedi te, gorchmynnodd y gogyddes yn sarrug i Dori lanhau ei hesgidiau, rhag cywilydd. Beth oedd ei meddwl yn dyfod i dŷ neb â'i thraed yn y cyflwr hwnnw? Gofidiai hithau na bai cyfnither Modlen yno i ddweud am y milltiroedd y gorfu arni eu cerdded yn y tywyllwch y bore hwnnw. Ni feiddiai anturio ar esboniad mor faith ei hun, er gallu ei ddweud yn ei meddwl â phob gair yn ei le, debygai hi.

Fe'i cadwyd hi'n brysur wedyn yn plicio tatws at ginio, a chymerodd hi eu bod yn paratoi'n ddoeth at trannoeth. Bu Cŵc gryn amser heb ddeall mai canol dydd a olygai cinio i'r eneth o'r wlad, a chafodd Dori ddannod yr anwybodaeth hwnnw iddi am hir. Cafodd hefyd hensiad am blicio'r tatws yn rhy dew. Tatws trwy'u crwyn fyddai yn y Llechwedd fynychaf; ac onid e, byddai'r parion yn werthfawr i'r mochyn.

Galarai'r Cŵc ei ffawd yn cael geneth na fedrai wneud cymaint ag un math o saws nac isgell i'w helpu. 'Rhaid imi wastraffu amser i'ch dysgu, mae'n debyg,' grwgnachai. 'Pwy erioed glywodd sôn am forwyn cegin heb fedru gwneud manion bach syml fel'na?'

Roedd pen Dori wedi dechrau curo eto, ymhell cyn bod y cinio'n barod. Er ei rhyddhad, ni ofynnwyd iddi hi gario dim ohono ymhellach na'r drws gwyrdd. Cŵc a gerddai'n ôl a blaen o'r fan honno. Rhyfeddai Dori sut y gallai neb fwyta cynifer o wahanol fwydydd ar yr un pryd. Tatws a chig a phlataid o bwdin reis ar ei ôl oedd eithafbwynt uchelgais ciniawol y Llan. Yr oedd wrthi'n golchi llestri'r cyrsiau cyntaf ymhell cyn bod y cwrs olaf wedi cyrraedd y bwrdd. Ar ôl hynny, cawsant hwythau ill dwy ginio yr un fath yn union, ac am y tro cyntaf yn ei hoes fe wybu merch y Llechwedd y pleser o fwyta am ei bod yn ei fwynhau yn hytrach na bwyta'n unig i lenwi'i bol, er mwyn gallu rhoi hwb arall ar waith wedyn.

Yn rhyfedd iawn, am ei thad – na ddeuai byth braidd i'w meddwl a hithau gartref – y meddyliai y noson hon, ei noson gyntaf oddi cartref. Efallai, pe cawsai ef fwyd fel hyn, yn fara gwyn ac yn gig brau, y gallasai yntau fwyta heb gwyno poen ar ôl gwneud hynny.

Cymerai Cŵc wydraid o gwrw ar ôl ei chinio. Cynigiodd un i Dori hefyd, ond gwrthododd honno, gyda holl Biwritaniaeth ei mam wedi'i adlewyrchu yn ei hwyneb.

Chwarddodd y llall. 'Gorau i gyd, y sant wyneb-hir. Fe ganiateir glasiaid ar eich cyfer, ond mi wnawn ni o'r gorau â hwnnw.'

Ar hyn, daeth y forwyn arall i mewn, ac er mor sarrug a gwatwarus oedd Cŵc, fe ofnai Dori lawer llai arni hi nag ar yr Ethel hon, gyda'i gwallt melyn yn fodrwyau ar ei phen, a'i bysedd a'i harddyrnau yn un clwstwr o addurniadau o'r un lliw. Tybiai'r forwyn fach na allai merched y frenhines ei hun fod yn ddim godidocach na hon.

Torrodd allan i chwerthin pan welodd Dori. *'Oh, what a country bumpkin!'* ebe hi.

Ni ddeallai'r Gymraes mo'r geiriau, ond deallai'r dirmyg y tu ôl iddynt yn burion. Er fod Saesneg Mac a'r Cŵc yn wahanol iawn i un y Sgŵl a'r Person, a hyd yn oed i un Mrs Bowen, eto fe'i deallai ef yn weddol ddidrafferth; ond crychai a chordeddai iaith Ethel, fel na fedrodd hi am wythnosau gynefino digon ag ef i'w ddeall. Rhoddodd hyn achlysur i lawer o wawdio ac o drin arni gan y ddwy arall.

Yr oedd ymhell wedi amser gwely arferol y Llechwedd, a hithau ar ei thraed ers cyn pedwar ac wedi mynd mor hwyr i gysgu y noson cynt hefyd, fel mai prin y gallai gadw'n effro erbyn hyn. O'r diwedd, dywedodd Cŵc, 'Wel, ewch i'ch gwely, 'te, a gobeithio'r nefoedd na fyddwch chi ddim mor gysglyd fory. Mae'r larwm wedi'i osod ichi ar hanner awr wedi pump, ond mae'n debyg y bydd rhaid i minnau godi efo chi fory i'ch dysgu. Mae'n gywilydd i'r McNeil yna hel geneth mor ddibrofiad â hyn imi i'r gegin, a hithau'n cael ei thalu am chwilio hefyd.'

Er mor gysglyd y teimlasai hi i lawr y grisiau, bu Dori'n hir ar ôl mynd i'w gwely cyn gallu ei rhoi ei hun yn dawel i gysgu. Clywai'r dŵr yn y gist blwm yn diferu'n barhaus, a chadwodd hynny hi'n effro beth i wrando arno. Dychmygai hefyd fod y galwyni o ddŵr yn oeri'r ystafell, ac fe gollai gynhesrwydd Lydia wrth ei hochr, heblaw fod y cyfnasau'n oerach na'r gwrthbannau yr arferasai hi â hwy. Cysgodd o'r diwedd, a breuddwydio fod y gist wedi chwalu a dŵr yn llifo tros y llofft. Gwnâi ei fwrlwm sŵn byddarol yn ei chlustiau, ac yn y sŵn hwnnw fe ddeffroes, ond nid oedd ei braw ddim llai ar ôl deffro.

Deuai rhyw sŵn dieithr, dychrynllyd, o rywle yn ymyl ei phen. Neidiodd o'r gwely mewn arswyd, ond roedd y sŵn rywle rhyngddi hi a'r drws, ac roedd arni ofn ei basio rhag i ryw grafanc fawr ymestyn amdani. Roedd yn rhy dywyll iddi weld mwy nag amlinell dodrefn yr ystafell. Tybiai y gallasai oddef y braw yn well pe câi fynd at y ffenest, ond roedd y gist ddŵr rhyngddi a hynny, a'i breuddwyd yn rhy fyw yn ei chof iddi allu meddwl am geisio dringo trosti.

Gwanhaodd y sŵn, a pheidio. Yn araf, ac yn ofnus, gwisgodd hithau amdani yn y tywyllwch, ac wedyn rhuthrodd am y drws, gan gadw cyn belled ag y medrai oddi wrth ben y gwely. Ymbalfalodd am ei ffordd i lawr y grisiau, ond wrth y drws brethyn daeth i wrthdrawiad â rhywun yn y tywyllwch. Sgrechiodd, a chydiodd rhywun yn ei braich gan ei hysgwyd a sisial, 'Ust, y ffŵl fach! Oes arnoch chi eisiau deffro pawb yn y tŷ yma?' Llais Cŵc!

Yn ei dychryn, anghofiodd Dori ei swildod o'i Saesneg ac aeth trwy ei haraith fwyaf eto yn y tŷ hwnnw. Eglurodd iddi gael braw, ac am y sŵn rhyfedd yn ei llofft.

Chwarddodd y llall. 'Pam na baech chi wedi goleuo'r gannwyll ar y bwrdd wrth y gwely cyn dod i lawr, y beth wirion? Ac am y sŵn, yn wir! Mi ddwedais i wrthych chi fod y larwm wedi'i osod i'ch deffro chi am hanner awr wedi pump!'

A dyna reswm arall tros ei gwawdio am fisoedd lawer.

8

Ofnai Dori ar y cyntaf na ddysgai hi byth mo waith y Crescent. Yr oedd mor wahanol i'r hyn a ddisgwylid ganddi gartref. Nod Gwen Llwyd oedd cael popeth yn lân, a dim mwy na hynny. Iddi hi, gwastraff ar amser, ac felly ar gyfle i ennill arian, oedd rhwbio dianghenraid. 'Thâl rhyw gybôl fel'na byth mo'r rhent,' fyddai ei gair bob amser. Yma, o'r ochr arall, roedd y pwyslais i gyd ar y gloywi.

Unwaith y deallodd yr eneth hyn, fe wnaeth yn well. Ac er fod Cŵc yn ddigon trahaus a sarrug wrthi, fe gymerodd lawer o drafferth i'w dysgu yr wythnos gyntaf honno, er mai dan rwgnach y gwnâi hi hynny. Sylweddolodd Dori un ffaith a fu'n gymorth mawr iddi trwy'r misoedd blin cyntaf. Pa mor dymherog bynnag y dewisai Cŵc fod, ni allai byth fod yn waeth na Gwen Llwyd, a digon prin y byddai mor barod i'w tharo. Addasodd ei ffordd o drin ei mam at y wraig ddieithr hon, gan arfer ufudd-dod a distawrwydd, ac ar y cyfan bu'n weddol lwyddiannus.

Blinai fwy yno ar y dechrau, ond yn raddol daeth i gynefino â'r gwaith ac i weld ei fod yn ysgafnach na'r hyn a wnâi gartref. Wedi'r cyfan, byddai'n codi am hanner awr wedi pump yn y Llechwedd cyn amled â pheidio. Yma, yn lle anifeiliaid i'w bwydo a gwartheg i'w godro cyn brecwast, roedd ganddi ddwy stof fawr, yn llenwi dwy ochr o'r gegin, i'w rhacio a'u gloywi, a thân i'w gynnau ynddynt wedyn. Ar ôl hynny, disgwylid iddi fynd â phob o gwpanaid o de i Cŵc ac Ethel yn eu gwelyau, a gosod eu brecwast hwy eu tair yn barod ar fwrdd y gegin. Cyrhaeddai'r ddwy arall i lawr gyda hynny; ond cyn cael bwyta'r brecwast hwn roedd rhaid i Dori fod wedi golchi'r grisiau cerrig oedd yn arwain i fyny o ddrws y cefn, yn ogystal â'r rhai oedd yn dirwyn i lawr o ddrws y ffrynt. Roedd yn gas ganddi'r gwaith olaf yma am ei bod yn gorfod rhwbio'r stepiau hynny â math o garreg olau i'w gwynnu, ac fe godai rhygniad y garreg ar garreg rhyw ymdeimlad annymunol yn ei brest. Hyhi oedd yn gyfrifol am lofftydd ac ystafelloedd cefn y tŷ i gyd. Nid oedd sgwrio bwtri'r Llechwedd yn ddim wrth y sgwrio a wnâi yma bob dydd, pe na bai ond y ceginau, a'r grisiau cerrig o'r gegin fawr i fyny at y drws brethyn.

Yng ngofal Edith yr oedd ystafelloedd gwychaf y tŷ, ond disgwylid i'r forwyn fach roi help llaw gyda'r rheini hefyd pan na fyddai'r boneddigion o gwmpas.

Bwyd, a fawr o ddim arall, oedd gofal Cŵc. Cyn gynted ag y gorffennai gyda'r cinio bach canol dydd, eisteddai yn ei chadair esmwyth, codi ei thraed i ben cadair arall, ac yno y byddai hyd amser te. Eithr gwae Dori os delid hi'n llacio am un munud. Bob yn fodfedd a modfedd y pwythwyd y crys nos a'r bais a daflodd Gwen Llwyd

101

mor ddidaro i'w merch wrth iddi gychwyn y bore hwnnw. Yn ychwanegol at y glanhau, ei dyletswydd hi hefyd oedd paratoi pob bwydydd yn barod i'w goginio, a gwneud y manion bethau ohonynt ei hun. Dysgodd lawer, ond fe gostiodd lawer iddi hefyd mewn dagrau a digalondid.

Methodd â darganfod ffordd o'i hamddiffyn ei hun yn llwyr rhag Ethel. Gallai ddeall sen a cherydd yn well na chwerthin a gwawd, er iddi gydag amser ddysgu ymdaro ychydig â'r rheini hefyd. Ethel a'i bedyddiodd hi'n 'Taffi' a pheri mai prin y clywodd ei henw'i hun tra bu yno. Fe'i gwawdiai hi'n greulon am fod cynifer o bethau nad oedd hi'n eu deall, ac fe ddysgodd hithau gelu ei hanwybodaeth a gwrando yn lle gofyn. Fe'i gwawdiai hi am ei gwaith, ond lleihaodd y gwawd hwnnw ohono'i hun yn raddol. Fe'i gwawdiai hi am ei Saesneg, a siaradai Dori cyn lleied ag y gallai, gan geisio dynwared aceniad Cẁc neu'r ddwy hen ferch rhyngddi a hi ei hun. Fe'i gwawdiai hi am ei dillad, ond ni allai Dori wneud dim ynglŷn â hynny. Terfynai bob amser trwy ddannod ei chenedl iddi, ac nid oedd gan Dori ddim i'w ddweud yn wyneb hynny chwaith.

Er hyn i gyd, gwellhaodd ei gwedd yma. Tyfodd, a thewychodd beth. Roedd hi'n colli'r awyr iach, ond fel iawn am hynny fe gâi fwyd llawer gwell, er fod i hynny hefyd ei brofedigaethau. Ymffrostiai'r ddwy forwyn arall na feiddiai'r feistres gynnig iddynt hwy ddim salach bwyd nag a fwytâi ei hun, a gorfodent Dori i osod bwrdd y gegin gyda chymaint o seremoni ag y gosodai Ethel fwrdd y boneddigion. Yn y dechrau, fe fwydrid Dori'n lân gan y dorf o gyllyll a ffyrc. Roedd hynny'n ddigon naturiol i un oedd wedi arfer bwyta mwyafrif ei phrydau ag un llwy, ond cafodd y ddwy Saesnes lawer o hwyl am ben y ffordd y gosodai'r forwyn newydd y cyllyll a'r llwyau, a mwy fyth am ben y modd y defnyddiai hi hwy wedyn. Mynnent ddau neu dri lliain glân yr wythnos, a gwae Dori os collai gymaint â diferyn o laeth arnynt. Roedd hi'n orchest ganddynt i'r llieiniau fynd i'r olchfa bron mor ddifrycheulyd ag y daethant oddi yno.

Synnai Dori ei bod yn gweld cyn lleied ar bobl y tŷ. Ni chafodd olwg ar y gŵr trwy gydol yr amser y bu yno, ond trawai ar Mrs Martin weithiau, pan elwid arni i wneud rhyw swydd yn rhan flaenaf y tŷ. Y tro cyntaf i hyn ddigwydd, fe safodd y foneddiges a gofyn, 'Ai dyma'r eneth fach o Gymru y clywais i McNeil yn sôn amdani?'

Teimlai Dori, pe dibynnai'r peth arni hi, y dewisai fyw a gweithio yng ngŵydd y feistres yn hytrach na'i morynion.

Gwelai fwy ar y chwiorydd, y ddwy Miss Fraser. Un ohonynt hwy a ddeuai i lawr i'r gegin bob bore i drefnu'r prydau gyda Cŵc. Galwai un o'r ddwy heibio i Dori'n aml, a'i chyfarwyddo bob amser i wneud beth bynnag yr oedd wrthi'n ei wneud mewn ffordd wahanol. Gydag yr âi'r hen ferch o'r golwg, fe ymddangosai Cŵc gan drin, 'Gwnewch chi hwnna fel rydw i'n deud. Yr hen beth fusneslyd ganddi, â'i bys ym mhotes pawb, ac yn ddim mwy o feistres yma nag ydw innau.' A chan mai Cŵc oedd ar Dori fwyaf o'i hofn o'r tair, ei dull hi oedd yn cario'r dydd, nes digwyddai i un o'r ddwy Miss Fraser ddod ar ei gwarthaf wedyn.

Ni wyddai Dori ddim byd am arferion lleoedd fel hyn, ac felly ni ddisgwyliai fwy o ryddid nag a gâi gartref, nac yn wir ·gymaint â hynny. Ond o wrando ar rwgnach y ddwy arall, fe ddysgodd fod y lle'n un caeth iawn ac nad oedd un prynhawn rhydd y mis yn werth dim – fod lleoedd yn y stryd nesaf yn caniatáu prynhawn bob tair wythnos. 'Fyddwn i byth wedi aros yma cyhyd,' tystiai Cŵc, 'oni bai fod yma gystal bwrdd, a rhyddid yma ichi gael eich ffordd eich hun yn go lew, ar wahân i fusnesu Mac a'r hen ferched, wrth gwrs, ond dydyn nhw'n cyfri fawr yn y pen draw.'

Deuai Master Jack ar ei sgawt i'r gegin weithiau. Roedd yn ddeddf y Mediaid a'r Persiaid iddo redeg i mewn gydag y cyrhaeddai adref ar ei wyliau, yn ogystal â phan fyddai ar fin cychwyn yn ei ôl i'r coleg. Yr arferiad oedd iddo daflu'i freichiau am Cŵc a rhoi clamp o gusan iddi. Siaradai ag Ethel hefyd, a dweud gair wrth Dori, ond byddai hi'n rhy swil i godi'i phen i'w ateb. Piciai i lawr rhwng y troeon hyn hefyd. Fe fyddai arno eisiau bwyd, ac onid oedd gan Cŵc stôr o gacennau yn rhywle? Roedd arno eisiau llinyn; neu roedd yn teimlo'n oer ac yn haws ganddo gynhesu yn y gegin nag yn unman arall. Nid arhosai yno'n hir. Yn aml iawn, deuai un o'i ddwy fodryb i lawr y grisiau cerrig ar ei ôl a'i alw'n fachgen drwg yn hel ar draws y merched yn y gegin, a'i fugeilio'n chwareus yn ei ôl i'r ochr draw i'r drws brethyn. Sylwai Dori y byddai gwell hwyl ar Cŵc am dipyn ar ôl pob un o'r ymweliadau hyn. Anghofiai hyd yn oed wthio arni hi am rai oriau, a thraethai wrth unrhyw un o fewn clyw gymaint o helynt oedd gan Master Jack efo hi.

103

Ar y Sul y teimlai'r eneth y gwahaniaeth mwyaf. Dim ond yn y bore y caniateid ei rhyddid iddi, a hynny ddim ond bob yn ail Sul. Fe glywsai gan rywun fod achosion Cymraeg llewyrchus yn Lerpwl, ond ni wyddai Cŵc nac Ethel am fodolaeth y fath leoedd, a dim ond chwerthin a wnaent pan geisiai hi holi yn eu cylch. Penderfynodd chwilio ei hun ryw fore Sul; ond gan nad oedd yn gorffen ei gwaith tan ddeg, erbyn iddi ymolchi a newid amdani fe fyddai ar ei heithaf i gyrraedd mewn pryd i'r gwasanaeth hanner awr wedi deg yn y capel Saesneg yng ngwaelod eu heol hwy, heb sôn am allu cerdded i'r dref.

Trwy holi Mac cyn gynted ag y cafodd gyfle arni, ac yna dreulio'i phrynhawniau rhydd yn chwilio amdanynt, fe ddarganfu ymhen rhai misoedd ddau neu dri o gapeli Cymraeg. Eithr sylweddolai erbyn hyn na allai hi byth gyrraedd yr un ohonynt mewn pryd. Roedd y caethiwed yma ar y Sul yn mennu mwy arni na'r un yn ystod yr wythnos. Wedi'r cwbl, nid oedd y dref yn llawer o atyniad i eneth o'r wlad, efo dim ond ychydig geiniogau yn ei phoced a'r un amcan i ble i fynd ac heb adnabod neb yno. Pe byddai cyfnither Modlen wedi cynnig rhoi ei chyfeiriad iddi, fe fyddai wedi hoffi cael mynd i edrych amdani hi. Ond fel yr oedd hi, oriau o grwydro diamcan o ffenest siop i ffenest siop a olygai ei phrynhawniau rhydd iddi. Ofnai golli ei ffordd, ofnai gael ei tharo i lawr wrth groesi'r stryd, ac ofnai wario ei mymryn pres ar dalu am baned o de, fel y soniai'r ddwy arall eu bod yn gwneud, rhag ofn gorfod byw heb ddimai yn ei phoced am weddill y mis.

Dysgodd flysio llawer o'r crandrwydd a welai yn y siopau, a dysgodd gywilyddio oherwydd ei dillad ei hun. Nid yn unig fod ganddi air Cŵc ac Ethel am hynny, ond gallai weld trosti'i hun fod ei dillad yn wahanol i rai pawb arall. Ar y prynhawn rhydd cyntaf iddi ei dreulio yn y dref, addawodd rhyngddi a hi ei hun y prynai ddillad yn y ffasiwn pan gâi ei chyflog. Ni chlywsai air faint oedd hwnnw i fod, ond yn sicr fe allai brynu rhywbeth gydag ef bob mis.

Pan gyrhaeddodd y tŷ y noson honno, meddai Cŵc wrthi, 'Mi anghofiais i bopeth cyn ichi gychwyn fod Miss Fraser wedi dod â hwn ichi'r bore yma. Hwdiwch!' A thaflodd bisyn deuswllt ar y bwrdd o'i blaen.

Er mor ddiwybod oedd Dori ynghylch amodau cyflogi, ni allai yn ei byw beidio â theimlo'n siomedig ei bod yn cael cyn lleied. Roedd wedi tybio y câi efallai hanner sofren felen am ei mis o waith caled, beth bynnag am swllt neu ddau dros ben hynny.

Chwarddodd Cŵc. 'Peidiwch ag edrych fel gŵydd, da chi. Doeddech chi erioed wedi meddwl eich bod yn werth ychwaneg?' Ymhen ennyd, dywedodd yn fwy difrifol, 'Mi anfonodd Miss Fraser weddill eich cyflog chi adre i'ch mam. Wyddech chi ddim mai dyna'r trefniant wrth eich cyflogi?'

Suddodd calon Dori. Dyna'r unig beth oedd ganddi i edrych ymlaen ato yn y bywyd yma wedi'i ddwyn oddi arni. Pe câi arian, fe allasai roi peth taw ar wawdiaith Ethel ynglŷn â'i dillad, a'i gwneud ei hun yn debycach i enethod eraill. Yn awr, fe'i gorfodid i oddef gwaradwydd y glog hyll a'r het henffasiwn am weddill ei hoes, oherwydd roedd popeth a ddangosid yn y ffenestri yn fwy na deuswllt. Ac fe fyddai arni angen trwsio'i hesgidiau cyn bo hir, a llawer o fân gostau cyffelyb. Fe'i wylodd ei hun i gysgu y noson honno.

Ysgrifenasai lythyr adref ymhen deuddydd neu dri wedi cyrraedd ei lle. Yr unig beth a ddywedodd ynddo oedd iddi gyrraedd yn ddiogel, i gyfnither Modlen Roberts ei chyfarfod, y gobeithiai eu bod i gyd yn iach fel hithau, ac y dymunai gael ei chofio atynt. Bu ar fin canmol ei bwyd, er mwyn cael llenwi'r ddalen, ond ailfeddyliodd. Doedd byth sicrwydd pryd y troai ei mam ryw sylw diniwed felly yn arf miniog yn erbyn y sawl a'i llefarodd.

Yr ail fis, prynodd gerdyn dimai â darlun o brysurdeb y ddinas arno, i'w anfon i Lydia. Ystyriai fod hynny, a rhoi stempyn dimai arno wedyn, yn gymaint ag y gallent ei ddisgwyl am eu deuswllt y mis.

Unwaith bob tri neu bedwar mis, fe ddeuai llythyr iddi hithau oddi wrth Lydia. Roeddynt i gyd rywbeth ar yr un patrwm â'r cyntaf:

Annwyl Dori,
　　Yr oedd yn dda gennym glywed dy fod yn iawn. Y mae mam yn peri dweud dy fod ti'n dda dy le yn nhŷ pobol fawr fel yna, rhagor petaet ti'n gorfod slafio yma. Mi fu 'nhad gartre heb weithio trwy'r wythnos o'r blaen, ac y mae hynny yn ei gwneud hi'n drwm iawn arni hi.
　　Nid oes yma ddim chwaneg o newyddion.
Gyda chofion,
Dy chwaer,
Lydia.

105

Ni chlywodd Dori air o sôn am iddi gael gwyliau trwy gydol y tair blynedd a dreuliodd yn Lerpwl, er fod Cŵc ac Ethel wedi cael wythnos yr un o seibiant yn ystod ei haf cyntaf hi yno. Ni flinai hynny hi. Ychydig o awydd mynd adref oedd arni, ac o chwe cheiniog neu lai yr wythnos nid oedd fawr o obaith cynilo digon i dalu pris y trên.

Yn raddol daeth i ddygymod â'r lle, er mai ychydig o hapusrwydd a wybu yno. Ond roedd ganddi'r fantais nad oedd yn teimlo dim hiraeth am ei chartref, wedi iddi unwaith dorri'n rhydd ohono. Daeth hefyd i ddeall ei gwaith yn well, ac ymhen ychydig fisoedd roedd yn fwy galluog i'w wneud am ei bod wedi cryfhau llawer, rhagor pan oedd yn y Llechwedd.

Cyn pen ei deunaw mis cyntaf yno, cafodd achos i lawenhau o waelod ei chalon. Ar ôl ffrae fwy ddifrifol nag arfer rhwng Ethel a Cŵc, tystiodd y flaenaf ar uchaf ei llais nad arhosai hi yno ddim rhagor i gael ei gormesu gan yr un forwyn arall. Nid oedd y lle'n werth mo hynny, roedd digon o leoedd ysgafnach a mwy o gyflog a mwy o ryddid ynddynt i'w cael yn awr, heb orfod cymryd eich mathru gan daclau salach na chi eich hun.

'Felly mi fydd yr hen Fac ar ein gwarthaf ni un o'r dyddiau nesaf yma,' gwawdiai Cŵc. 'Mi gawsom lonydd gwyrthiol ganddi hi ers tro byd bellach. Mi allsai rhywun diarth gredu nad oes yna neb yn y wlad yma'n ffit i edrych am forwyn inni ond y hi.'

Llawenhâi Dori yn y posibilrwydd o ymweliad gan gyfnither Modlen. Roedd hi wedi galw ddwywaith yn ystod ei thymor hi yn y Crescent, ond byr fu ei harhosiad yn y gegin y ddau dro. Anfonai Mrs Martin am iddi fynd i fyny ati hi cyn gynted ag y deallai ei bod yno, ac roedd hwyl hynod o ddrwg ar Cŵc am weddill y ddau ddiwrnod hynny. Ond rhoddai fywyd newydd yn Dori i glywed ei Chymraeg carpiog, er cyn lleied o frawddegau a lefarai wrthi hi.

Daeth mis Ethel i ben, ac ymadawodd yn sŵn ei hwylofain ei hun ac eiddo Cŵc. Protestiai'r ddwy na thrawent byth ar yr un gyd-forwyn debyg, gan addunedu chwilio yn ddi-oed am le y caent ill dwy fod ynghyd gyda'i gilydd eto. Gwrandawai Dori arnynt mewn mudandod syn. Tybed oedd hi wedi camddeall pan dybiai fod y ddwy'n mynd dros ffaeleddau'i gilydd mor rhugl wrthi hi, ac wrth ei gilydd, ychydig wythnosau'n ôl? Ond penderfynodd fod yn rhaid mai'n awr yr oedd hi'n camddeall, pan daflodd Ethel ei breichiau amdani hithau hefyd, gan dystio gerbron y nefoedd i'r hiraeth fyddai arni am ei 'hwyneb bach digri' a'i chynghori'n famol i beidio â chaniatáu i'r genawes ddeuai yno yn ei lle gymryd mantais ar ei diniweidrwydd a gyrru gormod arni!

Deufis yr un fu hoedl y ddwy forwyn nesaf ddaeth yno. Methodd y gyntaf â chytuno dim â Chŵc, a rhoddodd fis o rybudd ar derfyn ei mis cyntaf. Gwrandawai Dori mewn braw ar huodledd y naill a'r llall ohonynt, a dychryn unwaith neu ddwy rhag ofn eu bod ar fin ymladd. Denwyd sylw Cŵc yn llwyr oddi wrth unrhyw golliadau allai fod yn y forwyn ieuengaf, a chanolbwyntiwyd ei holl sylw ar Ada. Roedd hi'n gwerthfawrogi cwmni Dori'n awr er mwyn cael adrodd trosodd a throsodd wrthi am dymer afrywiog a gwaith budr y forwyn newydd.

Ymhyfrydai honno, yn ei thro, mewn agor llygaid Dori i ffaeleddau'r gogyddes. 'Y difethdod sydd yma! Ac nid ar y bwrdd y mae o i gyd, peth siŵr i chi! Chyffyrddwn i ddim â'r un tamaid o'i hen fwyd sâl hi oni bai fod yn rhaid imi. Credwch chi fi, mae rhywun yn gwneud poced fras o'r menyn a'r wyau a'r cigoedd sy'n dod yma. Peidiwch â bod mor wirion â meddwl mai am ei choginio y mae hi'n cael aros yma. Deudwch yn hytrach, am ffalsio i'r hen wraig ac i'r hen ferched, ac mi fyddwch blwc yn nes i'ch lle. Ie, a dyna waith arall sydd ganddi ydi gofalu nad ydi'r babi dol o fachgen yna'n edrych ar yr un eneth. Pwy gymerai'i gusan o, 'sgwn i, wedi iddo faeddu'i geg yn cusanu'r hen wyneb hyll yna?'

Gofidiai Dori weld deufis Ada'n dod i ben. Buont yn llawer mwy diofid iddi hi na'r un deufis tra bu Ethel yno, ac ofnai yn ei chalon newid er gwaeth. Eithr yr oedd gan Poli hithau faterion pwysicach na rhyw bitw fach o forwyn gegin i ymgecru yn eu cylch.

Pan gyrhaeddodd Mrs McNeil efo'r drydedd forwyn yma, Poli, dywedodd Cŵc, gyda gwên sarhaus, 'Gobeithio eich bod wedi dod ag un amgenach na'r ddiwethaf yna. Dyna'r greadures sobra fu yn y tŷ yma erioed.'

Atebodd Mac yn gwta. 'Roedd yr eneth yn eitha pe cawsai hi chwarae teg. Ond lle mae pobol eiddigeddus o gwmpas, does ddisgwyl i neb allu gwneud dim yn iawn. Roedd Ada'n llawer mwy tebyg o allu gwneud yma na hon. Mae Poli wedi arfer mewn lleoedd efo digon o ryddid – allan o hanner awr wedi un tan naw o'r gloch y nos unwaith bob tair wythnos, a dwyawr ryw ben bob Sul. Mae arna i ofn y bydd hi'n ei gweld hi'n chwith yma, ond roedd yn rhaid imi'i mentro hi. Mae hi'n adeg ddrwg i chwilio am forwyn ar ganol y tymor fel hyn.'

Gwireddwyd geiriau Mrs McNeil. Ni chymerodd Poli at y lle o gwbl. Fe soniai byth a hefyd am yr adegau hapus pan oedd hi yn y Lindens, ac yn y Gables, ac amryw leoedd eraill gydag enwau rhyfeddach fyth. Teimlai Dori fwy o ddiddordeb yn Ada a'i ffraeo parhaus efo Cŵc nag yn Poli a'i chwynfan di-daw, ond er hynny gofidiai pan roddodd honno hefyd fis o rybudd ar derfyn ei mis cyntaf yno. Gallent daro ar un lawer mwy tebyg i Ethel y tro nesaf, ac oherwydd hynny ni ddymunai Dori newid Poli.

Geneth lawen ei golwg a choch ei gruddiau ddaeth yno efo cyfnither Modlen y tro nesaf. Tueddai Mac i fod yn gwynfanllyd a digalon yn y mymryn sgwrs a gafodd Dori efo hi. 'Fi gobeithio hon yn aros tipyn mwy. Dim sens ar hen dynes yma'n ffraeo â pob morwyn fel hyn. Fi methu cael un morwyn byth o gwlad ti. Cyfnither fi deud nhw i gyd tynnu at ei gilydd i Manchester.'

Ni chafodd Dori unrhyw gyfathrach â'r forwyn newydd y diwrnod hwnnw. Gwyddai mai Maggie oedd ei henw, a thybiai'i bod yn well ganddi hi na'r un o'r tair o'i blaen. Yr ail ddiwrnod, wedi iddi orffen ei sgwrio'i hun, fe'i hanfonwyd yn y prynhawn i droi allan un o'r llofftydd gorau gyda Maggie. Ei swydd gyntaf yno oedd gloywi'r grât. Plygai i lawr gan rwbio â'i holl egni, a chlybu lais o'r tu ôl iddi'n dweud yn Gymraeg,

'Mi dreuli di'r blew yna'n bwt os rhwbi di lawer rhagor.'

Gollyngodd y brws yn ei syndod a neidio ar ei thraed i wynebu Maggie, oedd yn wên o glust i glust.

'Ydych chi'n Gymraes?'

'Paid â siarad mor uchel. Ydw, debyg iawn. O sir Ddinbych, ond 'mod i'n ddigon lwcus i fod â thad yn John Brown yn lle John Jones, felly dydi'r taclau yma ddim yn gwybod nad Saesnes ydw i. Mae rhyw greaduriaid fel Cŵc yna'n meddwl y gallan nhw sathru ar Gymraes fel y mynnon nhw. Felly, paid â chymryd arnat ddim wrth neb. Mi fynnwn ni sgwrs fach fel hyn ar y slei weithiau, pan na fydd neb yn clywed.'

'Maen nhw i gyd yn gwybod mai Cymraes ydw i.'

'Allwn i feddwl hynny,' ebe Maggie'n sychlyd, 'wrth fel mae'r hen sturmant yna'n gyrru arnat ti.'

Y misoedd nesaf oedd y rhai dedwyddaf a dreuliodd Dori yn y Crescent. Cadwodd i'r llythyren orchymyn Maggie nad oedd i yngan hanner gair o Gymraeg wrthi yng ngŵydd neb, ond lladratent aml i sgwrs ddistaw mewn diwrnod. Dysgodd Dori am fywyd Cymraeg y ddinas ac am y llu capeli Cymraeg oedd yn britho'i heolydd.

Caniateid i'r forwyn barlwr fynd allan bob yn ail nos Sul, ac ar ei phrynhawniau rhydd nid oedd raid iddi ddychwelyd tan naw o'r gloch. Ar yr adegau hyn, gwisgai Maggie ei Chymreigrwydd gyda rhwysg, ond diosgai ef fel hen fantell dyllog, y cywilyddiai o'i gwisgo, gydag y deuai i olwg y Crescent fin nos. Dyheai Dori am gael oedfa Gymraeg, ac ambell un o'r Cyfarfodydd Diwylliannol y canmolai Maggie gymaint arnynt, er nad oedd hithau'n gallu cael ond un y mis.

'Maen nhw'n well o'r hanner na rhai'r wlad,' tystiai Maggie. Nid oedd gan Dori yr un llinyn mesur i farnu wrtho. Ni chaniatâi Rhys Tudur ddim byd mwy gwamal na chyfarfod gweddi yng nghapel y Llan.

'Rhaid iti gael lle yn nes i'r dre cyn y gelli di gyrraedd i bethau fel'na,' eglurodd Maggie wrthi. 'Mae dy amser rhydd di'n rhy brin iti fachu dim byd o werth o'r pellter yma. Cofia di hynny ymhen rhyw flwyddyn, pan fyddi di'n ddigon hen i gymryd lle fel morwyn llofft. Mi gaet ti beth mwy o ryddid felly nag fel hogen at alwad pawb, fel yma. Does wybod, ran hynny, nad alla i gael hanes rhywle go gyfleus iti fy hun, wrth sbrotian tipyn.'

Daliai Dori i dderbyn dim ond deuswllt y mis. Swcrai Maggie hi i wrthryfela.

'Does reswm yn y byd iti weithio fel slaf am hynna bach. Mae'n gofyn cryn lawer i'ch cadw'ch hun yn daclus mewn tref fel hyn, wyddost. Mi fydda i'n talu'r rhent dros mam, ac yn falch o gael gwneud, ond mi weithiai'r hen greadures ei hewinedd i'r bôn cyn ei gymryd o gen i petai hi'n meddwl ei fod o'n fy ngadael i'n brin wedyn. Mae hi'n gwybod fod tros hanner fy nghyflog i'n sbâr gen i ar ôl talu rhent yr hen dŷ bach acw. Rhaid iti yrru at dy fam fod arnat ti angen dillad. Mae'r rhai sydd gen ti'n gywilydd i'w gweld.'

Fe glywsai Dori'r gwirionedd olaf yma filwaith gan Cŵc ac Ethel, ac i raddau llai gan Ada a Poli, ond nid oedd yr un ohonynt erioed wedi osio gwneud dim mwy na gwatwar neu chwerthin am ben hynny. Ond roedd Maggie weithiau'n dod â rhyw ddilledyn neu bâr o esgidiau o dan ei braich.

'Hwde, hoffet ti gael hwn? Mae tipyn o wisgo ynddo fo eto. Mae fy chwaer ieuenga wedi dechrau ennill rŵan ac mi all brynu dillad iddi'i hun.'

I Dori, fe ymddangosai'r pethau hyn yn wych iawn, ac fe'u derbyniai'n ddiolchgar. Ond cymerai bob dilledyn fel esgus arall tros oedi anfon at ei mam i ddweud na allai fyw ar ddeuswllt y mis. Er fod taith hanner diwrnod a mwy rhyngddi a'r Llechwedd, parhâi'r hen arswyd yn fyw o hyd.

Soniai Maggie yn barhaus am ymadael, a dychrynai Dori bob tro y clywai hyn. 'Rhaid imi gael lle yn nes at galon pethau. Fyddwn i byth wedi dychmygu am le fel yma, nad ydi o ddim yn y wlad nac yn y dre, oni bai i'm hen feistres i farw ar adeg mor anghyfleus. Petai hi wedi aros tan G'lanmai, yn lle mynd yn yr hydref fel y gwnaeth hi, druan, mi fyddwn i wedi bod â faint fynnwn i o ddewis.'

Nid oedd pethau'n rhy wych rhwng Cŵc a hithau, er nad oedd yn ffraeo gymaint efo hi ag Ada. 'Dda gen i mo'r hen wyneb yna i lawr y grisiau. Mi welais i ormod o'i siort hi o'r blaen, a rhai peryg ydyn nhw, yn mynnu cadw'u hunain rhyngoch chi a'r teulu bob amser.'

Roeddynt yn gorffen glanhau llofft Master Jack erbyn y deuai ef adref. Safodd Maggie i edmygu eu gwaith.

'Mae hon yn llofft braf, ac mi rydym ni wedi gwneud gwaith da arni hi. Ond aros funud, rwyt ti wedi gosod y dodrefn yma'n rhy syth o'r hanner,' a phrysurodd yn brofiadol o gwmpas, gan dynnu'r dodrefnyn yma a'r dodrefnyn arall ryw fodfedd o'i le. 'Dyna! Wrth inni eu rhoi nhw'n rhy sgwâr, fydd Cŵc a'r hen ferched yna ddim yn credu ein bod ni wedi glanhau oddi tanyn nhw. Mi fyddan yma'n sbïana yn y munud, ac mi olygai waith ofnadwy iddyn nhw, druain bach, orfod symud popeth o'i le.'

'Pryd maen nhw'n disgwyl y bachgen adre?' gofynnodd Dori, nid o ran unrhyw ddiddordeb oedd ganddi ynddo ef ei hun, ond oherwydd fod ei ddyfodiad yn golygu mwy o waith iddi hi gyda'r bwyd. Hefyd, y tro diwethaf y bu gartref, roedd wedi cymryd i fynd i'r wlad i saethu, ac yn llwyddo i ddod ag ambell i aderyn yn ôl gydag ef. I'w rhan hi y syrthiai'r gwaith o bluo a glanhau'r rheini, ac o bob gwaith, hwnnw yr oedd hi'n ei gasáu fwyaf.

'Drennydd,' ebe Maggie, 'ac mi fydd yr hen ieir yma'n brysur wedyn yn cadw golwg arno fo, rhag ofn i mi wneud llygad bach ar y cyw. Mi fydda i'n rhoi winc arno fo weithiau, wyddost, ddim ond i'w poeni nhw, ac mae yntau, chwarae teg iddo fo, yn ddigon parod i'w dalu o'n ôl. Dim ond am bythefnos mae o'n aros y tro yma, ddyliwn i.'

Cafodd Maggie lawer o hwyl y dyddiau nesaf. Roedd wedi taro Master Jack yn ei ben â'r hambwrdd wrth gario te i mewn, ac yntau wedi chwerthin a dweud wrthi am fod yn fwy gofalus. Cawsant ryw hwyl fawr ar ben y grisiau hefyd. Ac roedd Master Jack wedi wincio arni ar ginio un noson.

'Ac erbyn imi droi fy mhen, dyna lle'r oedd y nain a'r hen fodrybedd yn edrych fel gwinegr arna i. Mi fu bron imi â chwerthin tros y lle, wrth feddwl y braw oedd arnyn nhw rhag imi ddwyn eu cariad bach. Mae gen i saer yn y dre yma, petaen nhw ond yn gwybod, sy'n werth pump ohono fo, ac yn Gymro at hynny.'

Ond trannoeth, roedd Maggie wedi newid ei thôn yn llwyr.

'Wyddost ti 'mod i wedi cael mis o rybudd?'

'O Maggie! Naddo!' dolefodd Dori. 'Am beth? Pam?'

'Am y winc honno, debyg iawn. Ond yr esgus ydi fod cyfnither i Cŵc am y lle. A hithau'n berthynas mor agos i'r hen sgram yna, mi fydd Master Jack, a phob *master* arall, yn ddiogel rhagddi. Ond hen dro gwael ydi o hefyd, wedi pasio C'lanmai fel hyn. Roeddwn i â'm meddwl i chwilio am le i ti a minnau efo'n gilydd at G'langaea, pan fyddwn i wedi bod yma flwyddyn go helaeth. Ond mi fydd rhaid imi gymryd unrhyw beth gaf i, yr adeg yma.'

Yr oedd Dori ar fin erfyn arni i gofio amdani hi at G'langaea yr un fath, ond fe'i hataliodd ei hun. Nid oedd tros ddwy flynedd a hanner o amser yn ddigon i ddileu'r cwestiwn mawr – a fyddai ei mam yn fodlon?

Tebyg iawn i'w gilydd oedd Cŵc a'i chyfnither, ac yn bennaf ffrindiau. Sgwrsient â'i gilydd yn barhaus, a'r unig sylw a gâi Dori ganddynt oedd ei thrin am beidio â gwneud rhywbeth yn iawn, neu ei gwawdio fel yn nyddiau Ethel. Teimlodd fwy o hiraeth ar ôl Maggie nag a fu arni o gwbl am ei chartref. Derbyniodd un llythyr oddi wrthi. Roedd wedi taro'n eithaf lwcus am le, ac ystyried popeth, ond cyn gynted ag y clywai am rywun go lew oedd eisiau morwyn fach a morwyn barlwr, fe ysgrifennai ati eto ar unwaith. 'Wedyn mi gawn ni hwyl, a gofala di beidio â wincio ar Master Jack, neu mi fyddi dithau ar y clwt fel minnau.'

Galwodd Mac heibio unwaith yn ystod yr amser hwn, ac roedd y wraig fach yn bur chwyrn. Yn un peth, roeddynt wedi cael morwyn heb ei chymorth hi, a honno wedyn yn berthynas i Cŵc.

'Ond hon gorfod mynd 'nôl at brawd hi cyn hir. Mrs Martin deud wrth fi. Fi credu nhw dim ond cymryd hi fel esgus troi Maggie i ffwrdd, wedi i fi trafferth ffeindio morwyn da i nhw. Mrs Martin canmol ti, a hi deud hwyrach pan ti wedi bod yma tair blwyddyn, ti dysgu bod yn morwyn parlwr. Ti cael mwy o cyflog felly.'

Eithr ni themtid Dori gan hyn. Amheuai mai deuswllt y mis fyddai ei chyfran hi o hyd. Gwell o lawer ganddi fyddai cael mynd efo Maggie i le newydd. Yn sydyn, penderfynodd, ei mam neu beidio, mai dyna a wnâi.

Byddai maint cyfeillgarwch Mac bob amser yn dibynnu ar y graddau y digwyddai fod yn ddrwg rhyngddi hi a Chŵc.

'Ti dod ymlaen yn da, a fi balch ohonot ti, ond ti bod gofalus efo *hi*. Hi dim licio neb bod yma'n rhy hir, a *hi* dim bodlon i ti codi dim.'

9

Aeth yr wythnosau heibio, ond ni chlywodd Dori air am ymadawiad y forwyn newydd, nac am ei dyrchafiad hithau. Ni chafodd ateb oddi wrth Maggie chwaith, er iddi ysgrifennu ati yn addo'n frwdfrydig ddod gyda hi pan fynnai. Teimlai'n awr ei bod wedi aros digon yn y Crescent. Pe gwyddai, yr oedd undonedd y lle, ynghyd â'r gwaith caled a'r diffyg awyr iach, yn araf ddweud ar ei nerfau.

Cododd un bore â'r boen yn ei phen yn waeth nag arfer; ond pan gyrhaeddodd y postman â llythyr iddi yn llawysgrif Maggie, peidiodd y curo am ysbaid a siriolodd hithau.

Ymddiheurai Maggie am beidio ag anfon ynghynt, 'ond mi fyddi'n deall pan glywi di fy hanes – neu efallai na fyddi di ddim, wrth gael dy gadw fel meudwy yn y twll yna. Wyt ti'n cofio imi sôn am y saer hwnnw? Wel, mae o wedi cael busnes bach ei hun, o fewn deng milltir i'm cartre i, a wnaiff dim byd y tro ond imi'i briodi o a mynd yno efo fo. Mae'r briodas am ddau o'r gloch ddydd Sadwrn nesa yng nghapel Grove Street. Mi fuost ti heibio i'r lle ar ôl imi dy ddysgu di sut i fynd yno, os wyt ti'n cofio. Felly myn di gael dod yno ddydd Sadwrn. Mi wnaiff yn lle Cyfarfod Diolchgarwch i'r hen ieir, am fod eu Jack annwyl yn saff am byth rhagof i. Dim amser i chwaneg rŵan, ond cofia y byddaf i'n disgwyl dy weld di'r Sadwrn, yn ddi-ffael.'

Dim gair ynghylch y lle hwnnw yr oedd hi wedi addo edrych amdano. Dim ond yr hen saer gwirion yna a'i fusnes! Nid oedd arni hi eisiau mynd i'r un briodas, i ganol haid o bobol ddiarth. Âi hi ddim chwaith, ac atebai hi mo'r llythyr yma, wedi i Maggie wneud tro mor sâl â hi.

Daeth Cŵc i lawr o ryw sgwrs a fu ganddi â Mrs Martin.

'Dyma lythyr ichi aeth yn gymysg â llythyrau'r teulu,' meddai, 'ond peidiwch â cholli amser trosto'n awr. Pan oeddwn i'n ifanc, fyddwn i fawr o gael derbyn llythyrau byth a beunydd, i wastraffu f'amser yn y bore.' Edrychodd o'i chwmpas. 'Hyd yma yr ydych chi eto? A minnau eisiau'r petris yna at ginio canol dydd. Ffwrdd â chi i'w glanhau nhw'r munud yma, y beth ddiog gennych chi.'

Trodd Dori'n anfoddog tua'r cefn. Gwyddai fod yr adar hyn yn hongian ers tair wythnos o leiaf, a theimlai'n wangalon iawn i ddechrau arnynt. Clywai sŵn Cŵc yn mynd i fyny at y drws brethyn eilwaith; ac yn fwy er mwyn oedi'r amser pan fyddai rhaid iddi ddechrau ar yr adar nag o ran dim chwilfrydedd ynghylch ei gynnwys yr agorodd lythyr Lydia. Yr oedd yn fyr iawn fel arfer.

Annwyl Dori,
Mi fu 'nhad farw neithiwr. Mae mam yn peri deud y bydd y claddu ddydd Mercher, os wyt ti awydd dod.
Cofion,
Dy chwaer,
Lydia.
Mae mam yn peri deud hefyd ei bod hi wedi gwneud ei gorau iddo ac ni all neb wadu hynny.

Darllenodd Dori'r llythyr ddwywaith trosodd, i wneud yn siŵr ei bod yn ei ddeall. Yna plygodd ef yn ofalus a'i ddodi yn ei phoced. Dechreuodd bluo un o'r adar, â'i meddwl yn hollol wag o unrhyw

113

deimlad. Troai ei phen draw rhag gweled ei gwaith na'i arogli. Syrthiodd cysgod rhywun arni o'r drws, a chlywodd Master Jack yn gweiddi, 'Hei, Dori! Welsoch chi f'esgidiau saethu i?'

'Maen nhw wrth y tân yn y stafell fwyta, Master Jack,' ebe hithau, gan osio mynd i'w cyrchu iddo.

Ataliodd ef hi. 'Na, peidiwch â thrafferthu. Mi ddof o hyd iddyn nhw'n iawn fy hun.' Daeth yn ei flaen ati. 'Sut olwg sydd ar yr adar, tybed? Mi gaf ragor ohonyn nhw heddiw, rwy'n disgwyl.'

Gorfu i Dori hithau, o foesgarwch, droi i edrych arnynt, oherwydd nid yn aml y siaradai Master Jack un gair â hi, heb sôn am frawddegau cyfain fel hyn. Canfu fod yr adar wedi'u hongian yn fwy effeithiol nag arfer. Cripiai'r cynrhon i fyny ar hyd ei harddyrnau, heb sôn am ei dwylo. Ysgydwodd hwy ymaith yn ddigofus, ac yna, er syndod iddi'i hun, troes i wylo fel yn yr ysgol erstalwm.

'Beth sydd?' holodd Master Jack yn gynhyrfus, gan roi ei fraich tros ei hysgwydd. 'Does bosib eich bod mor wirion â chrio o achos y cynrhon?'

Ni wyddai Dori'n iawn am ba un o'r tair profedigaeth a ddaeth i'w rhan y bore hwnnw y wylai, ond deallai ar dôn Master Jack nad oedd ef yn ystyried y cynrhon yn rheswm digonol tros golli dagrau. O'r ochr arall, ni allai'n hawdd egluro iddo ei siomiant oherwydd colli'r gobaith o gael ymadael â'r Crescent cyn C'langaeaf. Felly syrthiodd yn ôl ar ei thrydydd rheswm.

'Mae 'nhad wedi marw, ac yn cael ei gladdu fory.'

'O'r beth fach!' meddai yntau, gan dynnu'i law mewn cydymdeimlad ar hyd ei phen. 'Dim rhyfedd felly eich bod chi'n crio. Rydw i'n cofio byth am y gofid gefais i pan fu farw fy nhad a fy mam. Ydi'ch cartre chi ymhell? Gorau po gynta ichi gychwyn os ydi o.'

Yr oedd yn brofiad mor ddieithr i Dori gael neb i gydymdeimlo â hi, nac i anwylo'r mymryn lleiaf arni, fel y safodd yn stond am funud neu ddau yn blasu'r profiad.

'Taffi! Ydi'r adar yna'n barod bellach?'

'Jack! Mae eich taid yn disgwyl wrthych chi ers meitin.'

Neidiodd y ddau ar wahân, yn ddigon euog eu golwg i foddhau'r mwyaf drwgdybus, er nad oedd y digwyddiad ond damwain fach na fyddai'r un o'r ddau'n cofio fawr amdano wedi iddo unwaith fynd heibio, os na fyddent yn cael eu hatgoffa.

Safai Cŵc a'r Miss Fraser hynaf yn y drws, a golwg ddifrifol, fileinig ar y ddwy ohonynt.

'Rhaid i Taid aros munud, modryb,' ebe'r llanc. 'Mae Dori yma wedi cael newydd drwg, ac eisiau mynd adre ar unwaith. Wyddoch chi amser y trên, Dori? I ba gyfeiriad mae arnoch chi eisiau mynd?'

Ceisiodd hithau egluro iddo, tra safai'r ddwy arall fel plismyn yn nrws y gegin gefn.

Chwibanodd Master Jack. 'Mae o'n swnio i mi fel pen draw'r byd. Rhaid ichi eich hwylio'ch hun ar unwaith, neu chyrhaeddwch chi byth yno heddiw. Rhedwch chi i bacio, ac mi edrychaf innau pa drên fydd y mwyaf cyfleus ichi.'

'Ond Master Jack . . .!' ceisiai Cŵc ddwyn yr awenau oddi arno.

'Ie, Jack, gadewch bethau rhwng Cŵc a hi,' gorchmynnai ei fodryb.

'Rhaid imi gael ei gweld hi wedi cychwyn yn iawn, beth bynnag,' ebe Jack yn benderfynol. 'Welwch chi ddim ei bod hi bron ar dorri'i chalon? Ac, a barnu wrth ei golwg hi, ŵyr hi ddim am na gorsaf na thrên. Beth am ei chyflog hi, modryb? Mae'n well iddi'i gael o rŵan, rhag ofn nad oes ganddi ddigon i dalu am ei chario.'

Ac i ffwrdd ag ef ar ei redeg i fyny'r grisiau.

Edrychodd y ddwy ar ei gilydd.

'Dyma ganlyniad rhyw syniadau gwyllt maen nhw'n eu dysgu tua'r coleg yna, ynghylch y ddyletswydd o gymryd diddordeb yn y dosbarth isaf,' ochneidiodd Miss Fraser.

'Wn i ddim gymaint am hynny, Miss,' ebe Cŵc, a'i gwefusau'n dynn.

Pan gyrhaeddodd Dori'n ôl i lawr at y drws brethyn, â'i phecyn papur llwyd o dan ei chesail, roedd Master Jack yn aros yno amdani, a'i ddwy fodryb yn hofran yn ffwdanus o'i gylch.

'Hanner awr sydd gennych chi,' meddai'n gynhyrfus. 'Chyrhaeddwch chi byth mewn pryd heb gab, ac rydw i wedi morol un i fynd â chi bob cam o'r drws yma. Dewch, brysiwch!'

Tynnodd Dori'n ôl o'i law estynedig. 'O! Master Jack! Allaf i ddim fforddio talu am gab.'

'Mi ofalaf i am y talu,' gan ei gwthio tua'r drws mawr, gwydr. 'Ffordd hyn y munud yma, os ydych chi am gyrraedd adre heno.'

'A dyma eich cyflog,' galwodd Miss Fraser, 'er nad yw eich mis i fyny am bedwar diwrnod eto. Fe ddywed y gyrrwr wrthych chi sut i gael hyd i'r trên.'

'Mi fyddaf i yno i ddeud hynny wrthi, modryb,' ebe Jack yn gadarn. 'Rhaid imi gael ei rhoi hi ar ben y ffordd yn ddiogel, beth bynnag.'

'Mae'n well i chithau fynd gyda fo, Amelia,' ebe'r fodryb hynaf, gan gipio rhyw ddillad o gwpwrdd gerllaw a'u gwthio ar ei chwaer.

Felly y cafodd Dori, am yr unig dro yn ei hanes, ymadael â'r Crescent i lawr y grisiau gwyn y golchasai hi gymaint arnynt, gyda Master Jack yn ei gwthio yn ei blaen, a'r ddwy fodryb yn dod bob yn hwb y tu ôl. Bu raid iddynt aros funud i Amelia Fraser gael un fraich i mewn i'w chôt. Yna sbonc wyllt arall, ac aros drachefn i wisgo'r ail fraich.

Pan oeddynt eu tri'n ddiogel yn y cerbyd, digwyddodd Dori godi'i golwg a gweld Cẁc a'i chyfnither yn rhythu arnynt o ffenest un o'r llofftydd gorau. Cododd ei llaw mewn ystum o ffarwelio â hwy, ond ni symudodd gewyn o wyneb yr un o'r ddwy, nes fod yr eneth yn amau ai arni hi yr oeddynt yn edrych wedi'r cwbl.

Ni siaradwyd dim ar y ffordd i'r orsaf, ond fod Master Jack yn bloeddio o hyd, '*Hey on, cabby.*' Cofiai Dori am yr holl amser a gymerasai iddi gyrraedd efo Mac y tro cyntaf hwnnw, ac amheuai'n gryf a allent wneud y daith mewn hanner awr gwta, hyd yn oed mewn cerbyd buan fel hwn.

'Dyma ni!' llefodd Jack yn fuddugoliaethus, gan agor y drws a neidio allan. 'Am eich bywyd yn awr,' ychwanegodd, gan wibio trwy'r bobl, a Dori ar ei ôl, gyda Miss Fraser yn chwythu ac yn ochneidio bellter y tu ôl i hynny wedyn.

'Dyma'r lle i gael tocyn. Rhowch yr arian yna i mi.'

Cyn y gallai Miss Fraser gyrraedd yno, roeddynt ar wib drachefn.

'Mi daliwn ni o,' calonogai'r llanc Dori.

Gwthiodd hi i mewn i ryw drên rhyfedd iawn yr olwg. 'Fydd hwn yn mynd dim pellach na Rock Ferry. Holwch yno am drên Caer. Dyma'r newid o arian eich tocyn.'

Caeodd math o lidiart yn glec ar y drws, ac ymaith â hwy, heb iddi gael cyfle i ddiolch i Master Jack nac i ffarwelio â Miss Fraser.

Pryderai tybed a ddeallasai ef yn iawn i ble'r oedd arni eisiau mynd. Ni welai arwydd o'r afon honno a groesodd y tro o'r blaen, ac yn sicr nid oedd wedi teithio mewn trên tebyg i hwn y tro hwnnw. Yna tywyllodd pob man, er nad oedd eto yn ganol dydd, a chofiodd hithau glywed Maggie'n sôn am drên yn mynd oddi tan yr afon. Rhaid felly y byddai'n cyrraedd yn y diwedd i'r un fan ag wrth fynd tros yr afon. Gobeithio, beth bynnag. Felly tawelodd yr anesmwythder hwnnw. Ond yna trodd i ddychmygu'r afon yn llifo uwch ei phen. Beth pe gollyngai'r to, a'r dŵr yn llifo'n un cenllif trostynt? Gydag i'w meddyliau gyrraedd i'r fan honno, yn ffodus iawn fe oleuodd yr awyr drachefn. Wedyn dechreuodd hithau bendroni ynghylch dod o hyd i drên Caer, a sut y deallai pan fyddai hwn wedi cyrraedd pen ei dalar. Ond diflannodd yr anhawster hwnnw hefyd. Gwelodd yr enw 'Rock Ferry' ar un o feinciau'r orsaf; ac i gwblhau'r hwylustod, dyna lle oedd trên Caer yn sefyll yn union ar ei chyfer a'r enw 'Chester' arno yn eglur i bawb.

Er gwaethaf y cur yn ei phen, ymfalchïai yn y cynnydd a wnaed ganddi ers ei thaith gyntaf gyda'r trên. Dyma hi heddiw yn medru holi a newid yn ddidrafferth, rhagor y tro cyntaf hwnnw pan na feddai amcan sut i gyrraedd pen ei thaith. Roedd yn ffodus iddi ei bod wedi dysgu cystal, oherwydd bu raid iddi newid deirgwaith i gyd, o'i gymharu â dwywaith y tro cynt. Bu'n sefyllian oriau rhwng y ddau newid olaf. Mentrodd brynu dwy wicsen geiniog mewn math o siop fechan ryfedd oedd ar yr orsaf. Prin y torrent fin ei newyn, ond ofnai wario rhagor o'r ychydig geiniogau oedd ganddi ar ôl o bris ei thocyn.

Erbyn iddi gyrraedd y Gorslwyn, roedd yn llwyd-dywyll. Rhyfeddai mor gul a distaw oedd y stryd, a ymddangosai mor fawr a phrysur iddi unwaith. Nid oedd ganddi ddewis ond cerdded adref yn y gwyll. Roedd cymaint o amser ers iddi gerdded ar hyd ffordd unig wedi nos, nes ei bod yn tueddu at ofnusrwydd pobl y trefi o unigrwydd a thywyllwch. Daliodd ati'n ddygn, serch hynny, ac yn raddol gollyngodd anghynefindra'r dref ei afael a dychwelodd hen ehofnder y wlad.

Gyda'i meddwl yn glir o'r pryder ynghylch yr angen am newid ac ym mha orsaf fyddai hynny, roedd yn rhydd i grwydro am y tro cyntaf ers iddi ddarllen llythyr Lydia. Nid oedd neb wedi sôn pa bryd y'i disgwylid hi'n ôl i'r Crescent. Tybed a ganiateid iddi aros gartref tros y Sul? Fe fyddai'n amheuthun clywed Cymraeg eto. A welai hi Mrs Bowen a Miss Margaret, tybed? Yn wir, fe fu Master Jack yn hynod o garedig wrthi. Fyddai waeth iddi heb â bod wedi cychwyn o gwbl petai hi heb allu dal y trên hwnnw yn Lerpwl.

A fu ei thad yn ei wely'n hir, tybed? Edrychai'n wael iawn pan welodd hi ef am y tro olaf, yn tynnu ar dair blynedd yn ôl. Beth ddywedodd o wrthi'r bore hwnnw, hefyd? 'Mae hi wedi dy greithio dithau.' Mae'n siŵr mai'r dolur hwnnw wrth ei llygad a olygai. Cododd ei bys i'w deimlo. Arhosai'n godiad bach gwyn i'w glywed ar wyneb y croen o hyd, a rhyw fân grychiad bob ochr iddo. A wnaeth ei mam hel llawer tra bu ei thad yn sâl y tro yma, tybed? Trueni na bai modd iddo ef fod wedi cael ychydig o'r bwyd a wastreffid yn y Crescent bob dydd. Doedd bosib na allasai fod wedi bwyta hwnnw . . .

O! Roedd hi wedi blino, a'i phen yn curo. Nid oedd mor dywyll ag oedd hi wedi ofni, chwaith, ac roedd golau yn ffenestri'r bythynnod ar fin y ffordd, a'r tyddynnod oedd yn britho'r ochrau o'i chwmpas, yn gwmni da iddi. Ie, troi i'r chwith yn y groesffordd yma . . . Mor dda fyddai ganddi gyrraedd y tŷ a chael mynd i'w gwely.

Erbyn iddi gyrraedd y pentref, roedd y mwyafrif o'r tai'n dywyll, er fod goleuadau yn rhai o'r lloffftydd ac mewn ambell i gegin. Atgoffai hyn Dori am y bore hwnnw pan gerddodd heibio ddiwethaf, ond fod y goleuadau a'r tywyllwch wedi newid lle, fel petai – y ceginau oedd yn olau y bore hwnnw oedd yn dywyll yn awr, a'r rhai tywyll bryd hynny oedd yn olau heno. Roedd dyrnaid o ddynion ar y bont. Ni fyddai wedi cyfarch gwell iddynt o'i hewyllys ei hun, ond ni châi basio heb 'Nos da' ymholgar ganddynt. Ceisiodd eu hateb mor aneglur ac annhebyg iddi hi ei hun ag y gallai, a chlywai'r adlais yn ei chanlyn.

'Pwy oedd honna, dywed, yr adeg yma o'r nos?'

'Wn i ddim, was, ac eto, diawc, mi ddylwn adnabod ei cherddediad hi hefyd.'

Tybed a fyddai Lydia a'i mam yn eu gwlâu? Mae'n siŵr y byddent, oni ddigwyddai fod rhyw wnïo ganddynt i'w orffen – ond fyddai pobl ddim yn gwneud gwaith felly ar adeg claddu.

Roedd Cae-dan-tŷ mor serth fel na allai weld, nes cyrraedd yr adwy yn y wal, p'un a oedd yna olau yn y ffenest ai peidio. Pan gyrhaeddodd y fan honno, gallai weld fod y gegin a'r siambr mewn tywyllwch. Petrusai beth i'w wneud. Ofnai ddigofaint ei mam o'i chodi wedi iddi fynd i'r gwely. O'r ochr arall ni allai aros allan trwy'r nos, ac roedd ei mam wedi cystal â gyrru am iddi ddod.

Sleifiodd yn ddistaw, lechwraidd, at y drws, mewn ofn gwneud y sŵn lleiaf er mai eisiau eu deffro oedd arni. Cododd ei llaw i gnocio ar y drws, ac yna cafodd syniad a debygai hi oedd yn un gwell o lawer. Wfftiai ati'i hun na bai wedi meddwl amdano ynghynt. Cripiodd at ffenest y siambr a churo ar honno. Gallai Lydia ei gollwng i mewn heb i'w mam na'i thad glywed dim. Nage . . . ei mam . . . Beth oedd arni? Ni chlywai ei thad ddim mwy petai'r tŷ yn ffrwydro. Teimlai mor flinedig nes methu â meddwl yn iawn, na chofio . . . Yn galetach eto. Arferai Lydia bob amser gysgu'n drwm.

Clywodd sŵn drws yn agor yn rhywle, ond roedd yn rhy gymysglyd i wybod ymhle. Gafaelodd rhywun yn ysgeler yn ei braich, a rhoes hithau naid a sgrech.

'Pwy sydd yna? Beth ydi'ch meddwl chi yn llercian fel hyn o gwmpas tŷ parchus?'

Adnabu Dori'r llais, a dywedodd yn grynedig, 'Fi sydd yma, mam, yn ceisio deffro Lydia iddi agor imi.'

Tynnwyd hi yn ei blaen at y drws a thrwyddo, heb i'r un gair arall gael ei ddweud.

'Goleua'r gannwyll yna, Lydia. Dori sydd yma, 'ddyliwn i.'

Clywai Dori'r bollt pren yn cael ei wthio'n ôl i'w le, ac ymhen ennyd daeth Lydia i ben drws y siambr, cannwyll frwyn yn ei llaw, a golwg wyllt arni.

'O! Mi dychrynaist ti fi, Dori,' cwynfannodd.

'Beth oedd arnat ti'n gwneud rhyw gàst gwirion fel'na?' gofynnodd ei mam.

'Meddwl y gwnawn i lai o sŵn nag wrth guro'r drws,' ebe hithau, a'r cryndod yn dal yn ei llais. Symudodd wysg ei hochr o'r cyntedd bach cul a thua'r gegin, er nad oedd Lydia a'i channwyll wedi osio symud o'i ffordd. Heb yn wybod iddi'i hun, fe'i cafodd ei hun yn dweud, 'O! Rydw i wedi blino.'

'Pwy ddychmygai amdanat ti'n dod ar gamamser fel hyn,' grwgnachodd ei mam, 'pan oedd dyn yn ceisio gorffwys mymryn ar ôl ei chael hi mor galed.'

Nid oedd hi'n werth gan Dori geisio egluro mai dyma'r unig amser y gallai hi gyrraedd. Roedd y syrthni a'i meddiannai bob amser yng ngŵydd ei mam wedi gafael yn dynn ynddi unwaith eto. Prociodd Gwen Llwyd y tân, a chipiodd y fflamau allan i atgyfnerthu golau'r gannwyll frwyn.

Daliodd i gwyno. 'A minnau wedi enhuddo'r tân at y nos hefyd, ond mae hi'n oer iawn i sefyllian o gwmpas yn y fan yma ar ôl tynnu oddi amdanoch.' Trodd ac edrych ar Dori am y tro cyntaf ers pan gyrhaeddodd. 'Wn i ar y ddaear fawr sut i wneud efo ti. Does yna ddim lle yn sbâr efo Lydia a fi ar wely'r siambr. Petai o'n wely'r llofft, mi fyddai'n wahanol, ond waeth heb â siarad am hynny. Mae dy dad yn llenwi hwnnw rŵan . . . Mi elli orwedd ar y sgrin yma tan y bore. Mi fydd yn lle cysurus, braf iti.'

Gwyddai Dori'n iawn nad oedd obaith iddi byth allu'i phlygu'i hun i orwedd ar setl lle nad oedd ond lle i ddau ganolig eistedd, ond roedd yn dda ganddi gael ymollwng ar rywle.

Gofynnodd yn ymddiheurol, 'Oes yma ryw lymaid y gallwn i ei gael?'

'Oes,' meddai'i mam, 'mae yna ddigon o laeth enwyn yn y bwtri.' Ailfeddyliodd wedyn. 'Aros funud. Falle'i bod yn well i mi ei estyn o iti, rhag ofn iti gyboli efo'r pot llaeth cadw, neu gymryd peth o'r corddiad olaf i gyd. Gymeri di frechdan?'

'O! Cymeraf,' ebe Dori. Roedd arni eisiau bwyd yn arw iawn, a theimlai bron â thagu o syched, ond roedd yn haws ganddi oddef hynny na chodi a cherdded i'r bwtri i ymofyn dim trosti'i hun.

'Mi ddychrynais am fy mywyd,' sisialodd Lydia wrthi. 'Roeddwn i'n meddwl yn siŵr mai rhai o'r hogiau oedd yn cael hwyl efo fi heb sylweddoli fod mam yn cysgu yn y siambr y nosweithiau yma.'

Daeth Gwen Llwyd yn ei hôl, a chlwff o fara ceirch a phowlennaid o laeth enwyn gyda hi.

'Dos i'th wely, Lydia,' gorchmynnodd. 'Does dim synnwyr i'r ddwy ohonom ni gael annwyd a cholli cwsg wrth helcyd o gwmpas berfeddion nos fel hyn.'

Aeth Lydia'n ufudd, a chymerodd Dori lwnc o'r llaeth. Oni bai ei bod mor flinedig, mi fyddai'n well iddi fod wedi'i estyn ei hun, tros iddi gael drwg wedyn am fynd i ben y llaeth croywaf. Roedd y cyfnod hir ar fwyd y Crescent wedi difetha'i harchwaeth at laeth mor sur. Ac roedd y bara ceirch yn galed, mor galed nes brifo'i cheg. Cofiodd am ei thad, a'i ymbil am fara meddalach. Ni sylweddolai hi bryd hynny mor greulon o galed oedd eu torthau.

'Mi fyddi di'n iawn rŵan, yn byddi di? Mi af i weld os gallaf i gael tipyn o lonydd o'r diwedd. Gofala na roi di unman ar dân efo'r gannwyll yna. Diffodda hi gydag y gorffenni di fwyta.'

Rhoddodd Dori y bwyd a'r ddiod o'r golwg. Er mor ddi-archwaeth y teimlai hwy, gallasai'n hawdd iawn fod wedi bwyta rhagor. Cofiai'n awr mai dwy wicsen fu ei hunig luniaeth ers y bore, ac nad oedd llawer o hwyl brecwesta wedi bod arni'r diwrnod hwnnw.

Fyddai waeth iddi heb â bod wedi trafferthu dyfod. Nid oedd ei mam a'i chwaer fel petaent yn ei disgwyl, a hithau heb fod gartref am yn agos i dair blynedd. Mae'n debyg na fyddai wedi cael plwc i gychwyn o gwbl oni bai am Master Jack. Ni fyddai wedi cyrraedd heno, beth bynnag – bore fory, falle, petai'r dynion capiau pig, oedd piau'r trenau, wedi caniatáu iddi gysgu yn un ohonynt tros nos. Petai hi wedi meddwl gofyn hynny i Master Jack, mi fyddai ef yn siŵr o fod yn gwybod ac yn barod i ddweud wrthi . . . Mor garedig y bu! Beth petai'i mam wedi taflu'i braich tros ei hysgwydd, fel y gwnaethai ef?

Llithrodd yn ddiarwybod tros y gagendor rhwng drychfeddwl a breuddwyd. Yr oedd braich am ei hysgwydd a llaw yn rhedeg yn esmwyth tros ei gwallt. Cododd ei llygaid gan ddisgwyl gweld Master Jack, ond ei thad oedd yno. Gwenodd arni, a dweud, 'Paid â gadael iddi *hi* guddio hwnna oddi wrthyt.' Edrychodd yn uwch wedyn, a gweld fod pobman o'i chwmpas yn fflamio gan liwiau'r machlud.

Deffrôdd gan sŵn ei mam yn stwrian gyda'r heyrn tân.

'Rwyt ti wedi deffro o'r diwedd 'te?' oedd y cyfarchiad a gafodd. 'Welais i erioed mo'th well di am gysgu. Rwyt ti'n debyg iawn i'th dad efo hynny. Dyna Lydia wedyn yr un fath â fi. Mi fu hi oriau neithiwr heb gysgu, wedi i ti aflonyddu arni. Felly mi gadewais i hi'n y gwely am ryw awr arall, gan y gelli di roi tro imi'r bore yma.'

Cymerodd amser hir i Dori allu codi a sythu, ar ôl cysgu yn ei chwman felly. Teimlai'n anystwyth ac annifyr iawn, wedi bod yn ei dillad trwy'r nos.

'Tyrd, rwyt ti'n ddi-hwb iawn,' dwrdiai'i mam. 'Taro ffrog waith a ffedog amdanat, da ti. Roedd gwraig y Ffridd yn deud y dydd o'r blaen 'mod i wedi gwneud tro digon ffôl yn dy yrru i wasanaethu at bobol fawr – fod merched o leoedd felly'n mynd yn ddi-les iawn wrth gael byd mor braf.'

Ar y dechrau, fe'i teimlai Dori'i hun yn chwithig iawn gyda'r godro, a thybiai fod yr hen fuwch frith yn atal ei llaeth o'r herwydd. Eithr wedi'r ychydig funudau cyntaf, fe ddaeth ei deheurwydd yn ei ôl, ac ni bu'r frith yn hir heb gydnabod hynny.

Pan gododd Lydia, cawsant frecwast, a sioncodd Dori wedyn. Siaradai'i mam ynglŷn â threfniadau'r claddu, ond ni ddywedodd air yn uniongyrchol wrthi hi. O'r braidd y gallai Dori chwaith feddwl am ddim i'w ddweud wrth Lydia a hithau.

'Mi ddylai'r saer yna gyrraedd gyda hyn, iddo dynnu'r ffenest mewn digon o bryd.'

'Faint o'r gloch mae'r angladd?' gofynnodd Dori.

'Am un, ond mi ddylem ni fod â phopeth mewn trefn cyn un ar ddeg. Mi fydd pobol yn dechrau cyrraedd yn ddrib-drab yn go fuan wedyn. Rydw i'n cofio adeg claddu mam fod y buarth yma'n llawn erbyn canol dydd . . . Mae'n well i ti droi ati ar unwaith, Dori, i sgwrio llawr y gegin a'r meinciau carreg wrth y drws. Mi wnaiff y bwtri'r tro yn olaf, o achos mi gaiff fan'ny fwy o amser i sychu. A gofala di fy fod yn gwneud pob mainc yno hefyd, a'r cerrig gleision o flaen y drws. Fynnwn i er dim i'r hen ferched yna, wrth sbrotian o gwmpas, gael deud 'mod i'n gadael baw yn y corneli.'

Bu Dori ar ei heithaf i gwblhau hyn i gyd erbyn deg o'r gloch, a chyn ei bod wedi llwyr orffen, roedd gan ei mam haldiad o orchmynion eraill iddi.

'Mi lanheais i'r ffenestri ddoe, ond wnaiff o ddrwg yn y byd i tithau loywi mymryn ar y rhai gwaelod eto heddiw. Wedyn mi elli sgubo'r buarth, a thwtio tipyn o gylch y lle tân. Mi gynigiodd gwraig yr Hendre a Jân y bostwraig ddod yma i helpu efo'r bwyd a'r golchi llestri, ond mi ddwedais i 'mod i'n disgwyl y gallem ni wneud ein hunain. Does gen i mo eisiau rhyw hen ferched fel'na yn sbïana ym mhob congl o'm tŷ i, os gallaf i eu rhwystro nhw.'

Erbyn un ar ddeg, fe gyflawnwyd uchelgais Gwen Llwyd, ac roedd y tŷ a'r buarth yn barod i ganu ei chlodydd; a bwyd – bara menyn a chaws, a the – wedi'i osod yn barod ar y bwrdd mawr gwyn wrth y ffenest ac ar y ford fach ar yr aelwyd.

'Mi gymerwn ni fowlennaid o fara llefrith rŵan, yn lle inni orfod bwyta yng ngŵydd pawb,' penderfynodd Gwen. Ond ychydig iawn o amser a ganiatâodd iddi'i hun nac i'r genethod at y pryd hwnnw. 'Dewch, brysiwch, gael inni glirio a gwisgo cyn i'r bobol ddechrau ymhél . . . Dim ond gobeithio fod y rhinclau wedi dod o'r dillad yna, Lydia, ar ôl i brentisiaid Ann Williams eu lapio nhw mor dynn.'

Dyma'r tro cyntaf i Dori gofio fod angen dillad duon at

gladdedigaeth. Wel, doedd dim i'w wneud. Hyd yn oed petai hi wedi bod ag amser i geisio rhai, nid oedd ganddi arian i dalu amdanynt. Felly byddai raid i'r ffrog ddu a oedd ganddi'n cychwyn i Lerpwl wneud y tro, er ei bod yn dynn iawn ac yn gwta iddi erbyn hyn, serch gollwng ei godre a blaen ei llewys cyn ised ag yr aent. Roedd ôl traul mawr arni hefyd, ond siawns na ddangosai hynny lawer gyda'r llenni i lawr tros bob ffenest. Nid oedd y glog lliw pupur-a-halen a'r het wellt ddu fawr gwaeth na thair blynedd yn ôl, gan iddi gael cyn lleied o gyfle i'w gwisgo yn ystod yr amser hwnnw.

Roedd yn hollol amharod am wylltineb ei mam pan welodd honno hi'n gwisgo amdani yn y siambr. 'A dyna'r diwyg gorau allet ti ei roi arnat dy hun i ddod adre i gladdu dy dad! Beth ydi dy feddwl di! Yn codi cywilydd arnom ni fel hyn! Ac mewn lle yn Lerpwl, o bob man!'

Agorodd Dori'i gwefusau i edliw'n hallt, ond fe'i hataliodd ei hun mewn pryd. Ni wnâi ond cynhyrfu'i mam yn waeth, ac nid oedd ganddi'r grym i sefyll yn erbyn ei chynddaredd. Faint gwell fyddai hi o geisio egluro na chafodd ond cael a chael i ddal ei thrên; ac nad âi deuswllt y mis ymhell gyda dillad gwaith, heb sôn am ddillad parch?

Synnai weld ei mam wedi credu i brynu dillad newydd o'i chorun i'w sawdl. Nid oedd wedi'i gweld erioed o'r blaen yn cael fawr o ddim newydd, ac eithrio ambell i bâr o esgidiau cryfion neu ffedog fras. Edrychai Lydia, gyda'i gwallt golau a'i chroen glân, yn dda iawn yn y sgert laes, gwmpasog, a'r bodis tynn, gyda siobyn mawr o ruban melfed llydan yn hongian o'i gwasg.

Estynnodd Gwen Llwyd dair hosan ar eu canol allan o'r fasged wiail oedd yn hongian y tu ôl i'r sgrin. 'Waeth inni heb â dal ein dwylo. Mae hi'n hen ddigon golau inni allu gwau. Ond yn gynta, Dori, tynn di y rhuban gwyn oddi ar yr hen het yna, rhag cywilydd, neu mi fyddwn yn sôn gwlad.'

Cyrhaeddodd Deio'r saer gyda hyn. Sicrhâi ef Gwen Llwyd yn bendant iawn nad oedd raid iddo'i thrafferthu hi o gwbl, y medrai ef dynnu'r ffenest allan yn iawn ar ei ben ei hun. 'Eisteddwch chi yna, Gwen Llwyd. Mi fydd rhaid ichi sefyll digon eto, ac rydych chi wedi'i chael hi gymaint fel ei bod yn dda ichi gael mymryn o orffwys.'

Câi Deio'r gair erioed o fod yn un call, cyfrwys ei dafod.

'Mae hynny'n ddigon gwir, Dafydd Ifans,' cydsyniodd hithau, gan

123

swatio'n ôl yn ufudd. 'Ond ychydig iawn sy'n sylweddoli gymaint y bûm i trwyddo. Os ydych chi'n siŵr y medrwch chi wneud eich hun, popeth yn dda, ond da chi gwnewch cyn lleied o drefn ag y gellwch chi.'

O bryd i'w gilydd, fe drôi Gwen yn anesmwyth i gyfeiriad y cloc. 'Dyma hi'n hanner awr wedi un ar ddeg, a dim hanes am neb. Adeg claddu mam druan roedd y buarth wedi dechrau llenwi ymhell cyn hyn. Ond wrth gwrs, roedd gan mam lawer o deulu, a'r rheini'n rhai parchus iawn i gyd.'

Dyna pryd y sylweddolodd Dori na chlywsai hi erioed enwi teulu ei thad. Fe soniai ei mam yn gyson am ei theulu ei hun, er mai pell iawn oeddynt i gyd, a'r nesaf i ddim cyfathrach rhyngddi a hwy. A barnu wrth ei goslef bob amser, ystyriai fod ganddi hi lawer mwy o le i ymfalchïo ynddynt nag oedd gan ei gŵr yn ei deulu ef.

Ni fu raid aros yn hir wedyn cyn i'r galarwyr ddechrau crynhoi. Curent y drws a'i agor yn yr un eiliad, gan alw, 'Oes yma bobol i mewn?' Nid oedd Dori wedi gweld neb yn gwneud hynny yn eu tŷ hwy o'r blaen, ac eithrio ambell un o'r gweision oedd yn galw yno'n rheolaidd am eu golchi a'u gwnïo. Aros tu allan wnâi pawb arall nes i'r drws gael ei agor iddynt; ond fe wyddai mai fel arall oedd yr arfer yn y Tyrpeg, ac yn yr Hendre hefyd, mae'n debyg.

Roedd blaenoriaid y capel ymhlith y rhai cyntaf i gyrraedd. Deuent hwy i mewn yn union yr un fath ag y cofiai hi hwy'n cerdded i'r capel, gan rodio'n ddefosiynol a gwasgu eu hetiau i'w mynwes.

'Sut ydych chi, Gwen Llwyd? Sut wyt tithau, Lydia? – a Dori, ai e? Wedi dod adre o'r diwedd.'

Nid atebai'r genethod. Gwyddent na ddisgwylid hynny ganddynt. Ni pheidiodd eu mam chwaith â'i gwau, ac atebai hi bob un yn debyg.

'Rydw i'n go dda, ac ystyried popeth. Mae rhyw nerth i'w gael pan fo rhywun wedi ceisio gwneud ei ddyletswydd.'

Yn y man, gofynnodd, 'Ewch chi i fyny i'w weld o rŵan, a chael eich te wedyn, ynteu gymerwch chi lymaid i ddechrau?'

Dewisodd y blaenoriaid fynd i weld yn gyntaf, a bwyta wedyn.

'Mi ddeuwn ninnau efo chi,' ebe'r weddw. 'Tyrd, Lydia. Wyt tithau am ddod, Dori?'

Nid oedd awgrym dewisiad ar ddim ond y geiriau. Er hynny, fe'i clybu Dori'i hun yn dweud, er ei syndod hi a phawb arall, 'Na, mae cystal gen i beidio, diolch.'

124

'Gwna dy ddewis,' ebe'i mam yn swta. 'Mi fyddaf i'n meddwl bob amser, Rhys Tudur, fod plant sydd oddi cartre yn fwy difater ynglŷn â'u rhieni. Dyma Dori heb weld ei thad ers blynyddoedd, a ddim yn werth ganddi gymaint â mynd i'w olwg o heddiw; ond Lydia a minnau, wedi gweini arno fo i'r diwedd, am ymladd i fynd.'

Wedi i draed yr olaf o'r saith ddiflannu yn y twll sgwâr yn nenfwd y gegin, fe demtiwyd Dori i gripian i fyny ar eu holau. Eithr pan osiodd roi ei gwau o'r neilltu er mwyn gwneud hynny, fe ddeallodd na allai hi byth, waeth faint a waradwyddid arni am beidio. Roedd hi a'i thad wedi ffarwelio â'i gilydd y bore hwnnw dair blynedd yn ôl wrth iddi gychwyn i Lerpwl, ac nid oedd ganddi hi nac yntau ddim i'w ychwanegu at hynny.

Daeth y lleill i lawr yr ysgol bob yn un. Nid oedd yn ddiogel i ragor na hynny ei throedio ar y tro. Lydia'n gyntaf, ac yna ei mam, y ddwy â'u cadachau poced tros eu llygaid, ac ni thynasant hwy nes cyrraedd yn ôl at eu congl a'u gwau. Y blaenoriaid wedyn; ac yn olaf, y saer.

Aeth ef allan, gan addo, 'Mi fyddaf i'n ôl eto tua chwarter i un, Gwen Llwyd, er mwyn cael popeth yn barod erbyn yr awr.'

'Yn wir, mae o'n edrych yn dawel iawn,' ebe Seimon Harris, y blaenor ieuengaf.

'Ond wedi curio'n arw, druan,' ebe gŵr y Ffridd.

'Gobeithio'i fod o'n gadwedig, Gwen fach,' meddai'r hen Rhys Tudur. 'Mi fyddwn i'n esmwythach fy meddwl petai o wedi dilyn y moddion yn fwy ffyddlon. Dyna'r gris cyntaf i gadwedigaeth.'

'Mi ymbiliais i fwy na mwy arno fo,' ebe Gwen, gan wau mor gyflym nes bod ei gweill yn fflachio fel mellt chwareus yng ngwyll y gegin. 'Ond difater fu o erioed efo pethau crefydd. Mi wnes fy ngorau i roi siampl dda iddo fo, ond doedd dim yn tycio.'

'Fyddai neb ffyddlonach nag Edwart yng nghapel bach y Cwm, pan oedd o'n gwasanaethu yn Nhŷ Cerrig acw erstalwm,' ebe Tomos Ffowc, y blaenor yr oedd Dori'n adnabod leiaf arno. Perthynai ef i'r gangen fach i fyny Cwm Hir, ond deuai i lawr i gapel y Llan pan fyddai yno gyfarfodydd neilltuol, fel diolchgarwch neu ŵyl bregethu. 'Ac mi glywais 'nhad yn deud lawer gwaith na welodd o neb â phethau crefydd mor agos at ei galon ag Edwart. Roedd o'n olau yn ei Feibl hefyd.'

'Mi fyddai'n rheol gan Meistr Puw yn Wyrcws y dre erstalwm fod y plant i ddysgu chwe adnod at bob dydd Sul; ac mi fyddai o'n darllen pennod o'r Beibl iddyn nhw ar bob awr ginio. Mi ddysgodd Edwart lawer o'r ysgrythur felly,' tystiodd y pen blaenor.

'Waeth heb â chodi rhyw grach fel'na yn awr, Rhys Tudur,' ebe Gwen Llwyd yn chwerw. 'Mi ddringodd Edwart i deulu digon parchus, hyd yn oed os cychwynnodd o'n isel. Mae yna lawer y byddai'n well iddyn nhw gael eu magu mewn wyrcws na'u codi yn y fath dlodi ag a gawson nhw.'

Gwrandawai Dori'n astud. Dyma'r eglurhad ar aml i grafiad y clywsai ei mam yn ei roi i'w thad, ac am yr edliw yn ei llais pan soniai am ei theulu ei hun. Rhyfedd na bai rhywun wedi digwydd crybwyll hyn wrthynt o'r blaen; ond efallai na wyddai pawb, ac, â barnu wrth dôn ei mam yn awr, efallai nad oedd yn bwnc rhy ddiogel i sôn amdano.

Clywai sŵn crio a snwffian mawr yn ei hochr. Troes, a dyna lle'r oedd Lydia'n defnyddio'i chadach poced o ddifrif calon yn awr.

'Beth sydd arnat ti, Lyd?' holodd ei mam.

'Nhad wedi'i fagu yn y Wyrcws,' dolefodd Lydia.

Trodd Gwen Llwyd yn ffyrnig ar yr hen Rhys. 'Welwch chi beth wnaethoch chi efo'ch siarad gwirion? Cynhyrfu'r eneth druan fel hyn, wrth agor eich ceg am bethau nad oedd eisiau ichi. Mae Lydia fel y fi – yn uchel iawn. Ond am y llall yma, mae hi yr un ffunud â'i thad, a dim peryg iddi gywilyddio am ddim. Gwna de i'r dynion yma, Dori.'

Tawedog iawn fu'r pum blaenor wedyn; a chydag iddynt orffen bwyta, llithrasant allan yn ddistaw, fel cŵn wedi torri'u cynffonnau. Ni chymerodd Gwen Llwyd un sylw pellach ohonynt, ond gwau'n gyflymach nag erioed, a'i gwefusau'n un llinell dynn ar draws ei hwyneb.

Daeth eraill, yn wŷr a gwragedd, i mewn yn eu tro, a phob un yn derbyn y gwahoddiad i 'fynd i'w olwg o'. Cedwid Dori'n brysur rhwng tywallt te a golchi llestri, ond clywai ychydig frawddegau'n awr ac yn y man o'r sgwrs yn y gegin.

'Mae ôl cystudd garw arno fo, Gwen Llwyd. Mi fu'n sâl yn hir, on'do?'

'Na, ddim gymaint â hynny. Mi fyddai'n cael rhyw fymryn o'r beil ar dro, neu roedd o'n eitha, wir. Prin dair wythnos y bu o'r hyn allech chi ei alw'n sâl.'

'Dyma'r tro cynta i mi ei weld o ers pymtheng mlynedd. Mae o wedi curio'n arw, druan. Fu o yn ei wely'n hir?'

'Y tair wythnos olaf yma, roedd o ddiwrnod neu ddau yn ei wely, ac wedyn mi godai i fynd i'r Hendre am ddiwrnod arall. Doedd waeth imi heb ag ymbil arno fo i beidio. Mi allwn i feddwl eu bod nhw'n brysur, ac yn tynnu arno fo.'

Ar hyn daeth Huw Lewis yr Hendre i mewn.

'Sut ydych chi, Gwen Llwyd? Y feistres acw a'm hanfonodd i, i ofyn ydych chi'n siŵr na fynnwch chi help efo'r bwydydd. Mi ddaw hi â chroeso os oes yna rywbeth iddi i'w wneud.'

'Nac oes, diolch. Mae Dori yma gartre, a dim byd arall iddi hi i'w wneud heddiw. Ydych chi am fynd i fyny i'w olwg o?'

Petrusodd gŵr yr Hendre am funud. Yna dywedodd, 'Na, dim diolch. Mi welais i ddigon o olwg angau arno fo heb imi fynd i'w edrych o heddiw.'

'On'd oedd o'n edrych yn ddrwg erstalwm, Huw Lewis?' ebe un o'r newydd-ddyfodiaid.

'Oedd. Mi fûm i'n ofni lawer gwaith iddo fo farw uwchben ei draed, a hynny ers blynyddoedd hefyd.'

'O, roedd Edwart yn wytnach na'i olwg,' sicrhaodd ei weddw, 'ac yn cael popeth er ei les. Mi wyddost ti, Lydia – a thithau, Dori, o ran hynny – fel y byddwn i'n pobi torth wen ar ei ben ei hun iddo fo bob amser. 'Chafodd neb well chwarae teg na fo, yn siŵr i chi.'

'Wel, mi fydd eich cydwybod chi'n dawel felly,' ebe Lewis yr Hendre, gan droi ar ei sawdl, ac ymadael.

'Roedden nhw â meddwl garw o Edwart Llwyd yn yr Hendre,' meddai un o'r gwragedd. 'Mi glywais i Mari Lewis yn deud hynny lawer gwaith.'

'Mi fyddai Edwart â sŵn ofnadwy efo nhwthe. Mi âi i wneud rhywbeth yno a gadael yr un peth heb ei gyffwrdd gartre. Dyna sut roedd hi mor drwm arnaf i trwy'r blynyddoedd . . . Ewch i fyny i'w weld o, Margied Huws. Mae'r lle yma'n ddigon blêr hefyd. Mi ddaeth pethau arnaf i mor sydyn rywsut. Roeddwn i'n meddwl ei fod o'n well y diwrnod hwnnw, ond erbyn imi redeg i fyny o ryw brysurdeb oedd gen i – dyna lle'r oedd o wedi mynd. Ac fel y gwyddoch chi, all neb gael ei feddwl ato i lanhau llawer ar amgylchiad fel hyn.'

Cadwyd Dori, a Lydia hefyd yn y man, yn brysur nes ei bod yn ben

127

un o'r gloch. Pasiodd y saer, a phedwar gwas yr Hendre, i fyny i'r llofft heb iddi hi eu gweled. Deallodd eu bod yno pan glywodd y troedio trwm, cymesur, uwchben, nad yw'n debyg i un cerdded arall ar wyneb daear.

'Mae hi'n bryd inni fynd i wisgo,' rhybuddiodd eu mam, gan daflu'i hosan o'r neilltu.

Aeth y tair i'r siambr. Teimlai Dori ei hun yn fechan a diolwg iawn y tu ôl i wisgoedd llydain, llaesion, y ddwy arall. Trodd Gwen Llwyd wrth y drws a'i gloi'n ofalus, gan ddodi'r allwedd yn ei phoced. Yna safodd y tair gyda'u cefnau at wal y tŷ, yn wynebu'r gynulleidfa oedd yn ffurfio hanner cylch o'u cwmpas. Roedd yr arch wedi cyrraedd yno o'u blaenau, ac yn gorffwys ar ddwy gadair y tu allan i'r wal fach. Wrth weld ysgol ar osgo o ffenest y llofft i lawr i'r buarth y deallodd Dori paham y soniai'r saer am dynnu'r ffenest.

Gwelai Lydia a'i mam yn ei hymyl â'u cadachau tros eu hwynebau eto, ond canfu hefyd fod llygaid y ddwy ohonynt yn gwibio heibio i ymylon y cadachau. Teimlai fod rhywbeth o'i le am nad oedd ei mam â hosan yn ei llaw, ac y dylai hi fod yn gwau wrth sefyll yma yn hytrach na segura heb wneud dim ond dal cadach poced. Amdani'i hun, nid osiodd godi'i law at ei llygaid o gwbl, ond cadw'i phen i lawr a chau ei hamrannau weithiau er ceisio tawelu'r curo y tu ôl i'w hael.

Pedwar blaenor y Llan a gychwynnai'r corff. Cofiai Dori wedyn iddi glywed Rhys Tudur yn gweddïo, ac yn sôn am 'faddeuant, os nad yw'n rhy hwyr, Arglwydd mawr', ac wedyn, 'yn euog o esgeuluso Dy deml Di, ond gwna cystal ag y gelli Di â'i enaid anfarwol, O Arglwydd'.

Cododd ei phen un waith, pan ganai'r dorf 'O fryniau Caersalem' wedi i Seimon Harris ei ledio. Roedd llawer o wynebau cyfarwydd yn y cylch agosaf i mewn – Jân y bostwraig, o bawb, yn crio; gŵr a gwraig yr Hendre; mam Elis y Gof; a'r gweision y cofiai amdanynt yn cerdded i'r Llechwedd gyda'u golchi a'u gwnïo. Eithr nid oedd gan Dori unrhyw ddiddordeb ynddynt hwy, nac yn yr hyn a ddarllenid, a weddïid, ac a genid. Ni feddyliai fawr chwaith y dydd hwnnw am y dyn oedd yn gorwedd rhwng y pedair astell, yn derbyn heddiw y sylw a'r parch a gafodd ei warafun iddo mor aml o'r blaen yn ystod ei oes. Llenwid ei chalon â chwerwder oherwydd y sgwrs a glywsai wrth ddrws y siambr.

'Faint mae Dori'n cael aros efo chi, Gwen Llwyd?'

'Rydw i heb benderfynu'n iawn, Ann Morus, ond mi fydd yma am ddeuddydd neu dri, mi wn, gan ei bod hi wedi cyboli dŵad a minnau'n gorfod talu'i thrên hi. Mae cryn waith cael trefn ar bethau wedi helynt fel hyn, a minnau wedi dod i ben fy nhennyn rhwng popeth. Alla i ddal fawr rhagor o'm hambygio.'

'O, mi'ch credaf i chi.' Roedd Ann Morus yn enwog am ei hacen ddwys ar angladdau. 'A dyna Lydia'n yr ysgol gennych chi, ac yn anodd i'r Sgŵl wneud hebddi hi efo'r holl blant mân sydd ganddo fo eleni.'

Felly yr oedd Lydia wedi cael aros yn yr ysgol i ddysgu'r plant bach! Braint a wrthodwyd gyda'r fath fileindra iddi hi! Cofiai am artaith ei chywilydd oherwydd triniaeth ei mam o Mrs Bowen; ac am yr hyn a ddioddefasai wedyn, yn ddiarian ac yn ddiswcwr yn Lerpwl. A dyma Lydia, heb drafferth yn y byd, wedi cael yr hyn y rhoesai hi unrhyw beth amdano. Petai ei chwaer yn well sgolor nag ydoedd hi, neu'n fwy o ffefryn gyda'r plant, gallasai faddau'r camwri, ond hyhi oedd y sgolor a hi fyddai dewis y plant bob amser.

Tawodd y canu. Camodd pedwar gwas yr Hendre ymlaen. Codwyd yr arch ar eu hysgwyddau. Croesodd y saer atynt hwy eu tair.

'Yn union ar ôl yr arch, os gwelwch yn dda, Gwen Llwyd. Mae gen i gerbyd ym mhen y ffordd i'ch cario chi a'r genethod.'

Heddiw, nid i lawr y buarth a thrwy'r bwlch yr oedd ei wraig wedi rhincian cymaint ag ef yn ei gylch, ond i fyny'r buarth ac ar hyd y ffordd gul oedd yn dirwyn o'r Hendre y cludwyd Edwart Llwyd. Ni cherddent hwy mo'r ffordd hon deirgwaith mewn blwyddyn, oherwydd ei bod gymaint yn hwy ar hyd-ddi i'r pentref na thorri trwy Cae-dan-tŷ; ond troediodd ef hi filwaith rhwng ei gartref a'r Hendre, wrth lusgo mewn poen a nychdod ynghylch mân swyddi Huw Lewis.

Edrychai'n beth rhyfedd i Dori ei bod yn cael ei chario i lawr i'r pentref. Ni chofiai hynny erioed o'r blaen, heblaw pan ddigwyddai farchogaeth ychydig lathenni ar y slei wrth hebrwng Bess i nôl llwyth o'r Felin. Gwyddai fod y dyrfa'n canlyn y tu ôl, ond ni welai mohonynt gan ei bod hi'n eistedd yn y tu blaen gyda'r gyrrwr, tra eisteddai Lydia a'i mam gefn-yng-nghefn â hwy, yn wynebu'r dorf.

Ar hyd stryd y pentref, a'r llenni i lawr tros ffenestri pawb. Yr hen Gati Jones wrth ei ffon, yn pwyso ar ragddor y Tyrpeg, ac yn codi'i llaw fel petai i gyfarch yr arch wrth iddi fynd heibio. Pedwar arall oedd yn ei chario erbyn hyn. Pryd, tybed, y bu ei thad yn y pentref ddiwethaf? Nid oedd hi'n ei gofio'n mynd yno ond rhyw ddwywaith neu dair yn ei hoes, ac eithrio'r atgof pell hwnnw, na wyddai'n iawn p'un ai cof ai breuddwyd oedd o, gan mor annelwig ac annhebygol yr ydoedd. I fyny'r allt, heibio i'r Ficerdy, ac at glwyd y fynwent.

Curodd calon Dori'n gyflymach. Tybed a fyddai Mrs Bowen wrth yr organ heddiw? Ac a fyddai hi'n fodlon siarad ag un y bu ei mam mor fursennaidd tuag ati dair blynedd yn ôl? Roedd llenni gwahanol ar y ffenestri. Doedd bosib fod Mr Bowen wedi symud mor fuan, a'r Person o'i flaen wedi bod yma cyhyd?

Arhosodd y cerbyd o flaen y glwyd a disgynnodd y tair ohono. Gwelai Dori'r person yn ei wisg wen yn dod i'w cyfarfod gan ddarllen rhyw druth o'i lyfr. Ie, Mr Bowen . . .! Na, edrychai hwn yn fyrrach, ac yn hŷn hefyd. Rhoddodd bwt i Lydia yn ei hochr.

'Ble mae Mr Bowen?'

'Wedi'i symud i Sir Drefaldwyn fis yn ôl.'

Wedi colli eu gweld o fis! Cywilyddiodd o sylweddoli ei bod am funud wedi deisyfu byrhau oes ei thad o fis, er mwyn ei dibenion hi ei hun. Ond yn sgil ei braw at hynny, daeth iddi syniad rhyfedd. 'Fyddai o ddim o bwys o gwbl gan 'nhad. Roedd o wedi blino ar fyw erstalwm, ac mi fyddai'n ddigon bodlon i'm helpu i weld Mrs Bowen.' Ni wyddai paham y teimlai mor siŵr na fyddai ei thad yn gwarafun y pleser hwnnw iddi. Hyd y gwyddai, nid oedd erioed wedi dweud un gair o'i phlaid, a rhoddai'r argraff bron yn wastad nad oedd yn ymwybodol o'i bodolaeth.

Eisteddasant yn yr hen eglwys lychlyd, oer, a chofiodd hithau am yr unig dro y bu ynddi o'r blaen. Cododd ei llaw at ei hwyneb a theimlo'r graith ar ei hael. Rhyfedd gweld ei mam o bawb mewn eglwys, o gofio mor ddidrugaredd y curodd hi am y tro hwnnw. Fe gurodd Lydia hefyd, mae'n wir, ond nid oedd Lydia fawr gwaeth ar ei ôl. Synnai fod ei chwaer mor ddibetrus gyda phryd i benlinio a phryd i godi. Nid oedd ganddi ddim gwell amcan na hithau y tro o'r blaen. Darllenai'r Person y llithoedd yn frysiog, undonog, gan lithro o un gair i'r llall mor gyflym fel na ddeallai hi nemor ddim a ddywedai.

'Oes gen ti bres offrwm?' sibrydodd ei mam yn ei chlust.

Ysgydwodd Dori ei phen. Ni ddaethai i'w meddwl ddyfod â'i

130

hychydig geiniogau gyda hi heddiw. Dyma'r cynhebrwng cyntaf iddi erioed fod ynddo, ac nid oedd ganddi syniad beth oedd 'pres offrwm'.

'Y peth lleia allaset ti ei wneud fyddai gofalu am y rheini,' sisialodd Gwen Llwyd yn chwerw, ond gwthiodd bisyn tair i'w llaw yr un pryd.

Pan gododd ei mam a Lydia, a cherdded ymlaen at yr allor, dilynodd hithau a rhoi ei darn arian i lawr yn ymyl eu rhai hwy. Wedyn llifodd y gynulleidfa i gyd o'u seddau, a gwneud yr un modd. Yna, dilyn ar ôl yr arch drachefn hyd at y bedd agored yng nghongl isaf y fynwent.

'Llwch i'r llwch. Lludw i'r lludw . . .'

Rhyfedd oedd clywed y pridd a'r graean yn curo ar wyneb yr arch. Toc byddent trosti'n llwyth. Byth i weled golau dydd mwy, na haul, na lleuad, na sêr . . . yn glyd ar eira a rhew a glaw.

Canu'n awr.

> Bydd myrdd o ryfeddodau
> Ar doriad bore wawr,
> Pan ddelo plant y tonnau
> Yn iach o'r cystudd mawr . . .'

Ei thad yn iach!

> Oll yn eu gynau gwynion
> Ac ar eu newydd wedd . . .'

Y llygaid pŵl wedi gloywi? Y melynder wedi cilio? Y pantiau wedi eu llenwi?

> Yn debyg idd' eu Harglwydd
> Yn dod i'r lan o'r bedd.'

Coron ddrain, a chreithiau hoelion? Creithiau? 'Mae hi wedi dy greithio dithau.'

Dyna'r canu wedi distewi. Cychwynnodd ei mam a Lydia at fin y bedd. Dringodd hithau i'w hochr, ar y planciau. Wylai'r ddwy yn uchel erbyn hyn, ac roedd eu hysgwyddau i'w gweld yn crynu. Cydiodd y saer ym mraich ei mam, a'r blaenor o gapel y Cwm ym mraich Lydia. Ni chyffyrddodd neb flaen ei fys ynddi hi. Nid oedd arni hi eisiau crio.

EDWART LLWYD
Bu farw 1 Hydref, 1901
Yn 42 oed

Roedd hynny'n hen, wrth gwrs; ond fe ddeallasai hi erioed fod ei mam gryn ddeng mlynedd yn fwy na hynny, ac roedd bob amser wedi cymryd yn ganiataol ar ei olwg mai ei thad oedd yr hynaf o'r ddau.

Crymai'r ddwy arall yn eu gofid uwchben y bedd, ond ni allai hi wneud dim ond sefyll yno fel delw, yn rhythu ar y plât oedd â'i loywder bellach wedi'i ysgeintio â'r pridd sych a daflasai'r clochydd arno.

'Dewch yn wir, Gwen Llwyd fach,' anogai Deio'r saer. 'Waeth ichi heb â gofidio gormod, wyddoch.'

Llanwyd y planciau o gwmpas y bedd gan y dorf oedd am wasgu ymlaen i weld pa fath o arch a ganiatawyd i'r marw. Ysgydwai'r rhai agosaf ati law â Gwen. Daliai hithau ei llaw chwith ar ei hwyneb.

'Dyma Owen Roberts y clochydd,' ebe'r saer yn awgrymiadol.

Trodd Dori a gweld yr hen Owen yn sefyll ychydig i'r dde iddynt, a'i raw allan. Arni yr oedd pentwr o geiniogau, ac ambell i bisyn tair a chwech. Taflodd ei mam a Lydia eu darnau bach atynt, ond ni chynigiwyd dim i Dori i'w roi y tro hwn.

'Diolch yn fawr. Diolch yn fawr, deulu bach,' ebe'r clochydd. 'Mi gwnaf i o'n daclus a diddos ichi cyn nos.'

Deisyfai Dori ar i bawb fynd adref, yn lle sefyll yn dyrrau o gylch y fynwent fel hyn, yr un fath â phetaent yn eu gwylio hwy ac yn sôn amdanynt. Diolchai na ddaeth rhagor ymlaen i ysgwyd llaw. Erbyn cyrraedd y glwyd, ni adawyd ond hwynt-hwy eu tair a'r saer.

Canmolai Deio, gan rwbio'i ddwylo ynghyd yn foddhaus. 'Mi aeth pethau'n ardderchog. Welais i erioed ddim gwell.'

'Roedd claddedigaeth fy mam yn fwy o lawer,' ebe Gwen Llwyd.

'Tybed ichi?' amheuai'r saer.

'Dim tybed o gwbwl,' meddai hithau'n gwta.

Roedd Deio'n ddigon cip i ddeall ei fod wedi rhoddi'i droed ynddi. Prysurodd i ychwanegu, 'Yn ôl yr herwydd oeddwn i'n ei feddwl, wrth gwrs. Rhaid ichi gofio fod eich mam mor adnabyddus i bawb, ac

132

Edwart Llwyd wedyn yn ei gadw'i hun gymaint o'r golwg, yn cymysgu dim.'

'Rydych chi'n deud y perffaith wir, Dafydd Ifans. Roedd hynny'n fai yn Edwart, ac mi geisiais i ddigon ganddo fo newid ei ffordd, ond doedd waeth imi heb â siarad.'

Cynorthwyodd Deio hwy i fyny i'r cerbyd.

'Gobeithio y cewch chi nerth i ddal. Mae'n dda ichi fod Dori yma'n cymryd pethau mor dawel.'

'Mae hi'n fwy tebyg i'w thad. Doedd dim byd yn ei gyffwrdd yntau. Ond am Lydia, mae hi'n cymryd ar f'ôl i, yn fwy teimladwy o lawer.'

'Ie, ie,' cytunodd Deio'n frysiog. 'Wel, rhaid imi fynd yn ôl rŵan, i morol fy nghortynnau. Mi alwaf efo chi yr wythnos nesa, i weld sut y bydd pethau'n dod ymlaen gennych chi.'

Galwodd Gwen Llwyd ar ei ôl. 'Na, arhoswch am un pythefnos o leia, neu mi olygith imi werthu'r perchyll acw yn eu gwenwyn.'

'O'r gorau. Mi wnaiff pythefnos fy nhro i'n iawn.'

Ar y ffordd adref, taflai ei mam ambell i gwestiwn i'r gyrrwr – dyn dieithr i Dori, wedi sefydlu yn yr ardal tra bu hi oddi cartref, a'r saer wedi'i fachu i yrru cerbyd yr Hendre am y prynhawn.

'Glywsoch chi rywbeth sut mae'r moch yn gwneud yr wythnos yma?'

'Faint gafodd pobol Bryn Corun am eu torllwyth yn y ffair ddiwetha?'

'Welsoch chi rywun o'r Rhostir Bach yn yr angladd heddiw? Mi fethais i â gweld neb.'

'Wyddoch chi am rywun eisiau prynu llo? Mae acw un graenus iawn, bron â bod yn fis oed. Y gwaetha arno ydi fod ei liw o'n wyn.'

Gydag i'r cerbyd aros wrth ben uchaf buarth y Llechwedd, neidiodd Gwen Llwyd allan, gan ddweud, 'Dewch yn eich blaenau, enethod. Rhaid inni roi'r droed orau ymlaen i wneud i fyny am yr amser rydym ni wedi'i golli heddiw.'

Wrth y gyrrwr dywedodd, 'Gofalwch chi fynd â'r ferlen yna ar ei hunion i'r stabal, a thaflu sach trosti. Petai hi'n oeri ar ôl twymo wrth ddringo'r allt, mi fyddai Huw Lewis yn ddigon parod i'n beio ni.'

10

Y droed orau ymlaen fu hi arnynt am amser wedyn. Rhaid oedd clirio ôl y bwydydd, swpera'r anifeiliaid, godro, a rhoi eples at drannoeth, cyn meddwl am fwyta eu hunain. 'Er mwyn inni fod yn dwt petai rhywun yn digwydd galw,' cynlluniai Gwen. 'Pwy feddyliai y byddai heddiw'n turio mor drwm i'r bara! Roeddwn i'n gweld rhai ohonyn nhw'n estyn ato fo'n bur ddigywilydd.'

Eithr ni alwodd neb y noson honno, a gorffennodd Gwen wau pâr o hosanau newydd i Twm y Garnedd, ac fe droediodd y genethod un o barau'r Cwm Uchaf. Roedd eu mam yn fwy ymadroddus na'i harfer, a rhyfeddai Dori mor sylwgar fu hi ynghylch pwy oedd yn yr angladd a phwy nad oedd. Rhoddai Lydia ei phig i mewn bob hyn a hyn, ond ychydig a ddywedai Dori. Yn wir, ychydig allasai hi ei ddweud gan mai ychydig iawn o fanion y dydd yr oedd hi wedi sylwi arnynt.

'Ac mi wisgodd gwraig yr Hendre ei het â phluen goch arni. Fyddai fawr iddi fod wedi tynnu honno am y pnawn yma beth bynnag, a minnau wedi ymdrechu cymaint i hwyluso'r ffordd i Edwart allu mynd yno, yn lle gweithio gartre.'

'Mi wisgodd Mrs Ifans y Wern ei dillad duon yn lle'r rhai glas sydd ganddi ar ddydd Sul.'

'Hy! Ofn difetha'r rheini oedd arni hi, debyca.'

'Oeddech chi ddim yn meddwl, mam, fod y person yn dda?'

'Oedd, wir, yn reiol iawn. Ydi o'n well pregethwr nag oedd y Bowen hwnnw, dywed?'

'Na, roedd Mr Bowen yn dda hefyd, a byth yn dal ati am fwy na deng munud.'

'Gwraig hwnnw oedd y drwg, efo'i gormod lordeiddiwch i edrych ar neb.'

'Mae pawb yn deud fod hon lawer yn fwy uchel ei ffordd nag oedd Mrs Bowen. Doedd honno ddim yn cadw'i hurddas o gwbl, fel y byddech chi'n disgwyl i wraig Person ei wneud. Mi fyddai'n siarad Cymraeg â phawb, yn un peth, a fyddai hi byth yn gwisgo menig ond ar y Sul.'

Roedd Dori wrthi'n ymbalfalu am ei ffordd ers meitin.

'Wyt ti'n mynd i'r eglwys?' gofynnodd o'r diwedd i Lydia.

'Nac ydi, wrth gwrs,' cipiodd ei mam, 'ond ei bod yn troi i mewn yno ar dro siawns er mwyn cadw wyneb i'r Person a'r Sgŵl am iddi gael lle yn yr ysgol ganddyn nhw, a chymaint ar ei ôl o hefyd. Mi all hi fod yn driw i'r capel heb fod yn gul.'

Ni wyddai Dori p'un o ddau awydd oedd gryfaf ynddi – chwerthin dros y fan, ynteu taflu'r canhwyllbren haearn oedd wrth ei phenelin at ei mam. Fe'i holai ei hun tybed oedd hi'n bosib iddi fod wedi breuddwydio'r helyntion oedd yn ymddangos mor dyngedfennol a chreulon iddi adeg y Cyfarfod Diolchgarwch bythgofiadwy hwnnw. I ateb ei chwestiwn iddi'i hun, cododd ei llaw, yn yr ystum oedd mor naturiol iddi, i deimlo'r graith ar gornel ei llygad. Bron na thybiai i'w mam ddeall yr awgrym, oherwydd fe drodd y stori'n sydyn iawn.

'Soniodd y bobol acw rywbeth ynghylch pryd wyt ti i fynd yn ôl?'

'Naddo.'

'Wel, mae gen i ddeuddydd o leia o waith iti i gael dillad dy dad a'r llofft i drefn. Mae yma bentwr o ddillad isa'n aros wrthyf i am eu torri, ac mi fydd yma bobol yn galw ac angen dal pen stori efo nhw, fel na fydd dichon imi wneud y cyfan fy hun. Waeth heb â disgwyl wrth Lydia, a hithau'n yr ysgol yn dysgu'r plant.'

Gwingai Dori yn ei chroen at yr awgrym o ymffrost yn llais ei mam. Pam, O! pam yr ystyrid ef yn gymaint camwedd ynddi hi i ddeisyfu cael gweithio'n yr ysgol, ond yn rhinwedd yn ei chwaer? Oherwydd angerdd y teimlad yma, fe gollodd ddarn o sgwrs ei mam, ond daeth yn ei hôl i'w chlywed yn dweud, 'Felly, os byddi di wedi gorffen yn o lew, mae'n debyg y cei di fynd ddydd Sadwrn, neu fydd dim i'w wneud ond dy gadw di tros y Sul.'

Cofiai Dori amdani'i hun yn cynllunio i aros tros y Sul. Roedd yr awydd hwnnw wedi llwyr ymadael â hi'n awr.

Rhygnai ei mam ymlaen. 'Gydag yr ei di'n ôl, mae'n rhaid iti ofyn i'r bobol acw am godiad cyflog. Does dim rheswm fod geneth fawr o'th oed di yn ennill cyn lleied. Mi fydd rhaid i mi edrych ati efo byw rŵan, ac mi wnâi rhyw goron y mis gryn wahaniaeth i ni yma. Mae hi'n fyd digon caled i wraig weddw.'

Clywsai Dori gynifer o weithiau nad oedd ei thad yn ddim lles iddynt at fyw, fel y synnai'n awr glywed am ei dyletswydd hi i wneud i fyny'r golled ar ei ôl. Cryfach na hynny wedyn oedd y teimlad o fraw wrth feddwl am orfod gofyn am godiad cyflog. Wrth bwy y soniai – Cŵc, ynteu un o'r ddwy hen ferch, neu a ddylai fynd at Mrs

Martin ei hunan? Pe câi afael ar Mac, byddai'n haws ganddi ddweud wrthi hi nag wrth neb arall.

'Gwna dipyn o botes pig-tegell inni i swper, Lydia. Torra dithau'r traed yma, Dori, gael iti godi'r pwythau cyn swper. Wedyn mi elli wau plwc go lew cyn amser gwely.'

Ar ôl swper, dringodd Gwen Llwyd yr ysgol i'r llofft. Daeth i lawr yn ei hôl gyda chwilt pisiau yn hongian tros un fraich, a bocs bychan tolciog o dan y fraich arall. Taflodd y blaenaf tros gefn y sgrin lle'r eisteddai Dori. 'Mi wnaiff y cwilt yma trosot ti heno wrth y tân. Dydi o ddim o bwys am ei faeddu, gan y byddi di'n golchi'r dillad gwlâu fory p'un bynnag.'

Estynnodd allwedd fach o'r boced fawr oedd yn hongian wrth linyn am ei chanol. 'Roedd rhywbeth yn gun iawn yn eich tad. Adawodd o erioed imi gymaint â chyffwrdd y goriad yma. Roedd o'n ei gadw ar linyn am ei wddw bob amser.'

Teimlai Dori gymaint o chwilfrydedd â hithau ynghylch cynnwys y bocs a warchodwyd mor ofalus gan ei thad. Ond nid oedd wiw iddi wneud mwy na thaflu cipolwg slei tros ben ei gweill gwau.

'Pwff!' wfftiai Gwen Llwyd yn ddirmygus, 'does yma ddim ond hen lanast wedi'r cwbl. Petawn i wedi cael gafael arnyn nhw, mi fyddwn wedi'u lluchio nhw i'r tân erstalwm.'

Synhwyrodd Dori toc fod ei mam yn darllen yn fwy astud. Cododd ei golwg a gweld fod ei hwyneb yn goch-ddu gan ddigofaint.

'Y gnawes,' meddai rhwng ei dannedd, a rhwygo darn papur ar draws ac ar hyd a'i ollwng ar ei glin.

'Beth oedd hwnna, Mam?' gofynnodd Lydia.

'Meindia dy fusnes,' oedd yr ateb dreng. Suddodd Lydia'n ôl. Ateb mwy addas i Dori nag iddi hi oedd hwnnw.

Torrodd Gwen Llwyd bapur arall yn ddarnau, ynghyd â rhywbeth tebyg i ddarlun. Gafaelodd mewn cadach poced coch a gwyn wedyn, a syllu'n hir arno.

'Estyn y siswrn yna imi,' gorchmynnodd i Lydia.

Arafodd y ddwy chwaer eu gwau i edrych arni'n torri'r cadach yn groesymgroes gyda'r siswrn. Roedd difethdod felly mor estron i natur eu mam! Daliodd hithau eu golwg – a'u meddwl efallai – ac meddai'n swta, 'Does wybod pa afiechyd all fod mewn hen 'nialwch fel hyn. Roedd ganddo fo dri neu bedwar o gadachau go dda, wedi'u cael nhw'n bresant gan bobol yr Hendre, o'r môr, a minne wedi'u cadw nhw'n lân ac yn daclus, rhagor yr hen beth yma. Mi fûm i'n meddwl falle y rhoddai Deio'r saer fymryn yn ôl imi o'i fil am y rheini, a rhyw sanau a phethau felly. Fyddan nhw dda i ddim yma, ond i hel pryfed.'

Buan iawn y gwagwyd y bocs bach. Yna troes Gwen Llwyd ef â'i wyneb i waered a'i ddal uwchben y tân, gan ysgwyd allan y briwsion papur a'r llwch oedd yn llechu yn ei gorneli. Gwnaeth osgo fel petai am daflu'r swp ar ei glin ar eu hôl, ond ailfeddyliodd, a tharo'r rheini ar y pentan.

'Waeth imi heb â chodi'r tân i fflamio yr amser yma o'r nos,' meddai. 'Llosgi'r mawn yn ofer fyddai hynny. Mi wnaf eu difa nhw fory, wrth ail-wneud y tân. Mi ddaw'r hen focs yn ddigon defnyddiol at gadw'r canhwyllau brwyn yma rhag llygod . . . Wel, waeth inni wely bellach, am wn i. Mi fydd rhaid codi'n gynnar iawn fory.'

Dyheai Dori am eu gweld yn mynd i'r gwely, rhag ofn i'w mam ailfeddwl, a phenderfynu llosgi'r sypyn papurau heno, yn lle aros tan y bore.

'Fydd arnat ti ddim eisiau'r gannwyll yma, felly mi'i diffoddaf hi rŵan. Gwell iti daro'r cwilt yna trosot. Mi fyddi'n gynnes felly.'

Yn ei meddwl, ceisiai Dori fesur y pellter rhyngddi a'r gannwyll, fel y gallai estyn ati yn y tywyllwch heb ei thaflu trosodd na tharo dim byd arall. Gydag i'w mam droi ei chefn, symudodd y cwilt i'r ochr draw i'r aelwyd. Ni allai feddwl am ei oddef yn agos i'w hwyneb. Dychmygai glywed arno sawr afiechyd a nychdod a marwolaeth.

Eisteddodd yn dawel nes tybio fod y ddwy yn y siambr yn cysgu. Yna ymbalfalodd am y gannwyll a'i chynnau gyda thamaid o bapur oedd ganddi'n barod ar y pentan. Tynnodd y swp papurau i lawr i'r aelwyd a phenlinio yn eu hymyl, gan wneud bwrdd o'r stôl haearn. Rhwng y gannwyll a'r mymryn golau oedd yn treiddio rhwng y barrau, serch fod ei mam wedi enhuddo'r tân, gallai ddarllen yn weddol rwydd.

Syndod iddi oedd sylweddoli mai dyma'r tro cyntaf erioed iddi weld llawysgrifen ei thad. Hyd y cofiai, ni welsai ef erioed yn cydio mewn pensel. Roedd yr inc wedi llwydo ar rai o'r papurau, a'u plygiadau'n ddwfn fel petaent wedi cael eu cario mewn poced am amser maith. Roedd eraill mewn pensel, a'r ysgrifen ar y rheini bron â

diflannu'n llwyr. Marwnàdau oedd yma, gan mwyaf, llawer ohonynt â
'Buddugol yng Nghyfarfod Cystadleuol y Llan' wedi'i ysgrifennu ar
draws eu gwaelod. Dyma un i Margied Jones, Ty'n-yr-Erw. Rhaid fod
honno'n nain i Wil fyddai yn yr ysgol erstalwm. Darllenodd Dori
ddarn ohoni, cyn brysio ymlaen i waelod y sypyn.

> Gyda'i theulu, mam a phriod
> Dyner a gofalus fu.
> Gydag emyn, gydag adnod
> Y cysegrai'r aelwyd gu.
> Peraidd seintiau Prynedigaeth
> Glywai'r plant o gylch y crud,
> Dweud yr oedd am Etifeddiaeth
> Fwy ei gwerth nag aur y byd.

Ofnai ymdroi i edrych ar y pethau'n rhy fanwl rhag ofn i'w mam
ddigwydd deffro a gweld llewyrch y golau, er gwanned oedd, trwy
rigolau llydan drws y siambr. Gosododd y papurau'n bentwr taclus ar
ben ei gilydd, ond fe'i temtiwyd i aros i ddarllen penillion i'r 'Ywen',
y rhain yn fuddugol yn Eisteddfod y Glyn.

> Daw tymor i'r adar i ganu'n soniarus,
> Daw tymor y corwynt, yr eira a'r iâ;
> Ond nid oes gyfnewid i'r Ywen bruddglwyfus,
> Yr un mae hi'n aros trwy aeaf a ha':
> Os na wneir addurno fy medd â cherfiadau,
> Na maen gwych o fynor i ddangos y fan,
> Caf hulio fy annedd â miloedd o berlau,
> Sef dagrau tryloywon hen Ywen y Llan.

'O! Roedd o'n medru barddoni'n dda!' meddyliai Dori mewn
edmygedd. Trueni na bai wedi gofyn iddo ei dysgu hi! Tybiai'r munud
hwnnw mai medru barddoni fyddai'r ddawn werthfawrocaf o bob un
ganddi. Ond efallai, o ran hynny, nad oedd yntau chwaith yn medru
erbyn hyn, oherwydd yr oedd dyddiad ar y penillion, a'r diweddaraf
ohonynt yn hŷn na hi. Dyna'r papurau i gyd yn sypyn bach destlus yn
awr. Dan fwmial trosodd a throsodd o dan ei hanadl,

> Caf hulio fy annedd â miloedd o berlau,
> Sef dagrau tryloywon hen Ywen y Llan,

cydiodd yn yr uchaf ohonynt. Nid oedd hwn wedi cael ei dorri mor ddrwg â hynny. Roedd darn mawr wrth yr ymylon yn dal yn gyfan. Gosododd ef yn wastad ar y stôl haearn, a chyda cryn dipyn o drafferth fe lwyddodd i'w ddarllen. O Fanceinion yr ysgrifennwyd ef, ond methodd Dori â dehongli enw'r stryd.

Annwyl Edwart,
Diolch am dy lythyr, ac am y penillion. Mi cadwaf nhw am byth. Mi wyddost y cywilydd sydd gen i o'r gwallt coch yma, ond pan wyt ti'n barddoni iddo fo fel yna, yr wyf i bron â mynd i'w hoffi fy hun. Y mae Modryb yn well, ac mi fyddaf adref o hyn i ben pythefnos, gydag y gall Mari roddi ei lle i fyny i ddod i dendio ar ei mam. Os caf amser (y mae yma le mor brysur) mi anfonaf lythyr iti gael gwybod pryd, er mwyn inni gyfarfod nos drannoeth – yr un hen le a'r un hen amser.
    O! Fedraf i ddim dweud, Edwart, gymaint yw fy hiraeth amdanat. Dyma iti gadach poced a brynais at dy ben blwydd yr wythnos nesaf. Nos da iti'n awr, fy nghariad i.
            Dy Siani x x x x x

Llythyr caru i'w thad! Dim rhyfedd i'w mam ei ddarnio mor ffyrnig! Y syndod oedd na bai wedi gorffen y gwaith, a'i wthio rhwng y barrau i'r marwydos. Pwy oedd y Siani yma, tybed?
    Roedd yno lythyr arall, wedi'i falu'n fwy trwyadl, ond roedd chwilfrydedd Dori wedi ei lwyr ennyn erbyn hyn, ac arferodd amynedd mawr i'w osod ynghyd. Nid oedd unrhyw gyfeiriad ar ben y ddalen, na chyfarchiad ar ei ddechrau.

Mi glywais dy hanes gydag imi gyrraedd neithiwr, felly thrafferthaf i mo fy hun i fynd at goeden Cae Glas heno. Hwyl iti efo dy Lechwedd. Mi gei dy walltio'n iawn rhwng ei mam a hithau. Mi fyddai'n ddigon sbeitlyd ohonot ti efo fi – wedi dy fagu'n y Wyrcws – cyn imi fynd i ffwrdd, ond mae'n debyg ei bod wedi gweld erbyn hyn nad yw'n debyg o daro ar neb arall cyn wironed â thi, a hithau'n ddigon hen i fod yn fam iti.
    Os cedwaist fy llythyrau, a'r llun, a'r cadach poced, anfon hwy'n ôl ben bore fory, neu mi ddywedaf dy hanes wrth Ifan, fy mrawd.

Nid arwyddwyd y llythyr. Pwy, pwy oedd y Siani hon? Rhaid fod yna lythyrau eraill hefyd. Efallai iddo ddychwelyd y rheini a chadw'r rhain. Chwarddodd rhyngddi a hi ei hun. Dim rhyfedd fod ei mam o'i chof wedi darllen hwn. Lwc i'w thad ei fod wedi marw!

Sef dagrau tryloywon hen Ywen y Llan.

Mor od iddo ddigwydd cael ei gladdu yng nghysgod yr ywen yng ngwaelod y fynwent! Y tebyg oedd na chofiai ei mam ddim am y llinell; a phe gwnâi, ni fyddai wedi mynd ddim o'i ffordd i gyflawni'i ddymuniad. I'r gwrthwyneb, byddai wedi wfftio a dweud, 'Pa wahaniaeth ymhle y caiff un ei gladdu? Rhowch o'n ddigon pell oddi wrth yr ywen yna – hen beth wenwynig hefyd – rhag cynnwys rhyw ffwlbri dwl ar bobol.'

Trodd Dori o hynny at y darlun, ac yn araf a thrafferthus fe'i gosododd wrth ei gilydd. Yr oedd wedi llwydo, a'r rhwygiadau ar draws y pen a'r wyneb yn ei gwneud yn anos fyth i'w adnabod. Eto teimlai Dori y dylai ei adnabod, pe gallai unwaith gael trywydd arno. Edrychodd ar ei gefn. Roedd enw wedi'i ysgrifennu yno; ond erbyn craffu nid oedd ond 'Siani', a chroesau am gusanau wedi'u garlantu o'i gylch. Câi ei phryfocio gan ymdeimlad fod yr allwedd ganddi yn ei chof, dim ond iddi fedru dod o hyd iddi. Tramwyai ei meddwl hwnt ac yma, ond i ddim pwrpas. Yna, ar fflach, gwelodd ddiwrnod glawog, stormus, y glaw'n curo ar ffenest fechan – ffenest y Tyrpeg – a'r diwrnod yn rhy wlyb i Lydia ddod i'r ysgol. Roedd drôr y dresel allan ar stôl fach yn ymyl yr hen Gati.

'Clirio tipyn, 'mhlant i. Mae rhyw hen bapurach yn hel er fy ngwaetha i. Dyma ichi lun y ferch sydd gen i yn Llundain. Mi ddaeth rhyw ŵr bonheddig â theclyn tynnu lluniau o gwmpas y tai yma erstalwm, ac mi dynnodd lun bron bawb yn y Llan yma. Dyma Mr Smith y person. On'd ydi o'n llun da?'

Roedd gan yr hen wraig naw neu ddeg ohonynt i gyd – ac yn eu plith yr oedd hwn, yr edrychai arno'n awr. Llun pwy ddywedodd hi oedd o? Gwraig y Wern? Merch y Geufron? Ni ffitiai'r un ohonynt i mewn i'w chof. Yna, yn ddisymwth eto, clywai lais Cati Jones drachefn, a gwyddai ei bod wedi dod o hyd i'r ateb cywir.

'A dyma chi hon. Rydw i'n siŵr na wnaech chi byth ei hadnabod. Mi fyddai hi'n eneth ddigon glandeg unwaith, ond peth mawr ydi bod allan ym mhob tywydd. Jân Roberts y bostwraig – dyna pwy ydi hi. Roedd ei mam hi'n g'nither imi.'

140

Dyna fo! Jân Roberts oedd hi, a neb arall! Roedd yr ateb yna yn ffitio i'r blewyn ac yn egluro aml i air a glybu yn sgwrs ei mam a'r bostwraig.

Tybiodd glywed sŵn, a dychrynodd rhag i'w mam ddod ar ei gwarthaf a'i dal. Lapiodd y papurau yn swp yn y cwilt a'u gwthio o dan y sgrin. Diffoddodd y gannwyll, a'i gosod ei hun i ledorwedd ar ei gwely anghysurus.

Cysgodd lai na'r noson gynt, oherwydd ei hawydd i godi gydag yr ysgafnai'r tywyllwch rywfaint. Pe llwyddai i brocio'r tân yn barod at waith a rhoi'r tecell mawr i ferwi arno cyn i'w mam godi, siawns na allai gadw'r papurau gwerthfawr yn ddiogel rhagddi. Pendwmpiai weithiau, bob yn ail â chraffu'n anesmwyth i gyfeiriad y ffenest. Cyffiai rhyw aelodau ganddi'n barhaus, ac yna fe'i gorfodid i sefyll a'u curo hwy, a'i dwylo hefyd, i'w cael yn ôl atynt eu hunain. O'r diwedd blinodd ar ei hystum anghysurus a phenderfynodd y byddai'n ysgafnach arni o gwmpas, yn ceisio gwneud rhywbeth.

Goleuodd y gannwyll eilwaith, a'i dal at y cloc mawr. Deng munud wedi pedwar. Nid oedd yn eithriadol o fore, a bygythiodd ei mam ddigon y bwriadai iddynt godi'n gynnar iawn heddiw. Brysiodd i gyffroi'r tân, a llosgodd rhyw fân bapurach oedd yn y gegin, gan chwythu eu lludw i fyny i'r pentan. Yr oedd brecwast yn barod, ynghyd â gwlyb y lloi a bwyd y moch, a'r lle tân wedi'i loywi, erbyn i Gwen Llwyd gyrraedd i'r gegin. Nid ymddangosai'n werthfawrogol yn y byd o'r cynharwch.

'Beth a'th gorddodd di i stwyrian mor fore? Mi fyddai'n hen ddigon buan iti pan godwn i.' Aeth at y tân, gan rythu o'i gwmpas. 'Beth wnest ti efo'r papurau y bûm i'n eu hedrych neithiwr?'

'Eu llosgi,' atebodd Dori'n ddifloesgni. Onid oedd y lludw du ysgafn i'w weld yn amlwg o gwmpas?

'Beth oedd eisiau i ti fusnesa? Mi ddwedais yn ddigon plaen y llosgwn i y rheini. Petait ti'n gwneud rhywbeth defnyddiol! Wyt ti'n siŵr nad oes dim o'r mân ddarnau wedi'u chwalu o gwmpas?'

'Rydw i'n gobeithio nad oes.' Yr oedd ateb Dori yn gwbl onest y tro hwn.

'Ac edrycha'r gannwyll ddifethaist ti i ddim byd! Mi fyddai wedi talu'n well o lawer iti fod wedi cysgu, serch dim o'th ôl wnest ti. Cymer y fasged fawr, a phlygu dillad gwely'r llofft i gyd iddi hi. Mi dynnwn ni rai gwely'r siambr hefyd ar ôl brecwast. Gan dy fod ti gartre, waeth inni gael y dilladau trymion i gyd o'r ffordd mewn un diwrnod iawn, na chyboli eto.'

Er fod yn gas gan Dori'r syniad o ymhél â gwely'r llofft, eto fe groesawodd yr awgrym yma. Gosododd y cwilt a'i blygion gofalus yng ngwaelod y fasged, ac aeth â hwy gyda hi i'r llofft. Digon prin y chwalai'i mam i waelodion y fasged, a hithau'n gwybod eisoes beth oedd ynddi. Lluchiodd ddillad y gwely i mewn iddi mor gyflym ag y gallai. Yr oedd ar gychwyn i lawr yn ôl, pan alwodd ei mam, 'Tyrd â hynny weli di o gwmpas o ddilladau dy dad. Petaen ni'n eu golchi nhw'n lân a thaclu rhyw dipyn arnyn nhw, siawns na allwn ni gael mymryn amdanyn nhw gan rai o'r hogiau yma.'

Troai Dori ei phen draw wrth blygu dillad ei thad. Roedd wedi cael cip unwaith eto ar y smotiau tywyll a gofiai mor dda. Erbyn iddi gyrraedd i lawr yn ei hôl, roedd Lydia wedi codi, a gobaith am frecwast.

'Mae'n well i ti sgwrio'r lloriau yma, tra bo Lydia a minnau'n godro. Does wybod pwy wnaiff alw heddiw.'

Fel y gwlychai ac y sychai, cofiai Dori am gannoedd o foreau tebyg cyn i Lydia a hithau gychwyn i'r ysgol. Dyfalai mai cario bwyd i'r anifeiliaid fyddai'r gorchwyl nesaf.

Daeth Lydia i mewn ar ffrwst. 'Rhaid i ti olchi'r llestri llaeth, Dori. Mae gofyn i mi fod yn yr ysgol yn gynnar iawn heddiw, ar ôl colli'r dyddiau o'r blaen, ac mi fyddaf i'n arfer helpu'r Sgŵl bob bore Iau i sgrifennu rhyw gwestiynau'n barod i'r dosbarth mawr.'

Tra siaradai, roedd wrthi'n torri bara menyn. Cofiai Dori'n dda am y gorchwyl hwnnw hefyd, wrth gychwyn i'r ysgol. Cipiodd ei chwaer amryw fân bethau i'w basged – yn bwrs, a phensel, ac allwedd. Yn olaf, agorodd ddrôr o'r dresel a thynnu rholyn gwyn ohoni. Cododd Dori ar ei thraed.

'Ai ti sy'n gwneud hwnna?'

'Ie.' Datododd Lydia ef yn falch. 'Les o gylch godre pais wen at yr haf ydi o. Mi grosiais beth ar fy nillad isa a'm crysau nos i gyd. Fedri di grosio?'

Plygodd Dori'n ôl at y llawr heb ei hateb. Edrychodd Lydia'n ymholgar arni am funud. Yna sgrwtiodd ei hysgwyddau ac aeth yn ei blaen i'r siambr i wisgo ei het a'i chôt. Nid oedd tair blynedd wedi bod yn ddigon o amser iddi anghofio un mor ryfedd oedd Dori!

Am ei chwaer, daethai'r hen chwerwedd yn ôl yn saith gwaeth. Ei hatal hi rhag gweithio'r les fach gul honno gynt, a'i gorfodi i'w thaflu'n ôl fel petai i wyneb Mrs Bowen, a dyma Lydia'n awr yn ymfalchïo yn ei llathenni! Ei rhwystro hi rhag dysgu'r plant yn yr ysgol, a bod cyn ffieiddied wrth yr un a fu mor garedig wrthi, ac yn awr wele Lydia yn athrawes, a hyd yn oed yn mynychu'r eglwys!

Dyna orffen gyda'r llestri llaeth eto. Faint yn ychwaneg a ddisgwylid ganddi cyn dechrau ar y golchiad trwm yna? Wrth iddi ddychwelyd i'r tŷ o fwydo'r moch, galwodd ei mam arni, 'Mi ddof i'th ddanfon di at yr afon, gydag y gorffennaf i efo hyn, i roi pethau ar gychwyn iti. Does gen i gynnig i olchi'r pethau trymion yna yn y tŷ.'

Gwyddai Dori fod ei mam yn arfer golchi'r gwrthbannau ar lan yr afon. Yn wir, bu'n ei helpu cyn hyn. Ond mater arall oedd gwneud y cyfan i gyd ei hun. Roedd lled tri chae i lawr at yr afon, a gwaith cludo cynifer o bethau – bara a chaws at ei chinio, tri throed y drybedd, sebon a bwrdd sgwrio, tunen a'r crochan haearn bwrw, y fasged lwythog, a'r twba pren mawr. Casglwyd y cyfan ynghyd o'r diwedd, a gorchmynnodd ei mam, 'Dos di ati i hel digonedd o goed crin imi, a rho'r droed flaenaf ymlaen. Mi gyneuaf innau'r tân, a'th fai di fydd o os aiff o allan wedyn.'

Erbyn i Dori gyrraedd â'i baich cyntaf o goed, yr oedd ei mam wedi sicrhau'r heyrn yn y ddaear, a'r crochan yn hongian arnynt. Cafodd ffagl yn fuan oherwydd fod y tywydd yn sych.

'Dyna ti. Gofala am ddillad graenus. Y ffordd orau iti fydd troedio'r gwrthbannau. Tyrd â hynny elli di o'r pethau yma i fyny efo ti ar ôl gorffen. Mi fydd raid iti wneud ail a thrydedd siwrnai i mofyn y gweddill. Mae hi'n ormod disgwyl i mi gerdded i lawr i'r fan yma eto heddiw. Mi fyddi wedi gorffen yn ddigon buan i allu gwyngalchu'r llofft cyn nos, er mwyn iddi sychu yn barod at fory.'

Dyna hi eto! Yr unig beth y meddyliodd ei mam amdano ers iddi gyrraedd adref ydoedd faint o waith y gallai ei gael ohoni. Ni ddisgwylid i'r un ferch olchi ar lan yr afon ar ei phen ei hun – anfonid dwy bob amser. Ond fe ddisgwylid iddi hi wneud hynny, a gwyngalchu'r llofft ar ôl gorffen. Daeth les Lydia â phob cam arall yn ôl iddi, a theimlai'n sicrach byth nad oedd ganddi unrhyw awydd aros yma tros y Sul. Gweithio amdani felly, er mwyn gallu cychwyn y Sadwrn. Roedd ei mam wedi cystal â dweud na chadwai mohoni tros y Sul oni fyddai yna waith yn aros i'w orffen.

Diolch am gael y Crescent yn noddfa! Rywfodd, wrth ddyfod adref, roedd wedi hanner gobeithio yn nyfnder ei chalon y byddai ei habsenoldeb wedi tyneru peth ar galon ei mam tuag ati. Yn lle hynny, bron na chredai ei bod yn fwy gerwin a chaled nag o'r blaen – ac eithrio gyda Lydia, wrth gwrs. Roedd ei ffafraeth tuag ati hi'n gwbl amlwg erbyn hyn. Pa ots os mai deuswllt y mis fyddai ei chyfran yn Lerpwl? Ni pharhâi hynny'n hir eto. Ni ofynnai am y codiad hwnnw chwaith. Wedi'r cwbl, pa afael a feddai ei mam arni, unwaith y cyrhaeddai mor bell oddi wrthi? Rhaid fod yna gannoedd o forynion yn Lerpwl yn cael hyd i le yn rhywle, heb ddibynnu ar na Mac na Maggie i'w ddarganfod iddynt. Fe holai hithau'n ddistaw ei hun. Fe ddeuai o hyd i rywle yn siŵr, a gallai symud yno heb yn wybod i neb. Fe'i rhyddhâi'i hun o afael ei mam felly, a byddai'r cyfan a enillai yn eiddo iddi hi ei hun.

Rhyfeddai mor benderfynol a thawel y teimlai, a hithau o'r blaen heb feiddio meddwl, hyd yn oed yn nirgelion ei chalon, am wrthryfel mor gyflawn. Tybiai mai'r les a welsai gan Lydia y bore hwnnw oedd yn gyfrifol. Ni sylweddolai nad oedd ei phenderfyniad yn sydyn o gwbl mewn gwirionedd. Roedd y cyfan yno yn barod, pan soniai wrth Maggie am ofyn caniatâd ei mam i newid ei lle. Dim ond ei ddwyn i'r wyneb ychydig yn gynt a wnaeth ei hymweliad â'i chartref a'r cip a gafodd ar les Lydia.

Yr oedd y dŵr yn berwi'n grychias. Trodd Dori gynnwys y fasged yn bendramwnwgl ar lawr. Yn y gwaelod yr oedd y cwilt pisiau, a'i sypyn llawysgrifau'n ddiogel y tu mewn iddo. Penliniodd i'w lapio mewn darn o bapur sidan a ddygasai gyda hi yn unswydd. Wrth osod y darnau a rwygwyd yn bentwr gofalus ar ben y lleill, daeth ei thad i'w meddwl. Dyna'i mam, trwy ryw ffordd neu'i gilydd, a barnu wrth y llythyrau hyn, wedi'i rwystro yntau rhag cael yr hyn a fynnai; ac wedi'i orfodi i fyw yn ddigysur ac anhapus byth wedyn. Chredai hi byth na fyddai Jân y bostwraig, yn ei bwthyn bach tlodaidd ynghanol y Llan, wedi bod yn garedicach gwraig iddo. Daeth iddi ddarlun o Jân yn y dorf o flaen y Llechwedd ddoe, ei llygaid yn gochion a'i gwefusau'n crynu, a gwybu'n ddisymwth beth yr oedd am ei wneud â'r manion hyn.

Tynnodd y crochan oddi ar y tân. Taflodd ddigon o goed i gadw'r fflamau ynghynn am ysbaid. Yna botymodd y sypyn bach papurau yn ddiogel yn ei mynwes. Rhedodd ar hyd glan yr afon nes dod i olwg yr hen bont Rufeinig. Gwyddai fod Jân yn croesi honno bob dydd ar ei ffordd i fraich arall y cwm. Dylai fod tua'i hamser yn awr.

Ymguddiodd yno'n hir. Pan oedd ar fin diflasu, a phenderfynu fod Jân wedi mynd heibio ers meitin, a'i bod hithau'n peryglu tynnu helynt dibwrpas yn ei phen ei hun, clybu sŵn troed a gwelai flaen corun capan glas Jân tros ganllaw'r bont.

Gwaeddodd yn isel. 'Jân Roberts! Jân Roberts!'

'Hylô!' Craffodd y bostwraig yn amheus tros y canllaw. 'Pwy sydd yna? A phle'r ydych chi?'

'Dyma fi!' ebe Dori, gan ddringo lle câi'r llall olwg iawn arni.

'Drapio di, yn fy nychryn i fel'na! Wyddwn i o ble ar wyneb daear yr oedd y llais yn dod.'

'Eisiau siarad efo chi oedd arna i,' eglurodd yr eneth.

'Wel, tybed na allet ti siarad cfo fi'n daclus ar y ffordd, yn lle llechu mewn rhyw dwll fel'na? Beth oedd gen ti i'w ddeud oedd mor bwysig?'

'Dewch chi i lawr yma,' gwahoddodd Dori, ond yn llai sicr o'i gweledigaeth erbyn hyn. 'Dydi o ddim yn rhy serth, ond ichi ganlyn y llwybr acw, ac mae arna i ofn i rywun fy ngweld i ar y bont a minnau i fod yn golchi ar gyfer Llyn-y-Frân.'

Ni ddywedodd Jân air arall cyn rhedeg yn ysgafn i lawr y llwybr gwyrdd. Cafodd y ddwy garreg lwyd fawr i eistedd arni, gyda mân lwyni'n cysgodi'n ddiddos o'u hamgylch. Nid oedd beryg i unrhyw un eu gweld felly, hyd yn oed petai digwydd fod rhywun â'i fryd ar dramwy'r Fraich yr adeg honno o'r bore.

Teimlai Dori'n fwy eofn a diogel na phan floeddiai o'r geulan i'r bont, ac meddai, heb ymdroi dim, 'Mi fu mam yn clirio hen focs i 'nhad neithiwr, ac mi oedd ynddo fo rai pethau sy'n perthyn i chi. Mi feddyliais falle yr hoffech eu cael yn ôl.'

Aeth hynny'n llai eglur iddi drachefn gyda bod y geiriau tros ei min. Wedi'r cwbl, paham fod disgwyl i Jân fod yn falch o dderbyn dau hen lythyr a ysgrifennwyd ganddi flynyddoedd lawer yn ôl, a hen ddarlun salw ohoni'i hun – hyd yn oed petaen nhw'n gyfan?

Yna gwelodd Jân, â'i hwyneb yn disgleirio a'i gruddiau'n wridog, yn chwalu trwy'r darnau. 'Oedd dy fam yn gwybod amdanyn nhw?'

'Nac oedd. Mi gadwodd 'nhad y goriad rhagddi tra bu o byw. Y hi a'u darniodd nhw fel hyn, neithiwr.'

145

Glanhaodd Jân un o'i phocedi'n ofalus, gan ei throi y tu chwith allan a'i hysgwyd yn dda. Yna rhoes y darnau'n ofalus ynddi, gyda pharch mawr.

'Felly dyna oedd ar Gwen heddiw,' meddai'n hanner buddugoliaethus. 'Roeddwn i'n ei theimlo hi'n fwy pigog hyd yn oed na'i harfer.'

'Ddwedwch chi ddim wrthi 'mod i wedi dod â nhw yma, wnewch chi?' erfyniodd Dori, o dan iau ei mam eto am funud.

'Deud wrthi! Choelia i fawr! Mi'th ddarn-laddai hi di, 'ngeneth fach i. Os bydd o'n rhyw gysur iti ei wybod, mi wnest dro da iawn â mi. Mi ges i bedwar o lythyrau'n ôl gan dy dad, a gair ei fod o wedi colli'r cyntaf o'r rhain ac wedi llosgi'r llall, a'i fod o wedi colli'r llun a'r cadach poced hefyd. Mi frifodd hynny fi'n fwy na dim.'

'Oeddech chi'n meddwl rhywbeth o 'nhad?' gofynnodd Dori'n swil.

'Meddwl rhywbeth ohono fo! Roeddwn i'n ei hanner addoli fo yr adeg honno. Mi wyddai dy fam hynny hefyd, ac mi fyddwn i'n credu ar hyd y blynyddoedd ei bod hi'n cymryd pleser mewn ei redeg o i lawr yn fy nghlyw i. Ond all hi byth fy mrifo i eto.'

Eisteddodd y ddwy â'u golwg ar y llawr am ysbaid. Yna aeth y bostwraig ymlaen mewn llais breuddwydiol. 'Roeddwn i bron â gwirioni o hiraeth amdano fo pan sgrifennais i'r llythyr yna o Fanceinion. Mi allaf gofio bron bob gair sydd ynddo fo'r munud yma. Ac wedyn y siom, pan gyrhaeddais i adre, a chlywed ei fod o a Gwen y Llechwedd yn mynd i briodi! Wn i ar y ddaear fawr beth rois i'n y llythyr olaf yma, ond mi wn ei fod o cyn gased fyth ag y gallwn i ei wneud o. Mi fu'n edifar gen i ganwaith wedyn am hynny wrth feddwl am ei wyneb llwyd o – 'machgen i hefyd – o achos mi wyddai pawb mai ei orfodi gafodd o ganddi hi. Mi'i clywais o'n deud lawer gwaith fod yn gas gan ei galon o hen wraig y Llechwedd a'i merch.'

'Ond sut y gallai hi ei orfodi o felly?' holodd Dori yn ddryslyd.

'O, roedd o'n cerdded yno o'r Hendre efo'i wau a'i wnïo a'i olchi, wyddost,' ebe Jân braidd yn frysiog, 'ac mae'r natur ddynol yn beth digon simsan. Ond os cymerodd o ei faglu, druan, mi gafodd ddigon o uffern ar y ddaear yma i ennill nefoedd yr ochr draw.'

Ni thybiasai Dori erioed ei bod yn bosib i Jân y bostwraig edrych mor filain. Teimlai ei bod yn cael llawer o oleuni newydd ar hanes ei theulu. 'Oedd o'n deud ei fod o'n anhapus?'

'Y fo ddeud! Wnâi o byth, druan; ond roedd pawb arall wrthi. Pe clywet ti ddim ond hanner yr hyn y gall pobl yr Hendre ei adrodd, i ddechrau, a'r siarad oedd yna ddiwrnod y claddu! Mi ryfeddais i, er 'mod i'n gwybod ac yn clywed digon cynt. Mi dorrodd ei galon o – does dim arall i'w ddeud.'

'Soniodd o ddim wrthych chi, chwaith?'

'Thorrodd Edwart a minnau byth air o Gymraeg ar ôl y diwrnod y ffarweliais i efo fo wrth gychwyn i Fanceinion, tros ddwy flynedd ar bymtheg yn ôl. Roeddwn i'n rhy ddig wrtho fo ar y dechrau, ac wedi hynny fyddai hi ddim yn hawdd imi dorri trwodd ato fo petawn i eisiau. Roedd o wedi mynd i fyw cymaint ynddo'i hun. Mae gweision yr Hendre'n deud na siaradai o yr un gair efo nhw os gallai beidio – dim ond cilio i'w gongl i wneud rhyw swydd ar ei ben ei hun. Mi fu pobol yr Hendre, bendith arnyn nhw, yn hynod o garedig wrtho fo. Roedd Huw Lewis yn deud wrthyf i y bore yma fod yn ffiaidd ganddo fo wrando ar dy fam yn ei enwi hyd yn oed, a gwybod fel y gwnaeth hi ei drin o.'

'Fydd gan mam byth air da i'r Hendre,' ebe Dori.

'Mae llawer rheswm tros hynny,' meddai'r llall yn sychlyd. 'Hyn sydd sicr – mi fyddai bywyd dy dad yn llawer mwy annioddefol iddo fo yn y blynyddoedd diwethaf yma oni bai ei fod o gymaint yn yr Hendre. Mi gynigiodd y wraig, yr wythnos olaf y bu o byw, iddo aros yn y gwely yno am ychydig ddyddiau – i gryfhau, meddai hi, er y gwyddai'n burion na chodai o byth – er mwyn iddo gael bod efo rhywun fyddai'n rhoi gofal priodol iddo fo. Pe clywet ti'r tafod drwg roddodd dy fam iddi! A Mari Lewis yn ceisio deud wrthi nad oedd dy dad yn ffit i fod uwchben ei draed o gwbl.'

Yr oedd rhyw reddf yn gwarafun i Dori sôn gormod am ei mam gyda Jân, er chwerwed ei theimladau hithau tuag ati. Felly trodd y stori a gofyn, 'Oedd o'n fardd hefyd? Mi gefais i lawer o benillion o'r hen focs.'

'Fu erioed well bardd na fo,' meddai Jân yn ffyddiog. 'Ond chyfansoddodd o byth yr un llinell wedi i Gwen ei fachu. Mi glywais ei dynwared hi'n ymffrostio, y diwrnod cyn y briodas, y tynnai hi'r "hen farddoni gwirion yna" allan ohono fo, ac mi wnaeth – a phopeth arall hefyd.'

'Ydych chi'n cofio honno ganodd o i'r ywen?

Caf hulio fy annedd â miloedd o berlau,
Sef dagrau tryloywon hen Ywen y Llan.

'Ydw. Y noson yr enillodd o honna – dyna'r noson y dechreuodd o a minne garu o ddifri. Roedden ni wedi bod yn gwneud rhyw lygaid bach ar ein gilydd cynt, ond dyna pryd y magodd o ddigon o ddewrder i gynnig fy nanfon i adre. Ac mi ddweda i gyfrinach wrthyt ti. Y fi roddodd ym mhen gŵr yr Hendre i beri i'r saer ddewis bedd iddo o tan gysgod yr ywen. Mi wyddwn fod Huw Lewis yn gwsmer digon da i Deio iddo wrando arno fo heb wneud dim sŵn ynghylch y peth; petawn i wedi gofyn mi fyddai'n clebran wrth bawb a'th fam yn taflu'i chylchau ac yn mynnu cael y bedd cyn belled oddi wrth yr ywen ag oedd bosib. Ydi'r gân gen ti?'

Tynnodd Dori y pecyn o'i mynwes drachefn.

'Ie, dyna nhw,' cadarnhaodd y bostwraig. 'Mae'r rhan fwya ohonyn nhw gen i, ond mai mewn print y mae fy rhai i. Wrth gwrs, mae ei lawysgrifen gen i hefyd yn ei lythyrau, ond mi fyddwn i'n sobor o falch pe cawn i un o'r penillion yn ei law o ei hun. Mi wnâi marwnad fy nhro i'n iawn. Ofynnwn i ddim am "Yr Ywen".'

'P'un gymerwch chi?'

'Wel, dyma un ar ôl fy nhaid a'm nain. Wyt ti'n fodlon imi gael honno?'

'Â chroeso,' ebe Dori, o wirfodd calon.

Rhoddodd Jân hi'n ofalus yn ei phoced gyda'r lleill. 'Roeddwn i'n ddigalon iawn y bore yma, ond rydw i wedi llonni na fu erioed y fath beth. I feddwl ei fod o, druan bach, wedi cadw'r pethau diwerth yma mor ofalus trwy'r blynyddoedd. Mi fyddai 'nghalon i'n brifo wrth glywed dy fam yn ei drin; ac eto mi drown i'r sgwrs y ffordd hynny bob tro y gallwn i, dim ond er mwyn clywed ei enwi o. Ond, o wybod hyn i gyd, mi allaf roi taw arni o hyn allan. Dyma fi'n siŵr rŵan mai fi fyddai ei ddewis o, petai hi heb ei phrofi'i hun y fath gnawes; a fydd byth eto raid imi fy mhoenydio fy hun trwy adael iddi sôn amdano fo wrthyf i.'

Deffrôdd Dori i'w dyletswyddau. Roedd rhaid iddi hi fyw gyda'i mam am ddeuddydd eto. Ond oedodd am un eglurhad arall. 'Ydi o'n wir mai yn y Wyrcws y ganed 'nhad?'

'Aned mohono fo yno, ond mi magwyd o yno am rai blynyddoedd.

Teulu tlawd oedden nhw, ond digon parchus, hyd y gwn i. Mi gollodd ei dad a'i fam pan oedd o'n bump oed. Os oedd yna deulu yn rhywle, mae'n siŵr fod gan bob un ohonyn nhw ddigon i'w wneud yn barod, heb gymryd y drafferth a'r gost o fagu plentyn pum mlwydd ar ben hynny wedyn. Mae yna aml i un o'r ffermwyr yma, o ran hynny, wedi dechrau'n hogiau bach o'r Wyrcws, a neb yn meddwl yn ddim salach ohonyn nhw erbyn hyn. Ond mi allwn i feddwl ei fod o'n pwyso'n go drwm ar stumog dy fam. Mi ddanododd ddigon mai bachgen o'r Wyrcws oedd o pan oeddwn i ac yntau'n caru; ond gydag y priododd hi â fo, gwae'r neb a ynganai'r gair "wyrcws" yn ei chlyw.'

'Mae'n debyg mai dyna pam nad oedd Lydia a minnau'n gwybod dim am y peth hyd ddiwrnod y claddu,' meddai Dori, gan droi i ffwrdd. 'Rhaid imi fynd i bydru arni efo'r golchi, Jân Roberts, neu orffennaf i ddim heddiw, heb sôn am fod ag amser i wyngalchu'r llofft wedyn.'

'Llawer o ddiolch iti, 'ngeneth i,' ebe Jân, heb symud o'r fan, na throi ei llygaid i edrych arni. Yno y gadawodd Dori hi'n pensynnu, ac fel pe bai'n gwrando ar ryw lais pell.

11

Erbyn i Dori gyrraedd yn ei hôl, yr oedd cryn waith babanu ar y tân i'w berswadio i ailgynnau. Yn ffodus iddi hi, nid oedd wedi llwyr ddiffodd. Ymdaflodd hithau i'r gwaith gyda mwy o ynni nag a ddangosasai o'r blaen er pan ddaeth adref. Roedd effaith yr hin deg yn yr awyr agored fel hyn yn dra gwahanol i'w effeithiau yn awyrgylch fygedig y Crescent. Ymhyfrydai yn y syniad o Lerpwl – a rhyddid. Fe ddeuai'r anawsterau oedd rhyngddi hi ac ennill hynny i'w thrafferthu yn nes ymlaen. Heddiw, ni welai ond y nod.

Roedd cyflawnder o goed crin o gwmpas, a berwai ei chrochan yn gyflym iawn, fel nad oedd prinder dŵr berwedig arni. Diosgodd ei hesgidiau a'i hosanau a mynd ati i sathru'r gwrthbannau yn y twbyn pren. Roedd hynny'n llai llafurus na'u rhwbio â'i dwylo. Dillad ei thad oedd y gorchwyl casaf ganddi, ond o'r diwedd teimlai eu bod hwythau'n ddigon glân i fodloni hyd yn oed ei mam.

Bwytaodd y bara dienllyn a'r crystyn caws, a darganfu ei bod yn edrych ymlaen gyda phleser at fwyd y Crescent unwaith eto. Llanwodd y fasged â rhan dda o'r dillad gwlybion, gan adael y gweddill ohonynt, ynghyd â'r celfi golchi, at siwrneion eraill. Cerddodd i fyny'r caeau llechweddog yn fwy hoyw ei hysbryd nag y'i cofiai ei hun yn gwneud ers blynyddoedd, er fod ei choesau a'i chefn yn ddigon blinedig.

'Mi ddwedaf wrth mam y dylai Lydia redeg i mofyn y pethau eraill ar ôl cyrraedd o'r ysgol. Os ydi hi'n bwriadu i mi galchu'r llofft, mi fydd hynny'n gymaint ag y galla i ei wneud y pnawn yma.'

Ond ni chafodd gyfle i roi prawf ar ei dewrder newydd. Gydag iddi roi ei thraed y tu mewn i'r gegin, a chyn iddi osod ei baich ar y bwrdd, llamodd ei mam o'r bwtri, a'r digofaint y cofiai Dori mor dda amdano'n fflamio yn ei hwyneb a'i llygaid. Suddodd calon yr eneth o weld yr arwyddion drwg.

'A dyma dy hanes di, ai e, gydag y cefaist dy draed yn rhydd? Tynnu gwarth arna i fel hyn, a'th dad wedi prin oeri.'

'Beth sydd?' gofynnodd Dori'n dawel, er ei bod yn siŵr fod ei mam wedi clywed ei hanes gyda'r bostwraig y bore.

'Beth sydd, yn wir!' meddai, gan chwifio amlen yn wyllt o gwmpas ei phen. 'Dyma lythyr o Lerpwl yn dy gylch di y bore yma. Ac fel yr ydw i bob amser yn barod i'm rhoi fy hun o'r ffordd er mwyn pawb arall, mi gerddais â fo i lawr i'r pentre er mwyn i Lydia ddeud wrthyf i beth oedd ynddo fo.' Ymhen oriau wedyn y daeth i ben Dori y byddai gryn lawer yn nes i'w mam fod wedi dod ag ef i lan yr afon ati hi i'w ddehongli; ond hyd yn oed pe meddyliasai mewn pryd, ni fyddai wedi meiddio sôn. 'Roeddwn i'n meddwl falle eu bod nhw eisiau iti fynd yn ôl yno heddiw. Ond yn lle hynny, deud y maen nhw nad oes arnyn nhw byth eisiau dy weld ti eto. Y gnawes ddrwg gen ti!' ac ysgydwodd hi fel petai'n blentyn teirblwydd.

'Ond pam?' llefodd Dori, gan hanner crio. Yr oedd hyn mor sydyn ac annisgwyl. Ac i ddigwydd yn awr, pan oedd wedi dechrau dyheu am gael mynd yn ôl. 'Pwy ohonyn nhw sy'n deud hyn?'

'Y Gŵc sy'n ei ddeud, petai hynny o ryw bwys i ti. Mae hi'n deud hefyd dy fod wrthi'n gweryru ar ôl rhyw Master Jack yn lle gwneud dy waith, ac na allan nhw ymddiried dim ynot ti ynglŷn â dynion. Ffei ohonot ti, y faeden fudr!'

150

'Gadewch i mi weld y llythyr.' Estynnodd Dori ei llaw amdano.

'Na chei, 'mechan i, weld mohono fo. Mi gadwaf i hwn yn brawf yn d'erbyn di, ac i'th gystwyo di.' Roedd Gwen Llwyd wedi ychwanegu digon at lythyr Cŵc, oedd yn ddigon maleisus eisoes, i'w gwneud yn anfodlon i Dori ei ddarllen trosti'i hun. 'I feddwl, a minnau wedi dy fagu di mor ofalus, dy fod yn torri dy gymeriad fel hyn! Mi ges i le i'th amau di efo Harri'r Hendre y nos Sul honno erstalwm. Mi balaist gelwyddau wrthyf i y pryd hwnnw, on'd do? Mae arna i flys dy leinio di,' meddai rhwng ei dannedd, gan symud i ailafael yn Dori.

Ciliodd hithau mewn braw. 'O Mam, peidiwch! Peidiwch! Dydi o ddim yn wir! Dydi o ddim yn wir!'

'Hylô! Does ddichon cael ateb i guro yma heddiw.'

Hanner rhwng gollyngdod a chywilydd, gwelodd Dori fod hen wraig y Cwm Ucha wedi camu y tu mewn i ddrws y gegin.

'Doeddwn i ddim am ddod ar eich traws o'r angladd ddoe, felly mi feddyliais y galwn i heibio heddiw i edrych amdanoch chi yma. Mi fyddai gennym ni feddwl mawr o Edwart yn y Cwm acw erstalwm. Ydych chi'n go dda eich dwy?'

'Yn go lew ichi,' ochneidiodd Gwen Llwyd. 'Mae fel petai mwy o ofidiau'n syrthio i ran rhai na'i gilydd.'

'O, dewch chi. Mi ddaw pethau i'w lle eto. Dyma barsel bach o de a siwgr ichi, Gwen Llwyd.'

'Diolch,' ebe Gwen yn ddifater. Fyddai fawr i'r hen sgrwb eu rhoi'n bres iddi. Gallasai ddisgwyl coron, o leiaf, o fferm fawr, lewyrchus fel y Cwm. O ran hynny, ychydig iawn o help felly oedd hi wedi'i gael gan y cymdogion, rhagor pan fyddai profedigaeth yn dod i ran rhai o deuluoedd eraill yr ardal. 'Mae eich sanau chithau i gyd yn barod.'

'Da iawn. Mi dalaf y munud yma, os tarwch chi nhw yn y fasged tra byddaf i'n dod o hyd i'r pres. Arhoswch chi! Chwe phâr yn ôl pum ceiniog y pâr – hanner coron, yntê? Mae'r bechgyn acw'n drwm ddifrifol ar eu sanau, a does ddichon cael amser i wau'r cwbl iddyn nhw.'

'Mae'r rhain yn rhad eu gwala, beth bynnag. Mae cymaint mwy o waith gwau ar rai i ddynion mawr fel sydd acw.'

Trodd yr hen wraig at Dori.

151

'Ai ti sydd yn Lerpwl, 'ngeneth i? Wyt ti'n bwriadu troi'n ôl yno?'

'Chymeran nhw mohoni,' meddai ei mam ar draws Dori. 'Dyna ichi newydd braf i fam weddw ei glywed ar adeg fel hyn. Mae hi wedi camymddwyn efo rhyw hen ddihirod o gwmpas y tŷ yno. Does wybod, o ran hynny, pa helynt fydd yn dilyn hyn; ond mi ddwedaf i'n awr, petai o'r gair olaf ddwedaf i byth, mi gaiff fynd tros y drws cyn y magaf i ddim o'i phlant siawns hi.'

Bu Dori hyd yma yn benisel iawn gan siom ac ofn, ond yn awr fflamiodd y gwrthryfel fu'n mudlosgi ers blynyddoedd.

'Peidiwch â deud eich celwydd,' llefodd, â'i llais fel cloch. 'Mae'n amhosib fod hynny yn y llythyr, o achos siaradais i ddim mwy na hanner dwsin o eiriau efo'r un dyn trwy gydol yr amser y bûm i yn Lerpwl. Os oes arnoch chi eisiau edrych at rywbeth felly, ewch ar ôl Lydia, nid ar f'ôl i. Os nad oes lle imi yn y Crescent, mi gaf waith yn rhwydd yn rhywle arall, ac mi af ar ei ôl o y munud yma.'

Trawodd ei mam hi ar draws ei hwyneb.

'Chaiff yr un o'th draed di gyffroi o'r tŷ yma nes y byddaf i wedi gorffen â thi am dy ddrygioni, a'r ffordd yr wyt ti wedi f'ateb i'n ôl. Ac ei di ddim wedyn chwaith. Roeddwn i bron â phenderfynu dy gadw di adre p'un bynnag, ac mae hyn yn setlo pethau. Mi gei weithio allan – mae'r lle yma wedi'i redeg iddo ddigon – a'm helpu innau yn y tŷ ar ôl gorffen. Mi allwn i dynnu mwy o waith i mewn petai gen i obaith am allu ei wneud o.'

Safodd Dori yn welw, ond yn herfeiddiol.

'Arhosaf i ddim yma, ac allwch chi mo 'ngorfodi i i wneud hynny.'

Cododd llais Gwen Llwyd i'r sgrech fyddai'n creu fwyaf o arswyd ar Dori yn nyddiau ei phlentyndod.

'Ac i ble'r ei di, 'sgwn i? I gerdded y stryd, fel pob hen ferch ddrwg, unwaith y cyrhaeddi di Lerpwl? Ond thalaf i ddim am diced trên iti y tro yma, a dydi o ddim yn debyg fod gen ti fodd i wneud, a thithau heb yr un ddimai i'w rhoi yn offrwm claddu dy dad. Ffei ohonot ti! Dos i'r siambr yna o'm golwg i. Mi'th setlaf i ti pan fydd y Margied Ffowc yma wedi mynd.'

Unwaith, byddai'n anos gan Dori dderbyn cernodiau ei mam yng ngŵydd dieithriaid. Ond yn awr daeth y cof am y gweir arall honno yn fyw i'w meddwl, a gwyddai na fyddai dim trugaredd iddi heddiw oherwydd iddi bechu mewn ffordd na wnaethai erioed o'r blaen, a phenderfynodd nad âi gam i'r siambr. Os oedd ei mam am ei churo, wel gwnaed hynny yng ngolwg hen wraig y Cwm ynteu. Bron nad oedd yn barod i erfyn ar honno i beidio â'i gadael wrthi'i hun.

'Ei di ddim?' bloeddiodd ei mam, gan gydio yn ei braich a'i gwthio tua'r drws. 'Mi gawn ni weld, unwaith ac am byth, pwy ydi'r feistres yma.'

'Hanner munud, Gwen Llwyd,' ebe'r ymwelydd. 'Os ydych chi'n benderfynol na chaiff yr eneth yma fynd yn ei hôl i Lerpwl, mae gen i gynnig i'w roi ichi. Doeddwn i ddim wedi bwriadu sôn am y peth heddiw, nac am rai misoedd eto, ond rydw i'n gweld sut y mae pethau gyda chi ar hyn o bryd.'

'Dydw i ddim am iddi fynd i le o gwmpas yma chwaith. Mi dâl yn well i mi ei chadw hi gartre.'

'Nid dyna olygwn i.' Pwysodd y wraig ddieithr ei dwylo ar y bwrdd, gan blygu trosto a gwyro ei phen yn ôl ar ei gwar i edrych i fyny atynt. 'Mae hi'n bryd i Ifan Huw acw briodi. Does yr un o'r bechgyn eraill yn debyg o wneud hynny, ac mae'r tri yn tynnu ymlaen. Fynnwn i er dim iddi droi felly ar Ifan Huw. Mae o'n fachgen ufudd, da ac mae hi'n ddealledig, gan ei fod o gymaint iau na'r lleill, mai iddo fo y daw hynny fydd acw yn y pen draw. Fy nghynnig i ydi – i Dori yma ddod acw yn wraig i'r bachgen.'

Dechreuodd Gwen Llwyd chwerthin yn uchel. Syllai Dori'n gynhyrfus o'r naill i'r llall ohonynt, ei llygaid yn llydan agored.

'Wel, beth amdani?' gofynnodd Margied Ffowc.

'Hon briodi! Rhyw blentyn fel hon! Na chaiff, yn wir. Mae'n ddyledus arni yn gynta dalu tipyn am ei magu.'

Trodd yr hen wraig at Dori.

'Beth sydd gen ti i'w ddeud? Wyt ti'n cofio Ifan Huw?'

Amneidiodd Dori ei bod. Nid oedd wedi'i weld er pan orffennodd yn llwyr yn yr ysgol, bron i ddwy flynedd cyn iddi hi ymadael oddi yno; ond fe'i cofiai yn llabwst mawr deunaw oed, diniwed yr olwg, yn dod i'r ysgol am fis yn awr ac yn y man, pan ganiatâi prysurdeb y fferm. Rhoddai'r Sgŵl ef weithiau i ofalu am eu dosbarth hwy, a phawb yn cymryd yn hy i chwerthin am ei ben a chwarae castiau arno.

Ond priodi Ifan Huw! Nid na ddaethai priodi i'w meddwl yn achlysurol, ond nid ymddangosodd ei phriodfab erioed mewn diwyg mor wladaidd a thwp â hynny. Ymdebygai yn hytrach i'r llanciau bonheddig eu gwedd oedd i'w gweld yn gwibio ar hyd heolydd Lerpwl. Yn rhyfedd iawn, ni wisgai byth mo ffurf Master Jack, hyd yn oed ar ôl ei garedigrwydd tuag ati ddechrau'r wythnos honno ac ensyniadau ei mam heddiw. Ystyriai ei fod ef gymaint yn iau na hi, yn yr ysgol o hyd, o achos beth oedd coleg ond math o ysgol? A phob amser yn chwerthin a chwarae. Nid oedd ond plentyn wrth ei hymyl hi a'i gofalon cynnar.

O'r ochr arall, efallai fod Ifan Huw yn rhoi siawns am ymwared iddi. Ychydig a wyddai am deulu'r Cwm. Roedd y lle mor bell oddi wrthynt hwy, ac yn y gangen fach yr addolent ar y Sul. Ond beth bynnag oeddynt, ni allent fod yn waeth na byw gyda'i mam am weddill ei hoes. Fe'i gwelai ei hun yn troi fel ei thad – heb galon i ddim, heb ysbryd, heb obaith, a chysgod yr ywen yn unig waredigaeth. Petai hi'n mynd i Lerpwl yn awr – a byddai rhaid iddi gerdded bob cam yno – fe glywsai ddigon nad oedd obaith am le heb garictor da o'r lle blaenorol. I ble y troai am hynny? Nid oedd ganddi amcan ble'r oedd Mac yn byw, a dichon y byddai hithau wedi troi yn ei herbyn gyda theulu'r Crescent. Dyna Maggie wedyn: roedd honno wedi'i siomi unwaith, ac ni wyddai ble i gael gafael arni hithau chwaith, os na allai gyrraedd Lerpwl erbyn y briodas ddydd Sadwrn . . .

Ond treulio noson arall at drugaredd ei mam? Na wnâi byth!

'Mi ddof gyda chi,' meddai'n groyw wrth wraig y Cwm.

'Da 'ngeneth i. Mi gychwynnwn ni ar unwaith.'

Safodd Gwen Llwyd o'u blaenau.

'Aiff yr un o'th draed di gam efo hi. Mae hi mor hawdd ei phlesio am ei bod yn gwybod na all hi ddisgwyl cael neb parchus i ryw rai hanner pan fel sydd ganddi hi yn y Cwm. A gwaeth na hanner pan, rai ohonyn nhw. Felly mae hi'n gorfod bodloni ar rywbeth fel ti, wedi'i sbriachu gan hwn a'r llall. Ond chaiff hi mohonot ti, a dyna ddiwedd arni.'

'Mi ellwch chi, o bawb, fod yn ddistaw, Gwen Llwyd,' ebe Margied Ffowc yn dawel. 'Mae'r hyn welais i yma heddiw cyn debyced i waith hanner pan â dim welais i erioed yn y Cwm acw. Ac am yr eneth fach yma, druan, beth bynnag sydd gennych chi yn eich copa, dydi o ddim cyn waethed ag ambell i stori y gallwn i ei hadrodd am yr hudo a wnaed ar fachgen diniwed ac am y celwydd a ddywedwyd wrtho fo. Petawn i ond yn sibrwd stori felly o glust i glust, mi roddai daw ar ambell i un sy'n blera llawn digon ynghylch pechodau pobl eraill. Tyrd, 'ngeneth i, mi awn ni.'

Methai Dori'n lân â chredu ei bod i gael ymadael yng nghwmni'r wraig ddieithr mor ddi-sŵn â hyn. Safai ei mam ar bwys y bwrdd, a'i breichiau'n hongian yn ddiymadferth wrth ei hochr. Fe'u gwyliodd yn mynd trwy'r drws, ond ni ddywedodd air o'i phen. Ar y trothwy, sibrydodd yr hen wraig, 'Oes gen ti ryw becyn i ddod efo ti? Bydd mor gyflym ag y gelli di.'

Nid oedd angen y cyngor hwnnw ar Dori. Yr oedd arni lawer gormod o ofn i'w mam ei dal yn y siambr. Ni chymerodd amser i lapio na chlymu ei pharsel, dim ond hel y papur at ei gilydd yn un swp, rywsut rywfodd, heb ofalu beth a adawai ar ei hôl.

'Mae'n well inni frysio'n gorau,' anogodd Margied Ffowc. 'Mi ddaw hi tros y bilsen yna cyn bo hir, a does arna i ddim eisiau helynt ar y ffordd. Mi wnaf yn reiol â hi ar fy nhir fy hun.'

Nid oedd ar Dori chwaith eisiau helynt, a phrysurodd gymaint ag y gallai. Eithr er ei brys, llerciai rhyw bryder ym mhen draw ei hymwybyddiaeth. Priodi Ifan Huw! Beth wyddai hi amdano? Teimlai wedi llwyr ymlâdd, ac roedd ei hael wedi dechrau curo eto ar ôl y braw a roesai ei mam iddi. Roedd y nosweithiau anghysurus, y prysurdeb bore, a'r golchi trwm, i gyd yn codi eu toll arni erbyn hyn. Cofiodd rywbeth yn sydyn, a sefyll yn stond. 'Y golchi! Rydw i wedi gadael y twb a'r crochan a phopeth ar lan yr afon!'

'Na hidia,' ebe'r llall, gan gyrchu ymlaen heb arafu cam. 'Mi fydd dy fam yn siŵr o ofalu amdanyn nhw.'

'Margied Ffowc,' gofynnodd Dori'n swil, 'ydych chi'n meddwl y bydd Ifan Huw yn fodlon?'

Roedd hwn yn gwestiwn digon pwysig gan Margied Ffowc iddi sefyll i'w ateb. 'Mae Ifan Huw,' tystiodd, 'yn fachgen da, ac yn gwybod mai ei fam a ŵyr orau.'

Petrusodd Dori am funud. Parhâi llawer o'r hyn ddywedodd ei mam i gnoi yn ei meddwl. Yn y man, anturiodd yn grynedig, 'Doedd yna ddim gwir yn yr hyn ddwedodd Mam amdana i yn Lerpwl.'

'Chredais i ddim am un munud fod yna,' ebe'r hen wraig yn gwta. 'Roedd dy fam mewn gormod o dymer i bopeth ddwedai hi fod yn wir.'

'Rydw i'n ei chredu hi eu bod nhw wedi danfon na chaf i fynd yn ôl i'r Crescent.' Ceisiai Dori wneud tegwch â'i mam. 'Ond does gen i ddim amcan pam. Dim ond ychydig eiriau siaradais i efo Master Jack erioed, a'r rhan fwyaf o'r rheini y diwrnod y cychwynnais i adre.'

'Sut dy fod ti wedi siarad mwy â fo y diwrnod hwnnw? A phwy ydi Master Jack?'

Aeth Dori tros stori ei garedigrwydd tuag ati, ac adrodd cymaint ag a wyddai o hanes y llanc.

Chwarddodd Margied Ffowc. 'Mae'n debyg fod hynny'n ddigon i ddychryn yr hen ferched oedd o'i gwmpas o. Paid â gofidio mwy. Dyma fi'n rhoi fy ngair iti y cei di'n gorau ni yn y Cwm acw, dim ond i tithau ddelio'n iawn ag Ifan Huw.'

Erbyn hyn, roeddynt mewn rhan o'r wlad oedd yn ddieithr i Dori, er eu bod o hyd yn ardal Llanfyl. Roedd mynydd isel, ond ysgythrog a dilwybr, yn gwahanu'r cwm yma oddi wrth gymoedd bach eraill y plwyf, fel mai'r Llan oedd yr unig fan cyfarfod posib iddynt. Ond gan fod pen draw'r Cwm Hir mor bell a diarffordd o'r Llan, anaml iawn, a dim ond pan oedd raid, y deuai ei drigolion i lawr i'r pentref.

'Mi allwn ni weld yr eglwys yn glir o'r caeau uwchben y tŷ acw,' ebe Margied Ffowc. 'Dyma'r capel bach y byddwn ni'n mynd iddo ar y Sul. Mae'r Llan mor ddireswm o bell. Ond mi fydd Tomos, fel ysgrifennydd y gangen yma, yn dod i lawr acw ar ryw adegau neilltuol, er mwyn cadw'r cysylltiad rhwng y ddau Achos.'

Ni theimlai Dori lawer o ddiddordeb mewn na chapel nac eglwys erbyn hyn, dim ond mewn cael ymollwng rywle heb orfod codi byth mwy, am a wyddai hi.

Edrychodd yr hen wraig arni. 'Rwyt ti wedi blino. Roedd gen ti olchiad pur drwm, os gwnest ti o i gyd dy hun.'

'Mae yna beth ohono fo heb ei gario i fyny hefyd. Rydw i wedi bod wrthi'n galed ers pedwar o'r gloch y bore yma. Roedd Mam yn fy hel i am godi mor gynnar,' brysiodd i ychwanegu, er mwyn bod yn deg, 'ond roeddwn i mor anghysurus ar yr hen sgrin yna.'

'Y sgrin fach yna wrth y tân wyt ti'n ei olygu? Pam nad oeddit ti yn dy wely?'

Eglurodd Dori am y prinder gwelyau, ac fel y bu raid iddi dreulio dwy noson ar y setl.

'A thithau newydd drafaelio o Lerpwl a cherdded o'r Gorslwyn,' wfftiodd y llall. 'Dim rhyfedd fod y fath olwg arnat ti. Wel, mi gei wely plu da acw, beth bynnag, ac aros ynddo fo tros fory hefyd . . .

Weli di'r to yna, efo'r grib goch arno fo, rhwng y coed pin fan draw? Dyna Tŷ Cerrig, lle bu dy dad yn hogyn am flynyddoedd.'

'Fu 'nhad i fyny'r cwm yma?' Cofiodd ymhen ysbaid iddi glywed sôn am hynny ymhlith y blaenoriaid ddiwrnod y claddu, ond ar y funud trawodd y peth hi'n newydd iawn.

'Do, yn syth o'r Wyrcws, petai o rywfaint gwaeth o hynny. Dyna sut y daethom ni i'w adnabod o cystal. Roedd Owain acw ac yntau'n ffrindiau mawr, ac roedd gennym ni i gyd feddwl garw ohono fo. A deud y gwir, rhyw chwilfrydedd i weld sut oedd pethau arno fo wnaeth fy nhynnu i acw gynta, o achos mi allaswn i gael troedio sanau yn llawer nes adre na'r Llechwedd.'

Dwy drofa arall, ac wele ffermdy hir gwyn yn union o'u blaenau.

'Dacw'r Cwm Uchaf iti. Fydd arnat ti ddim llawer o awydd cyfarfod neb ohonyn nhw heno, felly mi af â thi i'r llofft rhag blaen. Mi gei fowlennaid iawn o fara llaeth cynnes yn dy wely.'

Aed y problemau i gyd i'r fan a fynnent! Roedd y bara llaeth yn flasus, a'r gwely esmwyth yn well na hynny. Ni chawsai erioed yn ei bywyd y fath lofft a'r fath wely! Rhoes yr ochr ddolurus i'w phen i lawr ar y gobennydd, a chysgodd yn drwm ac yn dawel.

Pan eisteddai Margied Ffowc a'i phedwar mab wrth eu swper y noson honno, gofynnodd Owain, yr ail fab, iddi, 'Sut hwyl gawsoch chi yn y Llechwedd, mam? Rydych chi'n siŵr o fod wedi blino'n arw ar ôl y fath daith, ddoe a heddiw.'

'Na, rydw i'n wyrthiol. Mi gerdda i cystal â thithau unrhyw ddiwrnod, hyd yn oed os wyt ti bron i ugain mlynedd yn iau na mi.'

Chwarddodd yntau. 'Dderbyniaf i mo'ch her chi, mam, rhag ofn imi golli.'

Trodd Margied Ffowc at ei mab ieuengaf.

'Mae gen i newydd iti, Ifan Huw. Mi ddeuthum â gwraig iti adre efo mi heddiw.'

'Y?'tagodd hwnnw, ar ganol cnoi ei damaid. 'Gwraig!'

'Ie, gwraig,' ategodd hithau'n sionc. 'Rydw i wedi deud digon ei bod hi'n amser iti morol am un. Ond gan dy fod ti mor ymarhous mi es o gwmpas y busnes fy hun. Mae gofyn i mi feddwl am ddyfodol y fferm yma, ac mae dy frodyr wedi aros yn rhy hir bellach.'

'Peidiwch chi â bod yn rhy siŵr, Mam,' gwenodd Owain.

157

'Taw â dy lol,' meddai ei fam yn sarrug. 'Does dim synnwyr i un dyn tros ei ddeugain oed briodi. Rhaid iti fynd efo Ifan Huw i'r dre fory i wneud yr holl drefniadau.'

'Ond dwedwch pwy ydi hi, Mam,' ebe Tomos, y blaenor, a thrydydd mab y Cwm.

'Rwyt ti'n ei chofio hi'n yr ysgol, Ifan Huw. Dori, merch y Llechwedd.'

'Merch y Llechwedd!' Chwibanodd Owain o dan ei anadl.

'Mi fyddai hi'n un dda iawn am ddysgu yn yr ysgol,' meddai Ifan Huw yn araf.

'Mi fyddai'n well iti'r ferch ieuengaf o lawer,' ebe Tomos. 'Mae honno'n werth ei gweld, waeth beth ddywed neb.'

'Merch Edwart Llwyd oeddwn i'n ymofyn i Ifan Huw, ac nid merch Gwen y Llechwedd,' meddai ei fam yn sychlyd.

Ni ddywedodd Jona, y mab hynaf, yr un gair, ond rhythu o un i'r llall ohonynt, ei weflau'n hongian, a mymryn o lafoer yn treiglo i lawr ei ên.

12

Er ei fod yn rhan o'r un plwyf, yr oedd y Cwm Uchaf bum milltir o Lanfyl. Er mor anghysbell ydoedd, yr oedd yn fferm lawer mwy toreithiog na'r Llechwedd. Llifai afon Clych trwy ddolydd y Cwm, afon oedd wedi tyfu'n ifanc. Dyma'r fferm gyntaf iddi ei diodi ar ei thaith o'r mynydd i'r môr, ond eto ymddangosai o'r un faint yma â phan lifai ar gyrion y pentref, wedi ymdroelli filltiroedd ymhellach. Yn wir, ar dir y Cwm Uchaf y plymiai hi i'r dyfnder isaf ar ei hynt, ac eithrio ar wastadeddau bras Dyffryn Clych, ychydig filltiroedd o'r môr.

Yr oedd Pwll Crochan, fel y'i gelwid, ar gyfer yr Erw Wyllt. Llifai'r afon yn dawel, dringar cyn cyrraedd yr Erw honno, a'r caeau'n disgyn yn esmwyth at ei glannau. Ond cyn gynted ag y croesid y ffin rhwng y Llain a'r Erw, dechreuai'r tir ymgodi ac ysgyrnygu, a'r dŵr ferwi'n fygythiol yn y dyfnderau cilwgus. Roedd darn uchaf yr Erw yn debyg i'r caeau o'i chwmpas, ond dim ond clyffiau miniog o greigiau oedd ei rhan isaf, gydag ambell dderwen

158

wedi gwreiddio yn eu canol. Yna darfyddai'r meini ysgythrog, ac nid oedd yn aros ond y graig noeth, a honno'n disgyn yn syth ac yn serth i'r Crochan islaw. Gwarchodid hwnnw drachefn gan y creigiau danheddog, miniog. Ond o groesi'r gwrych eto rhwng yr Erw a'r Ddôl Fawr, lliniarai gwylltineb yr afon, ac ymestynnai'r ddôl ar hyd ei glannau yn wastadedd llyfn.

Ffermdy hir, isel, o dan yr unto â'i stablau, oedd y Cwm Uchaf. Cysgodid ei wyneb gan hanner dwsin o goed bytholwyrdd, lluniaidd eu ffurf, ac ar ddiwrnod heulog nid oedd yn y Cwm Hir i gyd olygfa harddach na'r cyferbyniad rhwng gwyrdd y pinwydd a gwynder muriau'r tŷ.

Ar hyd y cenedlaethau, bodolai un gwahaniaeth mawr rhwng y Cwm Uchaf a ffermydd eraill y fro. Perthynai'r lleill i gyd i'r meistri tir – y Wyniaid – ond arhosodd yr un fferm hon fel blotyn ar gyflawnrwydd eu perchenogaeth. Ceisiasai llawer un o'r pendefigion ei phrynu gan y Ffowciaid cyndyn, ond mynasant hwy ddal eu gafael yn gadarn ynddi am dri chan mlynedd a mwy. Erbyn y genhedlaeth hon, roedd gwanc y Wyniaid am dir wedi treio ac arbenigrwydd y Cwm Uchaf wedi cilio, oherwydd fod Syr Morus Wyn wedi gwario'i dreftadaeth ar geffylau rasio ac yn gorfod gwerthu'i ffermydd i dalu'r gost.

Yr oedd taid Margied Ffowc yr ieuengaf o ddau fab i'r Cwm. Yn naturiol, efe, fel y mab ieuengaf, fu raid troi allan pan briododd ei frawd ac yntau. I Ddyffryn Clwyd yr aeth, a'i gwneud hi'n dda iawn yno. Ond y Cwm Uchaf, ar lannau afon Clych, oedd mangre ei freuddwydion o hyd. Un mab a fu iddo, ac etifeddodd hwnnw, yn ogystal â da bydol ei dad, y ddelwedd gyfareddol a roddasai ef ar ei hen gartref. Pan gafodd yntau, yn ei dro, ferch, fe'i maethwyd hi ar y sôn am 'hen gartre teulu taid', ac fe'i dysgwyd i deimlo mai o'r Cwm Hir yr oedd hithau'n hanu yn hytrach nag o Ddyffryn Clwyd, er lleted hwnnw.

Pylodd yr ymdeimlad hwn pan fu farw ei rhieni. Priododd â mab y fferm agosaf i'w chartref, ac aeth ef yno ati hi i amaethu. Ond er cystal yr argoelion, priodas adfydus fu hi. Yr oedd hanes trychinebus i deulu mam y gŵr ifanc. Bu hi farw cyn i fefl ei theulu braidd gyffwrdd â hi, ond ni ddihangodd ei mab mor rhwydd. Gwyddai Margied cyn geni ei hail blentyn fod rhywbeth mawr o'i le ar ei dad.

Ymladdodd am fisoedd i'w gelu rhag y gweision a'r cymdogion, gan amau ar yr un pryd eu bod hwy, efallai, yn gwybod mwy nag a wyddai hi. Daeth y diwedd ar un noson stormus ym mis Tachwedd, pan ddarganfuwyd gŵr ifanc y Fron wedi'i saethu'n farw ger llidiart y buarth – a'r dryll yn ei law ef ei hun.

Gadawyd Margied yn weddw bedair ar bymtheg oed, gyda baban deufis, ac un arall blwydd a hanner. Gwaeth na'r cwbl oedd yr arwyddion fod yr hynaf o'r ddau blentyn wedi'i serio'n greulonach hyd yn oed na'i dad a'i nain gan aflwydd y teulu. Cawsant hwy o leiaf faboed di-glwyf – ond am Jona druan, yr oedd ei gorff yn afluniaidd, a'i feddwl yn waeth ei gyflwr na hynny. Ni fu Margied erioed yn siŵr fod ei mab hynaf yn gwybod y gwahaniaeth rhyngddi hi, ei fam, ac unrhyw berson arall.

Ar ben hyn i gyd, daeth yn amlwg fod ei hamgylchiadau mewn cyflwr drwg iawn. Tybiasai hi erioed eu bod yn ddiogel a chysurus, ond roedd ei gŵr yn ddiweddar wedi cymryd yn ei ben i wneud llawer o brynu a gwerthu, a'i fentrau wedi troi'n fethiant bron bob tro.

Ymladdodd y weddw yn lew am yn agos i ddwy flynedd. Yna syfrdanwyd ei chymdogion gan y newydd fod Margied Jones y Fron yn priodi mab i gefnder ei thad. Pwy a ŵyr nad oedd a wnelo straeon ei thad a'i thaid rywbeth â'i dewisiad? Oherwydd yr oedd mwy nag un o lanciau Dyffryn Clwyd wedi taflu eu llygaid i gyfeiriad y weddw ifanc.

Y troeon cyntaf iddi gyfarfod â Nathan Ffowc oedd pan ddaeth gyda'i dad i'r Fron i gladdu ei thad hi, ac wedyn i gladdu ei mam. Daeth yno'r drydedd waith, wrtho'i hun erbyn hyn, i angladd ei gŵr, a chynorthwyodd lawer arni yn nyddiau blin ei gweddwdod. Felly y daeth Margied Ffowc, a Jona ac Owain gyda hi, i hen gartref ei thaid, ac yr adenillodd enw ei morwyndod.

Profodd yr ail briodas hon mor llwyddiannus ag y bu'r gyntaf yn anffodus. Roedd rhai o'i cyfoedion yn swnian fod Nathan yn cymryd baich diangen arno'i hun wrth briodi gweddw ddigynhysgaeth, â dau blentyn mor ifanc ganddi, ac un o'r rheini byth yn mynd i ennill ei halen. Eithr cyn iddi fod yno chwe mis, cydnabyddai pawb mai bargen dda a wnaethai Nathan, a thyfodd gweithgarwch a medr gwraig y Cwm Uchaf yn ddihareb gwlad ac yn nod i ymgyrraedd ato gan bob merch ddibriod yn y gymdogaeth. Gwir y câi'r gair o fod yn un galed ei bargen, ac y disgwyliai i bawb weithio fel hi ei hun. Nid amheuai neb chwaith pwy a wisgai'r llodrau yn y Cwm, ond nid amharai hyn oll ddim ar hapusrwydd Nathan. Etifeddodd ef feddalwch anian ei fam yn hytrach na gwydnwch y Ffowciaid, ac roedd yn ddigon bodlon i Margied ddwyn y deyrnwialen na wybu ef erioed sut i'w defnyddio.

Flwyddyn ar ôl y briodas, ganwyd i Margied ei thrydydd mab, a llanwyd cwpan Nathan hyd yr ymylon. Wele olyniaeth y Ffowciaid yn y Cwm Uchaf wedi'i diogelu am un genhedlaeth arall. Llawenhâi ei wraig hefyd am hyn. Os teimlai'r gronyn lleiaf o siomiant na chawsai ferch y tro hwn, fe'i hatgoffai'i hun mai hwn oedd ei fab cyntaf i Nathan. Galwyd y baban yn Tomos, ar ôl ei daid o ochr ei dad. Tyfodd heb brin sylweddoli nad oedd Owain a Jona ac yntau'n frodyr o waed coch cyfan.

Cyn bod Margied Ffowc wedi prin groesi ei deg ar hugain oed, fe sonnid amdani, y tu ôl i'w chefn, fel 'hen wraig y Cwm Uchaf'. Nid am ei bod yn edrych yn hŷn na gwragedd eraill o'r un oedran â hi, ond am fod y ffaith ei bod hi'n wraig weddw gyda dau fab pan briododd â Nathan yn peri i bobl anwybyddu tystiolaeth eu llygaid a synio amdani fel gwraig mewn cryn oedran.

Oni bai am Jona, byddai Margied Ffowc uwchben ei digon yn ystod y blynyddoedd hynny. Er na fu hi erioed yn agos i'r Cwm Uchaf cyn ei phriodas, eto, cyn gynted ag y daeth yno, fe deimlodd ar unwaith fel petai'n rhan o'r lle erioed. Ac onid oedd hi felly mewn gwirionedd – bron gymaint â Nathan ei hun? Oni fu ei hynafiaid hithau'n hau ac yn medi, yn trin ac yn casglu, ar hyd ei feysydd am genedlaethau? Ond roedd cymharu hagrwch Jona â glendid ei frodyr, a gweld ei feddwl yn ei unfan o hyd, waeth faint a dyfai ei gorff, yn fwy o ofid iddi nag a wyddai neb. Ni siaradodd y bachgen erioed; ond ar brydiau, a hynny ganol nos fel rheol, fe glywid ei oernadau'n diasbedain trwy'r tŷ. Ymddygai'n dawel fel arfer, heblaw pan ddigwyddai fod un o'i ysbeidiau drwg arno; bryd hynny, gofalai ei fam fod ei golwg hi, neu un arall o'r teulu, arno'n barhaus. Fel y tyfai a chryfhau, aeth llawer i'w ofni ac aeth yn anodd cael hogen o forwyn i fentro i'r Cwm Uchaf, er nad oedd hanes i Jona fygwth neb erioed.

Yr oedd gan Margied Ffowc bryder arall hefyd, na ddychmygai neb amdano ar wahân efallai i'r gwrthrych ei hun. Pan gafodd le i amau, adeg claddu ei dad, nad oedd Jona fel plant eraill, aeth i ofni hefyd ynghylch ei frawd iau. Ni chyfaddefodd am yr ofn hwnnw wrth neb. Erbyn ei hail briodas yr oedd yn esmwyth na felltithiwyd mo Owain fel y melltithiwyd Jona. I'r gwrthwyneb, roedd y plentyn hwn yn eithriadol o gyflym ei feddwl, yn llawer mwy felly na'i hanner-brawd Tomos, er fod ei achres ef yn lân o'r staen oedd yn difwyno un Owain.

Fel y tyfai'r bechgyn, tueddai eu mam i bwyso fwyfwy ar Owain. Ei farn ef oedd yn datrys pob pwnc dyrys iddi yn y pen draw. Ond pan fyddent yn eistedd o gylch y tân fin nos, neu oddeutu'r bwrdd ar bryd bwyd, fe dynnid ei llygaid drachefn a thrachefn i'w wylio'n bryderus. Cyfrifai'r blynyddoedd, ac yna'r misoedd, oedd rhyngddo a chyrraedd yr oedran y trawyd ei dad â'r anhwyldeb. Nid oedd fachgen callach nag Owain yn y wlad. Efallai, pe pasiai'r oed hwnnw, fod ganddo siawns wedyn i fyw'n ddianaf? Yn sicr, fe ganiatâi'r Duw trugarog yr un erfyniad hwn o'i heiddo, a hithau'n ei ofyn yn barhaus ddydd a nos?

Ymdaenodd si unwaith fod Owain a merch y Nant yn caru. Syniai'r wlad y byddai'n briodas fanteisiol iawn o du'r Cwm Uchaf. Ac yntau'n fab o'r gŵr cyntaf, ni allai Owain Jones ddisgwyl etifeddu dim o gynhysgaeth ei dad gwyn. Yn awr dyma'r Nant â hoel braf yno iddo hongian ei het arni.

Crybwyllodd rhywun hyn wrth ei fam, a'r un noson fe drawodd hithau ar y ddeuddyn yn cychwyn o'r capel i gyfeiriad y Nant. Pan soniodd Nathan Ffowc, yn hwyrach y noson honno, ei bod yn amser gwely, ni wnaeth ei wraig un osgo at symud o'i chadair. Roedd Jona a Tomos wedi cychwyn eisoes. Aeth yntau ar ei dro hwyrol o gylch y drysau a'r ffenestri, gan wneud yn siŵr fod pobman dan glo, ac eithrio'r drws ffrynt. Pan gyrhaeddodd yn ei ôl i'r gegin, cafodd Margied yn dal yn ei hunfan.

'Ar eich traed byth! Mae hi awr yn hwyrach nag arfer, cofiwch, o achos y cyfarfod yna yn y capel, a chithau wedi codi'n fore, Margied fach.'

'Ewch chi, Nathan. Rydw i am aros am Owain heno.'

Edrychodd ei gŵr yn graff arni, ond ni fedrai ddarllen dim yn ei hwyneb. Yr oedd yntau wedi clywed a gweled, a meddwl sut, tybed, y cymerai Margied y stori. Er iddo geisio'i orau gadw'n effro, cysgodd cyn i Owain gyrraedd adref ac ni chlywodd mo Margied yn dyfod i'r gwely. Byddai wedi hoffi gofyn iddi drannoeth sut y bu rhyngddi hi a'i mab, ond er mor gytûn oeddynt ill dau, ni chymerodd ef erioed yn hy ar ei chyfrinachau. Ni chymerodd hithau arni ddim mwy na phetai wedi dyfod i'r gwely fel arfer a gadael i Owain gyrraedd adref fel y mynnai. Yn unig, sylwodd Nathan fod y sisial ynghylch y Nant wedi darfod yn swta iawn o'r nos honno allan, a bod y ferch wedi dechrau caru gyda John yr Hendre Wen yn bur fuan wedyn.

Tybiai hefyd fod rhyw gwmwl tros Owain ar brydiau. Dro arall byddai môr llawen a chegog ag erioed. Clywai weithiau si amdano ef a hon a hon; ond cyn bo hir aeth yn arfer gan bobl orffen pob stori felly â'r geiriau, 'Dim peryg y daw dim o hynna eto. Mae'r hen Owain yn ormod o bry i'r un o'r merched yma'i ddal o. Chaiff yr un ohonyn nhw amser i gael crap iawn arno fo. Mae o'n picio o un i'r llall yn rhy heini.'

Cydnabyddai Nathan fod Margied yn ei lle, fel arfer. Nid oedd yn iawn caniatáu i'r un ferch arall esgor ar ofid os gellid rhwystro hynny. Ar yr un pryd, gwaedai ei galon tros Owain. Crugai wrtho weithiau hefyd oherwydd ei law ysgafn gyda'r merched. Yr oedd Tomos, ei fab ef ei hun, mor swil a rhwym ei dafod gyda hwy fel yr ofnai'i dad na chaffai ef byth wraig – a beth fyddai ffawd y Cwm wedyn?

'Mae o'n ddigon ifanc,' cysurai Margied ef, 'a chanddo flynyddoedd o'i flaen i gymryd ei ddewis. Cofiwch nad ydi o ond deunaw oed eto, Nathan bach.'

'Mi ddymunwn i weld rhyw arwydd arno fo, serch hynny. Po hwya y mae bachgen yn aros heb briodi, gwiriona i gyd fydd ei ddewis o, yn ôl pob dim a welais i. Ac os bydd o wedi pasio'i bump ar hugain oed cyn setlo i lawr, fydd yna fawr o hap arno fo.'

'Mi wn eich bod chi'n arfer â deud hynny am y Ffowciaid,' chwarddai hithau, 'eu bod nhw naill ai'n hen lanciau neu ynteu'n priodi'n ffôl ar ôl y pump ar hugain. Ond o'm rhan fy hun, mi welwn i ddeg ar hugain yn hen ddigon buan i Tomos feddwl am briodi.'

Yn fuan wedi'r sgwrs honno, fe grewyd cryn gynnwrf ym mywyd teuluol y Cwm Uchaf, a chymaint â hynny drachefn ymysg tafodau prysur yr ardal, gan arwyddion fod ychwaneg o deulu i'w ddisgwyl yn y Cwm. Teimlai Tomos ac Owain – y naill yn bedair ar bymtheg oed a'r llall yn dair ar hugain – yn bur swil pan daflai rhai o'u cyfoedion ambell i gyfeiriad slei at y gwaith oedd yn eu disgwyl, o fagu baban. Os teimlai Nathan a Margied yr un fath, fe gadwasant eu cyfrinach ac ni fu neb ddim callach o hynny.

Cyfranogai Nathan i raddau o siom ei wraig y tro hwn, pan aned bachgen arall iddynt.

Pa faint bynnag o anhwylustod a barodd, nid oedd gan y baban newydd le i gwyno ar y croeso a gafodd. Dotiai Owain, yn arbennig, arno, a gellid tybio mai ef oedd y brawd cyfan iddo, ac nid Tomos. Gydag ef y treuliai'r hogyn bach ei amser bron i gyd. Cyn iddo fedru cerdded, cariai Owain ef ar ei gefn gydag ef i'r caeau, gan ei adael i gropian o gwmpas ei draed tra oedd ef yn gweithio. Pan ddaeth ychydig yn hŷn, trotiai wrth sgil ei frawd mawr. Ble bynnag y byddai'r naill, yno, gan amlaf, y byddai'r llall hefyd. Pan dyfodd yn ddigon o faint i weithio – ac ni fu hynny'n hir – yr un gwaith ag Owain y mynnai ei wneud.

Bwriadai'i fam roi'r enw Nathan arno, ond gwrthwynebai ei dad yn bendant. Gwell oedd ganddo ef ei alw'n Ifan Huw, ar ôl rhyw ddau ewythr arbennig. 'Dynion da oedd y ddau hynny,' meddai, 'yn fodlon sefyll tros eu hegwyddorion. Mi fyddwn i'n falch petai'r bachgen yma yn tyfu'n debyg iddyn nhw.'

Roedd gan y fam esiampl nes ato y dymunai i'r bychan ei efelychu, eithr tawodd am hynny. Ni waeth pa mor gyfeillgar oedd y ddau, ceisiai hi gofio bob amser mai tad gwyn i Owain oedd Nathan Ffowc.

Pan aned y plentyn ieuengaf yma, dywedodd ei dad, 'Gan mai bachgen arall ydi o, rhaid imi feddwl am aildrefnu pethau.'

Yn ôl yr ewyllys a wnaethai rai blynyddoedd ynghynt, roedd y Cwm Uchaf i ddisgyn yn uniongyrchol i Tomos ar ôl dydd ei dad. Roedd hynny'n rhatach na gadael y lle i Margied a hithau'n gorfod ei ewyllysio ymlaen drachefn – ac apeliai'r ystyriaeth honno i'r gŵr a'r wraig fel ei gilydd. 'Y chi fydd y feistres yma, Margied, hyd yn oed petai o'n priodi, serch i'r lle fod iddo fo mewn enw. Mae Tomos yn ddigon hawdd ei drin.' Cydsyniai hithau. Nid amheuai am funud ei gallu i drin Tomos, ac fe ofalai hi fod ei wraig hefyd, pan gaffai un, yr un mor hyblyg.

Eithr wele Ifan Huw yn awr i ddrysu'r trefniadau.

'Mae hi'n anodd deud, Margied, a hwn mor ifanc, a chymaint o wahaniaeth oedran rhyngddyn nhw, p'un ai gadael y lle i un ohonyn nhw, ynteu rhyngddyn nhw eu dau, fyddai orau. Mi allwn i feddwl mai'r peth doetha rŵan fyddai gadael arnoch chi i farnu, os byddwch chi byw ar f'ôl i.'

Cytunai Margied â hynny hefyd. Pe digwyddai i Tomos aros yn hen lanc, byddai'n ofynnol iddi hi ofalu fod Ifan Huw yn priodi, ac felly byddai'n well ac yn fwy cynnil iddi allu ewyllysio'r fferm yn syth iddo fo yn hytrach nag iddi ddisgyn iddo trwy'i frawd.

Ond cyn i'r tad gael cyfle i gyflawni'i fwriad, fe'i trawyd gan ergyd farwol o'r parlys, a chyn pen yr wythnos fe adawyd Margied Ffowc yn weddw am yr eildro. Fel yr oedd ei dad a'i fam wedi rhag-weld, ni wnaeth perchenogaeth Tomos unrhyw wahaniaeth i'r sefyllfa yn fferm y Cwm. Margied Ffowc oedd yn rheoli yno fel cynt. Er bod ei hiraeth a'i chwithdod yn drwm, nid am golli Nathan fel meistr y dioddefai. Rocdd Owain ganddi yn gefn petai mewn cyfyng-gyngor, a Tomos yn weithiwr ardderchog.

Siom iddi ar hyd y blynyddoedd fu'r ffaith nad oedd argoel yn ei mab ieuengaf o ymdebygu i Owain, na hyd yn oed i'r ewythrod y cariai eu henwau. Roedd yn fachgen caredig, da, ac ufudd. Ambell dro, teimlai Margied ar ei chalon ddymuno iddo fod yn llai ufudd. Gwnâi yn ddigwestiwn bopeth a ddywedai pawb wrtho. Fe'i profodd ei hun yn ifanc yn weithiwr da, ac fe fyddai'n amlwg yn ffermwr craff, yn enwedig gyda defaid. Ond ychydig o ddiddordeb a gymerai mewn dim byd arall. Ni siaradai fawr ei hun, ond byddai'n gwrando wrth yr awr, â'i geg yn llydan agored, ar Owain yn parablu, p'un ai'n gall neu yn ffôl, yn ôl yr hwyliau ddigwyddai fod ar hwnnw ar y pryd.

Gwnaeth Owain ei orau i'w swcro i'r ysgol, ond ni fu fawr o lwyddiant ar ei ymdrechion. Yn un peth, roedd yn rhy dda gan ei fam gael ei waith. Er nid ei bai ydoedd i gyd, chwaith. Roedd llawer ohono ar Ifan Huw ei hun. Yr oedd mor swil ac ofnus. Er ei fod yn eithaf dysgwr, mewn gwirionedd, roedd yn mynd i'r ysgol mor anaml fel nad oedd disgwyl iddo gadw i fyny â'r lleill. I wneud iawn am hynny, daliodd i fynd yno'n achlysurol nes bod yn ddeunaw oed.

13

I'r cartref hwn, felly, y deffrodd Dori drennydd claddu ei thad. Yr oedd wedi cysgu'n drwm iawn ar ôl y nosweithiau diorffwys a'r dyddiau blin a fu tros ei phen, ac am funud methai â sylweddoli ble'r oedd, gan mor wahanol y stafell i ddim yr arferasai hi ag ef. Ymddangosai'r llofft fach yn y Crescent, gyda'r gist ddŵr yn llenwi un rhan o dair ohoni, yn wachul iawn yn ymyl y llofft olau, glyd hon, gyda'i gwely plu esmwyth a'i dodrefn da; ac am y siambr yn y Llechwedd! Prysurodd Dori i ysgwyd honno o'i meddwl cyn gynted ag y gallai.

Er bod Margied Ffowc, y noson gynt, wedi cynnig iddi aros yn ei gwely trwy'r dydd heddiw, ni fynnai hi sôn am hynny, a hithau'n ddigon iach i godi. Teimlai, fodd bynnag, yn swil iawn i fentro o noddfa'r stafell wely i lawr i fywyd y gegin. Pan oedd ar ganol gwisgo amdani, daeth ei lletywraig i mewn.

'Roeddwn i'n meddwl imi glywed dy sŵn di. Mi adewais iti gysgu, gan wybod dy fod wedi blino a chan feddwl y byddai'n well gen ti i'r bechgyn chwalu cyn i ti ddod i lawr – os wyt ti'n benderfynol o godi. Brysia at dy frecwast rŵan, ac wedyn mi gei helpu hwylio cinio, er mwyn iti arfer â'r lle.'

Gwridodd Dori o bleser pan ganmolodd yr hen wraig ei gwaith gyda'r paratoadau at ginio. Yr oedd cyn lleied o eiriau canmoliaeth wedi syrthio i'w rhan erioed.

'Yn wir, rwyt ti'n ddeheuig iawn efo hwylio tamaid. Mi fyddi'n help ac yn gysur mawr i mi yn y lle yma. Mi grugais i lawer erioed na bai gen i ferch.'

Dyna ychydig o ad-daliad am y driniaeth arw yr aethai trwyddi gyda'r Cŵc yn y Crescent. Mi fyddai popeth yn iawn yma – oni bai am Ifan Huw. Eithr pan ddaeth Ifan Huw i'r tŷ gyda'i dri brawd, nid ymddangosai yntau'n llawer i ddychryn rhagddo. Nid edrychodd arni hi o gwbl, ond llowcio'i ginio gyda'r cyflymder mwyaf posib, ei ben i lawr trwy'r amser a'i wyneb yn goch, ac yna brysio allan am ei fywyd.

Gwelsai hi Tomos yn eu sêt fawr hwy yn y Llan ar ambell noson ddiolchgarwch neu gyfarfod pregethu, a hefyd yn angladd ei thad. Ṛoedd y ddau arall yn gwbl ddieithr iddi, ac un cipolwg ar Jona yn ddigon ganddi. Tybiai y byddai'n ei weld trwy'i chwsg y noson honno os edrychai lawer arno. Owain oedd yr unig un o'r pedwar iddi ei hoffi ar y pryd hwnnw, ac arno ef a'i fam y disgynnodd y cyfrifoldeb o gynnal sgwrs â hi.

Nid oedd ef ac Ifan Huw yno i de, ond erbyn swper roedd y teulu'n gyfan drachefn. Deallodd ar y sgwrs mai yn y Gorslwyn y bu'r ddau frawd, ond cymerodd gryn amser i'w neges yno dreiddio i mewn iddi.

'Mi olygith yr un faint o amser â'r ffordd arall,' eglurai Owain wrth ei fam, 'ond fod cryn dipyn llai o sŵn ynglŷn â'r peth.'

'Mae o'n llawer gwell na gostegion,' cytunai hithau. 'Mi fyddai'r Llan yna'n ferw trwyddo bob dydd Sul efo'r rheini, a buan yr aiff tair wythnos heibio. Mi rydd amser i Dori morol dillad, ac arfer mymryn â'r lle yma.'

Carasai Dori petai'r llawr wedi ymagor a'i llyncu hi. I feddwl eu bod yn sgwrsio fel hyn am briodas Ifan Huw a hithau, a hwy eu dau heb gymaint â dal llygaid ei gilydd eto.

Brysiodd i'w gwely gydag i'r hen wraig a hithau orffen clirio swper, a dyna lle y daliwyd hi gan ei phrofedigaeth nesaf. Cysgodd yn fuan wedi mynd i'r gwely, ond nid oedd blinder y diwrnod cynt arni heno, felly nid oedd ei chwsg mor drwm. Deffrodd, rywbryd ganol nos, debygai hi, yn sŵn y gweiddi mwyaf aflafar a glywsai erioed. Neidiodd ar ei heistedd yn y gwely, ei chalon yn curo a'i chorff yn crynu fel deilen aethnen. Ymddangosai iddi hi fod y sŵn yn union y tu allan i'w drws. Roedd y lleuad o faint gweddol erbyn hyn, a phan gynefinodd â gwyll y stafell gallai weld y drws gyferbyn â hi yn agor yn araf a distaw. Parhâi'r sŵn o hyd, ac nid oedd ganddi amheuaeth nad y sawl – neu'n hytrach y peth – a'i gwnâi oedd yn agor ei drws hi'n awr.

Tynnodd ddillad y gwely i fyny fel na adawyd ond ei llygaid yn y golwg, a'r rheini'n barod i gau ar amrantiad rhag pa erchyllltra bynnag fyddai yno. Agorodd y drws hwb arall. Methodd Dori â dal rhagor, a sgrechiodd nerth ei phen. Gwthiwyd y drws yn llydan ac yn frysiog wedyn.

'Dori! Dori!' Llais yr hen wraig. 'Paid â dychryn. Mi gysgaist mor drwm neithiwr fel nad oeddwn i'n siŵr wnaet ti ddeffro heno chwaith, a dyna pam roeddwn i'n ceisio dod i mewn mor ddistaw.'

'Y sŵn ofnadwy yna! Dyna a'm deffrôdd i.'

'Jona druan ydi hwnna,' eglurodd ei fam. 'Dydi o ddim cystal ag arfer y dyddiau yma, ac mae o'n anesmwyth iawn y nos. Mi aiff hyn heibio mewn wythnos neu ddwy, a does dim rhaid iti ofni y daw o'n agos atat ti. Mae'r tri arall yn cysgu'n yr un llofft â fo, felly does dim peryg iddo grwydro'r tŷ.'

Ond roedd Dori'n parhau i edrych wedi dychryn, a daliodd Margied Ffowc i geisio'i thawelu.

'Paid â meddwl dim am Jona, mwy na phe bai o heb fod yma. Mae o'n berffaith dawel a llariaidd fel rheol, ond bob rhyw ychydig fisoedd mi ddaw yna blwc gwylltach arno fo am ysbaid. Mi fyddwn ninnau'n gofalu ei wylio fo'n fwy manwl bryd hynny, ac mi fydd yr anhunedd yn cilio yn ei amser ei hun. Ond rhag iti fod yn anesmwyth, mi gysgaf i efo ti am y tair wythnos nesaf yma. Mi gei gwmni Ifan Huw wedyn, ac mi elli fentro y bydd o'n cadw Jona'n ddigon pell.'

Os mai tynnu meddwl Dori oddi ar y nadau aflafar oedd diben yr hen wraig, fe lwyddodd cystal â'i disgwyliad. Swatiodd yr eneth i lawr yn y gwely â'r dillad tros ei phen; a dim ond cwsg pan ddaeth, a allai ddileu'r cynnwrf a achosodd y geiriau iddi.

Dysgodd arfer â'r bywyd yn y Cwm yn fuan iawn. Jona a'i ystumiau a'i nadau oedd y peth mwyaf anodd i ddygymod ag ef; ond, wedi'r cwbl, ni ddisgwylid iddi hi fynd yn agos ato na gwneud dim iddo. Tueddai i anghofio am fodolaeth ei darpar ŵr, wedi i'w hofn cyntaf ohono dreio. Yna, yn ddisymwth, deuai geiriau ei fam, y noson y dychrynwyd hi gan sŵn Jona, i'w chof, ac yna fe redai i rywle ar ei phen i geisio anghofio. Dihangai hefyd pan alwai cymdogion heibio, ac yn hyn fe'i cefnogid gan Margied Ffowc. Dichon fod ar yr hen wraig ofn i rai o'r ardalwyr plaen eu tafod darfu ar ei chynlluniau ynglŷn â'r briodas, oherwydd roedd y stori'n dew trwy'r ardal, yn barod, fod ei fam wedi dewis gwraig i fab ieuengaf y Cwm.

'Mae'n rhaid mai o'r Llechwedd y cychwynnodd y si,' ebe Margied Ffowc yn ddicllon. 'Mi gymraf i lw nad oes neb oddi yma wedi deud gair.'

Eithr ni wyddai neb ddim yn bendant. Roedd tref y Gorslwyn lawer yn fwy anghysbell i ardal y Cwm nag ydoedd hi i'r Llechwedd ac ni feddyliai ffermwyr y Cwm Hir am gyrchu yno ddim amlach na'r ffair, unwaith y mis, os na fyddai rhywbeth neilltuol iawn yn galw. Felly nid oedd fawr o gyfle iddynt fynd i holi yn swyddfa'r Cofrestrydd yno, petaent rywfaint doethach o wneud hynny. Gwyddent nad oedd gobaith tynnu dim o Owain a'i fam. Yr oedd Tomos ac Ifan Huw yn haws eu trin o lawer, petai unwaith fodd eu maglu i sgwrs; ond roeddynt hwy eu dau fel ewigod y dyddiau hyn, yn dianc rhag pob cymdeithas.

'Gan dy fod ti yma, waeth inni wneud cymaint ag y gallwn ni cyn y briodas,' awgrymai'r hen wraig i Dori. 'Mae gen i beth wmbredd o wêr eisiau'i glirio cyn y medrwn ni lanhau i lawr yn iawn. Mi rown ni ddiwrnod i ganhwylla fory, er ei bod hi fymryn yn gynnar i hynny.'

Fesul tair y gwnaent y canhwyllau yn y Llechwedd. Nid oedd gwêr yr ambell ddafad a leddid yno yn cyfiawnhau rhagor, ac felly canhwyllau brwyn oedd eu golau cyffredin hwy. Synnodd Dori pan ddeallodd nad â mold bychan, fel a ddefnyddiai'i mam, y bwriadai'r hen wraig ganhwylla. Yn hytrach, roedd ganddi lond crochan mawr o wêr berwedig, a phelen o wic i'w dorri at ugeiniau o ganhwyllau. Gwaith Dori oedd trochi'r llinynnau hyn yn y gwêr bob yn ail â'i gilydd, a'u hongian wedyn yn rhesi i ddiferu uwchben pot llaeth enfawr â hanner ei lond o ddŵr. Teimlai ddiddordeb ar y dechrau wrth eu gweld yn praffu ar ôl pob bedydd, ond cyn eu bod wedi agos eu gorffen yr oedd wedi hen alaru ar y plygu blin a'r arogl trwm.

Erbyn nos, roedd ganddynt focseidiau lawer o ganhwyllau braf. Roedd Margied Ffowc yn amlwg yn dra boddhaus ar eu gwaith. 'Dyna! Dyna inni glirio go dda heddiw! Diwrnod gwneud canhwyllau ydi'r casa gen i o ddyddiau mawr y flwyddyn. Mi allwn ni sgwrio allan hen gut y gwêr rŵan, ac wedyn mi gawn ni lanhau'r tŷ trwyddo. Mi fethais yn deg â dod i ben â hynny y gwanwyn eleni. Rhyfedd ydi cael dim ond un pâr o ddwylo at bopeth.'

Fe olchwyd y dillad gwelyau i gyd, ac yna buont wrthi'n gwyngalchu'r bwtri a'r briws. Yn ystod y tair wythnos hyn, gweithiodd Dori cyn galeted ag y gwnaethai yn unman erioed, ond at ei gilydd roeddynt yn ddyddiau digon hapus arni. Yr oedd fwy yn ei chynefin nag yn y Crescent; ac er fod arni hanner ofn y meibion o hyd, a llwyr ofn Jona, gwyddai o leiaf nad oedd beryg iddynt ei gwawdio o achos ei dillad, neu am na siaradai'n union yr un fath â hwy. Nid oedd raid iddi chwaith fyw mewn ofn parhaus o gelpen neu sgwrfa, fel y gwnaethai gartref. Yn hytrach, canmolai'r hen wraig hi'n

169

aml; ac os digwyddai wneud gorchwyl mewn ffordd nad oedd yn ei chymeradwyo, fe ddangosai iddi ffordd well heb wylltio'n ofer am iddi fethu ar ei chynnig cyntaf.

'Mi ddoi di. Rwyt ti'n ddigon deheuig dy swydd wedi iti unwaith gael gafael ar y dull iawn o fynd o'i chwmpas hi. Mae o'n gaffaeliad mawr i mi fod gen ti gystal crap ar wau a gwnïo, o achos mae dillad y bechgyn yma â sobor o angen eu cyweirio a'm llygaid innau'n rhy ddrwg i wnïo'n hir. Mi gei di lonydd i fynd at y rheini o hyn i ben mis, wedi inni unwaith gael pen ar y glanhau mwya.'

Nid gwaith fu hi i gyd arni chwaith. Daeth Tomos â'r cerbyd a'r ferlen at y drws gydag iddynt glirio brecwast un bore, ac aeth Margied Ffowc â Dori i'r Gorslwyn am un diwrnod cyfan i brynu dillad. Yn y siop orau yn y lle, archebodd yr hen wraig ffrog o ddefnydd gwyrdd main wedi'i addurno â melfed tywyllach a mân fotymau aur. Hongiai llathenni o ruban cyn lleted â llaw y tu ôl i'w gwasg, ac roedd les fain fel gwe, o liw'r hufen, yn tyneru tynder y gwddw a'r garddyrnau. Ni freuddwydiodd Dori erioed y câi hi wisg mor wych â hon. Dewiswyd iddi wedyn het fach ddu wedi'i phlethu â blodau amryliw, a phâr o esgidiau tenau, main a gloyw eu blaenau. Fe brynwyd defnydd dillad isaf hefyd, ac nid calico caerog mohono chwaith.

'Mi gei di wnïo'r rheina wrth dy bwysau. Mae min nos yn y gaea yn hir mewn lle anghysbell fel acw.'

O! Roedd pethau'n fendigedig tra llwyddai hi i anghofio Ifan Huw a diwedd y tair wythnos.

Nid oedd yn gwybod ar ba ddiwrnod y bwriedid i'r briodas fod. Nid oedd wedi clywed gair amdani gan neb ar ôl ei hwythnos gyntaf yn ei chartref newydd.

Yna, un prynhawn, clywodd ei fam yn gorchymyn i Owain fynd i'r dref. 'Cystal iti atgoffa'r gweinidog, a'r dyn arall yna, am bore fory, a gwna'n siŵr hefyd ei bod hi'n iawn efo'r capel. Gofala na cholli di mo ddillad Dori o'r cerbyd wrth ddod adre.'

Gwyddai'n ddigamsyniol wedyn mai trannoeth oedd y diwrnod mawr i fod. Gwnaeth ei gorau i weithio fel arfer, ond nid oedd dichon anghofio Ifan Huw heddiw. A olygai lawer o wahaniaeth yn ei bywyd, tybed? Pe gwyddai yr âi pethau ymlaen yr un fath yn union â'r wythnosau diwethaf, ni fyddai'n pryderu gymaint. Yna deuai braw trosti, a throai i feddwl am y posibilrwydd o allu dianc. Ond faint gwell oedd ei siawns yn hynny o beth na thair wythnos yn ôl? Efallai ei bod hi ei hun ychydig cryfach ac iachach – ond yr un oedd ei mam a'r Llechwedd, ac nid oedd y pellter rhyngddi a Lerpwl un iòd yn llai. Pe cawsai le yn un o'r ffermydd cyfagos, neu hyd yn oed yn nhref y Gorslwyn, ni allai deimlo'n ddiogel yno na ddeuai ei mam heibio a'i gorfodi adre gyda hi. Roedd yr hen wraig yma o leiaf yn ddigon o feistres i rwystro hynny, onid e ni fyddai wedi llwyddo i'w dwyn hi o'r Llechwedd y diwrnod hwnnw, ac i gadw ei mam rhag dod i'w hymorol adre wedyn.

Efallai i Margied Ffowc synhwyro peth o'i chynnwrf, o achos dywedodd ar ôl swper y noson honno, 'Raid iti bryderu dim ynghylch Ifan Huw, wyddost. Thrawet ti ar yr un bachgen haws byw efo fo, petaet ti'n chwilio'r pum cyfandir a'th ddewis i gyd gen ti.'

'Ond dydw i'n adnabod dim arno fo,' cwynodd Dori'n dorcalonnus.

'Mi gei ddigon o gyfle i wella hynny yn y blynyddoedd sydd o'ch blaenau chi'ch dau,' ebe'r hen wraig gyda gwên. 'Mae ychydig ddieithrwch yn well na gormod hyfdra wrth ddechrau cyd-fyw.'

'Alla i yn fy myw ddeall sut y bu ichi fy newis i, a chithau'n gwybod dim amdana i,' meddai Dori toc, wedi rhai munudau o ddistawrwydd.

'Wel, wn i ddim yn iawn p'un ai deud wrthyt ti ai peidio sydd galla. Doeddwn i ddim wedi bwriadu deud, ond falle y byddi di'n dawelach dy feddwl wedi clywed y stori.'

Edrychodd Dori arni'n ddryslyd. Ni feddai amcan pa stori allai fod gan neb yn ei chylch hi. Aeth yr hen wraig ymlaen yn ddigynnwrf.

'Mi dderbyniais i lythyr gan dy dad, ychydig wythnosau – neu fisoedd falle – cyn iddo farw. Mi chwiliaf i amdano rywdro iti gael golwg arno fo. Roedd yn cwyno yn y llythyr mor dila oedd o, ac yn ofni mai ychydig o amser oedd ganddo i fyw. Ddwedodd o'r un gair yn erbyn dy fam, ond pwysleisio'n arw ei fod o'n anesmwyth yn dy gylch di. Mi ofynnodd imi, os byth y byddet ti gartre eto, a minnau'n cael lle i amau fod pethau'n galed arnat ti, a rown i gysgod iti nes y caet dy gefn atat.'

'A minnau'n meddwl nad oedd o byth yn cymryd sylw ohonof i,' sibrydodd Dori'n edifeiriol.

'Roedd ganddo fo feddwl mawr ohonot ti, greda i, ond ei fod o'n rhy ofnus, a rhy wael hefyd, i feiddio dangos hynny. Falle'i fod o'n credu hefyd mai gwneud pethau'n waeth i ti wnâi o wrth ymyrryd. Roedd yn deud yn y llythyr y caet ti fynd i'r Hendre mewn munud, ond fod fan'ny mor agos i'r Llechwedd nes bod yn anghysurus iddyn nhw ac i tithau. Gwybod yr oedd o, mae'n debyg, fod ar Huw Lewis hanner ofn dy fam ac y manteisiai hithau ar hynny i fragaldio a chadw sŵn o gwmpas y lle.'

'Mae hi'n ddrwg rhwng Mam a'r Hendre bob amser.'

'Wedyn mi ddwedodd dy dad nad oedd ganddo fawr o ffrindiau yn y Llan erbyn hyn, a neb allai gymryd dy blaid di, petai angen. Roedd o'n benderfynol o beidio ag enwi dy fam. Dwedodd ein bod ni yma'n anghysbell, a digon ohonom i rywun allu bod o fewn galw iti o hyd, a'i fod o'n cofio iddo fo dderbyn llawer o garedigrwydd yma erstalwm, ac yntau'n hogyn yn Nhŷ Cerrig. Mae diwedd ei lythyr yn dod i'm meddwl bron bob tro y byddaf i'n edrych arnat ti. "Mi fyddaf i'n gweld yr eneth hynaf yma'n debyg iawn i fel y byddwn i yr adeg honno, ac mi hoffwn allu gwneud rhywbeth iddi hi gael bywyd mwy hapus nag a gefais i. Mi ddaw'r llall trwyddi'n well".'

Daeth y dagrau oedd yngholl ddydd yr angladd ar warthaf Dori'n awr. Ymhen tipyn, gan sychu ei llygaid, dywedodd, 'Dyna pam y buoch mor garedig wrthyf.'

'Dyna pam y meddyliais y gallet ti ac Ifan Huw gyd-dynnu'n weddol,' cywirodd yr hen wraig. 'Mi gedwais olwg arnat yn yr angladd, ac wedyn mi fûm yn swmpio peth ar Mari Lewis yr Hendre. Mi benderfynais oddi wrth hyn i gyd mai plentyn dy dad oeddit ti. A dyna sut y bu i mi ei hel hi acw y diwrnod hwnnw.'

'Mi fyddai Mam wedi rhoi cweir ofnadwy imi oni bai amdanoch chi,' cyfaddefodd Dori.

'Dyna lythyr dy dad wedi arbed hynny iti, felly. Ond i mi orffen fy stori. Gydag imi dderbyn y llythyr, mi anfonais Owain ar sgawt tua'r Hendre i ddeud wrth Edwart y gwnaem ni'n gorau glas drosot ti, pryd bynnag y deuai cyfle. Does neb ond Owain a minnau wedi gwybod am hynny tan y munud yma. Mi wyddwn yn rhy dda y byddai dy dad druan mewn ffwrnais saith poethach petai Gwen yn deall ei fod o wedi sgrifennu felly.'

'Welodd Owain fy nhad?'

'Do, ac roedd o wedi'i syfrdanu gan yr olwg oedd arno fo. Fyddai o ddim wedi synnu clywed ei fod wedi marw drannoeth, meddai fo. Mi eglurodd dy dad ei fod yn disgwyl yr ymladdet ti trwyddi os caet ti aros yn Lerpwl; ond roedd arno ofn fod dy fam am dy dynnu di adre am fod gwaith y fferm yn mynd yn feistr arni, a dim natur gweithio allan yn Lydia. "Mi gâi Dori gam wedyn," meddai, "a dyna pryd y byddwn i'n falch o feddwl eich bod chi yn y Cwm â'ch llygaid arni." Ac mi addawodd Owain iddo fo, trosom ni ein dau, na chaet ti ddioddef gormod os gallem ni atal hynny.'

Eisteddodd y ddwy mewn distawrwydd am amser hir. Er cymaint ei chyfyng-gyngor, llawenhâi Dori wrth feddwl am bryder ei thad amdani trwy'r blynyddoedd, pan dybiai hi na faliai neb p'un ai byw ai marw fyddai. Felly paham ei phenbleth? Os ymddiriedai ei thad ddigon yn y bobl hyn i erfyn eu nawdd iddi hi, ac yntau heb eu gweld ers blynyddoedd, siawns na fyddai'n ddiogel iddi hithau fentro'i bywyd gydag Ifan Huw? Dyna fyddai ei gyngor ef yn siŵr. Trodd at yr hen wraig, a dweud yn ddifrifol, 'Mi wnaf fy ngorau i Ifan Huw, a chithau, a siawns na ddof i arfer â fo bob yn dipyn.'

Deffrodd Margied Ffowc ei darpar ferch-yng-nghyfraith yn fore drannoeth. 'Mi hoffwn i gael y lle yma'n weddol gymen cyn cychwyn,' eglurodd. 'Rydym i fod yn y capel erbyn wyth. Mae hi'n chwech rŵan, ond fod y cloc yma ryw awr a hanner yn fuan, wrth gwrs.'

Bu'n gryn redeg arnynt i gyd wedyn. O'r diwedd, cwblhawyd bron bopeth y gellid ei wneud yr adeg honno o'r bore. Daeth yr hen wraig i fyny'r grisiau wrth i Dori ddechrau'n brysur ar y gwelyau. 'Na, gad ti i'r rheina'n awr, 'ngeneth i. Mi gwnaf i nhw gydag imi ddod adre'n ôl. Mae yna waith ad-drefnu arnyn nhw heddiw. Yn un peth, mi fydd rhaid cario 'ngwely plu i, a roddais i gadw'n gynnes o dan hwn, oddi yma. Dos di i'th wneud dy hun mor daclus ag y gelli di.'

Ufuddhaodd Dori â'i hwyneb yn fflam.

Profodd diddordeb y dillad newydd yn gryn feddyginiaeth iddi y plygain hwnnw.

'Yn wir, mae Miss Jones wedi dy ffitio di'n ardderchog,' oedd cymeradwyaeth Margied Ffowc pan gerddodd y wraig ifanc yn swil i mewn i'r gegin.

'Diaist i, Dori,' ebe Owain, 'rwyt ti'n edrych yn dda. Bron na

173

cheisiwn i redeg Ifan Huw eto.' Ac roedd hi'n amlwg ar Ifan Huw, oedd yn sefyll ym mhen draw'r gegin â'i wyneb cyn goched â chrib ceiliog, y byddai'n ollyngdod mawr iddo pe gwnelai ei frawd y gymwynas honno ag ef.

'Cadw di o gwmpas y tŷ, Tomos,' gorchmynnodd ei fam, fel y dringai hi ac Owain a'r pâr priodasol i'r cerbyd. 'Mi gei well trefn ar Jona felly. Ac os digwydd i rywun alw, mi elli ddeud wrthyn nhw fod Ifan Huw a Dori wedi mynd i'w priodi.'

Ychydig o atgof am y daith honno a gariodd Dori gyda hi i'r dyfodol. Rhwng cythrwfl ei meddwl, a'i thrafferth i gadw'r het anghynefin ar ei phen yn y gwynt a gynhyrchid gan gyflymder eu gyrru, ni feddai lygad na chlust i ddim oddi allan. Ni siaradodd y tri arall chwaith, nes i Owain ddweud, wrth ddisgyn o'r cerbyd ym muarth y dafarn, 'Rydym ni dros hanner awr yn rhy fuan.'

'Mi eisteddwn yn y capel i aros,' ebe ei fam.

Safai'r capel ychydig y tu allan i'r dref. Cerddodd y pedwar yno trwy strydoedd oedd heddiw mor ddifywyd â heol y Llan ar ei thawelaf. Yr oedd y capel ynghlo, ond aeth Owain i guro ar ddrws tŷ gyferbyn a dod yn ôl â'r agoriad gydag ef. Edrychai Owain yn debycach o lawer i fod yn priodi nag Ifan Huw, er ei fod gymaint yn hŷn nag ef. Sut ŵr wnaethai Owain tybed? Rhyfedd na bai'i fam wedi cael gwraig iddo yntau cyn hyn. Ond digon prin y buasai ar Owain angen cymorth neb at y gwaith!

Yr oedd gwedd capel y Gorslwyn hanner y ffordd rhwng gwychder yr addoldy Saesneg yn Lerpwl a phlaender capel y Llan. Eisteddodd y pedwar ohonynt yn dawel yn y sedd flaen nes daeth y gweinidog a rhyw ŵr yn cario ffetan ledr i mewn.

Ysgwyd llaw yn ôl a blaen wedyn, a'r gweinidog yn gofyn, 'A dyma'r wraig ifanc, Mrs Ffowc? Wel, gobeithio y byddan nhw'n ddedwydd iawn eu dau. 'Waeth inni ddechrau arni ar unwaith, am wn i. Mae hi wedi taro wyth, on'd ydi hi, Watcyn?'

'Ydi,' atebodd y gŵr â'r ffetan.

Cerddodd y pedwar i'r sêt fawr: Margied Ffowc yn gyntaf, Dori wedyn, ac Owain yn cynnal penelin Ifan Huw. Yna, sefyll yno'n rhes, a Dori'n ufuddhau, megis mewn breuddwyd, i'r gweinidog – adrodd ar ei ôl, ateb wrth ei orchymyn, estyn ei llaw i gyffwrdd ag un y priodfab. Amdano ef, druan, cagiai a chamddeallai'n druenus.

174

Bwtffalai gyda'r fodrwy, ac yn y diwedd bu raid i Owain ei chymryd oddi arno a'i rhoi ar flaen y bys priodol ei hun.

Eistedd drachefn, a'r gweinidog yn gweddïo, a'r weddi, fel y gwasanaeth o'i blaen, yn pasio ymhell uwchben y ddau oedd a wnelo fwyaf â hwy. Ychwaneg o ysgwyd dwylo ac o ddymuno'n dda, a phawb yn arwyddo'u henwau mewn llyfr mawr a dynnodd Mr Watcyn o'i ffetan. Owain yn gwthio rhywbeth i'w law ef a'r gweinidog, a hefyd i ryw wraig dlodaidd ei gwisg a ymddangosodd o rywle fel yr oeddynt yn gadael y capel.

Anadlodd Dori'n ddwfn. Roedd cael dod yn rhydd o'r capel yna yn un waredigaeth, beth bynnag! Dyna'r cam wedi'i gymryd bellach. Waeth iddi heb â phetruso'n ei gylch mwy, na throi a throsi yn ei meddwl. Roedd pendantrwydd yn fwy cysurus, o leiaf, na siglo'n ôl a blaen fel pendil cloc.

Trodd Owain at ei fam. 'Mi fûm i'n edrych ar amser y trenau ddoe,' meddai, 'ac mae yna un yn cychwyn i'r Bermo am naw. Mi allai Ifan Huw a Dori ei ddal o'n hawdd, os hoffen nhw gael diwrnod efo'i gilydd ar lan y môr. Mi ofalwn i neu Tomos am ddod â'r cerbyd i'w cyfarfod heno.'

Cyn i'w mam-yng-nghyfraith newydd gael cyfle i ateb, torrodd Dori ar draws: 'Na. Mae'n well gen i gael mynd yn ôl i'r Cwm.' Roedd meddwl am ddiwrnod cyfan heb neb ond Ifan Huw'n gwmni iddi yn ddigon i goncro'i hamharodrwydd i ddatgan barn wrth y dieithriaid hyn.

Gwenodd Margied Ffowc. 'Wel, falle'i bod hi braidd yn hwyr ar y flwyddyn erbyn hyn, Owain. Dywed eu bod nhw'n cael diwrnod ar lan y môr yn nes ymlaen.'

Ni ddywedodd y gŵr ifanc air, ond sefyll â'i ben i lawr.

'Oes yma rywun am gwpanaid o de, 'te, cyn cychwyn adre?' cynigiodd Owain.

'Wyt ti, Dori?' gofynnodd yr hen wraig.

Ysgydwodd Dori'i phen. Y Cwm Uchaf oedd ei noddfa erbyn hyn. Ni fyddai raid i Ifan Huw a hithau sefyll yn hurt i wynebu'i gilydd yn y fan honno. Byddai yno rywbeth i'w wneud, beth bynnag.

Aethant adref yr un ffunud ag y daethent: y ddau ddyn y tu blaen a'r merched y tu ôl. Popeth yr un mor ddistaw, ond Dori'n dechrau chwarae â'r syniad tybed a gâi hi fynd i'r gymanfa ysgolion yn y

Llan. Byddai'n gryn gysur ganddi feddwl fod Lydia a'i mam wedi gweld ei dillad newydd.

Megis mewn ateb iddi, plygodd ei mam-yng-nghyfraith tuag ati a sibrwd, 'Falle na wnaiff o mo'r tro iti wisgo'r gwyrdd yna y ffordd hyn am dipyn, a thithau newydd gladdu dy dad. Felly, mi archebais i siwt fach ddu, blaen iti ddoe efo Owain. Mi addawodd Miss Jones ei gyrru hi i'r Groesffordd Fawr efo'r cariwr nos Sadwrn. Mi elli ddod i'r capel rŵan, ac mi edrychi'n fwy gweddus mewn du.'

Wedi disgyn o flaen drws y Cwm, hebryngodd Owain y ferlen i'r stabal a diflannodd Ifan Huw i fyny'r grisiau. Daeth Tomos i'r golwg o rywle, gyda Jona o'i led-ôl.

'Dim byd rhyfedd, Tomos?' gofynnodd ei fam.

'Nac oes, am wn i,' atebodd yntau'n araf. 'Ond mi fu yma bobol ddiarth yn holi amdani hi,' gan amneidio i gyfeiriad Dori.

'Ben bore fel hyn! Pwy?' Swniai Margied Ffowc yn bur chwyrn.

'Dim ond ei mam a'i chwaer.'

'O!' ochneidiodd Dori, gan glosio at yr hen wraig.

'Beth oedd arnyn nhw ei eisiau, 'sgwn i?' ebe Margied Ffowc yn sychlyd.

'Deud yr oedd ei mam ei bod hi'n anesmwyth ynghylch Dori – ei bod yn siarad gwlad wrth fyw ynghanol yr holl ddynion yma, a bod arni ofn iddi golli'i chymeriad yng ngolwg pobol.'

'Oes arni, yn wir?' ebe'i fam, â'i llygaid yn melltennu. 'Gwyn fyd na bawn i wedi cyrraedd adre cyn iddyn nhw gychwyn oddi yma.'

'Roedd y wraig yn siarad yn ddigon rhesymol,' amddiffynnodd Tomos. 'Mi ddwedais wrthi fod Dori wedi mynd i'w phriodi heddiw, a dyma hi'n deud yn syth ei bod hi'n falch iawn a'i fod o'n gyfrifoldeb mawr oddi ar ei hysgwyddau, am fod yr eneth yn tueddu i fod . . . i fod ychydig yn . . . wel . . . yn wylltach na'r ferch oedd yma efo hi.'

'Yr hen gnawes fudur!' ebe Margied Ffowc. 'Ddwedodd hi rywbeth arall?'

'Wel, do. Mi ddwedodd fod ganddi hanes lle iddi yn Lerpwl, ac y câi fynd iddo fo dim ond iddi ymddwyn yn well na'r tro o'r blaen; ond pan ddwedais i am y briodas, mi addawodd na wnâi hi bwyso dim ar ei hawliau ei hun efo hi – bod yn rhy falch ganddi feddwl amdani wedi dod i gartre mor dda ac at bobol fyddai'n edrych ar ei hôl.'

'Rhywbeth arall?' gofynnodd ei fam yn ordawel.

'Dim byd o bwys,' meddai Tomos yn frysiog. 'Mi ddangosais i fymryn o gwmpas y buarth iddyn nhw, ac mi ofynnodd y ferch am lymaid o ddŵr, am ei bod hi'n sychedig ar ôl cychwyn mor fore oddi cartre a cherdded mor bell. Felly mi adewais iddyn nhw wneud cwpanaid o de iddyn nhw'u hunain.'

'Mi wnaethost! A phan fo eisiau iti siarad, ddywedi di'r un gair o'th ben wrth yr un ferch. Gollwng rhyw daclau fel'na i'r tŷ, a minnau allan! Beth oedd ar dy ben di?'

'Roedden nhw'n siarad yn ddigon call. A dyma chithau wedi gorfodi Ifan Huw i briodi hon, sy'n perthyn mor agos iddyn nhw.'

Ni ddychmygodd Dori erioed y gallasai Tomos siarad mor sarrug, na dal at ei fam fel hyn. Ymddangosai Margied Ffowc wedi'i synnu hefyd, oherwydd safodd am gryn ysbaid yn edrych arno, heb ddweud dim. Cyn iddi gasglu'i hadnoddau ynghyd, daeth Ifan Huw i lawr o'r llofft yn ei drowsus rhip a'i siaced liain. Cyfeiriodd am y drws heb gymryd sylw o'r tri arall.

Galwodd ei fam ar ei ôl, 'Fyddai dim raid iti roi'r dillad yna heddiw, Ifan Huw. I ble'r ei di?'

'I deilo,' meddai yntau, ac i ffwrdd ag ef.

Achubodd Tomos ei gyfle a dilyn wrth ei sawdl. Aeth Dori a'i mam-yng-nghyfraith i'r llofft a newid yn ôl i'w dillad gwaith. 'Er does dim rhaid iti weithio heddiw, wyddost,' ebe Margied Ffowc. 'Gorffwys dipyn.'

Yr oedd Dori o'r un farn ag Ifan Huw yn hyn o beth. 'Mae'n well gen i weithio,' meddai. 'Gaf i ddechrau troi allan un o'r llofftydd?'

Wrth ymroi iddi felly, aeth digwyddiadau'r bore yn bell ac annelwig ganddi, megis breuddwyd. Yr unig beth i'w pherswadio nad breuddwyd oedd ydoedd y fodrwy anghynefin a ddisgleiriai ar ei llaw chwith.

Ciliodd i'w gwely, yn ôl ei harfer, gydag iddi glirio'r llestri swper. Oni bai am ei swildod o'r dynion, byddai wedi hoffi lawer tro o'r blaen aros am ychydig i wau neu wnïo. Eithr heno, teimlai'n rhy flin a chythryblus ei meddwl i fod ag awydd hynny. Penderfynodd gysgu ar unwaith, ond yn ei byw ni allai. Clywodd dwrw Jona'n dod i fyny, a rhai o'i frodyr i'w ganlyn. Yna distawrwydd am ysbaid. Clybu glecian y grisiau drachefn, ond dim sŵn arall i brofi fod neb yno, nes iddi glywed sisial y tu allan i'w drws ei hun. Dyfalai mai Margied Ffowc oedd un, a dychmygai mai Ifan Huw oedd y llall.

Ysbaid arall, ac agorodd y drws bob yn hwb, yn union fel y noson honno dair wythnos yn ôl, a chau yr un fath. Caeodd hi ei llygaid yn dynn i gymryd arni gysgu, er ei bod yn rhy dywyll i bwy bynnag oedd yno weld a oeddynt ar agor ai peidio. Clywodd siffrwd distaw, fel dillad yn cael eu tynnu a'u gollwng i'r llawr. Yna symudodd rhywun ddillad y gwely yn dringar – yn fwy tringar o lawer nag y gwnâi Margied Ffowc – a llithro i mewn, gan hongian ar ymyl eithaf y gwely. Hongiai Dori hithau ar yr erchwyn arall. Roedd arni gymaint o ofn symud nes methu â chysgu am oriau meithion. Ni chofiai erioed noson mor hir ac anghysurus, gwaeth hyd yn oed na honno ar sgrin y Llechwedd. Ac â barnu wrth anadliad pwy bynnag oedd yn rhannu'r gwely gyda hi, ni chysgodd yntau chwaith.

Pan oleuodd y llygedyn cyntaf yn y dwyrain, teimlai'r sawl oedd yno yn llithro allan mor dawel ag y daethai i mewn. Clywodd yr un siffrwd drachefn, a'r cerdded gochelgar. Trodd y mymryn lleiaf ar ei phen ac agor un llygad. Ie. Adnabu ei ffurf rhyngddi a'r ffenest – Ifan Huw! Clywodd ddrws y llofft yn agor, ac yn cau eilwaith. Symudodd hithau i ganol y gwely a chysgu'n drwm o'r diwedd – ddwy awr helaeth tros ei hamser arferol.

14

Ni fu'n anodd i Dori ddysgu cynefino â'r Cwm Uchaf, ac ychydig a amharodd ar ei hapusrwydd y deng mis ar hugain cyntaf iddi fod yno. Prifiodd a chryfhaodd lawer yn ystod yr amser, oherwydd er nad oedd yno gymaint o ddanteithion nac o amrywiaeth bwyd ag yn y Crescent, eto byddai'r prydau bob amser yn dda a maethlon, ac yn helaethrwydd mawr o'u cymharu â dim a gawsai hi gartref erioed. Ar ben hynny, wedi iddi arfer â'r gwaith, ac i Margied Ffowc gael y 'glanhau i lawr', a boenai gymaint arni, oddi ar ei chefn, roedd yno le llawer ysgafnach nag yn y Crescent na'r Llechwedd. Nid oedd yr hen wraig byth yn arthio arni, ond yn gadael iddi wneud fel y gallai, ac roedd hithau gymaint â hynny'n barotach i ymegnïo mwy. Gofalai

Margied am rannu pob gorchwyl trwm gyda hi, fel nad oedd beryg iddi dorri'i chalon.

O dipyn i beth, daeth i ddeall trigolion ei chartref newydd yn well. Hoffasai Owain a'i fam o'r dechrau cyntaf. Erbyn hyn, yr oeddynt hwy ac Ifan Huw yn anwylach ganddi na neb ar y ddaear. Cymerodd yn hir i'w gŵr a hithau ddyfod tros eu swildod cyntaf; a hyd yn oed eto, ar bryd bwyd ac yng ngŵydd ei fam a'i frodyr, neu ddieithriaid, wrthi hi y dywedai Ifan Huw leiaf. Eithr ar yr wyneb yr oedd hyn. I Dori, ac iddi hi yn unig, y datguddiai ef gyfrinachau dirgelaf ei galon, pethau na allai hyd yn oed Owain ond dyfalu'n ddiamcan amdanynt o'r blaen.

Bron na theimlai ei bod wedi cynefino â Jona hefyd. Gwir na allai oddef aros ar ei phen ei hun gydag ef, fel y gwnâi'r lleill, ond dysgodd anwybyddu ei ystumiau, a'i oernadu wedi nos.

Tomos a brofodd yn fwyaf siomedig iddi. Ni theimlai yn ddim nes ato ef wedi dwy flynedd a hanner na phan ddaethai i'r Cwm gyntaf. Yn hytrach, fe'i gwelai'i hun, os rhywbeth, yn pellhau oddi wrtho. Ef oedd yr unig un y teimlai ei fod yn ddrwgdybus ohoni ac yn anfodlon o'i phresenoldeb yno. Nid dim byd a ddywedai a roddai iddi'r argraff yma, ac ni chofiai ei deimlo ar y dechrau cyntaf; ond yn awr cryfhâi'n gyson ganddi.

Er fod Tomos gymaint mwy distaw a swil nag Owain, rhyfeddai Dori gymaint mwy yr âi ef o gwmpas na'i hanner brawd. Un rheswm am hynny oedd ei fod yn ffyddlonach i'r capel. Fel blaenor ac ysgrifennydd yr eglwys, ni chollai Tomos byth foddion; gŵr-yr-un-oedfa ydoedd Owain, a honno fel rheol yn oedfa'r nos. Yn ystod yr wythnos, drachefn, byddai gan Tomos gyfarfod gweddi neu gyfarfod darllen, seiat neu bwyllgor, bron bob nos. Yr oedd ei fam ac Ifan Huw yn selog ddigon, ond ni ddeuai'r un ohonynt i fyny â mab hynaf Nathan. Cerddai ef yn rheolaidd hefyd i'r Llan, i ryw gyfarfod neilltuol neu'i gilydd, neu i gwrdd â blaenoriaid y capel yno ynglŷn â threfniadau'r ddwy eglwys.

'Welais i erioed y fath beth,' cwynai Margied Ffowc wrth ei merch-yng-nghyfraith. 'Mae Tomos yma'n ormod am gapel, ac Owain yn rhy fach. Petai modd cymysgu'r ddau, iddyn nhw fod yn debycach i ti a mi ac Ifan Huw, mi fyddai gwell graen arnyn nhw o lawer.'

Yna, yn ystod ei thrydydd haf yn y Cwm, cafodd Dori rywbeth

pwysicach nag opiniynau a chrefyddolder Tomos i bendroni yn ei gylch. Nid oedd Margied Ffowc yn ôl o awgrymu iddi ambell dro ei siom na chaffai Ifan Huw fab i ddiogelu'r olyniaeth yn y Cwm am un genhedlaeth arall. Felly, pan ddeallodd Dori y genid baban iddi cyn y Nadolig canlynol, llawenhâi yn bennaf oherwydd y balchder a ddug hynny i'w mam-yng-nghyfraith. Teimlai hi, o'i rhan ei hun, yn berffaith fodlon ar bethau fel yr oeddynt – digon o waith i'w chadw'n ddifyr, a mwy o ryddid i fynd, ac i wneud fel y mynnai, nag a brofasai yn ei hoes erioed o'r blaen. Eithr gan mai i Margied Ffowc yr oedd hi'n ddyledus am yr hapusrwydd yma, roedd hithau'n fodlon talu'r hyn a allai amdano i'r hen wraig.

Fel y cerddai'r haf ymlaen i'r hydref, daeth rhyw don o swildod tros Dori. Tybiai fod pobl yn edrych arni yn y capel, a dechreuodd lunio esgusodion tros aros gartref. Yn enwedig, tybiai fod Tomos yn ei gwawdio, er na roddasai ef erioed arwydd o hynny trwy wên na gair. Er gollyngdod iddi, ymddangosai'i mam-yng-nghyfraith fel pe bai'n deall ei theimladau. 'Waeth iti heb â phoeni i ddod i'r ysgol Sul heddiw, Dori. Mi wnaiff fwy o les iti fynd am dro ar hyd y caeau yma. A pheth arall, paid â thrafferthu dy hun i godi i weini arnyn nhw ar bryd bwyd o hyn allan. Eistedda di yn dy gadair. Mi wn i'n iawn sut yr wyt ti'n teimlo ynghanol yr holl ddynion yma. Roeddwn i'r un fath fy hun y tro cynta.'

O hynny ymlaen cafodd Dori ei rhyddid i grwydro fel y mynnai ar ôl cinio'r Sul. Weithiau câi gwmni Margied Ffowc, ond i'r ysgol Sul yr âi honno fynychaf, ac Owain yn y tŷ yn gwarchod Jona. Deuai Ifan Huw gyda hi weithiau rhwng amser te ac amser cychwyn i'r capel, neu droi i'r tŷ i wylio'i frawd. Byddai Owain yn dueddol o ddweud wrth godi oddi wrth y bwrdd, 'Mi wnaf i'r cyfan sydd eisiau bellach, Ifan Huw. Dos di am dro bach efo Dori. Mae hi'n braf iawn heno, ac mi wnaiff les iti gerdded y caeau yma weithiau heb feddwl am deilo na throi na llyfnu na hau.'

Ond, ran amlaf, ar ei phen ei hun y byddai; ac er na fynnai gyfaddef hynny, dyna'r troeon y byddai'n eu mwynhau fwyaf. Wrth gerdded yn araf o gae i gae, a chynefino â nodweddion gwahanol pob un, dysgodd i'w dychymyg weld y llinell faith o Ffowciaid a fu'n ymladd am eu tamaid ar dir y Cwm: ambell un ohonynt yn llwyddo'n llew, ond y genhedlaeth nesaf, trwy ryw anlwc neu'i gilydd – hin anffafriol neu golledion gyda'r anifeiliaid – yn colli'r cyfan a gasglodd yr un o'i blaen, gan adael ar do iau wedyn y cyfrifoldeb o godi'r hen fferm drachefn. Yr oedd rhywbeth yn wefreiddiol yn y syniad o'r hir barhad hwn, a dechreuodd Dori ymhyfrydu yn y teimlad ei bod hithau'n un o'r dolennau oedd yn cydio'r gorffennol hwnnw wrth ddyfodol allai ymestyn cyn belled ymlaen ag yn ôl.

Dringai weithiau i'r ffriddoedd. O'r isaf ohonynt gallai weld pentref y Llan yn glwstwr gwyn yng nghesail y dyffryn. Os dringai i'r un uchaf, gallai weld ffriddoedd y Llechwedd a'r mynydd oedd mor gyfarwydd iddi yn nyddiau ei phlentyndod. Wrth edrych arnynt, deuai llu o atgofion i'w meddwl. Beth ddywedai ei mam, tybed, pan glywai ei bod fel hyn? Arswydai wrth feddwl amdani'i hun yn yr un cyflwr gartref yn y Llechwedd. Lawer gwaith ar ben y Ffridd Ucha y tyngodd iddi'i hun na châi ei phlentyn hi byth ddioddef fel y bu raid iddi hi.

'Rhaid imi benderfynu peidio byth â cholli 'nhymer efo fo, beth bynnag ddigwydd,' fe'i siarsiodd ei hun ganwaith.

Nid oedd Dori'n fwy tueddol o wneud hynny nag unrhyw un arall. Cofiai gael plyciau yn y Crescent pan ddymunai rybedio pethau o gwmpas, pe meiddiai, ond yma nid oedd demtasiwn i hynny. Os teimlai ar dro fel taflu llestr ar draws y stafell, ei dilunwch hi ei hun fyddai'r achos. Gwenai wrth feddwl beth ddywedai Margied Ffowc petai hi'n ildio i fympwy felly yn ei gŵydd. Cofiai mor ddiseremoni yr oedd yr hen wraig wedi trin natur ddrwg ei mam erstalwm.

Diolch na ddaethai ei mam na Lydia byth ar gyfyl y Cwm wedi diwrnod ei phriodas hi. Cadwai hithau o'r Llan gymaint ag y gallai. Âi i'r Gorslwyn ddengwaith amlach nag yno. Cyrchai Tomos neu Ifan Huw y negesau o siop Modlen – Tomos ran amlaf. Felly ni welsai hi ei mam na'i chwaer ers tair blynedd. Gwyddai fod Lydia yn yr ysgol o hyd, ond heb fod yn ffefryn mawr gan y plant, ac yn cael yr enw o fod yn eneth bur wyllt. Clywsai Owain hefyd ei bod yn ddrwg iawn rhwng Gwen Llwyd a theulu'r Hendre.

Dro arall, fe gerddai'r dolydd gyda glan yr afon. Roedd yn hoff iawn o eistedd ar un o'r clogfeini yn yr Erw Wyllt, i wrando ar y dŵr yn berwi yn y Crochan. O'r sedd honno ni welai fawr ond y gwylltineb yr ochr draw i'r ceunant; ond roedd sŵn yr afon yn orffwysol ganddi, a bron na fyddai'n siŵr o bendwmpian os eisteddai'n hir yno.

181

Un min nos Sul ym mis Hydref, ac Ifan Huw a hithau wedi rhodianna'n hir ar lan yr afon, awgrymodd Dori iddynt eistedd am ychydig yn yr Erw Wyllt. Cydsyniodd yntau, er nad oedd ei deimladau ef at yr Erw yn agos yr un fath â'i rhai hi.

'Allaf i'n fy myw ddeall pam wyt ti â chymaint o helynt efo'r hen Erw yma. Dyma'r cae mwya atgas gen i ar y fferm i gyd.'

Chwarddodd hithau. 'Mi ddwedaf iti'r rheswm am hynny. Rwyt ti'n gymaint o ffermwr, wyddost, a dyma'r unig dir yn y Cwm Uchaf sydd wedi profi'n feistr arnat ti. Fedri di'n dy fyw wneud dim o gribau'r hen graig yma, ac felly rwyt ti'n digio'n gorn wrth y cae i gyd.'

'Mae'n gas gan fy nghalon i dir diffaith,' addefodd yntau, 'ond mae rhywbeth dyfnach na hynny ynglŷn â hwn. Rydw i'n cofio gofyn i Owain, pan oeddwn i'n fychan iawn, ai yma oedd cartre'r Ysbryd Drwg y bydden nhw'n sôn gymaint amdano fo yn y capel.' Tawodd am ennyd, cyn mynd ymlaen yn swil. 'Mi fydd y plentyn yma'n ffermwr da hefyd, mi gei di weld. All o ddim peidio â bod, a'i fagu yn y Cwm fel hyn, a chenedlaethau o ffermwyr y tu ôl iddo fo.'

'Falle nad bachgen fydd o.'

'Rywfodd mae'n siŵr gen i mai bachgen fydd o. Falle am fod dyfodol y lle yma'n dibynnu gymaint ar inni gael un, a'r lleill i gyd yn hen lanciau.'

'Beth wyddost ti na phriodan nhw eto?' awgrymodd hithau, rhwng difri a chwarae.

'Na.' Roedd Ifan Huw'n hollol ddifrifol. 'Mi eglurodd Owain imi, y diwrnod cyn i ti a minnau briodi, na allai o byth fentro hynny, rhag ofn iddo gael plant ac i'r rheini fod yn debyg i Jona a'i dad.'

'O,' sibrydodd Dori, yn llawn tosturi. Nid oedd yr agwedd hon ynglŷn ag Owain wedi'i tharo erioed o'r blaen. Yna, 'Ond beth am Tomos? Does dim felly i'w rwystro fo.'

'Nac oes, o ran hynny. Ond mi fyddai'n rhy swil erstalwm i dorri gair â'r un eneth, a dyma fo rŵan yn bump a deugain oed. A dydi mam ddim yn credu mewn priodi ar ôl mynd yn hen,' datganodd Ifan Huw yn syml, fel petai hynny'n derfynol. 'Dyna pam y daeth hi â thi yma, rhag i minnau fynd yr un fath â fo.' Neidiodd ar ei draed yn sydyn. 'Wyddost ti ei bod hi'n hen bryd imi fynd i'm hwylio fy hun i'r capel?'

182

'Ydi hi'n gymaint â hynny o'r gloch yn barod? Dos di, 'te. Mi arhosaf i yma am ryw ddeng munud eto.'

'Mi arhosaf i efo ti.'

'Nage, dos. Mi gollaist nos Sul diwetha, ac mi fydd Tomos yn teimlo os arhosi di gartre heno, a hithau'n gyfarfod gweddi.'

'Paid ag ymdroi'n hir, 'te. Fydda i byth yn esmwyth wrth feddwl amdanat ti'n eistedd uwchben yr hen Grochan yma, yn enwedig pan fo'r afon mewn lli fel y mae hi heddiw.'

'Mae 'mhen i'n ddigon sad i hynny,' ebe Dori'n ysgafn. 'Mi gymraf i ddigon o ofal i beidio â chwympo tros y dibyn.'

Bwriadai godi ymhen ychydig funudau ar ôl ei gŵr, a throi i'r tŷ yn gwmni i'w mam-yng-nghyfraith, gan mai tro honno i warchod oedd heno. Byddai'n dywyll cyn bo hir hefyd. Roedd y dydd yn byrhau'n gyflym iawn rŵan, a'r haul yn machludo'n gynnar. Suodd sŵn yr afon hi i hanner breuddwydio, fel y gwnâi bob tro yr eisteddai yno am fawr o dro. Nid oedd llawer o liw ar y machlud heno. Cofiai am ei thad yn gyrru'r ferfa honno, ac yn dweud wrthi, 'Paid ti â gadael iddi *hi* guddio lliwiau pethau oddi wrthyt.'

A oedd ganddo rywbeth am y machlud yn ei ganeuon, tybed? Fe âi hi trwyddyn nhw eto fory i weld. Roedd wedi meddwl lawer tro hefyd holi Owain a oedd ef yn gwybod am ragor o waith ei thad. Rhaid fod ei thad yn wahanol iawn yn hogyn ifanc yn y Tŷ Cerrig rhagor yr hyn ydoedd yn ŵr yn y Llechwedd – neu paham y byddai Margied Ffowc ac Owain yn cofio mor dda amdano wedi'r holl flynyddoedd, nes bod yn fodlon ymorol a thrafferthu yn ei chylch hi, yn unig am ei bod yn ferch iddo ef.

Trawodd rhyw sŵn uwch na rhu'r afon ar ei chlust. Dichon ei fod yno ers rhai eiliadau, ond fod ei meddwl hi'n rhy bell iddi sylwi arno. Nid oedd yn bosib ei gamsynied. Roedd Jona yn rhywle'n ei hymyl! Rhaid fod Margied Ffowc wedi mynd yn anesmwyth amdani wrth ei gweld yn dechrau tywyllu, ac wedi dod i alw arni, a Jona efo hi. Ni welai arwydd ohoni yn unman chwaith – dim ond Jona yn dod tuag ati, ei ben i lawr a'i ddwylo'n nofio o'i flaen, a'r sŵn annaearol yna ganddo, na chlywsai mohono erioed gan neb arall. Er fod y golau'n dechrau pylu, roedd ei ystumiau dychrynllyd i'w gweld yn ddigon eglur. Rhyfedd iddo gael ei daro fel hyn yn awr, o achos nid oedd brin wythnos er pan gafwyd tawelwch y nos gydag ef ar ôl gorffen y plwc diwethaf, ac roedd hi'n rhy fuan iddo gael un arall.

Edrychodd Dori'n bryderus i'r cyfeiriad lle cyfarfyddai'r gorwel â'r man lle dechreuai'r Erw wyro ar i lawr. Nid oedd arwydd o neb yn ei ddilyn.

'Ble mae Mam, Jona? Ble mae Mam?'

Safodd yntau am funud yn edrych arni. Yna daeth yn ei flaen, a'i ddwylo'n estyn tuag ati.

Fferrodd ei gwaed. Ni choncrodd hi erioed ei hofn o Jona, ond byddai cwmni'r lleill yn rhoi gwroldeb iddi. Yn awr llifodd y dewrder benthyg i gyd i ffwrdd wrth iddi sylweddoli'i bod mewn lle unig heb neb o fewn cyrraedd ond Jona – a Jona yn waeth nag y gwelsai ef erioed o'r blaen. Gwyddai mai cadw'r llaw uchaf arno oedd angen ar adegau fel hyn, a cheisiodd siarad mor awdurdodol ag y gallai.

'Dos adre, Jona. Mi wyddost nad wyt ti i fod allan yr adeg yma o'r nos. I ffwrdd â thi.'

Ond ni chymerodd y sylw lleiaf ohoni. Daliai i ddod yn ei flaen, yr un mor araf, ond yr un mor sicr o hyd.

Ffodd ei ffug-awdurdod mor sydyn ag y daeth. Ciliodd yn ei hôl rhagddo, gan ymdrechu i gadw'r graig yr oedd wedi bod yn eistedd arni rhyngddi ac ef. Ceisiai fesur ei siawns i ddianc tua'r gamfa ym mhen ucha'r Erw, ond roedd darn lled serth rhyngddi a chyrraedd y tir clir lle dechreuai'r Erw wastatáu. Un waith, gallasai obeithio ei gyrraedd, er fod Jona'n gallu symud yn gyflym iawn pan fynnai, er mor drwm ac afrosgo oedd ei gam. Ond nid oedd ganddi'r siawns leiaf i hynny yn awr, pan na fedrai redeg ar le gwastad heb sôn am le serth. Ei hunig obaith oedd ceisio gwneud llwybr iddi'i hun ar hyd y darn gwyllt, gan gadw rhai o'r clogfeini'n barhaus rhyngddi a'r gwallgofddyn. Os llwyddai i groesi trosodd i'r Ddôl Fawr, a gallu cyrraedd canol honno, byddai yng ngolwg y ffordd wedyn a falle y digwyddai fod yno rywun yn pasio'n hwyr i'r capel.

Ar hynny, rhoddodd Jona ruthr sydyn ymlaen, ac ni fu ond y dim rhyngddo a chydio yn ei gwisg. Sgrechiodd Dori nerth ei phen a neidio'n ôl o'i gyrraedd. A hithau'n drom ac afrwydd, cafodd gam gwag, a'r peth nesaf a wybu oedd ei theimlo'i hun yn cwympo wysg ei chefn i lawr i'r ceunant. Er maint ei braw, cafodd amser i feddwl ynddi'i hun fod syrthio i'r Crochan yn well na syrthio i ddwylo blewog Jona.

Ataliwyd cwrs ei chwymp yr un mor ddisymwth ag y cychwynnodd. Ceisiodd ailgrynhoi ei meddyliau. Sut oedd hi arni'n awr, tybed? P'un ai gwell ai gwaeth? Nid oedd wedi syrthio i'r Crochan, beth bynnag, ac ni theimlai ddigon o boen i fod wedi torri asgwrn, ond ei bod wedi syrthio ar ei chefn mewn camystum anghysurus. Deallodd cyn hir ei bod wedi'i charcharu rhwng y graig a choeden ifanc oedd yn tyfu ohoni mewn hollt. Cychwynasai'r goeden dyfu'n syth ar ei chyfer fel petai am bontio'r ceunant; ond erbyn iddi brifio rai modfeddi, fe gollodd ei huchelgais cyntaf a throi i fyny tua'r haul, gan ffurfio cloer y syrthiodd Dori iddi. Daliai'r goeden hi gerfydd ei gwasg, gan adael ei phen a'i thraed heb ddim i'w cynnal ond yr ychydig y gallai wasgu arnynt yn erbyn serthedd y graig.

Aeth yr ystum yn annioddefol yn fuan iawn. Ceisiodd dynnu ym moncyff y pren er mwyn ei chodi'i hun ar ei heistedd, ond roedd yr agen yn rhy gul iddi allu syflyd. Brathai ei gwefusau rhag sgrechian wedyn, a bradychu i Jona lle'r oedd. Dychmygai deimlo'i fysedd ar ei gwddw, a hithau'n ddiymadferth fel hyn. Chwiliai ei llygaid yn wyllt, mewn ofn ei weld yn ysglentio i lawr y llethr serth tuag ati. Ofnai wedyn ei fod wedi gallu ymwthio trwy'r drysni ar y ffin rhwng yr Erw Wyllt a'r Llain, ac yna ymgripio gyda gwely'r afon nes cyrraedd yn union islaw iddi.

Ni allai glywed ei sŵn – roedd twrw'r Crochan yn rhy gryf i hynny – ond parodd rhyw reddf iddi godi'i llygaid tua'r awyr, ac nid oedd angen iddi atal ei sgrechian mwy, oblegid dyna lle'r oedd Jona, yn union uwch ei phen, yn rhythu i lawr arni. Ychydig yn is i lawr na'r lle y bu hi'n eistedd, tyfai derwen braf, yr unig bren o lawn dwf yn yr Erw Wyllt. Tyfai'r lleill i gyd yn rhy agos i'w gilydd i fod yn ddim ond eiddilod neu gorachod o goed, ond roedd canghennau hon yn lledu lathenni lawer o'i chylch. Ymestynnai un o'r canghennau nes ffurfio cysgod tros y pren eiddil, bellter islaw, oedd yn carcharu Dori yn ei grafanc. Trwy ryw wyrth, roedd Jona wedi llwyddo i ymlusgo ar hyd-ddi nes cyrraedd ei blaen eithaf, ryw chwe llath uwchben Dori.

Syllodd hi i fyny, heb fedru tynnu'i golwg oddi arno, nes y'i gorfodwyd i gau ei llygaid gan erchylltra'r hyn a ddigwyddodd nesaf. Ni wybu hi byth p'un ai ceisio neidio amdani hi a wnaeth y truan, p'un ai dewis y Crochan a'i greigiau danheddog o fwriad. Gwelodd ef yn codi'i ddwylo o'r gangen ac yn neidio. Gwelodd fflach o ddüwch rhyngddi a'r awyr, ond ni chlywodd ddim ond sŵn yr afon yn berwi islaw. Er y gwyddai mai cyn lleied â hynny o argraff a wnâi ei gweiddi hithau, eto daliodd ati am funudau lawer, rhag ofn fod rhywun yn chwilio am Jona erbyn hyn. Ceisiai droi ychydig ar ei phen i weld a oedd olion o'r naid ofnadwy honno yn unman. O'r diwedd gallodd droi digon i weld y stremp mawr du ar fin eithaf y pwll. Dychmygai'i weld yn symud. Tybiai wedyn mai'r gwynt yn ysgwyd ei ddillad oedd. Ofnai bob munud ei weld yn codi ac yn dringo'n ôl ati hi, er y protestiai ei synnwyr na chwympai neb i'r dyfnder hwnnw yn ddianaf.

Roedd y goeden yn gwasgu ar ei gwynt, a theimlai fel petai asgwrn ei chefn ar fin hollti'n ddau. Roedd pob modfedd ohoni wedi cyffio, ond yn ei hysgwyddau a'i gwar yr oedd y boen fwyaf. Ar y dechrau, ceisiai weiddi yn awr ac yn y man, ond cyn hir rhoes y gorau i wastraffu ei llais. A bwrw eu bod yn chwilio'r dibyn amdani, roedd sŵn yr afon yn sicr o foddi'i llais hi. Roedd wedi tywyllu o ddifri'n awr, ond hyd yn oed petai'n ddydd golau glân, ni allai Dori erbyn hyn droi ei phen i wylio'r sypyn du ger y trobwll. Yr oedd ei meddwl yn rhydd felly – i'w weld yn codi – ac yn cropian – ac yn dringo! Ond nid am hir. Profodd y boen, a'r diffyg cylchrediad yn ei gwaed, ynghyd a'r braw, yn ormod iddi yn y man, ac yn raddol aeth yn anymwybodol.

Gallai grynhoi'r hyn a gofiai o'r pythefnos nesaf i le bychan iawn.

Goleuadau . . . lleisiau . . . poen. Y golau'n fflachio i'w llygaid a'i brifo. Yna'r tywyllwch caredig drachefn.

'Llifia yn y gwaelod yma. Cymer ofal rŵan.'

Symud rhyw bwysau oddi ar ei chefn, diolch am hynny. Ond y boen yn ailddeffro yn ei hysgwyddau a'i breichiau. O! Pam na adawent lonydd iddi?

'Mor dringar ag y gellwch chi, fechgyn . . . Mae hi'n dod ati'i hun.'

Golau eto, a waeth pa ffordd y troai rhagddo, yr oedd ym mhobman. Claddu'i hwyneb yn nail y goeden dderwen . . . nage, yn y gobennydd . . . Lleisiau eto, dim ond sisial y tro hwn. Ifan Huw yn crio! Beth oedd arno fo, tybed? A'r hen wraig hefyd! Oedd rhywun wedi marw? Hi ei hun, falle. Pwy oedd yn cydio'n ei llaw? Owain . . . Ychwaneg o bobol ddiarth, a sisial, a phoen, poen mawr; ond roedd hwnnw yn ei hysgwyddau'n well . . . Tywyllwch wedyn, heb olau yn unman.

Deffrôdd un prynhawn, a gweld y stafell yn glir o'i chwmpas, yn hytrach nag fel cysgod o rywbeth arall. Safai Margied Ffowc yno, a dyn dieithr gyda hi. Beth oedd hwnnw'n ei wneud yno? Ceisiodd Dori godi ar ei heistedd, ond ni allai. A oedd hi wedi'i rhwymo? Paham yr oedd hi'n chwilio am goeden yn ei stafell wely?

Daeth y gŵr dieithr ymlaen a chydio'n ei braich.

'Wedi deffro o'r diwedd? Campus! Peidiwch â cheisio codi'n rhy sydyn, 'merch i. Mi ddaw hynny gydag amser.'

Plygodd ei mam-yng-nghyfraith trosti.

'Sut wyt ti, Dori, 'ngeneth i?'

'Beth ddigwyddodd?' gofynnodd hithau'n ffwndrus. 'Fûm i'n sâl?'

'Do,' ebe'r gŵr dieithr, 'ond mi wellwch ar garlam rŵan.'

Cododd gwich ryfedd o gyfeiriad y lle tân.

'Beth ydi'r sŵn yna?' gofynnodd Dori'n ddychrynedig.

'Dy faban bach di,' eglurodd yr hen wraig. 'Fe'i ganed o wythnos i heddiw.'

'Ond dydi hi ddim yn Nadolig eto.' Yn ofer y ceisiai Dori gofio pa amser o'r flwyddyn oedd hi.

'Nac ydi, 'ngeneth i, ond mi . . . mi . . . syrthiaist ti, ac fe ddaeth y baban ychydig ynghynt na'r disgwyl.'

Syrthio! Do – ond ble? A phryd? A hithau wedi bod yn ofni genedigaeth y baban yma, wele ef, trwy ryw ryfedd ffordd, wedi digwydd heb yn wybod iddi o gwbl.

'Yfwch hwn,' a daliodd y dieithryn gwpan wrth ei genau. Yfodd ef. Wedi'r cyfan, pa ots beth a ddigwyddasai. Roedd o trosodd, a hithau wedi blino . . . Dim ond iddi gael cysgu tipyn . . . Swniai lleisiau ei mam-yng-nghyfraith a'r dyn yn bell iawn, a chaeodd Dori'i llygaid.

'Mae hi'n well nag yr oeddwn i'n ofni. Llymaid bach yn aml i godi'i nerth, bob tro y bydd hi'n deffro. Mi fydd ei meddwl hi'n gliriach erbyn hynny, ac rydw i'n gadael ar eich doethineb chi i ddeud yr hanes wrthi.'

'Ddwedaf i am y bychan, Doctor?'

'Rhaid iddi gryfhau'n gynta, ond ellir mo'i gelu o'n hir, gwaetha'r modd. Gofalwch, beth bynnag, eich bod chi a'r mab yma pan wnaiff hi ddeffro nesa.'

Dweud am beth? . . . Nid oedd hi wedi sylweddoli mai peth fel hyn oedd geni baban.

Deffrodd at y bore drannoeth, yn chwys ac yn ddychryn i gyd, ac yn sgrechian ar uchaf ei llais.

'Dyna ti, Dori fach. Rwyt ti'n berffaith ddiogel yma.' Owain oedd yno, ac Ifan Huw â'i fraich amdani, yn ceisio'i thawelu. 'Dyna, dyna, 'ngeneth i. Paid ag ofni dim. Rydym ni i gyd yma, yn gwmni iti.'

'O! Mi freuddwydiais bethau dychrynllyd!' Cuddiodd Dori ei llygaid â'i llaw i geisio cau allan y breuddwydion. 'Am Jona, a'r Erw Wyllt . . . a syrthio, a methu symud.' Beth os nad breuddwyd oedd o? 'Ble mae Jona?' llefodd yn gynhyrfus.

'Mae o o gwmpas yma'n rhywle.' Ceisiodd Margied Ffowc ei thawelu.

'Cedwch o oddi yma! Cedwch o draw!' gwaeddodd Dori yn wyllt, gan ymladd i geisio dianc, er na wyddai i ble.

'Mi wnâi lai o ddrwg iddi wybod y gwir, nag ymladd ag ofnau gwag fel hyn,' ebe Owain yn isel wrth ei fam.

'Dywed ti wrthi, 'te.' Ymollyngodd yr hen wraig i gadair ger y tân, a gorchuddio'i hwyneb â'i dwylo.

Cydiodd Owain yn llaw Dori, a siarad yn dyner gyda hi. 'Mi gest dipyn o fraw, Dori, a chodwm tros ddibyn yr Erw Wyllt. Wyddom ni ddim yn iawn sut y digwyddodd y peth, ond mi syrthiodd Jona druan hefyd, ac mi cawsom ni o ar fin y llyn, wedi marw.'

Unig deimlad Dori ar y pryd oedd gollyngdod o glywed fod Jona yn farw. Ni fyddai raid iddi ei ofni ef byth eto. Er hynny, deuai pyliau o gryndod trosti wrth gofio amdano. Bob yn dipyn, daeth y cyfan yn ôl iddi, ac erbyn y noson honno gallodd adrodd yr hanes yn gyflawn i Margied Ffowc.

'Fy machgen i, druan, a minnau mor falch ohono pan aned o! Doedd o ddim yn gyfrifol am beth wnaeth o – ond mae'n ddrwg iawn gen i iddo achosi'r fath ofid a phoen i ti. Gwna dy orau i anghofio amdano fo, cyn gynted ag y gelli di.' Tawodd ennyd, cyn mynd yn ei blaen wedyn. 'Faddeuaf i byth i mi fy hun. Y cwbwl wnes i oedd troi i'r bwtri i morol defnydd grual at swper, ac erbyn imi ddod yn f'ôl doedd dim sôn am Jona, a minnau wedi'i adael o'n pendwmpian, debygwn i, o flaen y tân. Mi redais allan ar unwaith, ond doedd gen i'r un amcan pa ffordd i droi i chwilio. Wedyn mi es yn anesmwyth amdanat tithau, wrth ei gweld hi'n tywyllu, a dod yn ôl i'r tŷ i edrych oeddit ti yno. Wedyn mi es i gyfarfod y bechgyn o'r capel. Mi fynnodd Ifan Huw fynd i'r Erw Wyllt yn gynta, er 'mod i newydd ddod oddi yno. Ac roedd Owain yn benderfynol o fynd i lawr i wely'r afon – a dyna beth welodd o.'

'Ai boddi wnaeth Jona?' sibrydodd Dori.

'Wel, roedd ei ben o yn y dŵr, a'i gorff ar y creigiau, ond torri'i wddw wnaeth o mewn gwirionedd.'

'Rhyfedd i Owain fy ngweld i yn y tywyllwch felly.'

'Mae Owain yn siŵr o lwyddo bob amser.' Er maint ei thrybini, yn ei byw yr ymwrthodai Margied â chyfle i ymhyfrydu munud yn ei ffefryn. 'Mi ddwedodd wedyn ei fod o'n bur anesmwyth yn dy gylch. Mi allwn feddwl ei fod o'n sylweddoli, fwy nag oeddwn i, gymaint o ofn Jona oedd arnat ti. Mi fflachiodd ei lusern i bob twll a chornel. Yna mi'th gwelodd di hanner y ffordd i fyny'r llethr. Roedd Ifan Huw yn y man a'r lle erbyn hynny, ac mi redais innau i chwilio am help. Mi gawson nhw waith mawr dy gael di'n rhydd.'

'Do, mae'n siŵr. Rydw i fel petawn i'n cofio rhywbeth am hynny.'

'Does dim posib iti gofio llawer, o achos 'ddaethost ti ddim atat dy hun tan bnawn ddoe. Prin fod y doctor o'r Gorslwyn yn disgwyl iti ddod trwyddi, y noson gynta honno. A phan welodd o fod y plentyn ar y ffordd hefyd, mi fynnodd ddoctor mawr o Lerpwl i ddod i'w helpu.'

'Rydw i wedi gwneud trafferth ichi,' gofidiai Dori.

'Na. Fy mai i oedd y cwbwl. Ddylaswn i ddim bod wedi gadael Jona am un munud, a minnau'n gyfrifol am ei warchod. Ond roeddwn i'n credu fod y plwc egr trosodd arno. Roedd digon o ddoctoriaid wedi fy rhybuddio yn ei gylch hefyd – y gallai o droi'n beryg heb inni feddwl, unwaith y cyrhaeddai ganol oed. Ond gan 'mod i wedi cynefino gymaint efo fo, doeddwn i ddim yn sylweddoli fod yr amser hwnnw wedi dod. Mi ddylaswn fod wedi gadael iddyn nhw ei gymryd o i ffwrdd, er mwyn iddo gael edrych ar ei ôl yn iawn.'

Ni theimlai Dori cystal drannoeth a thradwy, fel petai datguddiadau a sgwrsio'r diwrnod cynt wedi profi'n ormod i'w nerth. Treuliodd y ddau ddiwrnod hynny yn hanner cysgu, heb ddiddordeb mewn dim na sylwi ar neb, oddieithr yr ysbeidiau aml pan neidiai i fyny mewn braw rhag hunllef y Ceunant Gwyllt.

Yr oedd wedi hybu ychydig erbyn y pedwerydd dydd, ac yn barod i siarad eto. Dechreuodd feddwl am ei phlentyn.

'Welais i mo'r baban eto,' atgoffodd ei mam-yng-nghyfraith. Er ei

189

syndod, ymddangosai honno'n swil a phetrus iawn, yn wahanol i'w dull dihoced arferol.

'Mi ddwedodd y doctor nad oeddit i'th gynhyrfu dy hun efo dim, nes y daw o heibio eto mewn diwrnod neu ddau. Mi ofynnaf iddo fo bryd hynny wyt ti'n ddigon cryf i gael golwg ar y plentyn.'

Yn ofer y protestiai Dori na chynhyrfai ddim o weld baban mor ifanc â hynny. Yr oedd yr hen wraig yn bendant. Gan nad oedd Dori'n ddigon cryf i ddal ati, bu raid iddi fodloni i orffwys yn ôl heb ddadlau rhagor. Yr oedd mor flinedig, ac roedd siarad llawer yn faich iddi.

Methai'i mam-yng-nghyfraith â gwneud digon erddi. Yr oedd yr hen wraig fel petai ar ei gorau yn ceisio talu iawn am y gofid a achoswyd iddi gan ei mab hi. Cyflogodd hogen i'r tŷ – nid oedd yn anodd gwneud hynny'n awr, ar ôl i Jona fynd – i'w galluogi hi i roi'i hamser i gyd i weini ar ei merch-yng-nghyfraith a'i baban.

Treuliai Ifan Huw ran fawr o'i amser yn y llofft, gan edrych ar Dori â'i lygaid mor bryderus-hiraethus â llygaid ci ffyddlon, nes codi eisiau crio arni wrth eu gweld. Pan âi ei fam allan o'r stafell, cyffyrddai yntau â gwallt ei wraig, neu ei llaw, a sibrwd, 'Mi fu bron imi â thorri fy nghalon y pythefnos diwethaf yma, Dori. Allwn i byth fyw hebot ti.'

Galwai Owain i mewn yn gyson i edrych amdani, ac yr oedd byth a beunydd yn helcyd i'r dref i geisio rhywbeth at ei phleser. Daeth Tomos heibio unwaith neu ddwy hefyd; ond gadawodd yr argraff ar Dori ei fod ef yn ystyried iddi ymddwyn yn wirion iawn yn syrthio tros y dibyn o ddim ond o ofn Jona.

Ar y cyfan, er ei gwendid, a'r pyliau o ddychryn a ddeuai trosti yn awr ac yn y man, wythnos ddedwydd fu honno iddi. Cofiai am y tro y bu'n sâl yn y Llechwedd, yn eneth dair ar ddeg oed, a chyferbynnai'r ddau le. Teimlai fwy o awydd bob dydd i weld y baban; ond byth er pan ddaeth Dori ati'i hun, fe roddasai Margied Ffowc dân mewn llofft ar wahân iddo ef, rhag fod ei sŵn yn aflonyddu ar ei fam, meddai hi. Ni fedrai Dori roi ei throed ar lawr eto, felly roedd yn amhosib iddi ddwyn cip arno pan ddigwyddid ei gadael am ychydig funudau ar ei phen ei hun. Petai yn yr un llofft â hi, gallai fod wedi codi ar ei gliniau yn y gwely ac estyn trosodd at y crud.

O'r diwedd daeth y meddyg heibio. Ymddangosai'n fodlon iawn ar gynnydd y claf.

'Dyma welliant garw, yntê, Margied Ffowc? Mi gawn ni drefn ar bethau bellach. Mae hi wedi cryfhau llawer mewn wythnos, ond mi fydd rhaid imi alw yma ddwywaith neu dair eto cyn y caiff hi sôn am godi.'

'Mae hi'n anesmwytho, Doctor, eisiau gweld y baban; a minnau ag ofn ei chynhyrfu a gwneud drwg iddi,' meddai Margied Ffowc, gan edrych yn awgrymiadol ar y meddyg.

Anwybyddodd ef yr edrychiad. 'Na, rydw i'n disgwyl ei bod wedi cryfhau digon i allu dal hynny'n awr, ac mi fydd y plentyn yn gwmni iddi yma.'

Aeth yr hen wraig allan, a dod yn ôl efo bwndel bach mewn siôl wlanen goch yn ei breichiau.

'Dyma fo iti,' meddai, gan ryddhau plygion y wlanen. Cododd Dori ar ei phenelin, a'i chalon yn curo mor gyflym nes bron â'i thagu, er mwyn syllu'n iawn ar yr wyneb bach henaidd. Pan welodd ef, ni wyddai p'un ai siom, neu fraw, neu dosturi oedd y teimlad cryfaf ynddi. Yr oedd cleisiau duon ar ei fochau, a chramennau mawr ar hyd ei dalcen; a phan lithrodd y siôl oddi ar ei ben, gwelai fod oddi tani yn un clwstwr o ddoluriau ar hanner gwella.

'O'r peth bach!' meddai, gan estyn amdano i'w breichiau. 'Beth sydd wedi digwydd iddo fo? Oes rhyw afiechyd arno fo?' Llifodd y dagrau parod i'w llygaid.

'Nac oes, dim afiechyd, mewn ffordd,' ebe'r meddyg yn araf, 'ond o achos eich cwymp chi, ac ichi gael eich gwasgu mor dynn gan y goeden, ynghyd â'r braw gawsoch chi, roedd hi'n ormod disgwyl i'r plentyn ddianc yn gwbl ddianaf. Ei ben a'i cafodd hi waethaf, ond mae'r doluriau'n gwella'n dda.'

'Fydd yna lawer o'u hôl nhw?' gofynnodd yn bryderus.

'Na fydd,' sicrhaodd y doctor hi. 'Fydd yna'r un marc i'w weld ar ei ben na'i wyneb ymhen ychydig wythnosau.'

'Dydi o ddim o bwys amdanyn nhw felly,' ebe Dori, wedi'i hesmwytho.

'Nac ydi, ddim amdanyn nhw,' cytunodd yntau'n gynnil. 'Y peryg mawr ydi fod niweidiau y tu mewn i'w ben hefyd. Rhwng y rheini, a'r ysgytiad gawsoch chi ac yntau, mi fydd . . . wel . . . falle angen mwy o ofal efo fo na gyda plentyn cyffredin.'

Caeodd llaw rewllyd am galon Dori wrth wrando arno.

'Dydych chi ddim am ddeud y bydd o fel Jona?' ymbiliodd.

'Nac ydw, nac ydw,' lleddfodd yntau. 'Anaf sydd arno ef, ond drwg cynhenid oedd ar Jona druan. Fyddwn i ddim yn crybwyll y peth wrthych chi ar hyn o bryd petai o fel Jona; ond gan mai anaf a gwendid sy'n cyfrif am ei gyflwr, mae'n bwysig ichi fod yn gwybod hynny, er mwyn iddo gael gofal arbennig a thawelwch o'r dechrau cyntaf.'

Poenodd Dori lawer ar y dechrau ynghylch geiriau'r meddyg, ond fel y gwelai'r briwiau'n gwella a chlirio, tueddai ei phryder hithau i gilio. Cyn bo hir, edrychai Nathan bach yn debyg i unrhyw faban arall, ac addunedai ei fam y rhoddai fwy o ofal a chwarae teg iddo nag a gafodd yr un plentyn erioed. Cadwasai ei phryder hi'n ôl am rai dyddiau, ond unwaith y cyrhaeddodd hyd at y fan yna, dechreuodd wella o ddifri. Roedd yn rhaid iddi gryfhau er mwyn achub ei phlentyn. Felly y cyfiawnhawyd y meddyg am ei siarad plaen, ac y tynnwyd y tir oddi tan draed Margied Ffowc, oedd yn ei feio amdano.

15

Yn ystod oriau'r nos y teimlai Dori fwyaf oddi wrth ei hafiechyd. Cysgai'n anesmwyth, a deffro mewn chwys a braw, wedi ail-fyw'r oriau ofnadwy hynny ar lan yr afon. Deuai pyliau anorfod o wylo trosti ar brydiau hefyd, a chriai heb wybod yn iawn am beth. Er hynny, fe ddeuai bob dydd i sylwi mwy ar bethau o'i chwmpas, ac i deimlo rhagor o ddiddordeb yng ngwaith y tŷ a'r fferm. Diolchai fod Margied Ffowc wedi cymryd marwolaeth Jona mor dawel, ac nad ymddangosai hi ac Owain ac Ifan Huw, beth bynnag, fel petaent yn ei beio hi am beth ddigwyddodd. Llawenhâi wrth sylweddoli mor falch yr oeddynt ei bod hi'n gwella. Gwelai hyn fel prawf ei bod hithau o'r diwedd wedi dod yn destun gofal a phryder i rywrai. Gallai weld fod bywyd yn y Cwm yn nesáu at ei rigolau arferol o ddydd i ddydd, a'r lle gwag a adawodd Jona yn prysur gael ei lenwi. Addawodd Margied Ffowc iddi y câi godi cyn pen yr wythnos.

Yna, un bore, synhwyrodd gyfnewidiad yn awyrgylch y lle. Roedd yr hen wraig yn pensynnu, a'i meddwl yn bell; ac nid ymddangosai

Owain ac Ifan Huw yr un fath chwaith. Gwyddai ar y sŵn cerdded a'r adlais lleisiau fod llawer o alw yn ôl a blaen trwy'r dydd. Adnabu lais gwraig y Pandy – arwydd sicr fod yna ryw stori i'w chwilota allan. Ni ddeuai'r un o'r ymwelwyr hyn i fyny ati hi. Gwrthwynebai Margied Ffowc yn bendant iddi weld neb o'r cymdogion, rhag iddi gael ei chynhyrfu. Dichon fod arni ofn beth ddywedai rhai ohonynt wrthi.

Ceisiodd holi'r tri oedd ganddi, ond methai â gwneud dim ohonynt. 'Na, rydym ni'n iawn. Beth ydi'r gwiriondeb sy'n dy gorddi di?' oedd yr unig ateb a gâi.

Pendronai ynghylch beth allai fod. Nid oedd yn meddwl iddi hi wneud dim i'w tarfu. Yr oedd Ifan Huw mor dyner ag erioed, ac Owain a'i fam yr un mor garedig. Ond roedd fel petai rhyw ddiddordeb mwy na hi wedi cydio ynddynt. Nid ei hafiechyd oedd eu pryder, oherwydd, er fod Margied Ffowc yn dal yn hynod ofalus ohoni, eto yr oedd ers dyddiau yn ei gadael am ysbeidiau a mynd i lawr y grisiau. Nid y baban oedd yr achos chwaith, oherwydd yr oedd ef yn ei grud, yma yn y llofft, a'i friwiau'n agos iawn at wella, ac yn blentyn hynod o dda, byth braidd yn crio am ddim.

Daliodd pethau felly am dridiau. Y pedwerydd bore deallodd Dori fod rhywbeth wedi digwydd. Yr oedd golwg gyffrous ar Margied Ffowc, a dywedodd wrth Dori ei bod hi ac Owain yn mynd i'r dref.

'Rydw i'n disgwyl y byddi di'n iawn. Mae'r hogen yma'n bur hylaw efo'r baban, ac rydw i wedi deud wrthi am gynnau tân yn y parlwr bach a'i gadw o'n dawel yno nes cyrhaeddwn ni'n ôl. Mi ddaw Ifan Huw â thamaid i fyny iti, ac rydw i'n dy roi di ar dy air i beidio â cheisio codi tra byddwn ni i ffwrdd.'

Gwelai Dori nad oedd i gael siawns i blymio'r forwyn, ond tybiai y byddai'n gyfle da i holi Ifan Huw, gan mai ef oedd i warchod. Eithr ni lwyddodd ond i wneud ei gŵr yn anesmwyth ac anghysurus. Ni cheisiai ef wadu nad oedd rhywbeth yn bod, ond ni ddywedai ddim mwy na, 'Mi gaiff Owain a mam adrodd yr hanes. Mi fyddwn i at fy ngwddw mewn dŵr poeth petawn i'n deud rhywbeth fyddai'n dy wneud ti'n waeth.'

Yr *oedd* yna rywbeth, felly, a rhywbeth lled ddifrifol hefyd. O dosturi tuag ato, gadawodd lonydd wedyn i Ifan Huw, ond bu ei meddwl yn ymlid ar ôl y dirgelwch trwy'r dydd. Aeth tros y posibiliadau arferol. Edrychai pawb yn eithaf iach: ei gŵr a'i fam ac

Owain. Gan gofio, ni welsai mo Tomos ers dyddiau, ond nid oedd dim yn anghyffredin yn hynny. Tybed ai ynglŷn â Tomos yr oedd yr helynt? Ond os felly, paham y penderfyniad mawr i'w gadw rhagddi hi? Ni chyffyrddai aflwydd Tomos mor agos â hi â phetai'r helynt ar Owain, er enghraifft. A doedd Tomos ddim wedi marw; roedd hi'n siŵr o hynny. Mi fyddai'n amhosib iddyn nhw gadw hynny rhagddi, a hithau'n clywed pob sŵn troed ar y buarth o'i gwely. Roedd yn anodd ganddi gredu ei fod o'n ddifrifol wael chwaith, ac Owain a'i fam i ffwrdd trwy'r dydd fel hyn.

Cyrhaeddodd y ddau adref gyda'r nos, a golwg luddedig, ddigalon, arnynt. Roedd Dori'n benderfynol na chysgai'r un noson arall heb gael gafael ar wreiddyn y drwg.

Pan ddaeth ei mam-yng-nghyfraith i mewn i wneud ei gwely, dechreuodd ymddiheuro, 'Roedd yn ddrwg iawn gen i orfod dy adael di trwy'r dydd fel hyn. Gobeithio fod yr hogen yna ac Ifan Huw wedi edrych ar d'ôl di'n iawn.'

'Do, ac rydw i'n siŵr 'mod i'n ddigon da i godi heddiw petaech chi wedi gadael imi. Ond mi rydw i'n anesmwyth iawn y dyddiau yma. Mi wn arnoch chi fod yna rywbeth yn eich blino, ac rydw i'n poeni eich bod chi'n fy meio i am golli Jona.'

'Taw â'th lol. Paid â chymryd syniadau gwirion yn dy ben, da ti . . . Rwyt ti'n iawn, mae yna rywbeth yn ein blino, ond does a wnelo fo ddim byd â Jona druan. Mi fyddai'n well gen i iti beidio â gwybod am rai dyddiau eto, ond os wyt ti'n corddi'n dy ben fel'na yn ei gylch, mi wnaiff fwy o ddrwg i'w gadw o rhagot. Dyma ydi'r helynt: mae Tomos, y ffŵl gwirion ganddo, wedi priodi ddydd Llun diwetha'.'

'Tomos wedi priodi!' ebe Dori fel eco. Yr oedd hithau, fel pawb, wedi derbyn arweiniad Margied Ffowc yn ddigwestiwn – nad oedd synnwyr i neb o oedran Tomos feddwl am briodi. Methai â sylweddoli'r peth am funud. Toc, fe'i hadfeddiannodd ei hun ddigon i ofyn, 'Priodi pwy?'

'Pwy feddyliet ti?' ebe'r hen wraig yn filain.

Ni allai Dori feddwl am neb i Tomos ei phriodi. Tomos, na ddywedai byth air wrth ferched y ffermydd cylchynol pan ddigwyddent alw yn y Cwm. Petai'n Owain, roedd yna gryn ddwsin na fyddai'n anhygoel ganddi glywed ei fod wedi priodi un ohonynt.

'Roedd ei dad yn llygad ei le,' ychwanegodd Margied Ffowc.

'Dyna fyddai'i air bob amser – fod pawb briodai ar ôl croesi'r pump ar hugain yn gwneud ffŵl ohono'i hun. Roeddwn innau wedyn yn mynnu nad oedd dim brys nes i Tomos groesi'i ddeg ar hugain. Erbyn fod Ifan Huw wedi tyfu'n ddyn, roeddwn i'n dechrau gweld fy nghamgymeriad, ac mi benderfynais fod rhaid iddo fo, beth bynnag, briodi'n ifanc. Erbyn heddiw, rydw i'n gweld hyn yn gliriach fyth, gwaetha'r modd.'

'Dwedwch pwy ydi hi,' erfyniodd Dori'n ddiamynedd.

'Lydia, dy chwaer di.'

'Lydia!' Gorweddodd Dori yn ei hôl, heb allu dweud na meddwl dim am rai munudau.

'Wel, mi fynnet imi ddeud wrthyt ti, a rŵan mae'n debyg y byddi di wedi cynhyrfu gormod i gysgu trwy'r nos.'

'Ond . . . ond . . . mae hynny'n amhosib,' protestiodd Dori'n wannaidd. 'Welodd o fawr arni erioed.'

'Am a wyddost ti, yntê?' ebe'r llall yn ôl. 'Am a wyddwn innau hefyd, tan yr wythnos yma. Erbyn hyn, rydw i'n deall ei fod o yn y Llechwedd byth a beunydd.'

'Ond fyddai o byth yn mynd i unman ond i'r capel, ac weithiau i'r Gorslwyn,' dadleuai Dori.

'Felly y meddyliwn innau,' meddai ei mam-yng-nghyfraith yn chwerw. 'Ond mi oeddwn i'n synnu hefyd pam fod rhaid iddo fo fynd i lawr i gapel y Llan mor aml, a beth oedd wedi codi arno i ymgynghori gymaint mwy â'r blaenoriaid yno nag y byddai o'n arfer ei wneud. Mae'n rhyfedd na bai Owain wedi cael trywydd ar y stori yn rhywle. Mi fuon nhw'n drybeilig o gyfrwys a slei.'

Yr oedd y digwyddiad, er mor annisgwyl, yn dechrau syrthio i'w le ym mywyd Dori erbyn hyn.

'Felly dyna paham,' meddai'n gynnil, 'y byddwn i'n teimlo bob amser nad oedd Tomos yn fodlon iawn fy mod i yma.'

'Ie,' cytunodd ei fam. 'Roeddwn innau ers tro wedi mynd i amau fod yna rywbeth nad oeddwn i'n ei ddeall ynglŷn â fo. Rydw i'n cofio erbyn hyn fod ganddo fo gryn helynt yn eu cylch nhw adeg claddu dy dad. Ddiwrnod dy briodas di wedyn – wyt ti'n cofio fel yr oeddem ni'n synnu fod Tomos, o bawb, wedi cynnig te iddyn nhw? Dyna'r dechrau, yn siŵr i ti.'

'O! Mae'n ddrwg gen i fod wedi dwyn helynt fel hyn arnoch chi.'

'Does a wnelo'r peth ddim byd â thi,' ebe'r hen wraig yn gadarn. 'Rho'r syniad yna o dy ben ar unwaith. Mae'n debyg gen i y bydden nhw wedi'i fachu o p'un bynnag, gan ei fod o'n gymaint ffŵl â hynna. Ond hyd yn oed petai hi fel arall, fyddai hi ddim yn edifar gen i dy gyrchu di yma.'

Er ymladd yn eu herbyn, teimlai Dori'r dagrau'n codi i'w llygaid. Gwnâi gair caredig iddynt lifo yr un mor sicr â gair angharedig y dyddiau hyn. Roedd y newydd diwethaf yma hefyd wedi ysgytio mwy arni nag a sylweddolai.

'Paid â chymryd atat fel'na, da ti, neu mi fydd Owain o'i go am imi ddeud wrthyt ti.'

Gwnaeth Dori ymdrech deg i'w hadfeddiannu'i hun. Mewn ymgais i droi'i meddwl, dywedodd, 'Rydw i'n methu â deall, os bu Tomos lawer yn y Llechwedd, sut na bai o wedi dychryn rhag Mam.'

'Os gallodd hi a'i mam hithau fachu dy dad druan, beth oedd yn rhwystro iddi hi a'i merch fod yr un mor gyfrwys efo Tomos? Mi glywais y gallai hi fod yn fêl i gyd efo'r llanciau erstalwm, ond fod ei hen dymer hi'n brigo i'r golwg yn sydyn wedyn ac yn eu dychryn nhw i ffwrdd. Ond dichell noeth faglodd dy dad.'

'Rydw i wedi synnu lawer gwaith sut y bu iddo briodi Mam, o achos mi ddwedodd Jân y bostwraig wrthyf i fod yn gas iawn ganddo fo Mam a Nain ddim ond ychydig ynghynt.'

'Roedd Jân yn gafael ati, ac mi wyddai pawb fod Edwart tros ei ben a'i glustiau mewn cariad efo hi. Mi ddwedaf i wrthyt sut y bu hi. Mi fu raid i Jân fod i ffwrdd am gryn flwyddyn efo'r fodryb sâl honno, a'th dad yn cerdded yn ôl a blaen i'r Llechwedd efo'i olchi a'i drwsio. Mi gymersant hwythau i ofyn iddo alw ar ryw noson arall heblaw ar nos Sadwrn, pan fyddai'r llanciau eraill i gyd yno. Y peth nesa oedd fod yr hen Ddorti'n gorfod rhedeg yn aml ar neges i'r pentre, neu i dŷ hwn a'r llall, ac felly'n erfyn ar Edwart Llwyd i aros yno'n gwmni i Gwen, am ei bod hi, druan fach, mor ofnus.'

'Does ar Mam yr un mymryn o ofn nos.'

'Ddwedais i ddim bod; ond mi gawsant dy dad i ddod yn gartrefol yno felly, wel'di. Roedd o mor swil fel mai anodd oedd ei gael i aros ddim o amser yn yr un tŷ diarth. Mae'n debyg iddo yntau fod ar fai, ac iddo ddechrau lolian caru tipyn efo Gwen Morus, ond roedd pawb yn fodlon cymryd llw mai hi wnaeth fwyaf o hynny hefyd. Mi lwyddodd i'w ddenu o'n rhy bell un noswaith, ac wedyn dyna ei mam a hithau'n mynd i'w ben ei fod o wedi dwyn Gwen fach i drwbwl. Mi glywais iddo ddal allan yn hir nad oedd hynny'n bosib, ond chafodd o'r un awr o lonydd ganddyn nhw. Roeddynt yn bygwth deud wrth hen ŵr yr Hendre, yn sôn am achwyn wrth y blaenoriaid, am anfon at Jân, yn dal y cwrt a'r carchar uwch ei ben; ac yn y diwedd, gan mai Edwart oedd o, mi wnaethon iddo fo eu credu yn erbyn ei synnwyr ei hun, ac fe'i priododd hi. Fyddai'r un o'r llanciau eraill wedi bod mor ffôl, o achos celwydd oedd o i gyd. Mi gymeraist ti gryn flwyddyn a hanner i gyrraedd, a barn pawb oedd fod dy dad yn deud y gwir nad oedd yn bosib fod Gwen yn disgwyl babi pan briododd o hi. I feddwl,' llefodd yr hen wraig, gan ddangos mwy o deimlad nag a wnaethai eto, 'i feddwl fod fy machgen i wedi priodi merch y fath un!'

Gwridodd Dori, ac ail-lifodd y dagrau a ataliwyd gan ei diddordeb yn hanes priodas ei thad. Deallodd Margied Ffowc beth oedd wedi'i wneud, a phrysurodd i drwsio.

'Rhaid iti faddau imi, Dori, am ladd ar dy fam a'th chwaer fel hyn. Fedraf i yn fy myw, rywsut, sylweddoli dy fod ti'n perthyn iddyn nhw. Merch dy dad wyt ti o hyd gen i.'

Gwyddai'r eneth fod hynny'n wir. Oni chlywsai'r hen wraig yn ei ddweud ugeiniau o weithiau yn ystod y tair blynedd diwethaf? Ciliodd y mymryn ias a godwyd arni gan eiriau blaenorol ei mam-yng-nghyfraith. Nid oedd reidrwydd arni hi, o bawb, i gymryd ati a theimlo, serch dim a ddywedai undyn am Lydia a'i mam.

'Mi fydd Tomos yn byw yn y Llechwedd o hyn allan, 'te?' Ceisiai ei ddychmygu yn lle ei thad.

'Wn i ddim ble y bydd o, yn wir,' atebodd Margied Ffowc yn chwerw. 'Mae hi'n ddigon drwg meddwl amdano fo yn fan'ny, ond mae gwaeth na hynny wedyn.'

'Beth arall?' Teimlai Dori na allai ddal llawer yn rhagor.

'Wn i ddim wyt ti'n gwybod ai peidio, ond mae'n amlwg fod Tomos wedi brygowthan wrth Lydia a Gwen ynghylch y peth. Fo biau'r fferm yma, yn ôl ewyllys ei dad; mi fu hwnnw farw'n rhy fuan ar ôl geni Ifan Huw i allu gwneud dim trefniadau gwahanol. Pan ysgrifennodd o'i ewyllys, roedd yn meddwl mai Tomos oedd ei unig blentyn, a'i fod yn arbed arian wrth ei gadael rhag blaen iddo fo, gan dybio y byddwn innau'n feistres yma yr un fath. Felly'r oedd hi'n edrych i minnau ar y pryd, ond erbyn hyn mae o wedi profi'n gamgymeriad dybryd.'

'Ydi Tomos a Lydia am ddod yma i fyw?' gofynnodd Dori mewn braw.

'Mi gawsom lythyr gan un o dwrneiod y Gorslwyn fore echdoe, yn hawlio ein bod i droi oddi yma ar unwaith. Roedd hynny allan o'r cwestiwn, wrth gwrs, ac mi anfonodd Owain ato y gwnaem ei gyfarfod yn y dref heddiw, a Tomos a'i deulu newydd hefyd, os dymunen nhw ddod, i drin y busnes.'

'Ddaethon nhw?' holodd Dori'n eiddgar.

'Mi ddaeth y merched, ond roedd o yn ormod o fretyn i'w ddangos ei hun. Mi ddeliais innau allan am amser mai efo Tomos yr oedd ein neges ni, nes i Owain ddeud wrthyf i'n ddistaw nad oedd o un diben imi dorri fy nhrwyn i ddial ar fy wyneb, am mai arnynt hwy ill dwy y gwrandawai Tomos o hyn allan.'

'Beth ddigwyddodd 'te?'

'Wel, roedd dy fam yn dynn am y fferm. Mi gredaf i ei bod o ddifri hefyd. Mi fyddai wrth ei bodd yn ein troi ni allan ar y clwt. Ond mae meistr ar Meistr Mostyn weithiau, ac roedd Lydia'r un mor bendant mai eisiau gwerthu'r lle oedd arni hi, ei bod wedi hen alaru ar waith fferm. Diolch am hynny. Roedd y cyfreithiwr yntau'n hwbio mai hynny fyddai'r trefniant gorau o lawer, ac mae'n debyg gen i fod Tomos yn yr un cwch â'i wraig. Felly rhwng popeth, rydw i'n ffyddiog mai colli'r frwydr yna wnaiff Gwen.'

'Ond fydd dim rhaid i *chi* brynu'r Cwm oddi arnyn nhw?'

'Tomos biau'r lle, a phetai o'n deud ei fod am fyw yma, fyddai dim i ni ond troi allan. Yr unig ddewis arall sydd gennym ydi prynu, ac maent hwythau'n gwybod hynny, ac wedi gofalu pennu'r pris yn ddigon uchel. Gredi di eu bod yn gofyn dwy fil o bunnoedd am y lle yma?'

'Dwy fil!' adleisiodd Dori. Ymddangosai'n swm anhygoel iddi hi.

'Ie, dwy fil, a dydi'r lle ar ei ucha ddim yn werth mwy na phymtheg cant. Roedd hyd yn oed y cyfreithiwr gystal â chyfaddef hynny. "Wrth gwrs, rydych yn talu am fwy na'r tir, Mrs Ffowc," ebe fo wrthyf i. "Rydw i'n deall ei fod yn hen gartre eich teulu, ac mae cysylltiadau cysegredig felly yn rhywbeth mwy na phris y farchnad."

O, mae'r pren praffaf i'r ffon yn deg ganddyn nhw, a dydyn nhw ddim yn ôl o wybod hynny.'

'Mae dwy fil yn arian ofnadwy i'w dalu.'

'Ydi, 'ngeneth i, ac yn fwy nag sydd gennym ni, gwaetha'r modd, heb dlodi'r stoc yn afresymol. Fu'r Ffowciaid erioed yn gyfoethog, a wnaethom ni erioed fyw mor galed â rhai o'r ffermwyr eraill o gwmpas yma. Mi fu Owain a minnau'n cyfrif ar y ffordd adre, a phedwar cant ar ddeg ydi'r mwyaf y gallwn ni ei hel at ei gilydd. Rhaid codi'r gweddill ar log, ac wn i ddim pryd y byddwn ni'n gallu'i dalu o'n ôl, efo ffermio fel y mae o ar hyn o bryd, a gorfod talu cyflog gwas hefyd . . . Roedd Tomos yn weithiwr da, does dim gwadu hynny. Chawn ni neb ddaw i fyny â fo . . . Ac mae'n gas gan fy nghalon i feddwl am orfod codi arian.'

'Mi fydd Mam a Lydia uwchben eu digon,' myfyriai Dori. 'Mae'n siŵr y mynnant hwythau fferm fwy rŵan.'

'Na, dwyf i ddim yr un farn â thi efo hynna, neu fuasai Lydia ddim wedi gwerthu'r Cwm yma. Meddwl ydw i fod ganddyn nhw rywbeth arall i fyny eu llewys. Mae Owain yn deud na synnai o fawr, oddi wrth yr hyn ddwedai Lydia am alaru ar ffermio, nad ydyn nhw â'u llygaid ar Siop y Llan. Mae'r hen Fodlen druan yn wael iawn, ac mi fydd yno le i rywun arall cyn bo hir.'

Pendronodd Dori lawer uwchben yr ateb yna. Ymddangosai cadw siop yn alwedigaeth uwchraddol iawn i'w golwg hi, a methai â chredu fod Lydia a'i mam yn anelu mor uchel. Eithr profodd damcaniaeth Owain yn gywir ei gwala. Pan drosglwyddwyd fferm y Cwm, wedi hir drafodaeth a thaeru, a chweryla a chostau, i enw Margied Ffowc, am ddwy fil o bunnoedd, y newydd nesaf oedd fod Gwen Llwyd y Llechwedd wedi prynu Siop y Llan i'r ferch a'r mab-yng-nghyfraith.

'Wel, dyna setlo un peth, beth bynnag,' ebe Margied Ffowc yn bendant. 'Mi anfonwn ni'r cerbyd i'r Gorslwyn bob wythnos o hyn allan. 'Aiff yr un ddimai yn rhagor oddi yma i goffrau Siop y Llan.'

16

Y tair blynedd a hanner nesaf ydoedd y cyfnod mwyaf annedwydd a dreuliodd Dori yn y Cwm. Roedd a wnelo ei hiechyd lawer â hyn. Er iddi yng nghorff y misoedd ddyfod o gwmpas yn ymddangosiadol fel cynt, bu flynyddoedd cyn cysgu un noson heb weled wyneb Jona'n hylldremio arni o ben y goeden honno, neu ei weled, yn gliriach o lawer nag y gwelsai ef ar y pryd, yn stremp gwaedlyd ar fin y Crochan.

Weithiau deuai'r hunllef cyn hanner nos, dro arall am ddau y bore. Os digwyddai ei hiechyd fod yn well nag arfer, ni châi'r hunllef cyn tri. Ond pryd bynnag y digwyddai, ni chysgai Dori yr un winc wedyn, ond gorwedd yno, yn chwys ac yn crynu i gyd, i aros amser codi. Dychwelodd y curo ar ei hael i'w blino, yr un fath ag ar ôl y gurfa greulon honno gan ei mam flynyddoedd ynghynt, a dychmygai'n aml fod y graith fach wen wrth gongl ei llygad yn ysu fel y gwnaethai bryd hynny. Cyn hir, dysgodd ddehongli hyn fel arwydd ei bod ar fin fflamio allan yn erbyn rhywun neu'i gilydd; ond er iddi ddeall yr arwyddion, methai'n lân â'i ffrwyno'i hun. Cafodd Ifan Huw, a hyd yn oed yr hen wraig, deimlo ffrewyll ei thafod lawer tro yn ystod y blynyddoedd hyn. Pan adenillai Dori ei gafael ar ei thymer, rhyfeddai fod Margied Ffowc, o bawb, yn cymryd ganddi. Ni wyddai hi fod y meddyg wedi dweud wrthynt, 'Peidiwch â chymryd atoch os bydd nerfau'r eneth yma'n bur sigledig am fisoedd bwygilydd. Mi ddaw amser â hi, gobeithio. Mae'n lwc ei bod gystal ag y mae. Doedd gen i ddim amheuaeth, yr wythnos gyntaf, na wnâi'r dwymyn droi ar ei hymennydd hi.'

Felly, er mor groes i'w graen oedd hynny, dioddefai'r hen wraig nwydau Dori fel ei phenyd am ddod â Jona i'r byd.

Am Ifan Huw, edrychai ef arni fel ci ar ei feistr pan fo hwnnw wedi troi'n annisgwyliadwy arno a'i leinio â'i ffon. Nid oedd ganddi syniad beth fyddai adwaith Owain pe gollyngai'i thafod arno ef. Rywfodd, ni themtiwyd hi erioed i ollwng iddi gydag ef; a byddai ei edrychiad hanner-cellweirus, hanner-dirmygus, os digwyddai ddod i mewn a'i chlywed wrthi gydag un o'r lleill, yn ddigon i roi taw arni a'i gyrru i'w llofft i grio i'w phwyll drachefn – diwedd cyffredin pob storm o'r fath.

Eithr ni ddigwyddai'r pangfeydd hyn yn ddigon aml i fod yn gwbl gyfrifol am y gwahaniaeth mawr oedd ym mywyd y Cwm Uchaf. Roedd yr helyntion diweddar wedi gadael eu hôl, a dywedai pawb fod hen wraig y Cwm wedi torri'n arw ers adeg priodas Tomos. Methai â gwneud yn agos yr hyn a wnâi unwaith, ac ar ei merch-yng-nghyfraith y syrthiai baich y gwaith. Byddai Margied hithau, yn ei thro, yn fwy piwis a chroes nag yr arferai fod, ac yn fwy anodd ei boddio gyda'r gwaith. Wrth lwc, ni ddigwyddai ei phyliau hi gyd-daro â rhai Dori, ond gwnaent fywyd yn y Cwm yn drymach nag y bu.

Gwasgai amgylchiadau hefyd, ac roeddynt yn llawer caletach eu byw na phan ddaeth Dori yno gyntaf. Yr wythnosau y bu hi yn ei gwely'n sâl, trefnasai Margied Ffowc i gadw'r forwyn ymlaen, o leiaf nes i'r wraig ifanc orffen cryfhau. Ond yn fuan ar ôl ymadawiad Tomos, aeth yr hen wraig i deimlo'r cyflog ychwanegol yn faich; a chyn gynted ag y daeth Dori o gwmpas eto, fe wnaed i ffwrdd â'r forwyn. Gwasgai'r chwechant dyled fel maen melin ar ysbryd balch gwraig y Cwm, ac ni phrofai fyth ddedwyddwch eto nes byddid wedi talu pob dimai.

Ni sonient hwy yno byth air am Tomos a Lydia, ond pan ddigwyddai rhyw gymydog mwy croendew na'i gilydd dynnu sgwrs yn eu cylch. Pan glywai Margied Ffowc gan rywun felly am y gwelliannau yn nhŷ a siop y Llan, rhagor yn amser yr hen Fodlen, byddai'n ddreng iawn am oriau wedyn. 'Prynu dodrefn a chrandrwydd efo f'arian i, a minnau wedi byw'n gynnil a gweithio'n galed trwy f'oes i'w hel.'

Rhywbeth yn debyg oedd teimladau Dori. Dychmygai Lydia'n byw bywyd ledi yn y siop, gyda dodrefn gwych ac amlder dilladau, a'i hamgylchiadau hithau'n dlotach a chaletach beunydd o'i herwydd. Ac eto, pe cawsai ei dewis, ni newidiai â'i chwaer, petai honno ddengwaith cyfoethocach a gwychach nag ydoedd. Ond ni fyddai Dori byth yn aros i ystyried cyn belled â hynny.

Diferai ambell awgrym weithiau nad oedd gogoniant y Siop mor llachar ag y mynnai rhai.

'Yr un ydi Gwen yn y fan yna eto.'

'Mae Tomos Ffowc wedi gwaethygu'i olwg yn arw.'

'Does yno ddim cystal triagl ag yn amser yr hen Fodlen.'

'Dydi'r Siop ddim mor llawn ag y byddai hi.'

'Mae teulu Pen Bryn yn deud nad ân nhw ddim yno eto – iddyn nhw orfod talu ddwywaith am ddwsin o siwgwr.'

'Roedd Lydia'n ffwr-bwt iawn wrth y cwsmeriaid neithiwr. Mae hi'n tebygu'n arw i'w mam.'

'Mae gwraig y Siop yn fwy siriol o lawer wrth yr hen drafaelwyr Saesneg yna nag ydi hi efo'r bobol y mae hi'n byw arnyn nhw. Mae gŵr y Bedol yn deud na fu'r trafaeliwr te erioed yn aros yno tros nos yn adeg Modlen Roberts.'

Eto, nid oedd rhyw fân frychau felly yn ddim yn ymyl y cerbyd gwych a ddaethai i'r Siop, gydag olwynion ffasiwn-newydd arno yn lle'r hen gylchau heyrn trymion. Nid oeddynt yn ddim, yn sicr, wrth y newydd fod yna ferch yn y Siop, a honno'r plentyn delaf a brafiaf a fu erioed.

Canys, wedi'r cyfan, gallai Dori ddygymod â'r gwaith caled a'r bywyd tlotach – roedd hi wedi arfer â'u gwaeth. Nid oedd anniddigrwydd achlysurol Margied Ffowc chwaith yn werth sôn amdano yn ymyl tymherau ei mam, neu hyd yn oed rhai Cŵc. Y blinder gwirioneddol oedd gweld ei phlentyn yn tyfu'n ailargraffiad, fel yr ofnai, o Jona. Ni allai ddianc bellach, fel yn yr wythnosau cyntaf ar ôl geni'r baban, rhag pwyslais y meddyg y byddai'r doluriau oddi allan yn gwella – ond nid yr anaf y tu mewn, os oedd un.

Cyn ei fod yn flwydd, fe siglwyd ei ffydd yn ei gallu'i hun i'w wella, ac o hynny allan fe ychwanegai pob mis at ei hansicrwydd. Chwiliai'n barhaus am debygrwydd i Jona yn ei olwg a'i ffordd, ond methai â darganfod hynny chwaith. Er nad oedd yn osio torri geiriau, nid oedd ynddo arwydd o hagrwch nac o ystumiau a nadau'r truan hwnnw. Meddai Nathan bach ar wên radlon a ffordd ddengar. Adnabyddai ei dad a'i fam, ei ewythr a'i nain, ond ni ddangosai fawr mwy na hynny o gynnydd mewn deallusrwydd er dyddiau ei fabandod. Gallai ddynwared, ac os byddai rhywun wrth ei ochr yn gwneud rhywbeth, fe wnâi yntau ef hefyd, gyda graddau mwy neu lai o lwyddiant. Ond y munud y rhoddai ei batrwm y gorau iddi, fe ildiai Nathan hefyd, ac ni fyddai ganddo amcan ynghylch y peth wedyn.

Trosai Dori rhwng tosturi a chariad at y baban, diffyg amynedd at ei ddiffyg deall o'i gymharu â phlant eraill o'r un oed, a gwrthryfel yn erbyn y ffawd a roddasai iddi hi blentyn fel hyn. Canolbwyntiai'i digofaint ar y nain weithiau. Rhaid fod rhyw ddrwg o'i hochr hithau

202

hefyd, ac nid yn unig ar ei gŵr cyntaf, fel yr haerai hi, cyn y byddai nam tebyg eto ar blentyn nad oedd yn perthyn dafn o waed i hwnnw. Ar adegau felly, pan âi'r dadleuon hyn trwy'i meddwl, fe deimlai'r graith ar ei llygad yn dechrau ysu, a chollai bob rheolaeth ar ei thymer. Yn rhyfedd iawn, er y teimlai mai'r cam hwn â hi oedd wrth wraidd pob drwg, nid ynganai air amdano wrth Margied Ffowc na'i meibion, 'waeth pa mor wyllt y digwyddai fod. Nid ynganent hwythau air amdano wrthi hithau, a chymerai hynny'n brawf o'u heuogrwydd – eu bod wedi celu rhagddi ddrwg o ochr teulu'r fam hefyd.

Cyrhaeddodd pethau eu man gwaethaf y gwanwyn yr oedd Nathan yn dair a hanner oed, pan ddeallodd Dori ei bod o dan ei gofal am yr eildro. Teimlai'n salach o lawer na'r tro cynt, a phrin y câi ddiwrnod heb y curo trwm yn ei hael. Gwelai Nathan yn gwaethygu yn lle gwella; ac er ei haddunedau mynych i'w fagu mewn tiriondeb a'i ddysgu trwy amynedd, fe'i câi ei hun yn aml yn troi arno a'i guro. Byddai'r braw a'r ofn a welai yn ei lygaid ar adegau felly yn ei ffyrnigo hi seithgwaith mwy, ac aildroai arno weithiau, nes fod y plentyn yn crio'n aflywodraethus.

Cynhyrfwyd hyd yn oed ei gŵr i brotestio un diwrnod, ond ni wnaeth ond tynnu cenllif o lafa tanllyd am ei ben. Troes Ifan Huw ar ei sawdl, ei wyneb yn welw, gan symud fel ci wedi torri'i gynffon. Fflachiodd atgof i feddwl Dori: 'Fel yna y byddai 'nhad yn mynd erstalwm.'

Parodd hynny i'w chynddaredd dawelu am ychydig, ac yn ystod y dyddiau canlynol gwnaeth ymdrech galed i'w rheoli'i hun. Yn anffodus, digwyddai'r rheini fod yn ddyddiau drwg ar ei mam-yng-nghyfraith, ac âi pethau'n barhaus yn groes i raen Dori. Llwyddodd i'w meistroli'i hun tan un diwrnod yn y Cae-tan-Gadlas. Roedd wedi taenu dillad i sychu ar y glaswellt yno, a Nathan yn trotian ar ei hôl fel arfer. Aeth yntau ati i daenu fel y gwnâi hi, gan sathru un o'r cyfnasau o dan draed. Gwaeddodd ei fam arno i beidio, ond ni chymerodd sylw ohoni. Dechreuodd lychwino cyfnas arall efo'i draed.

'Paid, yr hulpyn,' bloeddiodd Dori, gan redeg tuag ato. 'Mae hi'n ddigon anodd i mi olchi yn y fan yma, heb i ti eu baeddu nhw wedyn.' Cydiodd ynddo, gan ei ysgwyd a rhoi clewtan iddo ar draws ei ben.

'Dydi bywyd ddim gwerth ei fyw fel hyn. Bron na thaflwn i di ar ôl dy ewyrth i'r hen Grochan yna – a mi fy hun wedyn. Mi fyddai hynny'n well na dwyn un arall fel Jona a thi i'r byd.' Cododd ei llaw i'w aildaro'n egr. Roedd sgrechian y plentyn i'w glywed tros yr holl wlad. Er hynny, ni lwyddodd i foddi'r llais tawel wrth ei hysgwydd.

'Dori!'

Owain oedd yno. Gollyngodd Dori'i llaw, a gweithiodd peth cywilydd i fyny trwy ei chynddaredd. Ni chollai byth gymaint arni'i hun â cham-drin y bachgen yng ngŵydd ei ewythr.

Estynnodd Owain ei freichiau. 'Tyrd yma, 'ngwas bach i,' gwahoddodd.

Deallai Nathan y dôn a'r ystum, hyd yn oed os na ddeallai'r geiriau. Rhedodd ato a chladdu'i ben ar ei ysgwydd, gan feichio wylo. Daliai Owain ef ar ei fraich, gan guro'i gefn a'i gysuro. Ond ni thynnodd ei lygaid oddi ar Dori. Er na ddywedodd air, teimlai hi fod raid iddi'i chyfiawnhau ei hun.

'Wnaiff o ddim gwrando, ond dal ati i faeddu 'nillad glân i, a minnau wedi slafio trwy'r bore i'w golchi nhw.'

'Mi wyddost nad ydi o ddim fel plant eraill, ac mi ddylet ystyried hynny ac arfer mwy o amynedd efo fo.'

'Amynedd! Amynedd! On'd ydw i wedi ymladd, er pan ganed o, i geisio bod yn amyneddgar?' Am y tro cyntaf erioed, trodd yn ffyrnig ar Owain. 'Pam na wnaethoch chi adael imi farw ar ddibyn yr afon y noson honno, yn lle 'nghadw i'n fyw i ddwyn plant fel Jona i'r byd?'

Gafaelodd Owain yn ei braich a'i thywys hi i gysgod y gwrych.

'Eistedda i dawelu mymryn.'

Torrodd Dori allan i grio – y hi a'r plentyn am y gorau. Gadawodd Owain iddynt am ysbaid. Yna gofynnodd, 'Wyt ti'n meddwl, mewn difri, mai tebyg i Jona ydi'r bachgen bach yma?'

'Beth arall sydd imi feddwl? Does gan neb yn y wlad yma blentyn fel hyn ond y fi.'

'Ond o ochr fy nhad i y daeth gwendid Jona. Mae Ifan Huw'n rhydd ohono fo.'

'Felly y dwedai eich mam,' ebe Dori'n chwerw. 'Ond mae'n rhaid fod yna ryw ddrwg yr oedd hi'n ei gelu o'i hochr hithau hefyd, neu 'fyddai ei mab a'i hŵyr hi ddim yr un fath.'

'Gwrando yma, Dori. Os dyna sydd wedi bod yn dy boeni di'n

ddiweddar yma, mi elli gymryd fy ngair i am hyn. Os ydi etifeddiaeth yn dod i mewn i hyn o gwbwl, y fi ydi'r unig un yma mewn peryg oddi wrtho. A chan nad ydw i'n bwriadu byth briodi, mi fydd y felltith yn darfod efo fi, cyn belled ag y mae a fynno'r Cwm Uchaf â hi. Er mi fydda i'n amau weithiau ydi hi'n gymaint o felltith ag y myn rhai; ac mai ei hofn, a myfyrio gormod uwchben yr ofn hwnnw, ddaeth â'r trychineb ar fy nhad.'

Ni chymerodd Dori sylw o ran olaf yr ateb. 'Ond sut fod Nathan yr un fath â Jona, os ydi'i nain o'n glir?'

'Dydi Nathan yn ddim byd tebyg i Jona. Diniwed ydi'r bychan yma. Roedd yna haen o wallgofrwydd yn Jona ar brydiau, ond inni lwyddo i'w warchod o ar yr adegau hynny, hyd at ei noson ola. Fydd Nathan byth felly – os nad yrri di o.'

'Y fi ci yrru o!' meddai Dori'n syn.

'Ie. Mi ddylasai Mam fod wedi egluro mwy iti, ond mae hi'n mynnu fod y doctor wedi gwneud hynny pan oedd Nathan yn bythefnos oed. Dydi hi ddim yn sylweddoli dy fod ti'n camddeall ynglŷn â'r hyn sy'n bod arno fo. Mi fuost mor wael, wel'di, adeg ei eni, fel nad oedd y meddygon yn credu fod unrhyw obaith i'r plentyn gael ei eni'n fyw. Er eu syndod, fe aeth popeth yn iawn, ond fod ei ben wedi'i ddolurio'n ddwfn iawn. Mi ddwedodd y doctor yr adeg honno ei fod yn ofni na ddelai o byth fel plant eraill, ond y gwnâi tawelwch ac amynedd lawer i'w helpu. Wyt ti'n ei gofio fo'n deud fel'na wrthyt ti?'

Gwasgodd Dori ei phen, mewn ymdrech i grynhoi ei meddwl. 'Ydw, am wn i,' meddai hi'n araf. 'Ond mi gododd helynt Tomos mor fuan wedyn, a chynifer o drafferthion yn sgil hynny, fel nad oeddwn i'n rhy siŵr beth oedd y doctor wedi'i ddeud. Mi gredais i y byddai effeithiau'r doluriau yn gwella ymhen amser.'

'Roeddet ti mor wan ar y pryd fel bod geiriau'r doctor yn annelwig iti, mae'n siŵr. Ond fe wnaeth dy sicrhau nad oedd a wnelo afiechyd Jona ddim o gwbwl â'r hyn oedd ar dy blentyn di.'

'Mi wyddwn iddo ddeud y byddai arno angen gofal a thawelwch,' cyfaddefodd hithau, 'ac mi geisiais fy ngorau i fod yn ofalus iawn ohono fo pan oedd yn faban.'

'Do. Ond rydw i wedi sylwi ers tro bellach dy fod wedi cymryd i droi arno fo'n ffyrnig am y peth lleia; ac mae yntau'n gwaethygu'n gyflym i'm golwg i. Mae arno fo ofn pawb, yn wahanol i fel y byddai, ac mae o'n prysur golli'i ffyrdd bach cariadus. Os oes rhywbeth yn mynd i'w droi o'n debyg i Jona, dyna sydd.'

Ymollyngodd Dori i wylo drachefn. 'Mi fyddaf yn ymladd fy ngorau'n ei erbyn, ond mae rhywbeth cryfach na mi fy hun yn dod trosof i bob tro y bydd y curo yma yn fy mhen a'r ysu wrth fy llygad.' A gwnaeth beth na wnaethai i neb erioed o'r blaen, sef dangos y graith fach, oedd erbyn hyn bron yn anweledig, wrth ei llygad. Adroddodd hanes wythnos y Cyfarfod Diolchgarwch, a hithau'n dair ar ddeg oed.

Gwrandawodd Owain yn astud, ac meddai ar ôl iddi orffen, 'Mi wyddwn fod yna bethau fel'na yn dy gefndir di, ond y blynyddoedd cynta y buost ti yma mi gredais dy fod wedi dianc yn weddol ddi-graith. Ond er pan gefaist y braw efo Jona, mae hi wedi bod yn amlwg fod yna graith, ac un bur ddofn hefyd. Rhaid iti geisio ei gwella hi, Dori, neu fe fydd hi'n difetha dy fywyd di ac un Ifan Huw. Mwy na hynny, fe fydd yn difetha bywydau y plant fydd ichi hefyd. Nid y ti ydi'r unig un yma, Dori fach, sy'n gorfod ymladd yn erbyn ei etifeddiaeth.'

'Ydych chi'n ceisio deud fy mod i'n debyg i'm mam?' gofynnodd Dori, a'i hwyneb yn gwelwi.

'Nac wyt – eto. Dy dad sydd uchaf ynot hyd yn hyn, ac eithrio ar ambell i funud fel honna gynnau. Ond mae effeithiau dy blentyndod annedwydd yna, fel cancr, yn barod i ymdaenu trwy dy gyfansoddiad gydag y daw rhyw brofedigaeth i roi hwb iddo fo.'

'Mi ddwedodd fy nhad 'mod i wedi fy nghreithio,' mwmiodd Dori, â'i phen ar ei gliniau, 'ond ddeallais i mohono fo. O! Beth wnaf i, Owain? Beth wnaf i?'

'Gwneud i Mam fynd efo ti at y doctor fory, i ddechrau, iti gael rhywbeth at gryfhau'r nerfau yna. Wedyn, bodloni i'r ffaith mai baban fydd Nathan druan trwy'i oes, faint bynnag fydd ei oed o, a phenderfynu'i drin o felly. Ac yn olaf, eistedd i lawr bob tro y teimli di'r ysu yna, a'th holi dy hun a wyt ti am i fywyd dy blant a phawb o'th gwmpas fod yn debyg i d'un di yn y Llechwedd erstalwm.'

'Wel, mi wnaf fy ngorau,' addawodd Dori, 'ond mae popeth yn fwy anodd na phan ddois i yma gynta.'

Cytunodd Owain. 'Ydyn, mi wn i hynny. Gan 'mod i wedi dechrau busnesa a phregethu, mi rof dro ar Mam nesa. Mae hi'n cymryd y chwechant benthyg yna ormod at ei chalon. Mae'r fferm a'r da gennym ni o hyd. Pa ots fod rhaid inni gynilo tipyn? Mi fyddwn yn siŵr o fod wedi clirio'r ddyled erbyn y daw tro dy fab di ac Ifan Huw i ffermio yma.'

Er nad oedd ei hamgylchiadau wedi newid dim, teimlai Dori lawer yn ysgafnach ei chalon ar ôl y sgwrs yna, a'i baich yn haws ei ddwyn. Pan beidiodd â disgwyl dim yn amgen gan Nathan, fe ddysgodd ddygymod ag edrych arno a'i drin fel baban. Gwnaeth cyffur y meddyg les iddi hefyd, a chafodd ymadael â'r curo di-baid yn ei phen. Ni ymosodai arni'n awr ond ar brydiau, a phan ddigwyddai hynny ceisiai hithau eistedd yn dawel nes iddo basio heibio.

Tybiai i bregeth Owain wneud lles i'w fam hefyd. Nid oedd mwyach yn rhygnu ymlaen am y chwechant dyled, nac yn dilyn ar ôl storïau cymdogion croendew am deulu'r Siop. Llaciodd y cynildeb mawr, a daeth bywyd yn fwy tebyg i'r hyn a gofiai Dori yno gyntaf. Fel y nesâi ei hamser hi, daeth yno forwyn eto; a phan aned ei merch yn yr hydref, rhyfeddai ysgafned goruchwyliaeth ydoedd, o'i gymharu â'r tro o'r blaen.

Gyda geni'r fechan, ymadawodd llawer o'i diflastod. Cafodd wared â'r ofn y byddai pob plentyn a enid iddi yn debyg i Nathan. Roedd Margied Jên fach cyn sionced â'r un plentyn yn y plwyf, ac yn parablu siarad pymtheg yn y dwsin cyn cyrraedd ei phen blwydd cyntaf.

17

Syrthiodd pethau'n raddol i'w lle. Aeth nosweithiau hunllef Dori yn anamlach, anamlach, nes i Jona, a'r braw a achosodd, droi o'r diwedd yn ddim ond atgof. I'r un graddau hefyd, daeth Dori i fedru ei rheoli'i hun unwaith eto, a chollodd Nathan yr olwg ofnus oedd wedi dechrau ymsefydlu ar ei wyneb. Byddai'n syndod gan ei frodyr a'i chwiorydd iau feddwl fod unrhyw bosibilrwydd i'w mam byth eu trin hwy, na neb arall, fel y triniasai hi Nathan yn ystod yr ychydig fisoedd hynny.

Daeth rhyfel, a sôn am ryfeloedd, ond ni chyffyrddodd lawer â hwy. Roedd y plant yn rhy ifanc i syrthio i'w grafangau, a'r Cwm Uchaf yn fferm rhy fawr iddynt feddwl am dynnu Ifan Huw oddi arni pan nad oedd ond Owain ac yntau yno i'w gweithio, ac Owain eisoes yn tynnu at ei drigain oed. Unig effaith y rhyfel arnynt hwy oedd eu galluogi i dalu'r chwechant, a flinasai gymaint ar Margied Ffowc, lawer yn gynt nag yr oeddynt wedi disgwyl gallu gwneud. Ymhen ychydig dros bymtheng mlynedd o'r dydd y prynwyd hi oddi wrth Tomos am grocbris, cafodd yr hen wraig y pleser o wybod fod y Cwm Uchaf unwaith eto yn eiddo cyflawn i'r Ffowciaid.

'Mi allwn feddwl rŵan am roi rhywbeth heibio ar gyfer y plant bach yma,' gorfoleddai. 'Mi fyddai wedi bod yn beth sobor iawn i geisio cychwyn tŷaid o blant ar arian benthyg.'

Llawenhâi Dori hefyd yn y rhyddid ariannol hwn. Roedd hi'n anodd byw'n gynnil o hyd, a'r teulu'n mynd yn fwy, a phlant yr oes hon eisiau cymaint mwy nag yn ei hamser hi. Ac ar ben hynny, dyna benderfyniad Ifan Huw – a hithau hefyd o ran hynny – fod un o'r plant ieuengaf i fod yn sgolor.

Byddai'n rhaid iddi hi gael Margied Jên i'w helpu yn y tŷ. Roedd hi eisoes yn dda iawn ei swydd, ond fod ganddi ddwy flynedd eto i aros yn ysgol y Llan. Ochneidiai Dori wrth gofio amdani'i hun yn ymdaro ar ei chyfer yn Lerpwl pan nad oedd fawr hŷn nag oedd Margied Jên rŵan.

Dyna Ted wedyn. Gwnâi ef aml i orchwyl gyda'i dad yn ddeheuig ddigon, er nad oedd ond naw oed. Ef oedd ffefryn ei nain, efallai am ei bod yn gweld dyfodol y Cwm Uchaf ynghlwm wrtho ef.

Roedd Rhys Owain yno i wneud hynny'n ddwbl sicr, er fod Ifan Huw yn chwarae â'r syniad o wneud sgolor mawr o hwn, ei fab ieuengaf, a ffefryn ei ewythr. 'Dim ond am ei fod yr un enw â thi,' plagiai Ifan Huw ei frawd.

'Falle fod a wnelo hynny â'r peth,' cyfaddefai yntau'n fingam. 'Mae haen o hunanoldeb ym mhawb ohonom ni, sy'n peri inni ddymuno anfarwoldeb, waeth sut. Ond ar wahân i hynny, mae'r coblyn bach yma'n fwy tebyg i mi na'r un o'r lleill. Mae o am brofi popeth unwaith, ac yn berwi'n eirias ar gownt ychydig.'

Awgrymai Dori weithiau falle mai'r baban fyddai'r sgolor. Roedd ei henw – Olwen – yn gweddu i hynny, debygai hi; a chofiai o hyd am ei breuddwydion ifanc ei hun. Ond ni fynnai Ifan Huw na'i fam mo'r fath beth. 'Nid lle geneth ydi peth felly. Mi fydd digon o waith iddi hi gartre, efo Margied Jên, i'th helpu di.'

O'i rhan ei hun, credai Dori y byddai'n haws hepgor un o'r merched na'r bechgyn. On'd oedd hi'n cofio tri o feibion cryfion yn gweithio yn y Cwm? A hwythau'n bwriadu gadael y dyfodol ar ddim ond Ted a'i dad. O achos gwas cyflog oedd gwas, pa mor dda bynnag fyddai; ac nid oedd Nathan o hyd ond baban, er ei fod yn tyfu'n fachgen tal, lluniaidd.

Ychydig o hanes y Siop oedd yn cyrraedd y Cwm, ac ni fyddent byth yn holi yn ei chylch. Roedd min diddordeb Margied Ffowc ynddi wedi pylu ar ôl i Tomos farw, er y danodai'n achlysurol mai'i harian hi oedd yno. 'Ond mae'n dda i Tomos gael mynd o'r trybini, rhagor petai o'n sâl yno am hir fel y bu dy dad druan, a sôn amdani hithau efo'r hen drafaelwyr yna byth a beunydd.'

Cytunai Dori. Syniai hi iddi fod yn ddigon drwg ar Tomos fel y bu hi, heb iddo orfod dioddef cystudd hir yno. Nid oedd Owain ac Ifan Huw yn cyfaddef wrth yr hen wraig, oedd erbyn hyn yn hen mewn gwirionedd, am y pethau y byddent yn eu clywed – Lydia a'i mam yn ffraeo'n gandryll â'i gilydd ac â'r plant, a phawb ohonynt ym mhen Tomos. Trawai ei frodyr arno weithiau, ac addefai wrthynt, yn hollol onest, iddo wneud camgymeriad.

'Mae hi'n anghysurus iawn acw. Mi fyddwn i'n arfer gweld Lydia'n siriolach geneth na Dori, er fod honno hefyd yn ddigon hawdd ei thrin, a chredais i ddim na ddeuwn i trwyddi'n iawn. Ond rydw i wedi edifarhau am bob blewyn sydd ar fy mhen i.'

'Tyrd yn ôl adre,' gwahoddai Owain yn gyson. 'Mi rof fy ngair iti y bydd mam yn falch o'th weld di.'

'Fyddai hynny ddim yn deg, wedi imi dynnu mor drwm oddi arnoch chi, a does gen i'r un ffaden ar f'elw i'w dwyn efo fi.'

'Pa ots am hynny? Mi gawn damaid rywsut rhyngom ni i gyd, ac mi fyddai'n ddigon da cael dy swydd di. Rydw innau'n mynd yn hŷn ac yn methu gwneud cymaint ag y byddwn i.'

Ochneidiai Tomos. 'Gwyn fyd na allwn i ddod. Dydi hen siop fel acw ddim yn f'elfen i o gwbl. Yn ffermwr y'm ganed ac y'm maged i, a ffermwr fyddaf i byth. A waeth i Lydia heb â rhincian am nad ydw i'n rhywbeth arall.'

Ni welodd ei fam na Dori byth mohono wedi iddo adael y Cwm. Nid yn unig gwrthodai'r ddwy fynd i siopa i'r Llan, ond nid aent chwaith i gyfarfod na chymanfa yno, rhag ofn taro ar deulu'r Siop.

209

Nid fod cymaint peryg erbyn hyn iddynt eu cyfarfod yn y capel. Bu Lydia am dymor, fel gwraig un o'r blaenoriaid, yn ben ac yn bont yno, a'i mam yn ei sgil. Ond wedyn, aethant i deimlo na châi hi, fel gwraig y blaenor mwyaf cyfoethog yno, a gwraig y Siop at hynny, mo'i pharch dyladwy, ac aethant i daflu eu cylchau. Y canlyniad fu ffrae fawr a chilio o'r capel. Daliodd Tomos trwy'r ffrae, ond ymhen blwyddyn neu ddwy dechreuodd yntau lacio'i afael, a bellach ni chyfrifid ef chwaith yn aelod, heb sôn am fod yn flaenor.

Nid oedd Owain ac yntau wedi taro ar ei gilydd ers misoedd. Yna, un diwrnod, aeth Owain i ymofyn calch o'r odyn. Pwy a gyfarfu yn gyrru i gyfeiriad y Gorslwyn ond ei hanner brawd. Arafodd Tomos ei gerbyd, gan wneud arwydd cynhyrfus ar i Owain a'i drol aros hefyd. Edrychai'n ddrwg, a'i ddillad yn flêr. Yn wir, roedd wedi torri cymaint fel y gwenieithiai Owain iddo'i hun y gallai dyn dieithr gymryd mai Tomos oedd y brawd hynaf ac yntau'r ieuengaf.

'Mi glywais rywun yn deud yn y Siop acw dy fod ti wedi mynd i'r odyn heddiw. Felly mi wnes esgus i gael mynd i'r Gorslwyn fy hun, gan obeithio dy gyfarfod di.'

'Sut wyt ti?'

'O, rhyw symol iti.' Daeth Tomos at ei bwnc heb golli amser. 'Wyt ti'n cofio deud dy fod yn siŵr y cawn i groeso gan Mam, petawn i'n dod yn ôl acw? Wyt ti'n dal o'r un meddwl o hyd?'

Gwaedai calon Owain wrth weld y cryndod yn ei wefusau a'r apêl yn ei lygaid pŵl, a brysiodd i'w sicrhau mor gynnes ag y gallai. 'Ydw, wrth gwrs. Mi fyddai Mam, a ninnau bob un, yn falch iawn o dy weld yn ôl. Oes arnat ti awydd dod?'

'Oes, er fod gen i gywilydd o hynny hefyd. Mae bywyd yn mynd yn waeth bob dydd, ac mae Lydia rŵan wedi cymryd i ddannod imi gymaint hŷn ydw i na hi, ac fel y gallai hi gael ei dewis o'r hen drafaelwyr diffaith yna sy'n galw acw.'

'Pryd ddoi di? Ddoi di efo mi'n awr?'

'Na, mae gen i eisiau gwneud trefn ar rai pethau, ac rydw i am ddeud wrthyn nhw 'mod i'n gadael. Mi fydd acw ddigon o helynt, ond dydw i ddim am gael y ddwy i fyny yn y Cwm yn stormio. Felly, mi fydd yn well imi'i gael o drosodd cyn cychwyn. Mi adawaf i bethau tros y Sul yma, ac mi dorraf trwyddi ddydd Llun.'

Eithr ni chafodd Tomos Ffowc ei gyfle y Llun. Nos Sul, fe

synnwyd cynulleidfa capel y Llan o'i weld yn troi i mewn yno, ac yntau heb dywyllu'r lle ers blynyddoedd. 'Sêt y pechaduriaid' ar gyfer y drws oedd ei le yn awr, ac nid y sêt fawr.

'Canys oerodd cariad llawer, eithr yr hwn a barhao hyd y diwedd, hwnnw a fydd gadwedig,' oedd y testun; a gwrandawai llawer tros y ffigur unig ym mhen draw'r sedd olaf. Roedd y gongl yn dywyll, ac ni allai neb weld ei wyneb yn ddigon clir i wybod sut y cymerai'r genadwri. Disgwyliai pawb iddo fynd allan cyn y seiat, ond cafwyd syndod pellach pan welwyd ei fod yn dal i eistedd yno wedi i'r gwrandawyr eraill fynd allan. Tybed ei fod am ymofyn ei le'n ôl? Beth ddywedai ei wraig a'i mam am hynny, tybed? Disgwyliai rhai i'r blaenoriaid ddweud gair wrth ei weld yn aros felly, ond roeddynt hwythau â gormod o ofn merched y Siop i fentro sôn, heb siarad â Tomos Ffowc yn gyntaf. Sylwodd pawb na chododd i ganu'r emyn olaf, ond tybient ei bod yn anodd ganddo godi, â'r cryd cymalau'n ei wneud mor anystwyth.

Mater gwahanol oedd hi pan na chyffrôdd wrth i'r gynulleidfa i gyd droi allan. Aeth rhywrai i ben draw'r sêt ato, a gweld fod ei wyneb i gyd wedi troi a'i geg yn gam, ac mai'r unig beth a'i cadwai rhag syrthio oedd ei fod yn eistedd mewn cornel, a'r ongl felly'n ei gynnal o boptu. Ceisiwyd hen ddrws o weithdy'r saer, ac fe'i cariwyd ef adref arno.

Ni chyrhaeddodd y newydd i'r Cwm Uchaf tan ymweliad y postmon trannoeth. Fe'u hwyliodd Owain ac Ifan Huw eu hunain i fynd yno ar unwaith.

'Fyddai hi'n well i minnau ddod hefyd?' petrusai'r hen wraig.

'Na, Mam, peidiwch,' cynghorodd Owain. 'Gedwch i ni fynd i olwg pethau'n gynta. Mi ddaw un ohonom i'ch nôl ar unwaith os byddwn ni'n gweld felly.'

'Falle na chewch chi ddim mynd i'r tŷ ganddyn nhw,' awgrymodd Dori.

'Os ydi Tomos yn fyw, mi fynnaf i fynd i mewn,' ebe Owain. 'Os nad ydi o'n fyw – wel, waeth gen i heb ymladd efo nhw.'

Dychwelodd y ddau cyn cinio. Edrychodd yr hen wraig yn fud-ymholgar arnynt.

Ysgydwodd Owain ei ben. 'Roedd y llenni i lawr tros y ffenestri erbyn i ni gyrraedd, a Tomos wedi mynd ers awr, heb gymaint ag agor ei lygaid unwaith, meddai un o'r cymdogion fu'n ei wylio neithiwr. Mi aethom ni at y drws. Gwen Llwyd a'i hatebodd, a ddwedodd hi'r un gair, ond ei gau'n glec yn ein hwynebau ni.'

'Roeddwn i'n ofni'n wir ei fod o wedi cael yr un trawiad â'i dad. 'Machgen gwirion i hefyd!' oedd unig eiriau'r hen wraig am weddill y diwrnod hwnnw. Eisteddodd yn ei chornel yn syllu i'r tân nes ei bod yn amser gwely. Trannoeth, holodd pryd oedd y claddu i fod. Dywedwyd wrthi mai'r diwrnod wedyn, ac meddai hithau, 'Mae arnyn nhw frys i gael gwared ohono fo. Chleddais i neb erioed heb iddyn nhw gael pedair noson yn y tŷ. Rhaid inni fynd i'r angladd. Wyt ti'n meddwl y claddan nhw o efo'r Ffowciaid?'

'Mae'n siŵr na wnân nhw ddim, Mam. Fyddai Gwen Llwyd byth am wneud hynny, rhag ofn iddo'ch plesio chi. Mi biciaf i lawr i'r Llan heno, inni gael gwybod yn iawn.'

Aeth y ddau fab a'u mam i'r angladd. Dewisodd Dori warchod gartre, ac roedd yn dda ganddi hynny pan glywodd yr hanes wedyn. Roedd Lydia a'i mam a'i phlant wedi ysgubo heibio i'r tri o'r Cwm Uchaf, ac wedi dweud geiriau brathog, cas am deulu Tomos, lle gallai pawb eu clywed.

'Roedd yn ffiaidd gen i anadlu'r un awyr â nhw,' ebe'r hen wraig, 'ond chymerais i ddim arnaf eu clywed nhw na'u gweld. Rydw i'n rhy uchel i gecru yng ngŵydd pobol.'

'Fyddai fawr iddyn nhw fod wedi'i roi o yn ein claddfa ni, neu hyd yn oed wrth ymyl tad Dori,' cwynai Ifan Huw, 'yn lle ei gladdu yn yr hen gornel bell yna.'

Ac felly y darfu'r sôn am Tomos yntau. Cyn bo hir, yr oedd y Llan a'r Siop wedi ei anghofio fel pe na bai wedi byw erioed – a'r Cwm hefyd i raddau. Roedd wedi bod oddi yno am amser mor hir, ac achosi'r fath anghysur yn ei fyned, fel bod hyd yn oed ei fam wedi'i alltudio o'i meddwl i gryn fesur. Daeth ei farw disyfyd ag ef yn ôl am ychydig, ond hawdd oedd ei wthio o'r neilltu drachefn. Holai Margied Ffowc weithiau ynghylch ei fab a'i ferch, ond pwysleisiai pawb wrthi yn hollol unfarn eu bod yr un ffunud â'u nain o du eu mam, a bob yn dipyn fe gollodd yr hen wraig ei diddordeb ynddynt.

Bum mlynedd yn ddiweddarach, eisteddai Dori gydag Owain ar y Ffridd Goch yn gwylio angladd arall yn y fynwent. Ni allent weld llawer – dim ond clwstwr o ddotiau duon yn symud yn araf ar hyd y llwybr. Nid oedd Lydia wedi anfon yr un gair am afiechyd ei mam, nac am ei marw. Wedi cryn siarad a phetruso, cytunodd preswylwyr y Cwm Uchaf nad oedd a wnelo hwy ddim â'r amgylchiad. Teimlai Dori mai rhagrith ar ei rhan fyddai mynd i'r angladd, a hithau'n methu â darganfod, er chwilio ei gorau, yr un rhithyn o alar yn ei chalon. Tybiai hefyd y siaradai pobl lawn llai wrth iddi gadw draw'n gyfan gwbl, na phetai hi'n mynd yno, a bod Lydia ymhlith y galarwyr, a hithau ei chwaer gyda'r dorf gyffredin, a'r ddwy ohonynt yn pasio'i gilydd heb gymryd sylw y naill o'r llall.

Felly aeth Ifan Huw, a Ted gydag ef, i'r farchnad fel arfer; yr hen wraig i'w gwely i orffwyso; a gadawodd Dori y tŷ yng ngofal Margied Jên tra dringai hithau'n araf i'w hen sedd ar ben y Ffridd Goch, lle byddai'n arfer edrych, flynyddoedd yn ôl, ar bentref y Llan yn y pellter, gyda'r mwg yn ymdorchi fel coron uwch ei ben. Pwy ddaeth yno ar ei hôl ond Owain, ac eisteddodd y ddau mewn distawrwydd hir, yn gwylio. Gallent weld yr eglwys, a'r fynwent o'i chylch, yn weddol eglur. Yr anhawster mwyaf oedd penderfynu pa rai oedd y bobl a pha rai y cerrig beddau.

Wedi i'r orymdaith ddyfod o'r eglwys, a dilyn y Person yn ei wenwisg ar hyd y llwybr ac yna ar draws y llain werdd i ben draw'r fynwent, torrodd Dori ar y distawrwydd rhyngddynt trwy droi'n gynhyrfus at Owain a dweud, 'Edrychwch, Owain! Maen nhw'n ei chymryd i gyfeiriad hollol wahanol i'r fan lle mae 'nhad. O dan yr hen ywen fawr, draw acw, y mae o'n gorwedd. Dyna beth rhyfedd.'

'Oeddet ti ddim yn gwybod? Roeddwn i'n meddwl y byddai Ifan Huw yn siŵr o fod wedi adrodd yr hanes wrthyt ti.'

'Pa hanes?'

'Wel, mae'r tir o gwmpas yr ywen yn llawn, medden nhw, ac mae'n debyg nad oedd Lydia'n ddigon pendant ei meddwl p'un oedd bedd ei thad.'

'Mae'n debyg na fuon nhw byth yn agos ato fo wedyn,' ebe Dori'n chwerw.

'Fuost ti?' gofynnodd Owain.

'Do, hynny bach o droeon y bûm i'n y Llan ar ôl priodi. Mi

213

wyddoch fod arna i ormod o ofn taro ar Mam neu Lydia i fynd yno'n aml wedi iddyn nhw fynd i fyw i'r Siop.'

'Mae'n debyg felly dy fod ti'n gwybod p'un ydi o. Roedd Lydia'n meddwl mai'r pumed o'r llwybr oedd o, wrth gyfrif ar grwn o gylch yr ywen a chadw tri bedd o hyd rhyngoch a hi. Ond dyna'r hen Jân, y bostwraig erstalwm, yn cyrraedd yno er gwaethaf ei chloffni i gyd, a thaeru mai bedd ei rhieni hi oedd hwnnw, ac mai'r seithfed o'r llwybr oedd bedd y Llechwedd. I brofi hynny, roedd hi'n gallu dangos fod y pumed bedd wedi'i arddio'n ofalus, a'r seithfed wedi tyfu'n wyllt am nad oedd neb byth yn dod ar ei gyfyl. Mae'r hen glochydd wedi marw, a doedd neb arall yn siŵr. Ac roedd y Person yn deud na chaen nhw ddim agor bedd ar fentr a'i gau wedyn heb gladdu ynddo.'

'Fedraf i yn fy myw ddeall y stori yna. Mi wyddai Jân yn iawn mai'r pumed oedd bedd fy nhad, fel y dwedodd Lydia. On'd oedd hi wrthi'n ei arddio un tro pan euthum i i'r fynwent, ac yn dangos bedd ei thad a'i mam hithau imi, yn union y tu ôl iddo yn y bedwaredd res. Yr un pryd, mae'n dda iawn gen i i bethau ddigwydd fel'na. Roedd yn gas gen i feddwl amdano fo'n gorfod bod efo Mam eto yn y fan yna.' A mwmiodd Dori o dan ei hanadl y cwpled nad oedd y blynyddoedd wedi'i ddileu oddi ar ei chof:

'Caf hulio fy annedd â miloedd o berlau,
Sef dagrau tryloywon hen Ywen y Llan.'

'Synnwn i ddim nad oedd teimlad Jân rywbeth yn debyg i'th deimlad tithau,' ebe Owain yn awgrymiadol. 'Os ydi hi'n gloff, mae hi'n dal o gwmpas ei phethau. Yng nghoesau'r hen Jân y mae'r cloffni ac nid yn ei hymennydd.'

Ystyriodd Dori'n ddwys am funud. Yna chwarddodd. 'Oni fûm i'n ddwl? Mae arna i eisiau mynd i edrych am Jân ryw ddiwrnod. Mi gaf yr hanes i gyd ganddi hi, mae'n siŵr. Mi fydd yn haws gen i fynd i'r pentre rŵan ar ôl claddu Mam. Mi fyddaf yn meddwl weithiau, Owain, fod yn rhaid 'mod i'n galetach a mwy annuwiol fy nghalon na neb yn y byd.'

'Nac wyt ti,' cysurodd Owain hi. 'Dydi dy fam ond yn medi'r hyn a heuodd hi. Mi heuodd ddoluriau a medi creithiau. Gwaetha'r modd, rwyt ti a Lydia wedi medi rhai ohonyn nhw hefyd, heb sôn am bobol eraill.'

'Roedd hi'n arwach am Lydia nag amdanaf i,' ebe Dori'n araf. 'Mi fyddwn yn meddwl weithiau ei bod hi'n fy nghasáu i o waelod ei chalon.'

'Mae'n debyg mai gweld dy dad ynot yr oedd hi. Mi wyddai mai trwy dwyll y gallodd hi ei briodi o a bod y brad hwnnw, yn ôl pob tebyg, wedi peri iddo fo ei chasáu. Roedd hynny drachefn yn ei chynddeiriogi a'i chreuloni hi, ac wrth dy gosbi di roedd hi'n teimlo'i bod yn cosbi hefyd hynny o'th dad oedd ynot ti.'

'Mi wnaethoch chi yma drugaredd fawr â mi,' ebe Dori'n sydyn. 'Oni bai am eich mam ac Ifan Huw, yn y Llechwedd y byddwn i nes mynd yr un fath â 'nhad. Ac oni bai amdanoch chithau, Owain, mi fyddwn wedi troi yr un fath â Mam, yma.'

'Na fyddet ti, unwaith y caet ti amser a nerth i hybu ar ôl y braw ofnadwy gefaist ti. Rydw i bron â chredu mai'r graith amlycaf arnat ti erbyn heddiw ydi bod â gormod o ofn trin y plant yma yn debyg i fel y ccfaist ti dy drin erstalwm, a thrwy hynny roi gormod o'u ffordd iddyn nhw.'

'O tewch!' ebe Dori mewn braw. 'Fynnwn i er dim eu difetha nhw.'

Chwarddodd yntau. 'Paid â bod mor barod i feddwl dy fod ar fai bob amser. Dydi'r plant ddim gwaeth nag unrhyw blant eraill, am wn i; ac mae Nathan yn hapus, o leiaf. A wyddost ti, Dori! Anaml y byddi di a minnau'n siarad fel hyn, ond mi fyddaf yn meddwl weithiau ei bod hi'n ddyletswydd arnaf i ddiolch iti tros Ifan Huw. Fe ddaethost ti ac yntau ynghyd mewn amgylchiadau anodd iawn. Roeddwn i'n ddigon dig wrth Mam ar y pryd, ond fe'i profodd ei hun yn iawn. Petai'r cyfan wedi'i adael ar Ifan Huw, mi fyddai wedi bod yn rhy swil i daro ar yr un eneth am flynyddoedd, ac wedyn un ergyd o gant fyddai hi na wnâi o lanast ohoni fel Tomos, trwy fynd i afael rhywun cyfrwysach na fo'i hun a honno'n gwneud ei fywyd yn uffern. Mi ddatblygodd o lawer wedi i ti ddod i'w fywyd. Mi wnaethost ddyn ohono – tawel, swil o hyd – ond dyn bob modfedd. Doedd o mo'r siort i ddygymod â bywyd sengl, nac â phriodas anhapus chwaith.'

'Tra oeddech chi'n addas i'r cyntaf o'r ddau beth?' Ceisiai Dori swnio'n ddireidus, i guddio'i swildod wrth ganmoliaeth annisgwyl Owain.

'Roeddwn i'n fwy abl i'w ddal nag Ifan Huw. Dydi hynny ddim yn golygu na fyddai yna le i minnau wella efo gwraig dda.' Cyffyrddodd

215

yn ysgafn â modrwy briodas Dori. 'Wyt ti ddim yn cofio 'mod i wedi hanner dy briodi di? Y fi roddodd hon ar ben ei ffordd pan oedd Ifan Huw'n rhy ffwndrus i wneud.'

Llamodd y gwrid yn annisgwyl i fochau Dori. Cofiodd rywbeth yr oedd wedi'i anghofio ers blynyddoedd – fel y teimlai hi'r bore hwnnw ymhell yn ôl y byddai'n dda ganddi petai Owain, ac nid ei frawd ifanc, y disgwylid iddi ei briodi. Gwridodd yn ddyfnach eto pan ddywedodd Owain, megis mewn ateb i'w hatgof hi, 'A! Wel! Mae'n dda gen i erbyn hyn mai plant Ifan Huw fydd yma ar ein holau ni, ac nid fy rhai i. Does dim achos pryderu amdanyn nhw fel y byddai am y rheini.'

'Beth petaen nhw'n tebygu i Mam?'

'Welaf i ddim arwydd o hynny ar yr un ohonyn nhw eto, a chawson nhw erioed siampl felly. P'un bynnag, mae rhaid inni i gyd etifeddu rhywbeth. Ein busnes ni ydi ei ffrwyno, neu ei gaboli. Ac os na allwn ni wneud hynny – ei ddiddymu.'

Eisteddodd y ddau'n ddistaw wedyn, nes bod yr olaf o'r dorf wedi gadael y fynwent, ac nid oedd yn aros o gylch y bedd agored ond tyrfa'r meini mud.

18

Cerddodd Dori Ffowc yn ôl a blaen i'r drws lawer gwaith y noson honno. Fe ddylai Ted ac Olwen fod yn eu holau ers meitin bellach. Fe gawsant ddigon o amser i gyfarfod Margied Jên oddi ar y trên pump o Lerpwl ac i orffen hynny o negesau oedd ganddynt i'w gwneud yn y Gorslwyn cyn cychwyn adre. Roedd hi wedi tybio y byddent yma mewn amser cysurus i Ted fwrw golwg tros y pethau cyn nos. Yn awr, byddai'r ddau was wedi noswylio heb ei weld, ac ofer disgwyl i weision fod mor ofalus â chi eich hun.

Ond ni ddeuent ddim cynt wrth iddi hi sefyllian o gwmpas yn aros amdanynt, a dal ei dwylo fel hyn. Aeth yn ei hôl yn ysgeler i'r gegin fawr. Roedd y forwyn yn ymbincio o flaen y drych yn y fan honno.

'Rydw i am gychwyn, Meistres,' meddai. 'Mi addawodd fy mrawd a'i wraig ddod trosodd heddiw i edrych am Mam, ac mi fyddai'n gas iddyn nhw fod wedi cychwyn yn eu holau heb imi eu gweld.'

'O'r gorau, Jini, ond gwnewch geisio cyrraedd yn ôl erbyn naw heno, da chi. Mi af innau ati i falu'r ffrwythau yma, inni gael bod yn barod i ddechrau ar y marmalêd fory.'

Ofer awgrymu i Jini, gan ei bod wedi cael mynd allan bob noson yr wythnos yma, y gallai aros i mewn heno. Roedd hi wedi meddwl yn siŵr am fynd i'r seiat y tro yma, a hithau wedi colli cynifer ohonyn nhw'n ddiweddar, ond waeth iddi heb â sôn am hynny bellach, â'r plant allan a Jini hefyd yn amlwg yn benderfynol o fynd. O wel! Roedd hi'n eneth eitha, ac yn dda iawn ei chael, yn enwedig o gofio am y misoedd ar ôl i Ann madael, pan nad oedd yr un forwyn i'w chael am arian. Ni fynnai genethod ddod i weini i'r ffermydd uchel yn awr. Digwyddiad ffodus oedd fod Jini mor awyddus i aros yn ymyl ei mam. Felly, petai hi'n gofyn am fod allan o dri o'r gloch hyd ddeg bob nos, doedd dim i'w wncud ond gadacl iddi, neu fod heb neb.

Aeth Dori yn ei blaen at y tân, gan edrych gyda thosturi ar yr hen ŵr oedd yn eistedd yn y gadair fawr, â'i ddwy law ar ben y ffon oedd rhwng ei liniau. Plygodd ato a siarad yn hyglyw ac araf, fel y gwneir â'r byddar. 'Os na hoffech chi ragor o swper, Owain, mae hi tua phryd ichi fynd i'r gwely.'

Edrychodd yntau i'w llygaid, fel petai'n ymbilio arni i wneud iddo ddeall beth a ddywedai hi, ei wefusau'n brysur ond heb un sain yn dyfod trwyddynt. Dywedodd hithau yr un peth eilwaith, a'r tro hwn fe'i hatebodd hi mewn llais main, gwichlyd. 'Dim gwely nes daw Ifan Huw imi gael gweld ei gaseg newydd.'

'Mae hi'n rhy dywyll i'w gweld heno, Owain bach, a chithau wedi codi'n fore. Gadewch imi eich danfon chi i fyny.'

Ble oedd Ted, na ddeuai adref i'w amser, yn lle gadael y cyfan ar ei chefn hi fel hyn?

'Dewch yn wir, Owain. Mae eich mam yn siŵr o fod yn disgwyl amdanoch.'

Cododd yr hen ŵr yn fusgrell a chrynedig, gan ddal i fwmial ynghylch Ifan Huw. Tywysodd Dori ef i fyny'r grisiau ac i lofft ei fam. Gorweddai hi ar ei hyd ar y gwely, yn rhy wan gan bwys ei chanrif namyn un i symud fawr ond ei llaw. Eto, parhâi ei llygaid yn loywon a byw, ac ni chododd Dori ond ychydig iawn ar ei thôn arferol wrth siarad â hi.

'Mae Owain yn cychwyn i'w wely, nain.'

217

'Dydi Ifan Huw ddim wedi cyrraedd efo'r gaseg eto, Mam.'

'Mae o'n siŵr o gyrraedd cyn hir, 'ngwas i. Dos di i'r gwely'n awr, ac mi fydd yma erbyn y bore.'

Swniai llais yr hen wraig yn gryg ac isel, ond ymddangosai Owain fel petai'n ei deall hi'n gynt nag y deallai ef Dori.

'O'r gorau, mam.'

Troes fel plentyn ufudd, a'i ogri ei hun o'r stafell. Aeth Dori i ben y drws i wneud yn siŵr ei fod yn troi i'r llofft iawn, yna dychwelodd i weini ar yr hen wraig.

'Mae o'n ofnadwy o beth i mi gael byw nes bod mor ddiymadferth â hyn,' cwynfanai Margied Ffowc. 'Ond er sobred ydi hi arnaf, mi garwn gael byw eto i weld Owain druan yn saff yn ei fedd.'

'Mi ellwch fod yn dawel, Nain, na chaiff o fynd i ddim peryg. Mae o mor addfwyn ac ufudd, ac yn hynod o ofalus, a dydym ninnau byth yn ei adael ar ei ben ei hun.'

'Mi wn i hynny, 'ngeneth i. Allwn i ddim edrych ar ei ôl yn well fy hunan. Yr un pryd, mi garwn i gael teimlo, cyn gorfod mynd, fod Owain wedi darfod â'i ofidiau. Mi obeithiais y dihangai o – y cyflymaf a'r llonnaf o'r plant i gyd.'

'Mi wyddoch, Nain, fod y doctor yn gwarantu mai unig achos ei afiechyd ydi'r braw a gafodd o wrth weld Ifan Huw ar lawr o dan y ceffylau a'r wagen, ac yntau'n methu â chyrraedd yno mewn pryd i'w achub.' Er cymaint y doluriai'r atgof yna hithau, roedd yn rhaid cysuro'r hen wraig rywfodd.

'Waeth i'r doctor heb â siarad. Mae yna ddigon wedi gorfod edrych ar bethau tebyg heb iddo amharu dim arnyn nhw.'

'Roedd Owain yn hŷn na'r mwyafrif ohonyn nhw. Mae pymtheg a thrigain yn oed mawr i ddal braw felly, cofiwch.'

Ysgrytiodd yr hen wraig ei phen yn anghrediniol i'r gobennydd, ond y cyfan a ddywedodd oedd, 'Wel, hwyrach yn wir mai felly'r oedd hi. Dos i edrych ei fod o'n gysurus.'

Daeth Dori yn ei hôl ymhen ychydig funudau. 'Mae o'n cysgu, 'ddyliwn i. Gaf i ddod â llymaid bach arall ichi, cyn i chithau drio cysgu?'

'Na, neu chysgaf i ddim. Mi gymerais lawn gormod gynnau.' Fel y plygai Dori i aildrefnu ei gobennydd, cydiodd yr hen wraig yn ei llaw. 'Dori druan,' meddai, 'fe ddeuaist i drafferthion enbyd wrth ddyfod

218

yma. A minnau'n meddwl ar y pryd y byddai'n welliant ar y Llechwedd iti.'

Cymylodd wyneb Dori. 'Mi oedd o hefyd,' meddai. 'Pa drafferthion bynnag ddaeth imi yma, mae'n haws dygymod â nhw am fy mod i'n caru'r Cwm a phawb sy'n gysylltiedig â'r lle. Mi wyddoch na theimlais i erioed felly tuag at y Llechwedd.'

'Mi fuost yn fendith i ni yma, beth bynnag. Wn i ddim beth fyddem wedi'i wneud hebot ti ar hyd y pymtheg mlynedd ar hugain ers pan wyt yma.'

Edrychodd Dori'n bryderus ar ei mam-yng-nghyfraith. Nid oedd byth yn arfer â siarad fel hyn, ac roedd y gwasgiad llaw hefyd yn beth dieithr iawn iddi hi. Gobeithio nad oedd yn arwydd fod yr oes hir ar ben. Er cynifer o farwolaethau oedd wedi cyffwrdd â'i bywyd, ni fu Dori erioed yn hebrwng neb i lawr y Glyn, ac ofnai fod sgwrs yr hen wraig yn arwydd o hynny. Eithr rhoes Margied Ffowc dro annisgwyliadwy yn ôl i'w byd arferol.

'Ydi Ted wedi gorffen troi a theilo'r Ddôl Fawr eto?'

'Ddeallais i mo hynny arno fo, a fûm i ddim i lawr yn ei golwg hi,' atebodd Dori, gan gadw'n dynn at y gwir.

'Mi ddylai fod wedi hen orffen erbyn hyn. Maen nhw wrthi ers digon o hyd.'

Ceisiai'i fam ei amddiffyn. 'Mae Ted wedi bod mor brysur ynglŷn â chael y golau i'r tŷ yma, ac roedd y ffordd newydd cyn hynny, wyddoch. Mae popeth felly'n ei daflu'n ôl.'

'Twt, twt. Ddaw rhyw ffigiari fel'na ddim ag ŷd i'r felin. Dywed ti wrth y bachgen fod yn rhaid iddo morol am orffen y troi i gyd yr wythnos yma, neu mi gyll ei dymor.'

Aeth Dori i lawr yn ôl i'r gegin. Dyna ddau o'i babanod yn ddiogel a chysurus, beth bynnag. Dechreuodd dorri'r orenau'n beiriannol. Ni ddylai dwyllo'r hen wraig fel hyn, ac eto ni wnâi les yn y byd i'w phoeni trwy gyfaddef wrthi nad oedd Ted wedi cymaint â dechrau ar y Ddôl Fawr. A dyna'r Ffridd Goch a'r Llain yn gweiddi am groen newydd hefyd. Nid bod Ted yn ddiog. Arferai ei dad ddweud ei fod yn un o'r bechgyn mwyaf diddiog a deheuig a welsai ef erioed. Ond rywfodd, er pan ladded Ifan Huw, bum mlynedd yn ôl, roedd Ted wedi graddol lacio'i afael ar y fferm. Byddai popeth yn iawn petai Ifan Huw o gwmpas. O! Paham oedd raid iddi ei golli ar yr union adeg yr oedd arni fwyaf o'i angen? Roedd y plant yn fwy dyrys i'w trin o lawer yn awr na deng mlynedd yn ôl!

Ym mhle ar y ddaear yr oeddynt yn ymdroi? Ni feddai hi unrhyw ffydd yn y moduron yma. Yr oedd blynyddoedd y car a'r ceffyl yn llai pryderus o'r hanner yn y Cwm nag yn awr, gyda'r holl gyfleusterau newydd yma, er cymaint y canmolai'r plant hwy. Ers pedair blynedd, mwy neu lai, aethai holl fryd Ted ar y ffordd newydd i fyny o'r Llan. Mae'n wir i'r cario a wnaeth tuag ati dalu'n dda, ond cafodd y fferm ei rhedeg gogyfer â hynny; ac oni fyddai'n cario, ar y ffordd y mynnai fod p'un bynnag. Pan gwblhawyd y llathen olaf ohoni, chwe mis yn ôl, llawenhâi ei fam y byddai'r bachgen yn rhydd o'i hualau o'r diwedd; ac yn y llawenydd hwnnw ni phrotestiodd lawer yn erbyn y modur newydd y crefai ef mor daer amdano. Mae'n wir y gallai fod yn declyn digon cyfleus. Addawai'r plant iddi yr arbedid ei gost yn yr amser a enillid pan gymerai hi ei menyn a'i hwyau a'i chywion i'r Gorslwyn i'w gwerthu – hanner awr i deithio'n ôl a blaen, yn lle hanner diwrnod y tu ôl i'r hen Ffan. Ni chyflawnwyd mo'r addewid hwnnw chwaith, oherwydd gyda'r ffordd newydd deuai'r siopwyr ati hi i'r Cwm Uchaf, yn lle ei bod hi'n cludo atynt hwy. Digonedd o fwydydd, a dilladau hefyd, yn gyfnewid am nwyddau'r fferm. Roedd hynny'n fantais, wrth gwrs. Digon da ganddi hi gael peidio â mynd oddi yno, ond ar dro i'r capel bach. Ond roedd wedi codi ysfa crwydro ar y plant. Er gwaethaf y siopwyr oedd yn galw heibio, ni fu erioed angen cynifer o negesau yn y Gorslwyn, ac nid oedd diwrnod yng nglan y môr yn beth amheuthun iddynt mwyach.

Ym mhle'r oedd y cnafon bach? Ni fyddai'n teimlo lawn mor anesmwyth petai hi heb fod mor ffôl â gadael iddynt gymryd Nathan gyda hwy. Gwnâi ei gorau i feddwl am bethau eraill, rhag gweithio'i hun i dymer neu i arswyd. Wedi troi i rywle yr oeddynt yn siŵr . . .

A dyna hi wedi gwrando ar Ted wedyn, a bodloni i gael y trydan i'r tŷ, a'r hen radio swniog yna. Gwir fod y golau'n gyfleus iawn, ac yn arbed llawer ar waith y tŷ, erbyn fod morynion mor brin. Ni welodd hi erioed mo Ted mor llawen a brwdfrydig â thra bu'r dynion yno gyda'r gwaith hwnnw; ond ei gadael hi rhwng y gweision a'r fferm a wnâi trwy gydol yr amser. Rhaid ei fod yn hen hogyn peniog hefyd! Dywedai'r giaffar efo'r golau na welodd o erioed neb â chystal amcan at y gwaith, a hynny heb fwrw prentisiaeth na dim. Mae'n debyg y byddai'n well ganddo waith felly na ffermio. Roedd hi'n wastad wedi synhwyro ei fod yn siomedig am na wnaethant gadw Rhys Owain adre o'r ysgol yn bedair ar ddeg, a'i adael yntau'n rhydd i geisio rhyw waith arall. Ond roedd Ifan Huw a hithau wedi penderfynu erstalwm wneud un o'r bechgyn yn sgolor. Roedd hynny allan o'r cwestiwn efo Nathan druan; a phan gyrhaeddodd Ted oedran gadael ysgol y Llan, roedd gwaith y fferm yn gyrru gormod i neb feddwl ei gadw yno ddiwrnod yn hwy nag oedd raid. Felly, trannoeth ei ben blwydd yn bedair ar ddeg, roedd Ted allan gyda'r wedd. Ond cafodd Rhys fynd i'r Ysgol Sir ar ôl ennill ei ysgoloriaeth yno; erbyn hynny, roedd hi'n haws ei hepgor ef gartre am fod Ted yn llencyn cryf, medrus.

O! Drapio nhw! Fe roddai hi hensiad iawn iddyn nhw am hyn. Yn ei chadw'n anesmwyth am oriau bwygilydd! . . . Nid cynt y caffai Ted un peth nag y dechreuai rincian am beth arall . . . Teleffon, yn wir! Os nad oedd digon o gostau arni hi eisoes, â thri diymadferth i'w cynnal ar y fferm ac i edrych ar eu holau fel babanod, heb fynd ar ôl rhyw sothach felly! Y ffermydd mawr i gyd ag un, medde fo. Wel, roedd hi wedi prynu digon o bethau tebyg i'r ffermydd mawr iddo fo, nes ei bod erbyn hyn yn ddigon tyn arni, a Rhys Owain heb orffen ei goleg, a chostau anhygoel efo Olwen yn yr Ysgol Sir. Efallai y byddai ei gwaith a'i chyfrifoldebau hithau'n ysgafnu tipyn pan orffennai honno ei hysgol yr haf yma. Roedd wedi edifarhau llawer iddi arwyddo'r papur hwnnw i'w gadael yn yr ysgol am bedair blynedd . . . A'r holl beiriannau newydd yr oedd Ted yn eu mynnu bron bob blwyddyn, at un pwrpas neu'r llall! . . . Y rheini drachefn er mwyn bod yr un fath â'r ffermydd mawr! Y gwaith mwyaf yr oedd o'n ei wneud ar gynhaeaf oedd cael y peiriannau'n barod, a'u glanhau, a'u cadw wedyn ar ôl eu hychydig oriau o waith . . . Ac yn awr, dyma'r modur yma eto ganddo i'w nyrsio . . . Fe roddai hi ben ar beth fel hyn ar ôl heno. O gwnâi! Chaen nhw ddim chwarae rhagor o'u castiau arni hi. Hyd yn oed os oedd Ted yn bump ar hugain oed, fe allai hi roi cystal sgwrfa iddo ag a gafodd erioed . . . Fe gaent werthu'r modur, ac fe gâi yntau droi'r Ddôl Fawr fory nesa, tros iddo orfod gweithio wrth olau lantarn i wneud hynny. Mi gâi Margied Jên ddod adre i'w helpu hithau am dipyn hefyd. Roedd hi'n cael byd rhy braf o lawer tua Lerpwl yna.

Daeth yn ymwybodol o sŵn arall heblaw sŵn y gyllell yn torri trwy'r oren ac yn taro'r bwrdd. Safodd am funud i'w holi'i hun beth ydoedd. Yna gollyngodd y gyllell o'i llaw a disgyn yn ôl yn ei chadair yn chwys trosti. Ei sŵn ei hun yn crensio'i dannedd a glywsai – ac wrth gwrs roedd y graith yn ysu hefyd! Diolch i'r nefoedd na chyrhaeddodd y plant ar y funud yna, beth bynnag, neu doedd wybod beth fyddai wedi'i ddweud wrthynt. Ni chawsai blwc fel hwn ers blynyddoedd lawer. Arswydai wrth ddyfalu beth fyddai meddwl y plant ohoni petai wedi gollwng ei llid yn un ffrydlif wenfflam arnynt. Diolch i Owain, fe wyddai beth i'w wneud.

Gorffwysodd yn ôl yn ei chadair, gan gau ei llygaid a rhwbio'i bys yn ysgafn tros y graith oedd ar gongl un ohonynt. Yr oedd mor fechan yn awr fel mai â'i dychymyg y teimlai hi yn hytrach nag â'i bys. Rhedodd ei meddwl yn ôl yn fwriadol tros ei bywyd yn y Llechwedd – ei thad, ei mam, a Lydia a hithau. Daeth Mrs Bowen a'r les a'r ffedogau bras i mewn i'r stori. Fe'i gorfododd ei hun i gofio yn ei fanylion annileadwy ddiwrnod y Cyfarfod Diolchgarwch a'r wythnos a'i dilynodd. Atgofiodd ei hun o'r ddwy noswaith a dreuliodd gartre adeg claddu'i thad, ac am y pnawn yr ymadawodd â'r lle am byth.

'O Dduw!' sibrydodd, 'dyro ras imi i ymgadw rhag creithio fy mhlant fel y'm creithiwyd i.'

Yn raddol, tawelodd y cythrwfl o'i mewn. Ciliodd y cryndod a'r chwys, ond teimlai'n wan ryfeddol. Er hynny, ymegnïodd i glirio'r padelli marmalêd o'r ffordd er mwyn dechrau paratoi swper. Wedi'r cyfan, pam oedd raid credu mor sydyn fod rhyw ddrwg wedi digwydd? Hwyrach fod Margied Jên wedi colli'r trên tri o Lerpwl ac wedi gorfod aros tan saith. Byddai'r trên hwnnw yn y Gorslwyn toc wedi naw. Doedd hi ddim yn werth i'r plant ddod adre yn y cyfamser ac ailgychwyn bron yn syth. Roedd hi'n llawer doethach iddyn nhw aros yno tan y trên ola. Arni hi oedd y bai am beidio â gwrando ar Ted, a cheisio teleffon i'r tŷ. Felly, byddent wedi gallu gadael iddi wybod . . . A fyddai Nathan ddim gwaeth ar dro achlysurol fel hyn. Roedd Ted mor ofalus ohono â'r un fam.

Daeth Jini i mewn. Go dda hi. Dim ond newydd droi chwarter wedi naw.

'Hylô, Meistres! Ddaethon nhw byth?'

Fe'i clywodd Dori'i hun yn ailadrodd y druth yr oedd hi newydd ei chyfansoddi ynglŷn â'r trenau, ac er ei syndod yn ei chredu hefyd.

'Mi biciaf i fyny i weld fod Nain ac Owain Jones yn iawn,' ebe hi wedyn. 'Gwnewch chithau unrhyw beth sydd yn eisiau, Jini, a chymerwch eich swper. Mae'n well gen i aros amdanyn nhw.'

Yr oedd y fam a'r mab yn cysgu'n dawel. Diolch am hynny. Ni theimlai mewn hwyl i ateb eu cwestiynau, er mai am Ifan Huw yn unig yr holai Owain. Druan o Owain! Roedd bywyd yn fwy anodd o lawer oherwydd ei golli ef; ac eto arhosai ei ddylanwad o hyd, er ei fod ef ei hun mor ddiwerth yn awr.

Bwytaodd Jini ei swper.

'Ewch chi i'r gwely, Jini. Waeth inni i gyd heb fod yn hwyr yn codi bore fory.'

O'r diwedd, funud neu ddau wedi i'r hen gloc orffen taro hanner awr wedi deg, clybu sŵn y corn yng ngwaelod y buarth. Diolch byth! Rhedodd nerth ei thraed i lawr i'r cwt lle cedwid y cerbyd, yn bennoeth, a'i chalon yn carlamu. Beth os oedd un ohonynt yn sâl, neu rhyw ddamwain wedi digwydd? Clywai eu chwerthin a'u lleisiau iach. Nid oedd llawer o'i le, gyda'r sŵn yna!

'Mam! Mam!' Roedd breichiau Margied Jên amdani. 'Mae mor dda gen i'ch gweld chi, Mam fach annwyl.'

'Croeso mawr iti, 'ngeneth i. Ble mae Nathan? Ydych chi i gyd yn iawn?'

'Iawn? Wel, wrth gwrs.'

Cydiodd Ted yn y fraich arall iddi, a rhwng Margied Jên ac yntau fe'i harweiniwyd tua'r tŷ. Troes ei phen i wneud yn siŵr am y ddau arall. Popeth yn dda! Gwelai Olwen a Nathan yn dod gyda'i gilydd y tu ôl iddi.

'Mi redaf i â'm pethau i fyny ar f'union,' meddai Margied Jên. 'Caria di'r bag yma, Ted. On'd ydi hi'n bleser dod adre at y golau newydd yma! Does dim byd yn henffasiwn ynoch chi, nac oes, Mam?'

Cafodd y pedwar o gylch y bwrdd yn y diwedd. Mor falch fyddai Ifan Huw o'u gweld â graen mor dda arnynt.

'Rwyt ti'n siŵr o fod wedi blino, ac eisiau bwyd arnat, Margied Jên. Colli'r trên wnest ti, 'debyg gen i? Mi fûm yn anesmwyth iawn wrth eich gweld chi mor hir.'

'O'r annwyl fawr, nage! Mi allwn fod wedi dal y trên un petawn i'n dewis felly, ond roedd gen i fymryn o siopa i'w wneud ac felly mi adewais i hwnnw fynd.'

223

Eglurodd Ted. 'Mi sylwodd Mag fod yna bictiwr gan George Formby yn y Gorslwyn heno, ac mi wnaeth inni i gyd fynd i'w weld, a chan mai hi oedd yn talu roeddwn i'n ddigon bodlon.'

'O Margied Jên, a thithau heb gael dy de!' Pa werth sôn am ei hanesmwythyd ei hun?

'Na, Mam,' byrlymai Olwen, 'roedd popeth yn iawn. Mi gawsom ni hynny allem ni eu dal o sglodion tatws cyn mynd i mewn. Ac o, Mam, mi oedd o'n dda!'

'Y bwyd ynteu Georgie?' holodd Ted.

'Y pictiwr oeddwn i'n ei olygu, wrth gwrs. Mi fyddwn i'n falch, Mam, petaech chi'n dod efo fi i'r tŷ pictiwrs weithiau. Mi wnâi les ichi hollti tipyn ar eich ochrau.'

'Falle y gwnâi o'n wir, mwy o les na llawer peth arall yr ydw i'n ei wneud,' ebe ei mam yn sychlyd.

Craffodd Ted arni. 'Rydw i'n ofni fod Mam wedi bod yn pryderu ac yn teimlo'n anesmwyth yn ein cylch. Dyna sy'n dod o beidio â gwrando arna i, a gwrthod morol teleffon. Fyddai byth raid ichi fod yn anesmwyth wedyn.'

'Falle'n wir mai ti sy'n iawn,' meddai hithau, mewn llais a swniai iddi'i hun yn anghredadwy o lariaidd.

'Gaf i yrru am iddyn nhw ddod i'w osod o, 'te?' gofynnodd yntau'n eiddgar.

'O'r gorau. Rydw i'n ceisio gwneud y lle yma mor hapus ag y gallaf iti, 'machgen i.'

Tybed beth ddwedai ef yn awr? Dim. Dim, ond edrych i lawr ar ei blât.

'A wyddoch chi, Mam, roedd pawb yn eu dyblau o chwerthin, ac mi gysgodd Nathan trwy'r cyfan i gyd!'

Wrth adnabod ei enw ganddi, troes Nathan at ei chwaer ieuengaf a gwenu'n gariadus arni.

'Roedd wedi hen basio amser gwely Nathan,' ceryddodd ei fam. 'Ddylech chi ddim bod wedi'i gadw o allan mor hwyr. A beth am dy wersi di erbyn fory, Olwen? Chait ti ddim mynd petawn i'n gwybod y cymerai o fwy na rhyw awr o d'amser di.'

'Mi godaf am chwech bore fory,' addawodd Olwen yn ysgafn. 'Mae pen dyn yn gliriach o lawer yn y bore.'

Chwarddodd Ted. 'Sut gwyddost ti? Prin yr wyt ti'n cael amser i glirio dy frecwast cyn rhedeg i ddal y bws am y Gorslwyn.'

'I'r gwely ar unwaith rŵan, Olwen fach,' gorchmynnodd ei mam, 'a thithau, Nathan. Rwyt ti bron â disgyn o eisiau cysgu.'

'Mi gewch eich presantau'n y bore,' addawodd Margied Jên. 'Waeth imi heb â chwalu heno. O! Mae hi'n braf cael bod gartre – er na chymerwn i lawer ag aros yma o hyd chwaith.'

'Mae'n llawer o beth dy fod ti'n gysurus acw,' ebe ei mam. 'Rwyt ti'n edrych yn dda.'

I beth y soniai am ei bwriad – petai'n fwriad hefyd, blys yn hytrach – o ofyn iddi aros gartre gyda hi am flwyddyn? Dim ond ychydig o fisoedd oedd bellach nes y byddai Olwen yn rhydd. Ac fel yr oedd y plant mor hoff o bwysleisio, golygai'r trydan yma a gynhyrchid ar y fferm lawer iawn llai o waith gyda phopeth. Rhedodd Dori i fyny ar ôl Nathan i'w gael ef i'w wely'n saff, ond parhâi ei meddwl gyda Margied Jên. Yr oedd yn iawn i'r eneth gael ei chyfle i ennill tipyn, o achos doedd wybod pryd y deuai awydd gwneud cartref iddi'i hun arni, a hithau bellach yn wyth ar hugain oed – deuddeng mlynedd yn hŷn nag ydoedd hi adeg ei phriodas ag Ifan Huw. Oedd gan Margied Jên rywun mewn golwg, tybed? Yr oedd yn rhy swil i ofyn dim felly i'r plant, ac ni sonient hwythau am y cyfrinachau hynny wrthi hi.

'Nos da, Nathan bach. Cysga'n drwm tan y bore.'

Cyrhaeddodd yn ôl i'r gegin mewn pryd i glywed Margied Jên yn dweud wrth ei brawd, 'O ydi, mae'r lle yn iawn, ond 'mod i wedi meddwl am gael newid eleni. Rydw i acw ers dwy flynedd, ac mae hynny'n llawn digon i aros yn yr un fan, heblaw fod gen i hanes lle gwell.'

'Mwy o gyflog wyt ti'n ei feddwl?' gofynnodd Dori.

'Nage. Allwn i byth ddisgwyl gwella llawer ar bum swllt ar hugain yr wythnos, a phresantau da y Nadolig ac ar ben blwydd, a phethau felly. Ond mae'r bobol eraill yma'n mynd i ffwrdd am dri mis bob gaeaf, a mis yn yr haf, ac mi gawn innau fy nghyflog yr un fath, ac arian i dalu am fy lle i chi, tra bydden nhw i ffwrdd.'

'Yr annwyl fawr!' rhyfeddai Dori.

'Ac yn y lle sydd gen i rŵan, dim ond dydd Sul o ddau tan ddeg ac un pnawn arall yr wythnos yr ydw i'n ei gael yn rhydd. Mi gawn hynny, ac o wyth tan hanner awr wedi deg bob noson arall hefyd, yn y lle newydd.'

'I feddwl pan oeddwn i mewn lle . . .'

'O, Mam fach, peidiwch â dechrau ar hwnna'n awr. Mae eich hanes chi yn y Crescent yna'n perthyn i'r cyn-oesoedd. Mae hyd yn oed Jini yma'n cael mwy o ryddïd nag oeddech chi'n ei gael yn fan'ny.'

'Mi gredaf i fod Jini'n cael llawer mwy gan Mam nag a gei di yn dy le newydd eto,' ebe Ted, 'rhwng cymanfaoedd ac eisteddfodau a thripiau a phictiwrs, a mynd i edrych am ei mam byth a beunydd.'

'Mae gen i waith iti bore fory,' ebe ei mam, gan droi at Margied Jên. 'Wyt ti'n fodlon troi ati?'

'Ydw, wrth gwrs,' oedd yr ateb parod. 'Beth ydi o?'

'Berwi tipyn o farmalêd. Mi dorrais y ffrwythau i gyd heno, wrth aros amdanoch chi.'

'O, Mam! Os nad oes yma ddigon o waith ar fferm fel hyn heb ichi gyboli efo rhyw 'nialwch fel'na! A marmalêd mor rhad i'w brynu!'

'Mae peth cartre'n iachach,' daliai Dori. 'Chyffyrddai eich tad byth â'r hen sothach sâl yna o'r siopau.'

'Mi wyddost fod Mam bob amser yn gwneud tunelli o bicl ac o jam. Rhai da ydyn nhw hefyd,' meddai Ted.

'Ond mae popeth mor wahanol rŵan,' dadleuai ei chwaer. 'Does dim rhaid ichi gymaint â'u cario o'r siop. Maen nhw'n dod at y drws ichi efo'r ffordd newydd yma, ac maen nhw'n hen ddigon da. Meddylia di y llafur ydi o i wneud pethau fel'na.'

'Fy ngeneth fach i, pan ddeuthum i yma gynta, roedd pob cannwyll a oleuem wedi cael ei gwneud gan dy nain a minnau, a phob clap o sebon yn y lle yma. Ychydig iawn o nwyddau fyddai arnom eu heisiau o'r siop yr adeg honno.'

'Wel, ewch chi ddim i wneud canhwyllau'n awr efo'r golau newydd yma,' meddai Margied Jên yn ddiamynedd. 'Mi fyddaf yn eich gweld chi'n dda am symud ymlaen efo'r oes weithiau, mam, a thro arall rydych chi'n boenus o henffasiwn. Ond mi ferwaf i'r marmalêd ichi fory, yr un fath, a chlirio'r bwrdd yma heno hefyd,' a neidiodd i fyny wedi adennill ei sirioldeb arferol.

'Dos dithau i'th wely, Ted bach,' ymbiliodd ei fam. 'Rhaid iti ddechrau troi'r Ddôl Fawr fory, wyddost. Mae Nain yn meddwl dy fod bron â'i gorffen. Ac mae yna dri neu bedwar o gaeau eraill ddylai ei chael hi hefyd.'

'Mi roddaf i blwc arni yn y bore bach. Ond na! Wyddoch chi beth? Mi fu bron imi ag anghofio. Mae cynhadledd o Undeb yr Amaethwyr yn y Bermo fory, ac mi addewais yn siŵr fynd yno, a chario John Cerrig Llwydion a Seimon Ty'n-y-Fedw hefyd. Oes arnat ti awydd y siwrnai, Mag? Fe fyddai tipyn o wynt y môr yn newid braf iti ar ôl yr hen dref fyglyd yna.'

19

Er gwaethaf cryn lawer o fân siwrneia, a'r diddordeb o osod y teleffon, ymroes Ted ati'n dda gyda'i waith yn ystod y pythefnos y bu ei chwaer hynaf gartre. Rhwng y gweision ac yntau, cwblhawyd troi a thynnu'r og tros nid yn unig y Ddôl, ond y Llain a'r Ffridd Goch hefyd. Yr oedd yn wanwyn braf, ac un prynhawn aeth Dori, ac Owain gyda hi, i weld eu gwaith.

'Mi fydd yr hen Ddôl yma'n hardd pan dyf yr ŷd,' ebe hi yn ei glust.

'Bydd, yn donnau melyn o dan yr haul,' meddai yntau'n ôl. Yr oedd y llais a'r geiriau mor debyg i'r hen Owain fel yr edrychodd Dori'n obeithiol arno am eiliad. Ond y munud nesaf, dywedodd, 'Ifan Huw wedi troi efo'r gaseg goch, ynte?'

Eto, yr oedd fflach yn rhywbeth, a hon oedd y gyntaf mewn pum mlynedd o amser.

Byddai Dori wedi hoffi gallu canmol gwaith y llanciau wrth ei mam-yng-nghyfraith, ond nid oedd hynny'n bosib, â'r hen wraig o dan yr argraff fod y gwaith wedi'i gwblhau ers dyddiau. Roedd hi erbyn hyn, o ran ei meddwl, ymhell ymlaen gyda gwaith y flwyddyn. Soniai'n barhaus am hau a llyfnu, plannu tatws, a gosod yr ardd. Weithiau ceisiai Dori arafu tipyn arni.

'Mae hi'n rhy gynnar eto, Nain, i feddwl am blannu na hau. Mae ganddyn nhw lond eu dwylo'r dyddiau yma efo'r ŵyn, a chario tail a choed, a rhyw orchwylion felly.'

Eithr yn ôl yn yr un fan y byddai'r hen wraig erbyn y tro nesaf yr âi Dori i fyny ati.

'Rydym ni wedi arfer â bod y fferm gynhara yn y plwy, a rhaid i Ted gadw'r enw hwnnw ymlaen.'

'Rydw i'n credu y gwnaiff o, Nain, ac mae o wedi bod yn lwcus iawn efo'r ŵyn eleni. Mi gafodd ddeuddeg a deugain yr wythnos o'r blaen, efo dim ond pump ar hugain o ddefaid, a heb golli'r un ohonyn nhw.'

'Un ardderchog am edrych ar ôl defaid oedd ei dad, ac mi fyddai 'nhad innau'n nodedig felly hefyd,' canmolai'r hen wraig, wedi anghofio am funud ei huchelgais orffrysiog.

'Fe ddaw Margied Jên i fyny mewn munud, i ffarwelio â chi, Nain.'

'Beth wnaiff hi'n ffarwelio efo mi'n awr?' gofynnodd y nain yn gwta.

'Dydych chi ddim wedi anghofio mai heddiw ydi'r diwrnod iddi fynd yn ôl i'w lle?'

'Roeddwn i'n disgwyl na fyddai hi ddim yn mynd yn ôl y tro yma, a chymaint o'i heisiau hi gartre.'

Ni fynnai Dori gyfaddef mor agos ydoedd hynny i'w theimladau hithau. 'Does gen i mo'r galon i ofyn iddi aros, a minnau'n gwybod mor groes fyddai hynny i'w hewyllys hi.'

'Hy! Fyddwn i fawr o roi dewis i'm plant i erstalwm, p'un ai aros gartre ai peidio wnaen nhw. A pheth arall, fu'r un o ferched y Cwm Uchaf o'r blaen mewn gwasanaeth. Roedd yma ddigon o waith, a digon o fodd, i'w cadw gartre, a dyna ben arni.'

'Dydi o ddim yn werth imi ei thynnu hi adre rŵan, beth bynnag,' ymresymai Dori, 'neu fe fydd yma ormod ohonom ni ar draws ein gilydd, erbyn bod Olwen yn gorffen ei hysgol yn yr haf.'

'Hy!' wfftiodd yr hen wraig drachefn. 'Beth petai honno wedyn yn cael chwilen am fynd i ffwrdd? Ei gollwng hi wnaet ti, heb gwyno. Piti garw na bai yna rywfaint o dy fam a Lydia ynot ti, yn lle dy fod yn Edwart Llwyd i gyd.'

Diolch na welodd yr hen wraig, er ei chraffed, ddim amgen na hynny! Ond rhaid ceisio ei chael i hwyl go dda cyn i Margied Jên ddod i fyny. Falle na welai honno byth mo'i nain eto, a pheth torcalonnus fyddai ffarwelio mewn gwg.

'Mi roddodd Margied Jên hwb da iawn imi efo glanhau at y gwanwyn yma, ar hyd yr amser y bu hi gartre. Rydym ni lawer ymhellach ymlaen nag arfer efo'r tŷ.'

'Felly wir! Clywed mwy o sôn am Margied Jên yn hoeta nag am Margied Jên yn gweithio wneuthum i,' oedd yr ateb sychlyd. 'Ond dyna fo, 'ngeneth i, dy blant di ydyn nhw, ac mae'n debyg dy fod yn feddalach wrthyn nhw o achos cael dy fagu mor galed dy hun.'

Gyrrodd Ted arni'n ddygn iawn gyda'r hau, ond daliai Dori ef wrthi'n pensynnu yn aml fin nos. Bu i ffwrdd yn y modur ddau ddiwrnod cyfan, ond darfu'n lân â'r mân siwrneia. Yn ofer y slensiai Olwen ar nos Wener, gan ei atgoffa nad oedd ysgol trannoeth ac na fyddai o bwys os digwyddai iddynt fod yn hwyr yn y pictiwrs y noson honno.

'Mae'r tân yma a'r radio yn brafiach, wel'di, ar ôl bod allan ar hyd y caeau trwy'r dydd.'

'Wyt ti wedi blino'n arw?' gofynnai ei fam.

'Na, dim ond tipyn o effaith y gwanwyn arna i.'

'Mi gawn Rhys adre erbyn y cynhaea gwair,' cysurai hithau ef. 'Mi wnaiff hynny'r gwaith beth yn ysgafnach iti.'

Ni ddywedai ef ddim wrthi'n ôl. Ac eithrio'r ysbeidiau hyn, teimlai'i fam yn fwy esmwyth ei fod yn setlo i fywyd y fferm o ddifri'n awr. Ac eto, wrth edrych yn ôl, sylweddolai na synnodd hi gymaint â chymaint pan roddodd ef ei fraich tros ei hysgwydd un noson, a dweud,

'Mae arna i ofn fy mod yn mynd i'ch siomi, Mam, ond mi wn y maddeuwch imi.'

'Beth?' gofynnodd hithau, er fod ganddi amcan pur dda beth oedd ar fin ei glywed.

'Dydi 'nghalon i ddim yn y fferm yma. Mi wyddoch chi hynny, Mam. Peiriannau a thrydan ydi 'myd i, ac mi ges gynnig gwaith gan Hawkins, hwnnw fu'n rhoi golau trwy'r lle yma. Fydd y cyflog ddim yn fawr i ddechrau, ond mae o'n gwarantu bywoliaeth ardderchog imi cyn pen pum mlynedd, naill ai yn ei wasanaeth o neu o dan y llywodraeth.'

Methai Dori â dweud dim am funud neu ddau.

'Ond y Cwm yma, Ted bach! Beth ddaw o hwn? Mi wyddost mor siomedig fyddai dy dad.'

'Pam fy newis i i gadw'r Cwm, mwy na Rhys? Roedd 'Nhad a Nain ar fai dybryd yn penderfynu wrth eu mympwy eu hunain p'un ohonom oedd i aros gartre a ph'un i fynd i ffwrdd. Mae'n ddrwg gen i eich siomi chi, Mam, ond alla i ddim cario teimladau neb arall ar fy nghefn. Ac wedi'r cwbl, beth ydi'r Cwm i chi?'

'Noddfa a chartref ers pymtheg mlynedd ar hugain, Ted. Dydi o'n rhyfedd yn y byd 'mod i'n teimlo'n eiddigus tros ddyfodol yr hen le.'

'Ie, ond allwch chi ddim deud, fel y bydd Nain yn arfer â phregethu wrthym ni, fod y lle yn ei gwaed hi a ninnau. Mi glywais i hyd yn oed f'ewyrth Owain, pan oedd o gwmpas ei bethau, yn deud mai pechod yn erbyn yr Ysbryd Glân oedd iddo fo ufuddhau i'w fam ac aros gartre, yn lle ymroi i grwydro'r byd.'

Ochneidiodd Dori. Roedd pethau'n anodd iddi. Clywsai hithau Owain yn siarad felly unwaith neu ddwy, a theimlo bob tro ias o ddigofaint yn erbyn y fam a warafunodd iddo, i ddechrau, gysuron naturiol llencyndod, ac yna ei gaethiwo i derfynau fferm ddi-nod, ac yntau'n gymwys i ehangach byd. A oedd hi i ormesu ar Ted yn yr un modd? Gwnaeth un cais arall, er y gwyddai ei fod yn anobeithiol.

'Mi wyddost fod ein bywoliaeth ni'n dibynnu ar y lle yma, ac mai prin dalu ein ffordd wnawn ni fel y mae hi. Os cefni di, lwyddwn ni ddim i wneud hyd yn oed hynny, â thri methedig yn dibynnu arnom ni. Rydym wedi gwario mwy nag allem ni ei fforddio yn barod, rhwng y trydan a'r ffordd a phopeth.'

'Mi wn 'mod i wedi taflu costau arnoch chi,' addefodd Ted gyda chywilydd, 'ond ceisio fy mherswadio fy hun i fodloni yma oeddwn i, efo popeth felly. Ond os ydi Hawkins yn ei le wrth addo y dof i gyflog mawr, mi wnaf iawn ichi am hynna i gyd.'

Ysgydwodd ei fam ei phen. 'Na. Erbyn y doi di i'r cyflog hwnnw, mi fydd y taro mawr wedi mynd trosodd yma. Ddeil dy nain a'th ewyrth ddim yn hir iawn ar y gorau, a'u cysur nhw a Nathan ydi fy mhryder pennaf i. A ph'un bynnag, ymhen pum mlynedd arall, does wybod pwy fydd gen tithau'n disgwyl wrth dy arian heblaw dy hen fam a'r Cwm Uchaf.'

'Mae'n ddrwg iawn gen i, Mam,' meddai yntau wedyn, gan ei hanwylo, 'ond yn wir, alla i ddim aros yma'n hwy. Methiant fyddwn i wastad fel amaethwr, ond gyda'm gwaith fy hun rydw i'n fodlon gweithio hyd at fêr fy esgyrn.'

'Wel, gan mai fel'na mae hi arnat ti, feddaf i mo'r galon i'th rwystro. Mi wnaf i ffwrdd â'r modur a'r teleffon; mi ddaw hynny â rhywbeth at dalu cyflog hwsmon.'

'Peidiwch â gwerthu'r car, Mam. Mi ddof i adre cyn amled byth ag y medraf i, ac mae Rhys yn edrych ymlaen at ei yrru o pan fydd yntau ar ei wyliau. Mae Olwen hefyd bron â gorffen dysgu'i yrru. Mi fyddai'n siom mawr i'r ddau petaech chi'n ei werthu o.'

'Rhaid imi feddwl am fyw, wel'di. Rhwng costau ar y ddau blentyn yma, a chostau ar y fferm, rydw i wedi gwario pob dimai oedd gennym wrth gefn. Ac yn ôl yn y byd yr awn ni os na cheidw'r fferm ei phen eleni.'

'Pam na pherswadiwch chi Nain i werthu'r Caeau Duon? Fe gâi bris da amdanyn nhw ar hyn o bryd, gan fod cymaint o gip ar dir i adeiladu tai arno. Mi fu rhyw ddau ddyn o Lerpwl yn holi John Tŷ Cerrig yn y Gorslwyn, ddiwrnod y ffair, os gwyddai o am dir yng nghanol y wlad, yn llygad haul ac ar fin ffordd dda. Eisiau lle i wneud byngalos i bobol y trefi ddod iddyn nhw yn yr haf oedd arnyn nhw.'

'Fyddai Nain byth yn fodlon gwerthu llathen o'r Cwm Uchaf.'

'Dyna sy'n fy notio i ynglŷn â chi, Mam – nad ydych chi byth yn sylweddoli fod gennych chithau air i'w ddeud am bethau. Os mai Nain ydi perchen y lle yma mewn enw, mi wyddoch yn iawn mai chi a'i cadwodd i fynd ers blynyddoedd. Mae Nain yn ymyl ei chant oed. Arnoch chi y disgynnith penderfynu gwerthu cae neu ddau neu beidio. Mae'r hen le yma'n rhy fawr o lawer, o ran hynny. Fe fyddai'n haws o lawer i'w ffermio petai o'n hanner ei faint.'

Yr wythnosau canlynol, cafodd Dori lond ei breichiau o waith. Byddai'n brysur ar y gorau, a hithau'n un o dymhorau trymaf y flwyddyn, ond yn awr, yn ychwanegol at hynny, roedd ganddi berswadio'r hen wraig i adael i Ted ymadael o'i bodd. Nid ymddangosai fod llawer o wahaniaeth ganddo ef am hynny, ond gwyddai'i fam na chaffai hi byth dawelwch ynddi'i hun os âi ef yn groes i ewyllys ei nain.

'Rwyt ti'n rhoi gormod o raff i'r plant yma, yn siŵr i ti, Dori. Plant y Cwm i gyd yn gweithio am eu tamaid oddi cartre! Welais i erioed y fath beth! Mae'r fferm yn siŵr o fynd â'i phen iddi, mi gei di weld.'

Ffugiai hithau hyder nas teimlai. 'Na'n wir, mae golwg mwy llewyrchus arni eleni nag ers blynyddoedd. Ac rydw i wedi cael hanes hwsmon da iawn ym mhen draw'r sir. Synnwn i damaid na wnaiff o'n well efo'r tir na Ted. Wedi'r cwbl, ar waith arall oedd ei fryd o, ac all neb wneud ei orau felly. Ac os daw o, gydag amser, i gyflog mawr, mi all fod yn gefn mawr i ni yma.'

'Wel, y cyfan ddwedaf i ydi na chaffai'r un o'm plant i wneud y ffasiwn beth. Ond dydw i ddim am dra-awdurdodi arnat ti bellach, a minnau â'm dwy droed ÿn y bedd. Ond mae o'n beth rhyfedd,' a thorrodd sŵn, fel petai un yn gwasgu deilen grin mewn llaw, o enau'r hen wraig, yn lle chwerthiniad, 'pan daenodd y sôn gynta dy fod yn priodi Ifan Huw, mi fu'r cymdogion i gyd yn fy rhybuddio mor ffôl oeddwn i i feddwl am y fath beth. Roedden nhw'n darogan y byddet yn hanner lladd pawb o'th gwmpas, yr un fath â'th fam, a'r un fath â Lydia hefyd, yn ôl pob hanes. A dyma ti – yn rhy ddiniwed i reoli dy blant dy hun!'

Heblaw dandwn ei mam-yng-nghyfraith, roedd yn rhaid iddi chwilio am hwsmon. Ni chrwydrasai hi gymaint ers blynyddoedd, oherwydd mynnodd fynd ei hun gyda Ted i siarad â phob un tebygol. Roedd yn benderfynol o gael hyd i was henffasiwn yn rhywle, ac nid un o ddewis-ddynion Ted, yn gwybod popeth am beiriannau a thrydan a gyrru modur, a'r nesaf i ddim am yr hyn a alwai hi yn ffermio.

Roedd ganddi hefyd hwylio Ted yn daclus i fynd i ffwrdd. Golygai hyn lawer mwy o waith na chychwyn Rhys Owain i'r coleg. Ni olygai hynny ond prynhawn o siopa yn y Gorslwyn – ef yn dewis ei grysau, ei sanau, a'i ddillad i gyd, a hithau'n talu amdanynt. Roedd ei mab ieuengaf, ers dyddiau'r Ysgol Sir, wedi troi yn erbyn y crysau gwlanen gartre a wnïai hi, a'r sanau y byddai'n eu gwau. 'Maen nhw'n cosi, mam, ac yn ormod o drwch o dan fy siwt. Mae dillad prŷn, fel rhai'r bechgyn eraill, yn fwy cysurus o lawer.'

Ond nid oedd Ted yn malio ynghylch pethau felly, ac ystyriai ei fam ei bod yn ddyletswydd arni i roddi iddo'r hyn yr oedd hi'n credu'n gydwybodol oedd orau. Felly, pa mor flinedig bynnag oedd y dydd wedi bod, rhaid oedd troi ati gyda'r nos i wau ac i wnïo: sanau llwyd at waith, rhai du'r ddafad at orau, a rhai o edafedd siop at dywydd poeth; crysau gwlanen at y gaeaf, a rhai o gotwm grandril trwm at yr haf.

Yr oedd hyn i gyd wedi'i gwblhau pan dderbyniodd Ted y llythyr y disgwyliai mor eiddgar amdano.

'Mae Mr Hawkins wedi anfon imi fynd yno fory,' meddai'n llawen.

'Ond mi fyddwn yn dechrau ar y gwair fory!' meddai ei fam.

232

'Ie, hen dro, ond does dim i'w wneud. Roeddwn i wedi deall na fyddwn i'n mynd am wythnos arall, ac wedi meddwl gallu rhoi cryn hwb ichi arno fo, a'r tywydd mor braf hefyd. Wrth lwc, mae Roderic yma ers dyddiau bellach ac wedi cynefino tipyn â'r lle, ac mi fydd Rhys adre ddiwedd yr wythnos.'

Ni fynnai Dori gyfaddef, hyd yn oed wrthi'i hunan, gymaint yr oedd yn disgwyl ei bachgen ieuengaf adre y tro yma. Nid oedd wedi dod adre o gwbl i wyliau'r Pasg eleni, am iddo gael cynnig cymryd cwrs o archwilio yn yr Amgueddfa, ac ymddangosai'r amser ers gwyliau'r Nadolig yn hir iawn iddi. Nid oedd ganddi'n awr neb o'i gwaed ei hun i ymgynghori ag ef ynghylch y gwaith, a theimlai hyd yma yn swil o'r hwsmon newydd. Gadawai iddo drefnu pethau yn ei ffordd ei hun, pan fyddai'n well ganddi hi mewn gwirionedd ffordd arall. Er mai hogyn dibrofiad oedd Rhys Owain, er gwaethaf ei ugain mlwydd oed, byddai'n ddigon o ddyn i gyflwyno gorchmynion ei fam i'r gweision ac i weld eu cyflawni hefyd.

Nid oedd ei help i'w ddibrisio chwaith. Arferai Ted ddweud bob cynhaeaf, 'Mae Rhys yn gweithio fel yr andros y dyddiau yma. Mae'n dda nad ydi'i blwc o'n para'n hir, neu mi fyddai wedi'i ladd ei hun cyn pen tri mis.' Byddai wythnos o weithio felly yn gryn gaffaeliad yn awr; ac yr oedd bob amser yn fachgen mor llawen. Dychmygai'i fam y gweithiai pawb yn fwy dygn yn ystod chwiw waith Rhys.

At hynny, drachefn, yr oedd ei phleser hi ei hun wrth wrando arno'n adrodd hanes y coleg: yr athrawon a'u gwahanol hynodion; y darlithoedd a'r dadleuon; y castiau a chwaraeai'r myfyrwyr ar ei gilydd. Roedd Dori wedi dysgu'r gwahaniaeth rhwng bloedd y gwahanol golegau, ac yn gwybod o flaen pob Eisteddfod Ryng-golegol ble'r oedd gwendid a nerth coleg Rhys. Byddai Ted yn chwerthin am ben llawer o'r sgwrs hon ac yn dannod i'w frawd, 'Rydych chi'n union yr un fath â haid o blant yn yr ysgol, ac yn dysgu llai na'r rheini, mi gymraf fy llw.' Ond teimlai Dori mai am rhyw fywyd felly yr oedd hi wedi bod yn dyheu yn ystod ei blwyddyn olaf yn ysgol y Llan, er na wyddai hi bryd hynny ddim am ei fodolaeth. Roedd ei thro hi wedi pasio, ond llawenhâi fod mab iddi yn cael y fraint o'i fwynhau ac ar ben y ffordd i fod yn sgolor mawr oedd yn gwybod popeth, yr un fath â'r athrawon dysgedig y soniai gymaint amdanynt.

Ychydig a ddywedai Olwen pan fyddai ei mam a'i brawd yn mynd tros helyntion y coleg fel hyn, ond gwrandawai'n astud. Pan âi Rhys a hithau am ambell i dro gyda'i gilydd, holai ef yn ôl a blaen.

'Mi fyddet tithau wrth dy fodd yn fan'cw, Olwen, ond gartre wyt ti i fod, yntê? 'Fyddai o ddim yn deg â Mam, chwaith, i'w gadael hi wrthi'i hun, efo Mag a minnau i ffwrdd, a Nathan fel y mae o, a Ted mor anesmwyth fel nad oes wybod pryd y cwyd o ei adenydd. Wrth gwrs, petait ti'n digwydd pasio dy fatríc rywbeth yn eithriadol o dda, mi fyddai hi'n fath o ddyletswydd ar Mam dy ollwng di wedyn.'

Ni ddywedai Olwen ddim rhagor ar adegau felly, ond troi'r sgwrs ohoni ei hun at bethau eraill.

Y diwrnod y cefnodd Ted oedd un o'r dyddiau mwyaf anhapus i Dori eu treulio yn y Cwm Uchaf. Roedd ffarwelio ag ef, ei bachgen hynaf, yn dreth fawr arni, oherwydd nid mab hynaf ond baban i'w wylio a'i amddiffyn yn barhaus oedd Nathan iddi. Bu'n agos iddi dorri i lawr wrth iddo gychwyn, ond llwyddodd i'w hadfeddiannu'i hun. Gan ei fod yn mynd, pa ddiben ei wneud yn anghysurus? Roedd ganddi ormod o brofiad o gychwyn felly ei hun i'w orfodi ar arall.

Yn y llofft, cafodd ei mam-yng-nghyfraith yn fwy dreng o lawer na'i harfer, er ei bod wedi hanner bodloni i'r bachgen ymadael.

'Rwyt ti'n rhy lac o lawer, Dori, a'r lle yma sy'n dioddef. Mi ddyffeiaf i, petawn i'n gallu mynd o gwmpas, y byddai'n chwith iawn gen i weld yr olwg sydd arno. Beth ydi hwsmon i ofalu am bethau, yn lle eich gwaed eich hun?'

Lawer gwaith y diwrnod hwnnw, a hithau'n brysur gyda'i gorchwyl, y teimlodd Dori gyffyrddiad ar ei braich, a throi i weld Owain yn sefyll y tu ôl iddi, ei ffon yn gwegian rhwng ei law a'r llawr, a'i lygaid yn llawn dagrau.

'Ble mae Ifan Huw? Ydi o wedi mynd i ffwrdd? Mae gen i ei eisiau o.'

'Mi ddaw yn ôl heno, Owain bach,' cysurai hithau. Un tro ychwanegodd, 'Pam nad ewch chi i'r cae i weld sut maen nhw'n dod ymlaen efo'r torri?'

Crebachodd ei wyneb fel un plentyn. 'Mae arna i ofn.'

'Ofn beth, Owain bach?'

'Ofn . . . ofn . . . ofn gweld y gaseg yn lladd Ifan Huw.'

Dyma'r tro cyntaf yn ystod y pum mlynedd iddo gyfeirio'n

234

uniongyrchol at y ddamwain. Falle y gwnâi les iddo ei hwynebu fel'na, yn hytrach na hofran o gylch rhyw ddychryn annelwig gydol ei amser. Cydiodd Dori yn ei fraich, gan ei arwain i'w gadair ym mhen y drws.

'Na, na, does dim peryg o hynny. Mae Ifan Huw yn ddigon diogel a'r gaseg honno wedi mynd i ffwrdd. Peidiwch chi â phryderu dim, ond eistedd yn dawel yn y fan yma am dipyn. Mi fyddaf yn mynd â llymaid iddyn nhw yn y cae yn y munud, a falle yr hoffech chi ddod efo mi, i'm helpu i gario'r piseri.'

Roedd Nathan hefyd yn fwy swrth a di-hwyl na'i arfer. Byddai wrth ei fodd fel rheol yn cael rhyw waith i'w wneud efo'r dynion; ond heddiw, pan aeth Dori, ac Owain gyda hi, i'r cae yn y prynhawn, dyna lle'r oedd Nathan yn sefyll yng nghongl bella'r cae, yn mwmial a chwynfan rhyngddo ac ef ei hun.

'Does ddichon gwneud dim ohono fo heddiw, Meistres,' ebe Twm, yr hynaf o'r ddau hogyn. 'Rydym wedi cynnig iddo fo weithio efo pob un ohonom ni yn ei dro, ond wnaiff o ddim byd ond rybedio popeth o gwmpas.'

Barnodd Dori mai doethaf fyddai dod â Nathan yn ôl i'r tŷ gyda hi. Ni fynnai i bobl ddieithr weld ei hwyliau drwg. Roeddynt yn hollol ddiniwed, ond gallent roddi'r enw drwg i'r Cwm nad oedd ddichon i weision wneud yno o achos y bachgen hanner pan oedd yn ymyrryd â'u gwaith. Gwyddai y gallai stori am fryntni rhywun fel Nathan dyfu'n hawdd, serch iddi fod yn gwbl ddi-sail. Ac ar y llaw arall, ni fynnai chwaith roddi cyfle i'r gweision, hwythau, fod yn frwnt wrtho ef. Dyma broblem arall a achosodd ymadawiad Ted. Pan oedd ei frawd gydag ef yn y cae, gallai deimlo'n hollol ddibryder ynghylch Nathan trwy'r dydd.

Ni fu dim cysur iddi gan Olwen chwaith, pan gyrhaeddodd bws honno o'r Gorslwyn.

'Oes *rhaid* imi fynd efo Nathan i'r cae, Mam? Mae'r arholiadau ar fin dechrau, ac rydw i eisiau ymroi ati heno i wneud yn siŵr o'm torri allan, o achos hwnnw a'r gwnïo ddaw gynta.'

Ochneidiodd ei mam. 'Wel, mi geisiaf i fynd am ychydig, 'te, ond allaf i yn fy myw weld fod yn rhaid iti ddal ati mor galed o hyd efo dy wersi. Mi wyddost na fyddai o bwys yn y byd gennym ni petait ti'n methu, gan mai gartre yr wyt ti i fod.'

235

Ond roedd Olwen eisoes wedi ymgolli yn nirgeledigaethau pensel a ffon fesur a phapur sidan. Gwenodd ei mam wrth feddwl beth ddywedasai ei nain yn y Llechwedd erstalwm – gyda'i hacio ffordd agosa a'i hymffrost o hynny – am y dull hwn o dorri dilladau.

Roedd yn ollyngdod ganddi weld amser gwely. Byddai Rhys Owain adre rhyw ben fory. Diolch am hynny. Byddai ei bresenoldeb yn ysgafnhau'r baich, hyd yn oed pe na bai'n gweithio'r un iôd.

20

Bore drannoeth, derbyniodd ei fam lythyr oddi wrth Rhys.

'Dyma air i ddeud pryd y bydd Rhys Owain yn cyrraedd,' ebe hi'n falch wrth Jini. Gan fod Olwen wedi cychwyn i'r ysgol, nid oedd ganddi neb arall i rannu ei llawenydd ag ef, onid âi i fyny i wneud gwely Margied Ffowc.

Agorodd yr amlen. Ie, dyna ydoedd yn siŵr, oherwydd ni chynhwysai ond ychydig linellau brysiog, o'i gymharu â'r epistolau hir arferol. Ond gydag y datododd ef o'i blygion, fe welodd ei chamgymeriad.

F'annwyl Fam,

Yr oeddwn wedi llwyr fwriadu dyfod adre am ychydig ddyddiau, i helpu mymryn gyda'r gwair ar y tywydd braf yma. Trefnais i gychwyn gyda dau ffrind imi, yr wythnos wedyn, i heicio a chynnal cyfarfodydd ar hyd y wlad tros y Blaid Genedlaethol. Ond erbyn hyn, mae'r ddau'n mynnu cychwyn ar unwaith, a gorffen y daith yn yr Eisteddfod Genedlaethol. Af oddi yno, yr wythnos ganlynol, i Ysgol Haf y Blaid, ac adre wedyn, i'ch helpu gyda'r cynhaeaf ŷd. Bydd hwnnw'n gynnar eleni, yn ôl pob argoel.

Edrychwn ymlaen am hwyl anfarwol, a gobeithiwn wneud gwaith da tros y Blaid hefyd. Ysgrifennaf glampiau o lythyrau atoch o dan gysgod y gwrychoedd, efo'r hanes i gyd, Mam fach.

Cofion at bawb, a chariad calon i chwi.

Eich Rhys brysiog.

Eisteddodd Dori ysbaid, â'r llythyr yn ei llaw. Dyma Rhys eto wedi'i siomi. A fu gwraig erioed mor anffodus yn ei phlant â hi? Fe

236

anfonai hi at y corgi bach heno nesa, i beri iddo ddod adre, ac aros gartre nes bod y cynhaeaf gwair trosodd, neu thalai hi'r un ddimai'n rhagor at ei goleg. Y cynhaeaf ŷd, yn wir! Byddai ganddo ryw ffrind neu'i gilydd yn ei wahodd ar ryw wiriondeb arall erbyn hynny. Mynd yn swyddog i wersyll yr Urdd yn Llangrannog oedd y chwilen y llynedd. Yn awr dyma hyn! Dweud eu bod yn gwneud fel hyn ac fel hyn a wnâi ei phlant hi, ac nid gofyn caniatâd fel y byddai raid iddi hi erstalwm, a hithau fel rheol yn rhy ofnus i'w ofyn, p'un bynnag.

Pan gyrhaeddodd hyd yna, cododd Dori Ffowc ar ei thraed, a dechrau clirio'r bwrdd brecwast. Beth oedd a wnelo'i phlentyndod annaturiol hi â'r cwestiwn? Onid gwneuthur ieuenctid ei phlant mor wahanol ag oedd yn bosib i'w hun hi oedd ei phrif nod wedi bod gyda hwy o'r cychwyn? Wedi'r cwbl, ei busnes hi oedd ymroi iddi, a dysgu wynebu Roderic, yr hwsmon, nid ceisio llechu y tu ôl i hogyn ugain oed.

Ni theimlai frys i wynebu'r hen wraig heddiw chwaith, ond daeth amser i orfod gwneud hynny hefyd.

'Pryd mae'r bachgen yna'n cyrraedd?' oedd cyfarchiad cyntaf ei mam-yng-nghyfraith iddi.

'Dydi o ddim yn debyg o ddod am rai dyddiau eto.' Gwell peidio ag yngan gair am yr Eisteddfod na'r Ysgol Haf.

'Sut hynny?' daliai'r hen wraig ati. 'Ydi o'n sâl neu rywbeth?'

'Na, mae ei iechyd o'n iawn. Ond maen nhw wedi gofyn iddo fo fynd ar hyd y wlad i areithio tros y Blaid Genedlaethol.' Dyna! Swniai hynny'n fwy parchus na heicio o le i le a chysgu yng nghysgod y gwrychoedd, a bwrw iddi yn yr awyr agored, p'un bynnag a fyddai ar bobol eisiau eich clywed ai peidio.

'Y Blaid Genedlaethol? Beth ydi honno?'

Nid oedd Dori'n glir iawn ei hun. Ychydig o amser gâi hi i ddarllen y papur newydd yr oedd Olwen yn ei gario iddynt o'r dref bob diwrnod ysgol, a ph'un bynnag, ni welsai erioed sôn am y Blaid yma ynddo, hyd y gwyddai. Prynai Rhys ryw bapurau Cymraeg pan fyddai gartre, ond syrthiai ei wyliau ef bob amser ar adegau prysuraf y flwyddyn iddi hi – y Nadolig, adeg hau, adeg wyna, glanhau'r gwanwyn, y cynaeafau – pan oedd ganddi lai o hamdden nag arfer i sbïana rhyw betheuach felly. Er hynny, roedd yr enw'n adnabyddus ddigon iddi. Fe glywsai Ted ac yntau'n taeru llawer yn ei gylch.

237

'Rhywbeth i wneud â gwleidyddiaeth, allwn i dybio.'

'O! Y Blaid Ryddfrydol mae o'n ei olygu felly.'

'Na, prin yr ydw i'n meddwl mai honno ydi hi,' atebodd Dori'n ansicr.

'Dydi Rhys Owain erioed wedi troi at y Torïaid, decini?' ebe ei nain, a'i llygaid yn fflamio.

Prysurodd Dori i'w thawelu ynghylch hynny. Aeth yr hen wraig yn ei blaen, 'Nac ydi, gobeithio'n wir, neu gwae fo, â'i daid a'i ewythrod, a'i hen daid hefyd, am wn i, wedi ymladd yn erbyn y taclau hynny erioed, ac yn agos iawn â gorfod mynd i'r carchar adeg helynt y degwm. Mi fydden nhw wedi cymryd eu troi o'r Cwm yma cyn y fotien nhw i'r Torïaid; a dyna fyddai wedi digwydd iddyn nhw hefyd, oni bai mai nhw oedd biau'r lle.'

Gwyddai Dori'r sgwrs yma'n barod, o'i dechrau i'w diwedd, o'i mynych glywed, ac ni theimlai ryw lawer o ddiddordeb ynddi. Ni chlywsai erioed sôn am na Thorïaeth na Rhyddfrydiaeth yn y Llechwedd. Cofiai am ei mam yn cychwyn ei thad i lawr i fotio i'r meistr tir unwaith neu ddwy, a dyna'r cwbl.

'Mae'n siŵr mai tros y Rhyddfrydwyr mae o'n siarad felly,' diweddodd Margied Ffowc yn gysurus.

Ni thanseiliodd Dori ragor ar ei chred. Yr oedd yn ollyngdod ganddi ddyfod o'r helynt mor ysgafn. Ac ni allai fod yn bendant nad oedd yr hen wraig yn iawn. Er fe gawsai'r argraff, wrth glywed Rhys yn siarad ar draws ac ar led, nad oedd fawr o ddewis ganddo ef rhwng Rhyddfrydwr a Thori – fod y ddau cyn saled â'i gilydd.

Nid oedd ei mam-yng-nghyfraith wedi gorffen â'r pwnc eto. 'Ond beth sydd a wnelo Rhys Owain â pheth fel'na? Busnes y gwŷr mawr ydi ymhél â gwleidyddiaeth. Allaf i ddim gweld fod gan hogyn cyffredin fel y fo ddim i'w ddeud am bethau felly.'

Dyna'n union fel y gwelai Dori bethau hefyd, ond ni fynnai gyfaddef hynny.

'Mae'n siŵr fod rhywun wedi gofyn iddo, neu feddyliai o byth am fynd,' awgrymodd.

Trodd yr hen wraig hynny heibio'n ddiseremoni. 'Ta waeth am hynny na dim arall, gartre efo'r cynhaeaf y mae lle'r bachgen. Mae bywoliaeth dyn yn ganmil pwysicach na dim hen bolitics. O ran hynny, gartre y dylasai o fod ers blynyddoedd. Wn i ar y ddaear beth oedd y gwiriondeb gymerodd Ifan Huw druan yn ei ben ynglŷn â'i wneud o'n sgolor. Chafodd Ifan Huw ei hun ond rhyw fis o ysgol y Llan yn awr ac yn y man, a doedd yna neb yn y cwmpasoedd yma i gyd allai ddal cannwyll iddo fo efo ffermio.'

Diolchai Dori am dywydd mor braf efo'r cynhaeaf. Tybiai y byddai wedi torri'i chalon petai'r tywydd yn wlyb, a'r amgylchiadau eisoes mor anodd iddi. Eithr yr oedd i'r tywydd braf yntau ei anfanteision. Erbyn diwedd y cynhaeaf, aethai'r dŵr mor brin fel nad oedd wiw ei gario i'r anifeiliaid o'r ffynnon oedd yn cyflenwi'r tŷ, ac roedd y nant yng ngwaelod y buarth wedi hen sychu. Rhaid wedyn oedd gwneud siwrnai nos a bore gyda'r siandri a'r ferlen wen, a llenwi tair baril yn yr afon, a'u cludo'n ôl. Tollai hyn ar amser y bechgyn, ond yn ffodus roedd diwedd y cynhaeaf yn y golwg erbyn hynny.

Treuliai Dori y rhan fwyaf o'i hamser allan yr haf hwn. Dim ond iddi hi fod yn ei ymyl yn ei galonogi, ac yn gwneud yr un gwaith ag yntau, fe weithiai Nathan yn ddifai, ac roedd pob hwb bach yn werthfawr. Roedd arholiadau Olwen trosodd, a gallai adael y tŷ iddi hi a Jini heb bryder. Deuai Olwen atynt weithiau ar fin nos, i roi plwc o gribinio neu o fydylu, ond ofer oedd disgwyl Jini. 'Dim gwaith allan' oedd un o amodau ei chyflogi hi.

Bu gweld Olwen yn ymroi ati fel hyn yn galondid mawr i'w mam. Fe'i cysurai ei hun, os siomodd y bechgyn hi ynglŷn â'r fferm, falle y gwnâi Olwen iawn am hynny eto. Paham na allai dwy ohonynt redeg y lle cystal ag unrhyw ddyn? Petai'r cynhaeaf ŷd eto yn troi allan gystal â hwn, gallai fforddio chwilio am was arall. Falle y byddai'n haws taro ar un yn y gaeaf. Efo Olwen gartre, byddai hithau'n fwy rhydd o'r tŷ, ac yn gallu gyrru ymlaen tipyn ar y tir. Byddai ei chostau gyda Rhys Owain yn darfod ymhen blwyddyn neu ddwy hefyd. Roedd wedi gwneud yn dda iawn gyda'i arholiadau bob tro, chwarae teg i'r bachgen.

Nid oedd ei lythyrau mor llawn na chyn amled ag yr addawsai ef ar y dechrau. Canmolai'r hwyl a gaent, a'r da yr oeddynt yn ei wneud, ond ymddiheurai ei bod yn anodd iawn cael cyfle na hamdden i ysgrifennu llythyrau hir. Roeddynt yn cerdded milltiroedd bob dydd, gan gynnal cyfarfodydd ym mhob pentref yr aent trwyddo. Gan fod y tywydd mor eithriadol o braf, roeddynt yn cysgu allan bob nos, os na ddigwyddai rhywun gynnig lety iddynt am noson. Ni fyddai'r lletywyr hyn bob amser o'r un gredo â hwy, a threulid yr oriau maith rhwng swper a gwely yn siarad a dadlau, fel nad oedd siawns i ysgrifennu bryd hynny chwaith. 'Ond mae hyn oll yn ardderchog i'r Blaid,' fyddai'r byrdwn bob tro, a'i fam yn fwy beirniadol na'i harfer o'r hyn yr oedd yn ei ddweud.

Ysgrifennai Olwen ato'n gyson, ond unwaith yn unig yr anfonodd Dori, a hynny i'r Ysgol Haf. Roedd hi mor brysur, a dim un newydd neilltuol i'w ddweud wrtho, p'un bynnag. Cynnwys ei llythyr, pan anfonodd ef o'r diwedd, oedd fod y cynhaeaf gwair wedi troi allan yn wych, a'u bod wedi dechrau torri ŷd y Ddôl Fawr a'r Llain, a hwnnw hefyd yn argoeli'n dda. Caniataodd iddi'i hun y gwyn ei bod yn anos gwneud eleni, efo Ted i ffwrdd. Crybwyllodd fod Ted o hyd yn dal i'w hannog yn ei lythyrau i werthu'r Caeau Duon yn dir i godi tai haf i bobol y trefi, ond yr hoffai hi gadw'r Cwm Uchaf yn gyfan, os gallai rywsut. Er ei syndod, daeth iddi lythyr yn ôl gyda'r troad. Nid oedd Rhys yn cymryd sylw ynddo o ddim a ysgrifennodd hi, ond y darn am y Caeau Duon. Pwysai'n daer arni ochel rhag gollwng y fath fandaliaeth â hynny i mewn i'r ardal – dinistrio enaid y genedl oedd peth felly, ac ni hoffai feddwl i neb o'i deulu ef fod yn achlysur i hynny, ac yntau'n aelod brwd o'r unig blaid oedd yn ceisio gwrthweithio'r dylanwadau estron. 'Mae cysegredigrwydd hen draddodiadau'r Cwm yn eich dwylo chi, Mam.'

Ni chymerodd Dori ryw gymaint a chymaint o sylw o'r ymfflamychiad hwn. Wedi'r cwbl, doedd hi erioed wedi bwriadu gwerthu'r Caeau Duon, serch iddi ddigwydd crybwyll barn Ted yn ei llythyr. Yr oedd hi bellach wedi penderfynu ar ei llwybr: gweithio'r fferm ei hun tra gallai, a cheisio'i gorau i hyrwyddo'r dydd i Olwen briodi ag un o ffermwyr ifanc yr ardal, ac iddo yntau ddod yno atynt. Byddai wedi diogelu ffawd y Cwm felly.

Teimlai hi fwy o ddiddordeb ym mharagraff olaf llythyr Rhys – ei fod ef a'i ffrind yn cychwyn o'r Ysgol Haf trannoeth, ac wedi penderfynu cerdded adre, 'er mwyn efengylu tipyn ar y ffordd'. Faint o amser gymerai hynny, tybed? Wel, byddai'n dda ganddi ei weld, serch i'r taro mawr am ei help fod trosodd – gobeithio – erbyn y cyrhaeddai.

Dychrynwyd hi gan waedd Olwen. Roedd honno, yn lle clirio brecwast, wedi neidio i'r papur newydd yr oedd y postmon yn ei gludo yno bob bore yn ystod y gwyliau. Rhedodd Dori ati o'r cefn.

'O Mam, Mam! Rydw i wedi pasio! Dyma fo yn y papur yma. Wedi matricio hefyd!'

'Da eneth,' ebe ei mam. 'Mae'n well iti lwyddo na methu, serch na wnaiff o lawer o wahaniaeth iti gartre. Rhaid imi morol yr oriawr yna addewais i iti petait ti'n pasio. Rhed i fyny i ddeud wrth Nain.'

Llawenhâi Dori yn llawenydd Olwen, ond ar wahân i hynny ni chyffyrddodd y newydd fawr â hi. Aeth o gylch ei dyletswyddau heb gofio nac yma nac acw amdano. Roedd Olwen hithau, ar ôl yr ebychiad cyntaf, yn ddistaw iawn. Nid ynganodd air amser cinio, heblaw pan ofynnid rhywbeth iddi, a dangosai ei hatebion bryd hynny fod ei meddwl ymhell. Pan oedd ei mam ar ddilyn y dynion i'r caeau, daeth ar ei hôl a gofyn iddi, 'Mam, mi fydd Jini a minnau wedi gorffen yn o lew erbyn tri. Gaf i bicio ar fy meic i'r dre wedyn? Mi fydd gan Mr Oxton y manylion i gyd ynghylch yr arholiadau, ac mi hoffwn gael gwybod yn iawn ble'r ydw i'n sefyll.'

'O'r gorau, 'ngeneth i, ond rhaid iti siarsio Jini ei bod i aros o fewn clyw i'th nain a'th ewyrth.'

Roedd y Ddôl wedi gorffen ei thorri erbyn hyn, a'r ysgubau'n barod i'w codi. Dyma waith y gallai Nathan a hithau ei wneud, gan ryddhau'r tri gwas i ddechrau ar y Llain neu'r Ffridd, a gwneud y dyfrio.

Roedd y Ddôl Fawr yn deilwng o'i henw, ac erbyn min nos teimlai Dori nad oedd Nathan a hithau ond fel dau wybedyn diadain ynghanol yr ehangder. Sythodd, gan edrych o'i chwmpas. Wrth gwrs, gadawodd Nathan yntau ei waith ar unwaith, a chlosio'n dynn ati, gan estyn am ei llaw fel petai'n blentyn bach.

'Llawer iawn o'r rhain i'w codi eto, Nathan.'

Mynnai'r fam ynddi gredu fod ei lygaid yn troi i gyfeiriad y rhai oedd wedi'u gwneud.

'Oes, mae yna lawer wedi'u codi gennym hefyd. Y ti a fi ydi'r ffermwyr rŵan, wel'di.'

Gwenodd Nathan yn foddhaus. Golygai gwên fwy na chwerthiniad ganddo ef bob amser. Bron na chredai Dori weithiau ei fod yn deall mwy nag yr oedd yr un ohonynt yn ei dybio.

Edrychodd o'i chwmpas eto. Nid oedd ond crib to'r Cwm i'w weld, gan y coed a'i cysgodai. Gwelai un gongl fach o'r Llain, tros frig yr Erw Wyllt, a'r peiriant rhwymo ŷd ar ddiflannu i'r darn mawr ohono oedd o'r golwg o fan hyn. Wrth droi i'r dde, y Caeau Duon oedd yn ei hwynebu. Nid oeddynt hwy'n haeddu mo'u henw, beth bynnag. Tywynnai'r haul arnynt, nes troi eu porfa fras o wyrdd yn arian, a'r defaid a'r bustych da eu graen yn smotiau bodlon ar hydddo. Gwenodd wrth gofio am lythyr Rhys y bore. Sut fod y llanc mor wirion â meddwl y gwerthai hi dir da fel hwn, i hen Saeson di-foes ei lurgunio a dymchwel ei wrychoedd? Oherwydd, er iddi ddweud fel arall wrth Ted, gwyddai mai ei heiddo hi mewn gwirionedd oedd y Cwm Uchaf.

'Rydw i'n ewyllysio'r Cwm i ti, Dori. Mae gen i ddigon o ymddiriedaeth ynot i adael arnat ti i farnu p'un o'r plant ddylai ei gael ar ôl dy ddydd di. Dydw i ddim am wneud camgymeriad Nathan, a gadael y lle i un o'r wyrion mwy na'i gilydd.'

Enw Margied Ffowc oedd arno fo o hyd, ond nid bod yn galongaled oedd meddwl na ddaliai hi druan yn hir iawn eto, a hithau o fewn mis i'w chant oed. Wel! Yn ôl pob golwg, Olwen fyddai yn y Cwm, ac nid un o'r bechgyn, a dyna brofi doethineb nain. Pan ysgrifennodd hi'r ewyllys honno, Ted, yn ôl pob golwg, fyddai'n etifeddu, ond erbyn hyn dyma fo wedi mynd yn ddigon pell i ffwrdd.

Gwelai Olwen yn nesu'n wyllt ar ei beic, yn ôl o'i thaith i'r dref. Disgynnodd, gan adael ei beic yn pwyso ar y clawdd.

'Dyna!' ebe Dori wrth Nathan, 'mi gawn fymryn o help gan Olwen rŵan, os nad ydi hi wedi blino gormod, ac mi ddown trwyddi ynghynt o'r hanner felly.'

Gwnaeth yntau seiniau oedd yn dynodi'i bleser o weld ei chwaer yn dyfod. Rhedai hi rhwng yr ystodau, gan chwifio papur gwyn yn ei llaw, a gweiddi rhywbeth. Erbyn iddi gyrraedd at ei mam a'i brawd, roedd wedi colli'i gwynt yn lân.

'I beth wyt ti'n rhedeg mor wyllt? Cymer bwyll, da ti, Olwen fach.'

'O Mam, Mam! Allaf i ddim! Wyddoch chi 'mod i wedi matricio'n well na neb yn yr ysgol?'

'Da iawn, 'ngeneth i. Ond roeddet ti'n gwybod dy fod wedi pasio y bore yma.'

'Wyddwn i ddim 'mod i wedi gwneud fel hyn. Mae Mr Oxton yn deud mai fi sydd wedi ennill y marciau ucha gafwyd erioed yn yr ysgol acw. Mi basiais yn uwch nag y gwnaeth Rhys, Mam.'

'Go dda ti, yn wir. Mae'n siŵr fod y Sgŵl yn falch.'

'Ydi . . . a Mam . . . mae o'n sobor yn erbyn imi 'madael rŵan . . . eisiau imi sefyll arholiad arall ym mhen dwy flynedd.'

'Yr arholiad i fynd i'r coleg ydi hwnnw, yntê? Rydw i'n cofio Rhys Owain yn ei basio fo. Ond alla i ddim gweld ei fod o fawr o ddiben i ti, a thithau ddim yn mynd i'r coleg.'

'Dyna'r peth, Mam fach. Mae ar Mr Oxton eisiau imi fynd, yn arw iawn. Mae o'n deud y gwnawn i'n dda yno. Ac mi ddwedodd Rhys yn ei lythyr diwetha y dylwn i ymladd i fynd i'r coleg os pasiwn i'r matríc yn dda.'

Suddodd calon Dori.

'Ond wedi sôn am aros gartre wyt ti erioed,' meddai'n wan.

'Cyn imi ddechrau'n yr Ysgol Sir oedd hynny. Ond erstalwm rŵan rydw i'n teimlo y byddai hi'n well gen i o lawer gael mynd i'r coleg, yr un fath â Rhys. Ond mi benderfynais na ddwedwn i air wrth neb nes gweld beth wnawn i ohoni yn yr arholiad. Petawn i'n pasio'n dda iawn, roeddwn i'n mynd i ofyn i chi tybed fyddech chi'n fodlon gadael imi fynd yn ôl i'r ysgol; os mai dim ond cael a chael wnawn i, doeddwn i ddim yn bwriadu sôn gair. Mae Rhys yn deud bob amser 'mod i wedi 'nhorri allan i fywyd coleg – petai posib i chi allu fy hepgor i, wrth gwrs.'

'Mae o allan o'r cwestiwn,' ebe Dori'n bendant. 'Allwn i ddim gwneud yma, efo chi i gyd i ffwrdd. Heblaw ei fod o'n ormod o gost hefyd, fel y mae ffermio ar hyn o bryd. Dos i'r tŷ i weld ynghylch swper y bechgyn. Mi ddaliaf i a Nathan ati am dipyn.'

Cerddodd Olwen yn ôl ar draws y cae, gryn lawer yn arafach a mwy penisel nag ychydig funudau ynghynt. Teimlai'i mam dosturi tuag ati wrth ei gweld felly, a gwyddai yn ei chalon mai hyhi, ac nid Olwen, a gollai'r frwydr. Yr oedd yn adnabod yr eneth bymtheg oed yn ddigon da i wybod y byddai, wedi iddi unwaith fynd tros y gorchwyl mwyaf anodd, sef torri trwyddi gyda hi, yn siŵr o ddychwelyd i'r ymosodiad drachefn a thrachefn, yn fwy di-droi'n-ôl bob tro. Gwyddai na allai hithau, er iddi wrthod ddwywaith a thair, ddal i'w gwrthwynebu'n hir.

Wrth wylio Olwen yn mynd, trawodd llygaid Dori eto ar y Caeau Duon. Ac mi oedd Rhys wedi bod yn swcro ac yn cynnwys drwg, oedd o? Wel, roedd ei ddial ef gerllaw. Ni chadwai'r Cwm mo ddau yn y coleg, heb sôn am was yn ychwaneg, ond ar draul britho'r Caeau

Duon â'r bythynnod bychain, coch eu toeau, oedd yn tyfu fel brech yn ôl traed pobol y trefi. Y drwg oedd y byddent yn ei brifo hithau a'r Cwm hefyd!

Trodd eto at Nathan, gan roi ei llaw ar ei fraich a phwyntio at yr ehangder o ysgubau a orweddai o'u blaenau.

'Tyrd, Nathan bach, inni roi hwb arni eto. Does gan yr hen Gwm yma neb yn awr ond y ni ein dau.'

Edrychodd Nathan arni'n codi ystod. Yna plygodd yntau a gwneud yr un fath yn union â hi, gan wenu'n fodlon rhyngddo ac ef ei hun.